國家圖書館出版品預行編目資料

新譯白香詞譜／劉慶雲注譯.——初版三刷.——臺北市：三民，2022
面；　公分.——（古籍今注新譯叢書）

ISBN 978-957-14-4841-1（平裝）

852.2　　97018439

新譯白香詞譜

注譯者　劉慶雲
發行人　劉振強
出版者　三民書局股份有限公司
地址　臺北市復興北路 386 號 (復北門市)
　　　臺北市重慶南路一段 61 號 (重南門市)
電話　(02)25006600
網址　三民網路書店 https://www.sanmin.com.tw

出版日期　初版一刷 2008 年 10 月
　　　　　初版三刷 2022 年 1 月
書籍編號　S032200
ISBN　978-957-14-4841-1

三民書局

劉慶雲 注譯

新譯白香詞譜

三民書局

刊印古籍今注新譯叢書緣起

劉振強

人類歷史發展，每至偏執一端，往而不返的關頭，總有一股新興的反本運動繼起，要求回顧過往的源頭，從中汲取新生的創造力量。孔子所謂的述而不作，溫故知新，以及西方文藝復興所強調的再生精神，都體現了創造源頭這股日新不竭的力量。古典之所以重要，古籍之所以不可不讀，正在這層尋本與啟示的意義上。處於現代世界而倡言讀古書，並不是迷信傳統，更不是故步自封；而是當我們愈懂得聆聽來自根源的聲音，我們就愈懂得如何向歷史追問，也就愈能夠清醒正對當世的苦厄。要擴大心量，冥契古今心靈，會通宇宙精神，不能不由學會讀古書這一層根本的工夫做起。

基於這樣的想法，本局自草創以來，即懷著注譯傳統重要典籍的理想，由第一部的四書做起，希望藉由文字障礙的掃除，幫助有心的讀者，打開禁錮於古老話語中的豐沛寶藏。我們工作的原則是「兼取諸家，直注明解」。一方面熔鑄眾說，擇善而從；一方面也力求明白可喻，達到學術普及化的要求。叢書自陸續出刊以來，頗受各界的喜愛，使我們得到很大的鼓勵，也有信心繼續推廣這項工作。隨著海峽兩岸的交流，我們注譯的成員，也由臺灣各大學的教授，擴及大陸各有專長的學者。陣容的充實，使我們有更多的資源，整理更多樣化的古籍。兼採經、史、子、集四部的要典，重拾對通才器識的重視，將是我們進一步工作的目標。

古籍的注譯，固然是一件繁難的工作，但其實也只是整個工作的開端而已，最後的完成與意義的賦予，全賴讀者的閱讀與自得自證。我們期望這項工作能有助於為世界文化的未來匯流，注入一股源頭活水；也希望各界博雅君子不吝指正，讓我們的步伐能夠更堅穩地走下去。

新譯白香詞譜　目次

附　錄

民國元年振始堂本內頁書名

民國元年秋
振始堂校印

虞山錢氏遵王著讀書敏求記凡六百有一種詞譜其一也書既成秘之笈中知交罕得見者竹垞檢討校士江南自邀諸名士大會秦淮遵王亦在座是夕私以黃金青鼠裘賂王侍書吏啟篋得是編命藩廊吏抄錄半夕而成既而遵王知為竹垞詭得頗無可如何也但以書抵竹垞戒勿流傳於外竹垞乃誓以謝之後其稿稍稍傳布予今春客金陵偶過書肆繙閱破帙得是書以青蚨數百購歸讀之則選聲鍊詞

民國元年振始堂本內文書影

導讀

唐詩、宋詞，在文學史上往往並稱，同時為廣大讀者所喜愛。從某種意義上來說，人們對詞的傾情有時更勝過格律詩。為什麼？因為(一)詞比詩通俗，好懂，它的語言更顯大眾化，接近人們日常生活用語，且善於以淺語表深情。(二)詞更貼近人們日常生活與感情，旖旎柔情、友朋交誼、自然風物、節日風光、農村風俗等，多為人們生活中之所習見、共感，故讀來會覺得有一份特別的親切，當然詞的內容遠遠不限於此；又相對於詩來說，詞不必像詩那麼莊雅、珍重下筆，諸如調侃歌笑、詩酒風流、嬉遊玩樂、驚心之一瞥、陡生之一念、幽情之一縷，均可隨意入詞，因此有時更具情趣與韻味。(三)詞的形式多樣、活潑，具有格律詩所沒有或欠缺的種種長處。它有數百調可供選擇，體式變化多樣；它的段落有的具有均衡美，有的具有錯落美；其句式具有長短參差之美，組合又有許多特點與妙處；其用字更講究音樂美，詞不僅講究格律，還講究四聲（平、上、去、入）五音（唇音、齒音、舌音、鼻音、喉音）的搭配，因而富有抑揚抗墜、疾徐輕重相結合的韻律美與諧於唇吻的和協美。(四)因詞所表現的是「情思中之尤細美者」，表達又注重比興含蓄，因而比詩更富陰柔美、朦朧美、輕靈美、傷感美。人，固當需要高昂激越情緒的振奮與鼓舞，但更多的時候需要溫馨情愫對心靈的撫慰，風流浪漫情調對生活的調劑。這些或許是有的人更喜愛詞的原因吧。

人們往往由最初對詞的喜愛進而到對詞的細加品味與鑒賞。品味、鑒賞是一種對美的領悟、開掘的過程，在這一過程中人們先是驚嘆於它的形式美、音韻美，再深入一步，不得不讚嘆它的情感美、意境美，於是從中獲得了一種少有的美的享受、心靈的愉悅，甚而得到情感的充實、靈魂的淨化、精神的提升。

由品味、鑒賞再往前一步，可能產生一種蠢蠢欲動的創作欲望，也希望將一己之所思、所念、所感，通過詞這種精美無比的文學樣式加以表現。於是摸索嘗試，於是染翰操觚，於是領略其中無窮樂趣，於是可能一發而不可收拾。

在由喜愛到鑒賞、再到創作的過程中，對於有些人來說，也許需要一種提示，需要有所借鑒，需要有所依傍，我想這本《新譯白香詞譜》正是為滿足這種需求而出現在讀者面前的。

詞，原來被稱為「曲子詞」，即歌詞，是配樂可歌的，屬音樂文學。它所配的音樂屬隋唐宋代的燕樂。詞一般是先有曲調，然後依聲填詞，故詞又有「倚聲」之稱。詞在當時是一種流行歌曲。北宋是歌唱詞的黃金時代，比如通俗歌曲家柳永的詞，據宋人記載：「凡有井水飲處，皆能歌柳詞。」他的〈雨霖鈴〉（寒蟬淒切）是宋金時期流行的十大名曲之一。但自「靖康之難」北宋滅亡後，歌伎樂工風流雲散，原來的樂譜也逐漸失傳。在北宋期間，有些詞人即已不為歌唱而創作，只是按原來配樂詞的格律來填詞，以抒發自己的情感、志趣，至南宋更是如此。當然南宋時，也有一些精通音律的詞人如姜夔、史達祖、吳文英等可自己譜曲，其詞可歌，但為數寥寥。因此填詞，在有音譜時期，係指按樂填詞，音譜失傳後，指的是按格律填詞。

詞樂雖然失傳，詞之格律猶存。故自南宋至元、明、清，迄於現代，填詞的創作活動一直在延續，如浩浩江流，未曾止息。開始人們僅依各詞調文字的平仄聲來填詞，久之難免出現混亂，有的甚至「以律詩手為之」，詞之音樂美漸失。故至明代即有標明平仄的圖譜（以相應的符號表明平聲、仄聲及可平可仄與可仄可平）出現，如張綖的《詩餘圖譜》、程明善的《嘯餘譜》等，但初起之作難免錯訛混淆之病。至清代康熙二十六年（一六八七）有萬樹的《詞律》問世。該書二十卷，收調六百六十種，載體一千一百八十餘，對調名異同之辨，四聲運用之理，句讀之分及用韻變化等，均多所發明。故《四庫提要》評云：「唐宋以來，倚聲度曲之法，久已失傳，如樹者，固正十得八九矣。」又過了二十八年，即康熙五十四年（一七一五），由王奕清等二十餘人奉旨編訂之《欽定詞譜》（通稱《詞譜》，亦稱《康熙詞譜》）出版。該書四十卷，收調八百二十六，載體二千三百零六，比萬樹《詞律》更為完備，某些方面更為精審。《四庫提要》譽之為「分刌節度，窮極窈眇，倚聲家可永守法程」。二書收羅繁富，對於從事研究與創作的人來說，均大有益。但對於一般詞作者來說，卷帙浩繁，不便攜帶，且常用詞調，相對集中在百種左右，因而在乾隆、嘉慶年間，遂又有舒夢蘭所編《白香詞譜》一書問世。

《白香詞譜》的編選者舒夢蘭，字白香，南昌靖安（今江西靖安）人。清嘉慶年間秀才，有詩名。著有《天香詞》、《香詞百選》等。其所編《白香詞譜》有以下優長：㈠實用性。該詞譜收常用詞調一百種，按小令、中調、長調依次編排，又於所錄詞下加了簡明題目（有的為原題，但多半為編選者所加），編者在〈凡例〉中宣稱這樣做是「以備即事寓聲」（即依情擇調），並用符號標明句、讀、韻腳，每字右側依前人習用的平、仄、可平可仄、可仄可平符號標示格律。故對詞作者而言，極便於依此操作。㈡欣賞性。該詞譜所選五十九位詞人的作品，涵蓋唐五代至清代詞作，絕大多數為具有代表性的名作、佳作。人們在依譜填詞的同時，對詞作也可鑒賞其內在的情感美、意境美及文辭的音樂美等等。因此，該書既是詞譜，又具選本功能。也因此而流傳甚廣，影響頗大。

《白香詞譜》因簡便實用而深得初學詞者喜愛，但該書所選難免有失當處，如有些詞調不錄宋代帶有某種示範性的創調，而選錄宋、金、元、明、清時代的後出作品（如〈暗香〉、〈疏影〉本為南宋姜夔創調，不選原作而錄清朱彝尊、宋末張炎作品；〈東風第一枝〉不選宋史達祖創調而選元張翥詞；〈望海潮〉不選柳永創調而選元折元禮詞）；有些常用詞調（如〈浣溪沙〉、〈玉樓春〉、〈破陣子〉等）被遺漏，而有的詞調在詞史上僅有一首（如〈荊州亭〉、〈陌上花〉等），卻予收錄。同時，在文字、句讀、圖譜方面亦難免有錯訛處。故後來又有多種考證、箋注本印行。最為流行者為一九一八年刊刻之陳栩、陳小蝶父子所編之《考正白香詞譜》。此書將原未分卷的《白香詞譜》分成三卷，對詞的格律，有的地方進一步作了考訂，對每一詞調的多種調名加以介紹，並對「填詞法」（句讀、對仗、平仄要求等）加以指導，又書後附有清人所輯之《晚翠軒詞韻》。作者在〈考正白香詞譜自序〉中宣稱，此書「為學填詞者之津梁」。於初學詞者更為方便，故流行至今。此外還須提及的是清代同治、光緒年間謝朝徵所著《白香詞譜箋》，去其圖譜、變其體例（依作者時代先後編排），刪去蘇軾〈蝶戀花〉（花褪殘紅）一首，編為四卷，搜羅許多相關資料，附於作者及作品之後，使該書成了一本詞選讀物，於鑒賞詞作大有助益，卻失去了原來詞譜的意義。但其影響甚大，被多次印行。近百年來，有關《白香詞譜》注釋考訂方面的著作，不下十數種。這說明《白香詞譜》問世二百多年來，一直受到廣大詞作愛好者的歡迎，也因此一直引起詞學研究者的關注。即在當今，該書仍是詞作者或備於案頭或攜於行囊的重要書籍之一。

這本《新譯白香詞譜》所錄詞作原文及圖譜，以振始堂民國元年刊行的舒夢蘭《白香詞譜》為底本，並參照流行頗廣的振始堂一九一八年印行的陳栩、陳小蝶《考正白香詞譜》，加以考訂。茲有數點須加說明：㈠對個別字句明顯有誤或與通行本相左者，加以修正，重要者在「注釋」中作出說明；對原書中句、豆失當處，依通行本徑行改正。㈡各詞作下所標詞題，各種版本不盡相同，今只取上列二書所標，它書所標之重要者，在「研析」中加以說明。㈢圖譜中平仄符號標示，二書參照時遇有齟齬處，則與某些帶有示範性的創調和具代表性的詞作加以對照，取其合理之處；遇有將平聲誤標為仄聲或仄聲誤標為平聲者，徑行改正。㈣為方便讀者閱讀，於詞作原文旁用注音符號注明今之音讀。有一點須提請讀者注意，即仄聲字中的入聲字今之國語已派入平、上、去三聲，有的入聲字如「急」、「得」、「說」、「滴」等現讀平聲，但圖譜係按古音標示為仄聲，對此，須加以分辨。

為便於讀者欣賞詞的音律特點，也為便於創作時易於把握依調填詞的方法，在「詞律」一欄內，對每一詞調，除對調名緣起、同調異名作出簡介以外，並對其何處需用對偶、何處使用拗律、何處仄聲字宜用去聲、何處入聲可代平聲、句式音節有何講究，以至詞調音律所含感情色彩等均加說明。初學者可以參考，精進者亦可講究。《白香詞譜》對萬樹《詞律》多有借鑒，格律相對嚴於《詞譜》（《詞譜》係綜合各家詞之用字聲律，標準頗寬），其嚴格處自有其音律要求方面的道理，這一點，在本書闡述某詞調格律特點時，將盡可能地作出說明。

由於《白香詞譜》所錄詞調，有一些非最早之創調，或非最具代表性的詞作，故又對《詞律》、《詞譜》所標各調「正體」加以提示，以便讀者對照。由於詞調往往一調多體，為使讀者、創作者所知不限於一隅，故對同調之其他體式，也一併提示。

《白香詞譜》所錄百首詞作，多為名作、佳作，對於創作具有某種示範作用或借鑒意義。為便於讀者理解，對難懂之詞語、典故作出簡注，對語句略加疏通。在「研析」一欄內力求揭示出詞作者表情的構思特點、使用之藝術手段、呈現的風格特色、煉字鍛句的方法以及音律方面所具有的特殊美感等，以便讀者能從中得到某種啟示，有所借鑒。對於同一詞牌的名作亦列舉於後或加提示，以便於大家參讀、比較。有的詞作有曲譜流傳者一併加以說明，以方便有興趣者查找吟唱。須附帶說明一下，文中提到的曲譜，除姜夔《白石道人歌曲》為流傳下來的宋代詞樂外，有的曲譜如清初的《曲譜大成》、乾隆年間的《九宮大成譜》、道光年間的《碎金詞譜》均係清代所收集的詞樂（《碎金詞譜》中有一部分為清人所編曲）。這些曲譜多係從元、明到清代口耳相傳下來，當仍保有某些宋調餘韻，但無疑已摻進了後來時樂的成分。至於今人所譜之曲，因數量較多，除個別者外，未一一列舉。

為加深讀者對所錄詞調示範作品的理解，本著「知人論世」原則，對每首詞的作者生平都作了簡介，對其詞作風格特色、詞史上的影響與地位亦約略加以介紹。對《白香詞譜》原作中詞題後誤置的作家名字逕直加以改正，並在「作者」一欄加以說明。

陳栩、陳小蝶所編《考正白香詞譜》原書後附有清人所輯《晚翠軒詞韻》。該詞韻分十九部，將通用之詩韻一百零六部依詞之用韻合併，平、上、去聲分列十四部，入聲單列，分為五部，共十九部，同一韻部中聲母不同者，以「〇」符號相隔，又刪去生僻之字，實為一詞韻簡編。為方便作者查閱，今仍附於書後。

書中所用符號及用語

詞之原文旁邊所標示平仄符號，吸取《考正白香詞譜》較為簡便的方法，以○代平（含陰平、陽平），以●代仄（含上、去、入三聲），以◎代可平可仄、可仄可平。

詞作原文分別用「，」表「句」，用「、」表「豆」（同「讀」、「逗」），用「。」表「韻」

（其中有個別用韻處，與下句意相連屬者，仍用「，」）。

小令、長調，宋代本無中調、長調之說，明代中葉顧從敬《類編草堂詩餘》將詞中九十一字以上者定為長調，五十九字至九十字定為中調，五十八字以內定為小令，本為無據，但相沿成習，本書仍依習慣說法。

令詞、慢詞，係以音樂令曲、慢曲區分，令詞和慢詞，不等於小令和長調。本書中選錄的〈洞仙歌〉，令詞為八十三字至九十三字，慢詞為一百一十八字至一百二十六字。

平韻格，指全詞押平韻者，如〈長相思〉、〈沁園春〉等。

仄韻格，指全詞押仄韻者，如〈憶秦娥〉（押入聲）、〈摸魚兒〉（押上去聲）等。

平仄韻轉換格，指先押平韻、後轉押仄韻，或先押仄韻、後轉押平韻者，如〈清平樂〉、〈菩薩蠻〉等。

平仄韻通押格，指用同一聲部的平、上、去聲字押韻者，如〈西江月〉等。

格律對，指兩句平仄相對的對仗（有時一三五字可不論），如「碧雲天，黃葉地」、「春色將闌，鶯聲漸老」、「情隨湘水遠，夢繞吳峰翠」、「寶髻鬆鬆挽就，鉛華淡淡妝成」、「館娃歸、吳臺游鹿，銅仙去、漢苑飛螢」等。

同聲對，指兩句平仄相同的對仗（有時一三五字可不論），如「情高意真，眉長鬢青」、「雲際客帆高掛，煙外酒帘低亞」等。

隔句對，如「月華收練，晨霜耿耿，雲山摛錦，朝露溥溥」等。

並頭對，指兩句中前面第一字或第二字相同的對仗，如「一竿風月，一泓煙水」、「心字香燒，銀字笙調」。

聯尾對，指兩句中倒數第一字相同的對仗，如「才下眉頭，卻上心頭」。

闋，本係音樂名稱，古代音樂演奏終止稱「樂闋」。凡雙調詞，前段以「上闋」稱之，後段以「下闋」稱之。

過遍，一般指下闋的開頭。

換頭，指詞之下闋開頭不同於上闋開頭處。

歇拍，指上闋結尾處。

結拍，指下闋結尾處。

結句，指詞之最後一句。

仄起，沿用格律詩名稱，指五、七字句第二字為仄聲者。

平起，沿用格律詩名稱，指五、七字句第二字為平聲者。

仄收，指一句中的最後一字為仄聲。

平收，指一句中的最後一字為平聲。

句脚字，指句子的最後一個字。

疊韻，指上下相連兩句押同一韻字者。

疊句，指兩句相重疊者。

拗律，借用格律詩用語，指與平平仄仄相間的和諧音律相違者，如平仄平（「有人」樓上愁）、仄平仄（「時見疏星」渡河漢）、平仄平仄（天氣初肅）、平平仄平（眉長鬢青）等均是。實則此所謂「拗」者，對於當時相配的音樂來說恰好是「順」。

特殊格律，指似拗非拗、似律非律的仄平平仄，有人稱之為「非拗非律」。這種格律自李白〈憶秦娥〉詞「灞陵傷別」、「漢家陵闕」開始，很多詞調的四言句將這種格律作為一種定則，不可移易。說它似律、非拗，是因為第二、四字平仄相間；說它似拗、非律，則因為第一字的仄聲、第三字的平聲不能用其他代替。這種仄平平仄的特殊格律的第一個仄聲字，往往用去聲，能造成一種特殊的音韻效果，故在「格律」一欄內特為拈出，加以強調。

音節，或稱音頓，指句中音的短暫停頓處。

詞調體式繁多，詞譜的考訂是一項非常複雜的工作，萬樹《詞律》花費十年工夫，也未能臻於盡善盡美。本書所標之圖譜，為總體保持《白香詞譜》原貌，僅依原書與早出之陳栩、陳小蝶《考正白香詞譜》參照校訂（如綜合其他各譜與相關詞作，則成另一部詞譜矣），其中難免有不盡合理之處，更不敢妄稱「精審」。而本書對其所錄詞作的賞析也多屬個人粗淺體會。由於水平所限，書中錯訛疏漏之處，在所難免，尚祈方家、讀者不吝賜教。

劉慶雲

二〇〇八年七月於榕城雙柳居

1　憶江南

懷舊

南唐　李　煜　重光

多少恨，句　昨夜夢魂中。韻　還似舊時遊上苑❶，句　車如流水馬如龍❷，韻　花月正春風。韻

【作　者】李煜，字重光，南唐中主李璟第六子，徐州人。南唐昇元元年（九三七）生。宋建隆二年（九六一）嗣位於金陵，在位十五年。開寶八年（九七五）宋滅南唐，被俘至汴京，封為違命侯。太平興國三年（九七八）被逼服牽機藥而死，年四十二。史稱南唐後主。多才藝，工書畫，精音律，擅詞作。被俘前，詞作婉轉輕麗，風情旖旎；被俘後，感念家國，沉鬱悽愴。對其詞之特色，清周濟在《介存齋論詞雜著》中有一比喻：「王嬙、西施，天下美婦人也。嚴妝佳，淡妝亦佳，粗服亂頭，不掩國色。飛卿（溫庭筠），嚴妝也；端己（韋莊），淡妝也；後主則粗服亂頭矣。」謂其本色，不事雕琢。對其詞之歷史地位，近人王國維《人間詞話》云：「詞至李後主而眼界始大，感慨遂深，遂變伶工之詞而為士大夫之詞。」即變應歌為自抒情懷。

【詞　律】〈憶江南〉，又名〈望江南〉、〈夢江南〉、〈江南好〉、〈望江樓〉、〈春去也〉、〈夢仙遊〉、〈步虛聲〉、〈壺山好〉、〈望蓬萊〉、〈江南柳〉等。始名〈謝秋娘〉，段安節《樂府雜錄》載：「〈望江南〉始自朱崖李太尉（德裕）鎮浙日，為亡妓謝秋娘所撰，本名〈謝秋娘〉。後改此名。」後因

白居易有〈憶江南〉三首，第一首末句有「能不憶江南」之語，第二、三首起句為「江南憶」，故更為此名。〈憶江南〉始為單調，至宋，有人將單調複疊為雙調。此譜所選為單調，二十七字，用三平聲韻。全詞五句，由三、五、七言句相間組成。五、七言格律、音節均與近體詩同。第三、四兩個七言句一般宜對仗，如白居易詞：「日出江花紅勝火，春來江水綠如藍。」劉禹錫詞：「弱柳從風疑舉袂，叢蘭浥露似沾巾。」詞調音律和諧，頗為流利，適於寫一縷柔情、一絲心緒與風物小景。《詞律》卷一以晚唐皇甫松詞（蘭燼落）為正體，另列吳文英五十四字及馮延巳五十九字之雙調為「又一體」。《詞譜》卷一以白居易詞（江南好）為正體，另列歐陽修五十四字、馮延巳五十九字之雙調為「又一體」。

【注　釋】❶上苑　供帝王遊玩、打獵的園林。❷車如句　《後漢書・馬皇后紀》：「車如流水，馬如遊龍。」唐蘇頲〈夜宴安樂公主新宅〉七絕詩有「車如流水馬如龍，仙史高臺十二重」之句。

【語　譯】心頭多少愁恨，這都源於昨夜夢中情景。夢裡依舊是君臣、后妃共遊上苑，車似不斷的流水，馬如飛騰的蛟龍，又恰值春風拂面，月明如畫、花繁似錦。

【研　析】此詞係李後主被擄至汴京後所作。他此時不僅失去人身自由，精神上亦備受凌辱，以致「終日以淚洗面」。這種際遇與做帝王時的縱逸豪華生活形成強烈對比、巨大反差。往昔的繁華只存在於回憶與夢境中：「鳳閣龍樓連霄漢，玉樹瓊枝作煙蘿，幾曾識干戈？」（〈破陣子〉）「夢裡不知身是客，一晌貪歡。」（〈浪淘沙〉）而回憶與夢境又只會加深眼前心靈的痛苦。〈憶江南〉便是以美好夢境反襯現實痛苦的詞作。詞的寫法，一反常規，不從寫景敘事入手，而是直奔主題，直抒情愫。一句「多少恨」突兀而起，具有極大的震撼力。到第二句，才點出致恨之由。這與其在〈子夜歌〉中所寫「故國夢重歸，覺來雙淚垂」，所表達情感完全相同，只是表情方式有異，一個是爆發式，一個是涵濡式。後面三句具寫夢中遊樂盛況，熱鬧氛圍，美好時節，反托出眼前囚禁生活的淒寂與苦楚。「車水馬龍」雖係襲用前人成句，但用到這裡，很富表現力，正如俞陛雲所評：「當年之繁盛，今日之孤淒，欣戚之懷，相形而益見。」（《南唐二主詞輯述評》）「花月正春風」一句，既點明遊覽季節，觀賞對象，又象徵著那曾是自己最為春風得意的一段歲月，暗含比興，意味深濃。全詞僅二十餘字，卻寫得層次井然：由情而事，由事而景，終不離一「恨」字。王夫之《薑齋詩話》云：「以樂景寫哀，以哀景寫樂，一倍增其哀樂。」此即相反相成的藝術辯證法。後主詞以樂事襯悲情，悲恨情懷便愈顯沉重。

作者其所以選擇這一詞牌，當含有某種深意。憶江南或望江南，所憶、所望都與他曾擁有的「四十年來家國，三千里地山河」（〈破陣子〉）有密切的關係。詞在初起時，詞的內容與詞牌名稱往往相關，後主此詞與其另一首〈望江南〉（閑夢遠）也都承繼了這一傳統。

以〈憶江南〉詞牌填詞，中唐時期即有白居易、劉禹錫等人，晚唐有皇甫松、溫庭筠等人。白居易之「江南好，風景舊曾諳。日出江花紅勝火，春來江水綠如藍。能不憶江南？」溫庭筠之「梳洗罷，獨倚望江樓。過盡千帆皆不是，斜暉脈脈水悠悠。腸斷白蘋洲。」均極有名，而《白香詞譜》卻選取晚出之李後主詞，或許是著眼於李詞情感表達的深沉吧。

2 搗練子 秋閨

南唐 李煜 重光

深院靜（句），小庭空（韻），斷續寒砧❶斷續風（韻）。無奈夜長人不寐（句），數聲和月❷到簾櫳❸（韻）。

【作　者】李煜，見本書第一首〈憶江南〉詞作者介紹。

【詞　律】〈搗練子〉，又名〈搗練子令〉、〈夜搗衣〉、〈杵聲齊〉、〈剪征袍〉、〈深院月〉（係因李煜詞有「深院靜」及「數聲和月到簾櫳」語而得名）等。單調，二十七字，五句三平聲韻，由兩個三字句和三個七字句組成。兩個三字句宜用對仗，如此詞：「深院靜，小庭空。」李煜另一首同調詞：「雲鬢亂，晚妝殘。」三個七字句之平仄，前兩句相粘，後兩句相對，有如平起式七言律絕詩之二、三、四句。《詞律》卷一、《詞譜》卷一均以李煜詞為正體（《詞譜》誤作馮延巳）。此詞牌尚有雙調一體，三十八字，上下闋各五句，三平韻，《詞律》、《詞譜》均列為「又一體」。

【注　釋】❶寒砧　涼秋時的搗衣聲。砧，搗衣石。❷和月　伴隨月亮。❸簾櫳　窗簾。櫳，窗上櫺木。

【語　譯】深深院宇分外寂靜，小小中庭悄然無人。只聽得時強時弱的秋風，送來斷斷續續擣衣聲。令人無可奈何啊，夜顯得那麼漫長，人卻難以入睡，況那砧聲，伴隨秋月，透過窗櫺，不時傳入耳中。

【研　析】此係依詞牌填的一首本意詞。白練係古代的一種絲織品，在製作過程中須在石上捶搗，此工序一般由婦女完成。又搗練多半與製作寒衣有關，故此勞作多在秋日進行，唐杜甫〈秋興〉詩曾有「寒衣處處催刀尺，白帝城高急暮砧」的描述。此詞不從正面寫女子搗練，而從聽覺這一角度側面加以描寫。詞之發端用一對句：「深院靜，小庭空。」上句重在寫聽覺，下句重在寫視覺，視聽結合，營造出一種靜謐環境氛圍，以便於以靜襯動，以無聲托有聲，並點出抒情主人公所在地：他（她）的住室在深院，面臨小庭，說明聞聽砧聲有一定距離，又能觀看到月的光影。以下多從聽覺著筆，又可分為兩個層次：第一層，「斷續」句，此層實寫。秋風時緊時慢，時強時弱，故砧聲斷續傳來。「斷續風」是因，「斷續寒砧」是果。這種「斷續」似和居室的距離也有一定關係。砧聲以「寒」形容，暗含聽者對秋日氣候的感受，傳達出一種淒清的況味。第二層「無奈」二句，以「無奈」二字領起，一氣貫下，寫主人公的長夜相思和難以為情，是為虛寫。但虛中有實。一是出現了「人」，這個人既是感受夜靜庭空，聽到寒砧的人，也是輾轉難眠，深覺夜長的人，在詞中起到聯繫上下的作用；二是從視覺、聽覺進一步把砧聲和月色結合於一處加以描寫，再用一「到」字，點出時間的推移，不僅傳達出夜的漫長之感，且將思緒再向前推進一層。砧聲，在古典詩詞中，幾乎成了一個語碼，它往往和懷人念遠連結在一起。又，砧聲與明月常相關聯，秋月清朗，思婦正好石上搗衣，張若虛〈春江花月夜〉曾說月色「搗衣砧上拂還來」，李白〈子夜吳歌〉有「長安一片月，萬戶搗衣聲」的描寫，而明月朗照，也正是撩人懷遠的時刻，「數聲和月到簾櫳」，倍增其懷想之情。詞中的「人」何以聽到砧聲而不成寐，他（或她）在想念著什麼，作者不明白道出，但讀者自能領悟到其中所含深意。俞陛雲在《唐五代兩宋詞選釋》中曾評價此詞說：「通首賦搗練，而獨夜懷人情味，搖漾於寒砧斷續之中，可謂極此題能事。」

詞寫搗練本意，選取的角度獨特，令人深味有餘情。其用語，純用白描，淺而不俗，淡而彌永。又，像「斷續寒砧斷續風」這樣的句子，為近體詩中少見，後出之李清照有「舊時天氣舊時衣，只有情懷不似舊家時」（〈南歌子〉）之句，當係受其影響。特別值得一提的是末兩句，能以情帶景，深得虛實結合之理，為小令中所少見。

3 憶王孫

春閨

宋 李重元

萋萋芳草憶王孫❶。韻 柳外樓高空斷魂。韻 杜宇❷聲聲不忍聞。韻 欲黃昏，韻 雨打梨花深閉門❸。韻

【作者】《白香詞譜》誤作者為秦觀。唐圭璋所編《全宋詞》收李重元〈憶王孫〉「春詞」、「夏詞」、「秋詞」、「冬詞」四首，此首為其中「春詞」。今據改。李重元，生平事跡不詳。

【詞律】〈憶王孫〉，又名〈豆葉黃〉、〈怨王孫〉、〈畫蛾眉〉、〈憶君王〉、〈闌干萬里心〉等。唐孫棨《北里志》載：天水光遠〈題楊萊兒室〉詩曰：「萋萋芳草憶王孫。」此詞發端全用其句，

並以為調名。此詞牌為單調，三十一字，五句，由一個三言句與四個七言句組成，五平韻。在七言句中，除第一句為平起平收外，第二、三、五句均為仄起平收，格律相同。這三個仄起句後面三字實為拗律，雖然第五字標明可平可仄，但以用平聲字為婉妙，此三句均為仄仄平平平仄平，第三句中之「不」字，係以入代平。《詞律》卷二、《詞譜》卷二均以「萋萋芳草」一首為正體（《詞律》標作者為李重元，《詞譜》標作秦觀）。同調名而另具一式者，有五十四字體，雙調，押仄韻。《詞律》列周紫芝詞（梅子生時春漸老）、《詞譜》列無名氏詞（湖上風來波浩渺）（按：此詞係李清照作）附於正體之後，作「又一體」。

【注　釋】❶萋萋句　語出漢淮南小山〈招隱士〉：「王孫遊兮不歸，春草生兮萋萋。」本意為盼望出遊的王孫歸來，後用作思慕遠遊未歸者的典故。萋萋，草盛貌。王孫，公子。❷杜宇　即杜鵑。傳說杜鵑為戰國時蜀王望帝杜宇魂魄所化，啼聲悲切。❸雨打句　從中唐劉方平〈春怨〉詩「梨花滿地不開門」語化用而來。

【語　譯】芳草茂密，已屆春深，思念那遠遊未歸之人。向煙柳外眺望，樓高遮擋視線，空自落魄失魂。此時傳來陣陣鵑啼，怎忍聽那哀傷的聲音。天漸晚，臨近黃昏，雨點又敲打著梨花，只好緊緊地關上門。

【研　析】此詞與詞牌本意相關，寫春日閨怨。其所寫相思之情主要通過環境氛圍加以烘托。萋萋芳草，煙柳深濃，聲聲杜宇，雨打梨花，所見所聞，無不令人傷懷魂斷，思緒難平。春草綠到天涯，人在何處遊蕩？陌上楊柳，曾為折枝送別，可還記得臨行叮嚀？杜鵑聲喚：不如歸去！可有歸期？春將消逝，芳華尚餘幾許？女主人公張望、等待，從白天一直到黃昏，時間在推移，景物在變化，愈變愈令人難以自持，而懷遠之意已透紙背矣。不僅如此，詞中所寫季節中的暮春也好，一日中的黃昏也好，都帶有一種象徵意，透露出一種美人遲暮之感，而「雨打梨花」，亦似有一種共同的身世之悲。比興意在，誠所謂紙短而情深者矣！為營造環境氛圍，詞中兩處用典，一是襲用天水光遠〈題楊萊兒室〉「萋萋芳草憶王孫」現成詩語，一是化用中唐劉方平〈春怨〉詩中「梨花滿地不開門」語意。特別是後者，詞人的化用可說勝過原詩，不僅以「雨打」加強了聽覺效果，增添了一種淒涼況味，更以「深閉門」強化了視覺意象，這種動作還暗寓著一種阻斷淒涼入侵的內心活動。用典自然渾成，而不覺其用典，且能青出於藍，而勝於藍。無名氏（一作秦觀，一作李清照）〈鷓鴣天〉詞中，亦用了相同意象與詞語：「無一語，對芳樽，安排腸斷到黃昏。甫能炙得燈兒了，雨打梨花深閉門。」可互相參讀。宋吳聿《觀林詩話》載：「半山（王安石）酷愛唐樂府『雨打梨花深閉門』之句。」南宋史達祖〈綺羅香〉寫春雨，亦曾有「記當日、門掩梨花，剪燈深夜語」的描寫，「雨打梨花深閉門」之句，詞人反覆用之，詩人賞之，足見其含情的魅力。

此詞被譜入琴譜，《和文注音琴譜》有載。清乾隆年間編定的《九宮大成譜》，收錄有該詞曲譜，道光年間謝元淮等所編《碎金詞譜》予以轉載。

4 調笑令 宮詞

唐 王建 仲初

○● 韻 ○● 韻 ●◎◎○○● 韻 ◎○◎●○○ 韻 ◎●◎○●

團扇❶，團扇，美人並❷來遮面。玉顏憔悴三年，誰復商量管弦（韻）。弦管❸（韻），弦管（韻），春草昭陽❹路斷（韻）。

【作者】王建，字仲初，潁川（今河南許昌）人。生年不詳。大曆十年（七七五）進士，授渭南尉，歷官大府寺丞、祕書丞、侍御史。大和中出為陝州司馬，從軍塞上。後居咸陽，卜居原上。大約卒於大和五年（八三一）後。為中唐時期著名詩人，工樂府，與張籍齊名。有《王建詩集》。《尊前集》與《全唐詩》均收詞作十首。

【詞律】〈調笑令〉，一名〈宮中調笑〉、〈古調笑〉、〈三臺令〉、〈轉應曲〉，白居易〈代書詩一百韻寄微之〉詩有「打嫌調笑易」之句，自注：「調笑，抛打曲名也。」此調三十二字，八句，由四個六言句與四個二言句組成，又間以疊句、顛倒字句，平仄韻互轉，極具回環宛轉之妙。填此調宜注意者：㈠兩處二言重疊句，第一字必用平聲，四個六言句前四字的平仄可以變通。㈡第四、五兩六言句轉平韻，後句用拗律（仄仄平平仄平），仄起平收，且第五字必須用仄聲，成為下一句的仄腳韻字。㈢第六、七、八句復轉仄韻，可以與前面仄韻屬同一韻部，亦可分屬不同韻部，如韋應物詞：「河漢，河漢，曉桂秋城漫漫。……離別，離別，河漢隨同路絕。」六、七句的二言相疊，其用字以上句末二字倒轉為之，故又名〈轉應曲〉。陳栩、陳小蝶《考正白香詞譜》認為：「此調凡三用韻，通首以六言句為主，夾以兩字疊句，為拗體之濫觴。」《詞律》卷二以馮延巳詞（明月）為正體，列毛滂詞三十八字者為「又一體」。《詞譜》卷二以王建詞（蝴蝶）為正體。

【注釋】❶團扇　漢班婕妤曾作〈怨詩〉（一作〈怨歌行〉）云：「新裂齊紈素，鮮潔如霜雪。裁為合歡扇，團團似明月。出入君懷袖，動搖微風發。常恐秋節至，涼風奪炎熱。棄捐篋笥中，恩情中道絕。」後遂以團扇用作詠失寵或失意的典故。團扇，以絹綢類為面製作的圓扇。❷並　通「傍」。別本作「病」。❸弦管　絲竹樂器。此處指代歌舞。❹昭陽　為漢武時後宮八殿之一。成帝時，皇后趙飛燕曾居昭陽殿，貴傾後宮。後世因以昭陽殿借指受寵后妃之居所。

【語譯】宮人手拿團扇，依傍它來遮面。白潤如玉的容顏，憔悴不堪已經三年，再有誰來一道商酌絲竹伴奏的歌舞？遠處傳來熱鬧的歌吹之聲，但萋萋春草已阻斷了通往昭陽殿的道路。

【研析】古代帝王，後宮三千，嬪妃七十二。被選入宮的女子，多半獨守空房，直至老死，即便偶爾得幸，亦隨即被遺忘拋棄。因此宮怨詩成了古代詩歌中婦女題材的一個重要內容。王建曾寫宮詞一百首（詩），同時將宮怨題材帶入詞中。此詞寫宮怨，可依三轉韻，分為三個層次：「團扇」三句為第一層。將「團扇」置於詞首，並用疊句加重語氣，是以一上來就暗示出人物被棄捐的命運。團扇又是一件重要道具，它與「遮面」這一細節結合，展示出宮人複雜的內心活動。它包含有對昔時承歡的回憶，過去在翩翩起舞時，曾手持團扇，帶笑含羞遮面，得到君王愛賞，甚而得到寵幸；而今失意淒涼，思量自己遭遇，豈不恰如秋涼團扇之被棄捐！「玉顏憔悴」二句為第二層。進一步具寫她的回顧與思考。三年的期盼，三年的等待，再無人問津，長年被拋棄、冷落，焉得不「憔悴」！「誰復商量管弦」既是現狀描寫，也包含有和往昔對照之意。過去不僅為君王舞蹈，還有共研歌舞、音律的親密，然而此情不再！故所思所憶，不限於三年，更有三年前之種種情事。「弦管」三句為第三層。「弦管」二字重疊，強化昭陽殿現在歌舞的盛極與觀賞者的歡樂，把眼前的失落與憾恨更推進一層。最後是對失幸的無可奈何的悠長嘆息，不說君恩斷絕，卻說春草遮斷了通往幸福之門的道路，而怨忿之情已蘊寓其中矣！清陳廷焯《白雨齋詞話》評云：「『弦管，弦管，春草昭陽路斷。』結語淒怨，勝似〈宮詞〉百首。」此詞與王昌齡〈長信秋詞〉：「奉帚平明金殿開，且將團扇共徘徊。玉顏不及寒鴉色，猶帶昭陽日影來。」頗為相類，而詞似更帶回環曲折之妙。

以〈調笑令〉詞牌填詞之名作，尚有中唐戴叔倫之「邊草，邊草，邊草盡來兵老。山南山北雪晴，千里萬里月明。明月，明月，胡笳一聲愁絕。」韋應物之「胡馬，胡馬，遠放燕支山下。跑沙跑雪獨嘶，東望西望路迷。迷路，迷路，邊草無窮日暮。」二者寫邊塞生活與風物，別具一格。前者被《古今詞話》評為：「筆意回環，音調婉轉」；對後者，日人近藤元粹在所著《韋柳詩集》中評曰：「圓活自在，可謂筆端有舌。」

5　如夢令

春景

宋　秦觀　少游

鶯嘴啄花紅溜，燕尾剪波綠皺。指冷玉笙❶寒❷，吹徹❸〈小梅〉❹春透。依舊，依舊，人與綠楊俱瘦。

【作者】秦觀，字少游，一字太虛，揚州高郵（今江蘇境內）人。皇祐元年（一〇四九）生。元豐八年（一〇八五）登進士第，授定海主簿，除宣教郎、太學博士，遷祕書省正字，兼國史院編修官。與黃庭堅、晁補之、張耒同遊蘇軾門，人稱「蘇門四學士」。紹聖元年（一〇九四），坐元祐黨籍，出為杭州通判，貶監處州酒稅，徙郴州，編管橫州，貶雷州。元符三年（一一〇〇）卒於藤州，年五十二。有《淮海集》，工詩、詞、文，尤以詞著稱。宋張炎《詞源》稱其詞「體制淡雅，氣骨不衰，清麗中不斷意脈，咀嚼無滓，久而知味。」近人夏敬觀〈吷庵手校淮海詞跋〉謂「少游詞清麗婉約，辭情相稱，誦之回腸蕩氣，自是詞中上品。」唐圭璋《宋詞四考・宋詞互見考》謂此詞係無名氏作。

【詞　律】〈如夢令〉，又名〈憶仙姿〉、〈宴桃源〉、〈比梅〉等。始為後唐莊宗李存勗所制，原名〈憶仙姿〉，蘇軾嫌其名不雅，因李詞中有「如夢，如夢」疊句，改為〈如夢令〉；後周邦彥因李詞首句為「曾宴桃源深洞」，又改名〈宴桃源〉。單調，三十三字，押仄聲韻，以六言為主，中間夾一個五言句，一個二言疊句。其格律以李詞為正體。四個六言句均為仄起仄收，但其中第五字一般須用平聲，如李詞之「曾宴桃源深洞」，「一曲舞鸞歌鳳」，「和淚出門相送」，「殘月落花煙重」，第五字分別為深、歌、相、煙，皆平聲也。秦詞亦同，第二句之「綠」字，係以入代平。對此要求連蘇軾詞也是嚴加依遵的。第四與第七兩六言句，第三字一般宜用仄聲，後四字格律為仄平平仄，造成和婉中略帶拗峭的音樂效果。又，兩疊句之第一字，必用平聲，此亦填詞中所當注意者。首二句因字數、平仄相同，可作同聲對，如此詞即是，但非定格。《詞律》卷二以秦觀詞（遙夜月明如水）為正體，《詞譜》卷二以後唐莊宗詞（曾宴桃源深洞）為正體。〈如夢令〉另有一體，押平聲韻，如《詞律》卷二、《詞譜》卷二所列吳文英詞（秋千爭鬧粉牆）；又有雙調一體，六十六字，合兩段〈如夢令〉為一闋，見《詞譜》卷二所列魏泰詞（炎暑尚餘八日）。

【注　釋】❶玉笙　以玉為飾的笙。笙，管樂器名。❷寒　指吹奏時間過長，簧片潮溼，不能合律。❸徹　古代音樂術語。從頭至尾演奏一支（套）曲子，叫「徹」。❹小梅　〈小梅花〉曲名。

【語　譯】鶯嘴啄花，紅色花瓣滑落，如剪燕尾掠過，池塘漾起碧波。她拿起玉笙，把〈小梅花〉曲吹奏一遍，將那無限春光展現，直到手指感到寒冷，潤溼了簧片。但空寂落寞依舊，人如綠楊一般柔弱細瘦。

【研　析】此寫閨中春思之詞。首二句對室外景物作動態描寫，用語尖新，形象生動，色彩明麗，生機盎然。作者觀察細膩，善於攝取動態中之一瞬，如寫鶯，只選取其局部：鶯嘴，寫其動作，只攝取其「啄花」時「紅溜」的一剎那；寫燕，亦同，用一「剪」字，尤為傳神，「綠皺」，是對池水局部的動態與色彩描繪，是「剪」出來的美麗畫面。故呈現在讀者面前的有如一個個特寫鏡頭，通過這些鏡頭展現出自然界生命的無比活躍。以下「指冷玉笙寒」二句轉入寫人。也許是眼前的這片明媚春光，激發起了女主人公的一時春興，她拿起玉笙吹奏起〈小梅花〉曲，通過旋律展現出無邊春色。她吹了很久很久，以致笙片都變得潮溼，難於合律了，聲音變得啞噎不成曲調了。在這番吹奏過程中，實際上隱含了一個情緒變化的過程。開始時應是情緒尚佳，但吹著吹著也就不免有悵然若失之感：面對如此良辰美景，本該有與所愛者歡聚的賞心樂事，而今呢，卻是伶仃獨處，那種潛在的孤獨、憂愁便不可遏止地從心頭升起。這種傷感情懷並沒有從字面上直接抒發，但我們透過「吹徹」的動作、「笙寒」的情景和「指冷」的感覺，能夠體察出來。〈小梅花〉

即〈梅花引〉，淵源於〈梅花落〉，曲調悠揚，南唐馮延巳有一首〈菩薩蠻〉寫道：「〈梅花〉吹入誰家笛，行雲半夜凝空碧。欹枕不成眠，關山人未還。　聲隨幽怨絕，雲斷澄霜月。月影下重簾，清風花滿欄。」看來，〈梅花〉曲從基調來說是比較幽怨的，是引人懷遠的。這首詞說把「春」吹「透」，吹到極盛，但盛極必衰，因而也就同時帶有時光流逝之嘆息，引惹起她對遠人的懷念和一片愁情。南唐李璟所作〈山花子〉詞有「細雨夢回雞塞遠，小樓吹徹玉笙寒」之句，以不斷吹奏玉笙排遣憂思。此詞所用意象與用意也約略相似。再回頭看起首所展示的活躍而穠麗的春景，它帶有一種起興的作用，同時，對她的孤寂情懷與內心的愁怨來說，也是一種反襯。至詞末「依舊」三句，更推進一層。「依舊，依舊」的疊句，固然是詞牌的要求，但在這裏也是為了加強表情的力度，即強調雖然不斷吹奏樂曲，內心深處的孤獨、愁苦，依然無法排解。有何為證？請看那形容何等消瘦，如弱柳般不勝風力。於是抽象之情在此得到了具象化。以「綠楊」比瘦，既新穎，又貼切；它取自眼前景，又是對前面景物描寫的一種補充。同時，它還開啟了詞人以花、樹比瘦的表現手法。此後之李清照有「莫道不消魂，簾捲西風，人比黃花瘦」（〈醉花陰〉）的比喻，程垓有「人瘦也，比梅花，瘦幾分」（〈攤破江城子〉）的比擬。

詞雖短小，卻有景、事、情幾度轉折，三者交相融會，令人如見如聞。詞中雖用紅、綠、玉等色彩字，但覺美而不豔。首二句之對仗，具有一種整飭之美，而「吹徹小梅春透」，又極顯空靈之致。此等處，均能見出作者功力。

以〈如夢令〉詞牌填詞而膾炙人口者，為李清照之「昨夜雨疏風驟，濃睡不消殘酒。試問捲簾人，卻道海棠依舊。知否？知否？應是綠肥紅瘦。」通過對話寫惜春之情，又能轉折層深，用

語新巧，被人評為：「短幅中藏無數曲折，自是聖於詞者。」（《蓼園詞選》）

6 長相思

別情

唐 白居易 樂天

汴水(1)流，泗水(2)流，流到瓜洲(3)古渡頭。吳山(4)點點愁。

思悠悠，恨悠悠，恨到歸時方始休。月明人倚樓。

【作者】白居易，字樂天，號香山居士、醉吟先生，祖籍太原，後遷下邽，遂為下邽（今陝西渭南東北）人。大曆七年（七七二）生。貞元十六年（八〇〇）進士，授祕書省校書郎，歷遷翰林學士、左拾遺、左贊善大夫。元和十年（八一五）貶江州司馬。十五年遷主客郎中、知制誥。曾先後出為杭州刺史、蘇州刺史。大和元年（八二七），召為祕書監，遷刑部侍郎，三年授太子賓客，分司東都。晚居洛陽，會昌六年（八四六）卒，年七十五。有《白氏長慶集》。《尊前集》收詞作二十六首。

【詞律】〈長相思〉，唐教坊曲名，用作詞調。又名〈相思令〉、〈雙紅豆〉、〈吳山青〉、〈山漸青〉等。三十六字，為雙調中字數最少者，上下闋各四句，押平聲韻。填此調尚有可注意者：㈠上下闋的兩個三字句，可疊韻，如此詞即是；也可不疊，如歐陽修詞：「蘋滿溪，柳繞堤。」「煙霏霏，雨淒淒。」㈡三字句第一、二字的平仄可以變通，但第一字以用仄聲尤其是去聲為佳，如白詞之

「汴水流」（仄仄平）、「思悠悠」（仄平平）。第四、五句分別為七言、五言句，格律與近體詩相近，所可注意者，為此詞之末句「月明人倚樓」，雖第一、三字可平仄不拘，但以仄平平仄平為佳，即用拗律以使和諧中有所變化，故一般詞人多加依遵（特別是後面三字的平仄平），如李煜詞（一重山）「一簾風月閑」，晏幾道詞（長相思）「淺情人不知」，林逋詞（吳山青）「江邊潮已平」。《詞律》卷二、《詞譜》卷二均以白居易詞為正體，另列減字、前後闋用不同聲部韻字者及一百字以上之長調為「又一體」。

【注　釋】❶汴水　亦稱汴河、汴渠。古汴河流經開封至徐州合泗水入淮河。❷泗水　亦稱泗河。古泗水發源於山東陪尾山，流經曲阜、徐州入淮河，經運河匯入長江。❸瓜洲　在今江蘇大運河入長江處。與鎮江相對。因其狀如瓜，故名。❹吳山　指古吳地之山，此當泛指江南一帶諸山。

【語　譯】隨著汴水流，泗水流，遠行之舟，流到了長江邊瓜州的古老渡口。吳地的簇簇山峰啊，也顯露出憂愁。

相思之情悠遠無極，愁恨之情綿長無盡。此情惟到遠遊人歸來時，方能消散。懷遠的人在明月照耀下，正依倚著高樓的欄杆。

【研　析】此詞寫思婦之愁懷。前面三句寫水：汴水、泗水、長江，它們的走向由西而折向東南，代表著所思遠人經歷的路線與去向；去水悠悠，更寓含著思婦無窮的幽怨。昔人好以水喻相思愁緒，如唐李頎〈題綦毋校書別業〉詩：「倏忽令人老，相思河水流。」劉禹錫〈竹枝詞〉：「花紅易衰似郎意，水流無限似儂愁。」李後主〈虞美人〉詞：「問君能有幾多愁？恰似一江春水向東流。」歐陽修〈踏莎行〉詞：「離愁漸遠漸無窮，迢迢不斷如春水。」均是。惟他作多為明喻，此詞以水流無盡喻相思之綿邈，則為象外之意，尤耐人尋味。「吳山」句，有數層意：㈠點出所思之去向，乃吳地也；㈡補寫山景，點點，形容其多也。水繞山環，正是江南風景特色；㈢以山寫愁。山帶愁容，是閨中少婦的擬想。她因自己含愁，而推己及人，想像那人也滿腹離愁，故眼中山色也帶愁苦。可謂極委曲之致。陳廷焯曾以「精警」二字評之（《放歌集》）。上闋寫山寫水，雖為情設，卻極流動自然，呈一氣呵成之勢。下闋直抒愁情，用語斬釘截鐵，口氣毋庸商量：只有歸來的時候，這綿綿無絕的愁恨才會消失。這種寫法無疑受到了民歌的影響，是作者吸取民間詞中養分的結果。如敦煌詞中之〈菩薩蠻〉：「枕前發盡千般願，要休且待青山爛。水面上秤錘浮，直待黃河徹底枯。……」二者口吻有相似處。詞的末句方點出女主人公所處時間與所在地點，由此可知，前面所寫皆其人在該時該地之所思所念。在結構上，是謂之逆挽法，即所思所念置之於前，所思所念之人出現在後。又，明月、高樓，乃懷人之敏感時刻與地點，前人有「明月照高樓，含君千里光」（湯惠休〈怨歌行〉）、「可憐樓上月徘徊，應照離人妝鏡臺」（張若虛〈春江花月夜〉）的描寫，有「明月照高樓，流光正徘徊。上有愁思婦，悲嘆有餘哀」（曹植〈七哀〉）的慨嘆，白居易詞運用詩歌中這種傳統的意象，很好地傳達出女主人公的懷人情愫與團圓願望。

詞詠「長相思」本意，古拙而又空靈，實為同調詞中之上品。俞陛雲《唐詞選釋》讚其「若晴空冰柱，通體虛明，不著跡象而含情無際。」

此詞上世紀三四十年代有人為之譜曲，今為之譜曲者亦所在多有，但未能普遍流行。

7 相見歡

秋閨

南唐 李煜 重光

無言獨上西樓，月如鉤❶。寂寞梧桐深院鎖清秋。

剪不斷，理還亂，是離愁。別是一般❷滋味在心頭。

【作　者】李煜，見本書第一首〈憶江南〉詞作者介紹。

【詞　律】〈相見歡〉，唐教坊曲名。前蜀薛昭蘊始用此曲填詞。因李後主詞有「無言獨上西樓，月如鉤」句，又名〈上西樓〉、〈秋夜月〉、〈西樓子〉，因張輯詞有「惟有漁竿明月、上瓜洲」句，又名〈月上瓜州〉。或名〈烏夜啼〉。雙調，三十六字，平仄韻互轉，句式以三言、九言為主。雖係短調，有幾點不可不知：㈠上闋平韻，下闋前二句轉仄韻，如本詞（亦有不轉韻者），第三句以下復轉平韻。㈡凡押平聲韻的三字句，其格律均為仄平平；押仄聲韻的三字句，前二字雖平仄不拘，但以仄平仄為佳，如薛昭蘊詞之「卷羅幕，憑妝閣」，後主詞之「剪不斷，理還亂」均是，其中「憑」字讀為去聲，「不」字係以入代平。㈢此詞九字句句式作上六下三，亦可作上四下五（如馮延巳詞「欹枕殘妝一朵臥枝花」），其中第五字以用平聲字為佳，如後主詞「寂寞梧桐深院」之「深」，「別是一般滋味」之「滋」，以及薛昭蘊詞「細草平沙蕃馬」、「暮雨輕煙魂斷」中之「蕃」、「魂」，均是。《詞律》卷二以李後主詞為正體。《詞譜》卷三以薛昭蘊詞（羅襦繡袂香紅）為正體，另列換頭不入韻或將兩個三言句並作六言者，作為「又一體」。

【注釋】❶月如鉤　指弦月。❷一般　一種。

【語譯】默默無語，獨自登上西樓，天際弦月，恰似彎鉤。深深庭院，寂寞無人，只有梧桐籠罩著淒清的秋夜。

縈繞扭結於心的，是那剪不斷，欲加清理又頭緒紛繁的離愁。此時此際，領略到的是那難言的、別樣的滋味。

【研析】此詞寫離愁。詞之結構為順敘，發端即點出主人公登樓這一活動，以下為登樓所見所感。與白居易〈長相思〉將「月明人倚樓」置於最後的寫法有別。此處寫登樓是「無言」，是「獨上」，已然透露出寂寥心情。所見月非圓月、明月，而是缺月、弦月。月色朦朧，寓示著情緒帶有幾分迷惘，那殘缺不全的月牙，當也寓示著人事的缺憾。所處環境是深院，所處季節是清秋，籠罩於這一空間與時間的是寂寞梧桐。「寂寞」二字，似寫梧桐，實寫己懷，乃主人公之主觀感受。「鎖清秋」，似是涼秋被閉鎖於庭院，實際是說自己被閉鎖於此狹小天地，被一片冷清所包圍。上闋多景語，但處處融情於景。所謂景語，即情語也。下闋純為情語。作者的高明處，在於把抽象的情寫得具有質感，可見可觸。離愁像一團亂絲或亂麻，緊緊纏繞於心，剪也剪不斷，理也理不清。真個是難以言說的「別是一般滋味」！此末句尤妙，以不說破為說。明代沈際飛評贊曰：「七情所至，淺嘗說破，深嘗者說不破，破之淺，不破之深，『別是』句妙。」（《草堂詩餘續集》卷二）清末王闓運謂「詞之妙處，亦別是一般滋味。」（《湘綺樓詞選》）全詞運用白描，似信手寫來，流露出來的卻是至情至性。至於詞中之「離愁」究竟何所指?是離別相思，還是亡國之恨，正不妨見仁見智。這也是詞人不說破的妙處。

〈相見歡〉這一詞牌，一般多用來寫男女離情。但李後主另一首同調詞：「林花謝了春紅，太匆匆。無奈朝來寒雨晚來風。　胭脂淚，留人醉，幾時重?自是人生長恨水長東。」則明顯超出離情而含有人生失意的無限悵恨；南宋張輯的「江頭又見新秋，幾多愁。塞草連天，何處是神州。　英雄恨，古今淚，水東流。惟有漁竿明月上瓜洲。」抒寫半壁江山之恨，別具一格。由此可知，此詞牌因韻腳較密，亦可抒寫激盪之情。

8 醉太平

閨情

宋　劉過　改之

情高意真，眉長❶鬢青。小樓明月調箏，寫春風數聲。　思君憶君，魂牽夢縈。翠綃❷香暖雲屏❸，更那堪❹酒醒。

【作　者】劉過，字改之，號龍洲道人，吉州太和（今江西泰和）人。紹興二十四年（一一五四）生。嘗伏闕上書，請光宗過宮，復以書陳恢復方略，不報。流落江湖間，曾從辛棄疾遊。開禧二年（一二〇六）卒，年五十二。有《龍洲集》、《龍洲詞》。宋黃昇《花庵詞選》謂其「詞多壯語，蓋學稼軒者也。」清劉熙載《藝概》稱其詞「狂逸之中，自饒俊致，雖沉著不及稼軒，足以自成一家。」

【詞　律】〈醉太平〉又名〈凌波曲〉，〈四字令〉，〈醉思凡〉。有平韻格，仄韻格兩體。此詞為平韻格，雙調，三十八字，上下闋各四句，四平韻，格律相同。上下闋之前二句須用同聲對，如「情高意真，眉長鬢青」，因係平平仄平，於悠長中帶拗峭，且仄聲處必用去聲字，方能特出於眾聲之上；如用上聲入聲字，則不能振起音聲（如戴復古所作「長亭短亭，春風酒醒」，因「短」與「酒」均為上聲，故聲顯低啞，不足為法）。沈義父《樂府指迷》指出：「句中用去聲字最為緊要」，即是指此等地方。第三句與第七句前四字雖亦可用平平仄仄，但以用仄平平仄為佳，此詞「小樓明月」、「翠綃香暖」即是範例。上下闋末的五字句，其句式為上一下四，與律詩的五字句上二下三有別；又後面四字格律「春風數聲」、「那堪酒醒」，亦為平平仄平。故此詞牌屬於拗體。《詞律》卷二以戴復古詞（長亭短亭）為正體，另列辛棄疾詞（態濃意遠）四十五字仄韻格為「又一體」。《詞譜》卷三以劉過詞為正體，列無名氏四十六字平韻格、辛棄疾仄韻格為「又一體」。當以《詞譜》為是。

【注　釋】❶眉長　古以長眉為美。崔豹《古今注》云：「魏宮人好畫長眉。」司馬相如〈上林賦〉云：「長眉連娟，微睇綿藐。」❷翠綃　綠色絲絹被面，指被子。❸雲屏　雲母石製作的屏風。❹那堪　兼之；何況。「那」字讀為平聲。

【語　譯】情感深摯，心意真誠，長眉娟秀，髮鬢烏溜。明月相照，獨坐妝樓彈箏，指間流瀉的聲音在夜空飄蕩，有如和煦春風。

思念郎君，懷想共處時的歡樂，無時無刻不夢繞魂牽！夢醒時香薰的翠綠綢被暖意融融，甚至彌散到了屏風，何況這時宿酒已醒啊！

【研　析】詞寫一年輕貌美女子的相思別恨。先從人品與外貌寫起：「情高意真」，表明品德高潔，氣質、意態非凡俗之輩可比；「眉長鬢青」，突出其年輕而又容顏姣美。可說是內美與外美交相輝映，相得益彰。「小樓明月調箏」，寫景兼敘事。前人詩作常寫及月夜懷人，南朝宋謝莊〈月賦〉更發出「美人邁兮音塵闕，隔千里兮共明月」的浩嘆，因而明月往往和懷人聯繫在一起，而樓臺乃女性之居所，小樓和明月的組合，構成一個女性懷人的環境氛圍。而這位女性其所以「調箏」，乃是欲藉音樂來排遣寂寞，表達情愫。她能在彈奏中傳達出「春風」的信息，顯示出她具有高超的音樂技巧。這也是補寫其才藝，使人物更加完美。「春風」二字寫音樂效果，讓人生發出春風駘蕩、柳絲婀娜、花枝搖曳、生意盎然的想像，並暗示出懷人的季節。春光如此美好，無人相與共賞，實在是辜負了這良辰佳景。她對相戀的郎君日思夜想，幾至銷魂失魄，為了減輕、消解精神的痛苦，便以喝酒來麻醉自己的靈魂。一覺醒來，翠綃香暖，芬芳四溢，這本該是與郎君溫存的時刻啊，現在卻形單影隻，獨對雲屏，而宿酒已醒，更難以為懷，正是酒醉「醒來愁未醒」。全詞主要運用白描手法，語言平易精煉，而表情卻細膩深摯。詞人在運用白描的同時，又注意有所變化，「寫春風數聲」對音樂效果的描寫，即非常空靈，給人留下想像的空白；詞末又以「更那堪」作推進一層的描述，從而加強了表情的力度。詞雖短小，卻富於韻味。

劉過以作豪壯語著稱，而此詞卻旖旎婀娜，別具一格。《白香詞譜》加以選錄，當然首先是看中它特有的拗峭中又不失和諧的韻律美，想來也與欣賞它表達的情感美有關。

9 生查子 元夕

宋 歐陽修 永叔

去年元夜❶時，花市❷燈如晝。月上柳梢頭，人約黃昏後。
今年元夜時，月與燈依舊。不見去年人，淚溼春衫袖。

【作者】原誤作朱淑真，今據學界考證結果改。歐陽修，字永叔，號醉翁，晚號六一居士，廬陵（今江西吉安）人。景德四年（一〇〇七）生。天聖八年（一〇三〇）登進士第，初，為西京留守推官，與錢惟演、梅堯臣、蘇舜欽等詩酒唱和，遂以文章名天下。歷知滁州、揚州、潁州，擢知制誥、翰林學士，累遷禮部侍郎、樞密副使、參知政事。熙寧四年（一〇七一）以太子少師致仕。次年卒，年六十六，謚文忠。有《歐陽文忠公文集》，集中有長短句三卷，別出單行，稱《六一詞》，又有《醉翁琴趣外篇》六卷。其詞深雅俊朗，馮煦《蒿庵論詞》謂其詞「疏雋開子瞻，深婉開少游。」

【詞律】〈生查子〉，唐教坊曲名，用作詞調。因牛希濟詞有「記得綠羅裙，處處憐芳草」句，又名〈綠羅裙〉；朱希真詞有「遙望楚雲深」句，又名〈楚雲深〉；韓淲詞有「山意入春晴，都是梅和柳」句，又名〈梅和柳〉；有「晴色入青山」句，又名〈晴色入青山〉。此調體格紛繁，最早用此調填詞者為晚唐韓偓，故《詞譜》卷三以韓詞〈侍女動妝奩〉為正體。萬樹《詞律》卷三以為韓詞體有未備，而以魏承班詞〈烟雨晚晴天〉為基準。此詞雙調，四十字，上下闋各四句，兩仄韻。大體而言，以兩種體式為主，一是八句中每一句均為仄起式，其格律與五言律句同，如魏詞上下闋首句均作平（可仄）仄仄平平；一是上下闋首句為平起式，如歐詞上下闋首句作仄（可平）平平仄平，其餘六句均為仄起式。至若添字、攤破，當屬變體。

【注　釋】❶元夜　即元宵，正月十五日為元宵節。❷花市　燈花照耀之鬧市。

【語　譯】回想去年元宵夜，火樹銀花，將鬧市照耀如同白晝。當明月升上柳樹梢頭時，我與情人相約幽會於黃昏之後。

今年的元宵夜，明月、燈火依舊交相輝映。但已不見去年幽會之人，傷感的淚水打溼了我春衫的襟袖。

【研　析】此詞用對比手法抒寫幽歡不再的悵惘之情。宋代的元宵節，是所有節日中最為熱鬧的一個節日。是夜，燈火極盛，女性亦靚妝出遊，活動相對比平日自由，這些在詞中多有反映。如張先〈玉樹後庭花〉寫燈：「華燈火樹紅相鬥，往來如晝。」寫女性活動者，如李清照〈永遇樂〉：「中州盛日，閨門多暇，記得偏重三五。鋪翠冠兒，撚金雪柳，簇帶爭濟楚。」而辛棄疾〈青玉案〉更有「東風夜放花千樹，更吹落、星如雨。寶馬雕車香滿路，鳳簫聲動，玉壺光轉，一夜魚龍舞。　蛾兒雪柳黃金縷，笑語盈盈暗香去」的描寫。此詞中「花市燈如晝」是一種極為概括的寫法。由於女性在這一天社交活動較為自由，故有「人約黃昏後」之舉。但這種幽會畢竟帶有某種私祕性，故不能在明月輝映之時、華燈如晝之鬧市進行，而是在黃昏之後，明月尚未當頂的朦朧之際，於較隱蔽處卿卿我我。這種舉動，在當時可說是既浪漫，又大膽，它是宋人追求情感自由的文化心理的反映。後人誤以為此詞係朱淑真所作，並以此為據，指責她行為失檢，有損婦德，實在是一種可笑的道學家眼光。以上是寫幽會之樂。但詞這種文體，歷來以傷感為美，快樂只是傷感的一種反襯，此詞亦然，故下闋轉寫失意。時間過了一年，燈、月、花、柳等景物依舊，而人事已非。對往昔快樂的回憶，對那人的溫馨的懷想，只能增添眼前的憾恨，因而不禁潸然淚下。情感表達在「去年」與「今年」的兩相對照中完成。去年、元夜、月、燈、人，在四十字的小詞中兩次出現，而不覺其複遝，反造成了一種迴環往復之妙，加之語言明快、暢達，頗帶民歌風味。唐崔護〈題都城南莊〉詩云：「去年今日此門中，人面桃花相映紅。人面不知何處去，桃花依舊笑春風。」歐詞在表現手法上與其相似，或受其啟發歟？

〈生查子〉以五言而押仄韻，給人以古樸之感。因韓偓起始即用來寫男女愛情，故後人多因之。除歐詞外，尚有五代牛希濟詞值得一提：「春山煙欲收，天淡稀星小。殘月臉邊明，別淚臨清曉。　語已多，情未了，回首猶重道：『記得綠羅裙，處處憐芳草。』」尤其是下闋因憶念所愛之人的綠羅裙，而憐惜青青芳草，所謂愛屋及烏，最為後人所稱道。

10 昭君怨 春怨

宋 万俟詠 雅言

春到南樓❶雪盡，（韻）驚動燈期❷花信❸。（韻）小雨一番寒，（韻）倚闌干。（韻）

莫把闌干頻倚，（韻）一望幾重煙水。（韻）何處是京華❹？（韻）暮雲遮。（韻）

【作　者】万俟詠，字雅言，自號大梁詞隱。生卒年不詳，生活於南北宋之交。遊上庠不第，放意歌酒。徽宗朝，曾任大晟府制撰，與晁次膺按月律進詞。紹興五年（一一三五）補下州文學。有《大聲集》五卷，不傳。唐圭璋所編《全宋詞》收詞作二十九首。其詞在當時頗受歡迎，據宋王灼《碧雞漫志》載：「每出一章，信宿（連宿兩夜）喧傳都下。」

【詞　律】〈昭君怨〉，又名〈一痕沙〉、〈宴西園〉、〈明妃怨〉、〈洛妃怨〉、〈一葉舟〉等。北宋蘇軾始以此調填詞。調名本於王昭君遠嫁匈奴事。四十字，雙調，上下闋兩平韻兩仄韻遞轉，字數、句數、格律均同。六言句一、三、五字，五言句第一字，平仄均可不論，三言句則必為仄平平。《詞律》卷三、《詞譜》卷三均以万俟詠詞為正體。《詞譜》列蔡伸三十九字者為「又一體」。

【注　釋】❶南樓　此處無特指，一般指南面之樓或南向之樓。❷燈期　指農曆正月十五，此日盛行燃燈，是為燈節。❸花信　指開花的消息。昔時，江南一帶有二十四番花信之說，此處之花信當指梅開後的迎春花發之類。❹京華　指汴京。

【語譯】春已來到南樓，冰雪業已溶化。元宵燈節，風兒驚醒了那冬日沉睡的春花。霏微小雨帶來一陣寒涼，我正依倚闌干眺望。

休要一次又一次地倚闌憑眺，極目所見惟有數重煙水。何處是我渴望返回的帝京啊？視線卻被重重暮雲遮蔽。

【研析】此詞寫遠遊思歸之情。在宋代，尤其在北宋，遠離帝京，滯留他鄉，極易生出孤獨落寞之感。京城之值得留戀，除了它的繁華可任人恣情享樂外，重要的是它乃政治中心，靠近皇權，與自身得到賞識重用等有密切關係。万俟詠這首詞寫思念帝京，即隱隱透露出一種失意情懷。全詞寫得很凝煉、蘊蓄。先從一特定的時節景物入手：時值早春，又逢元宵佳節，冰雪消融，春花迎風開放。對此良辰美景本當興致高漲，情緒歡悅，然而卻暗啟歸心，他不禁由此地之春而念及彼地之春。「小雨」句，從寫景言，是一轉折，初春雖萌動生意，卻還料峭春寒啊！從表情言，則是深進一層的抒發，微寒小雨，又加重了客心悲涼。「倚闌干」一句，對整個上闋而言，所用為逆挽之法，至此，方點明前面所見所感，乃倚南樓闌干時發生之情事。下闋的寫法，頗能變化。始用「莫把」二字，以否定語氣寫倚闌無益，是在否定中寫已經發生之事。以虛寫實，虛中有實。闌干頻倚，顯見思歸之切；惟見煙水重重，乃失望之甚。以下轉用問答形式，京華何以難見？係因暮雲遮蔽之故。這一結尾似暗含有李白〈登金陵鳳凰臺〉詩「總為浮雲能蔽日，長安不見使人愁」之意，非單純景語，實有比興意在。短幅之中，筆法能如此變化多端，誠為難得。全詞不著一「歸」字，而無處不流露出歸心似箭，此正為其手法高明之處。黃昇《唐宋諸賢絕妙詞選》謂

「雅言之詞，詞之聖者也。發妙音於律呂之中，運巧思於斧鑿之外，平而工，和而雅，比諸刻琢句意而求精麗者遠矣。」用以評價此詞，尤為的當。

令詞有如詩中之絕句。「收拾光芒入小詩」，這是前人對絕句的要求。令詞也是如此，能收拾一點光芒即可。像万俟詠這首詞，寫的只是元宵佳節依倚闌干時被觸發的一縷思緒。把這縷思緒凝聚在四十個字的小詞中，何等精練、含蓄，耐人尋味！

11

點絳唇 閨情

宋 曾允元 舜卿

一夜東風，枕邊吹散愁多少？數聲啼鳥，夢轉紗窗曉。

來是春初，去是春將老。長亭道❶，一般❷芳草，只有歸時好。

【作　者】曾允元，號鷗江，西昌（江西泰和西）人。《詞綜》卷二十八云：字舜卿。唐圭璋將其人其作收入《全宋詞》，錄詞作四首。《考正白香詞譜》以其詞出元《草堂詩餘》，故列為元人。其生活年代，當在宋元之交。

【詞　律】〈點絳唇〉，江淹〈詠美人春遊〉詩有「白雪凝瓊貌，明珠點絳唇」語，調名取此。又名〈南浦月〉、〈點櫻桃〉、〈沙頭雨〉、〈尋瑤草〉等。南唐馮延巳始以此調填詞。故《詞譜》卷四以馮詞（蔭綠圍紅）為正體。《詞律》卷三則以宋趙長卿詞（雪霽山橫）為正格。雙調，四十一字，上闋四句，三仄韻，下闋五句，四仄韻。上闋第三句、下闋第四句之四言，一般用仄平平仄的特殊格律，如馮延巳詞「畫橋當路」、「意憑風絮」，宋姜夔詞（燕雁無心）「數峰清苦」、「憑（去聲）欄懷古」，此詞之「數聲啼鳥」、「一般芳草」，均是，以增其特殊的音律效果。此調又有四十三字一體，見《詞譜》卷四所列韓琦詞。

【注　釋】❶長亭道　古時於道路十里置亭，謂之長亭，供行人休憩及餞別之用。❷一般　一樣。

【語　譯】昨夜東風一直在吹，不知從枕邊吹散旅愁多少？又聽到數聲鳥啼，夢醒時，曙色臨窗，已是破曉。

外出時恰是春初，歸去時春已將暮。長亭道邊，漫地芳草在召喚，惟有歸家帶來最大樂趣。

【研　析】此詞寫羈旅在外即將歸家的歡欣輕快之情。詞人所攝取的是早晨醒來一剎那的情景。因為幾個月來奔波在外，不僅辛勞，且鄉愁累積，如今想到即將結束這漂泊的生活，和家人團聚，能不格外興奮？由於興奮，夜晚竟至難以成寐，幾欲欹枕待旦。抒情主人公回想昨宵，吹了一夜東風，把那無邊的離愁、鄉愁都吹散了。直到天快破曉時，才朦朧入睡，而此時恰值曙色臨窗，「處處聞啼鳥」，驚破了歡愉的美夢。但在這裡詞人絕對沒有「啼時驚妾夢，不得到遼西」的懊惱，因為新的一天的來臨，帶來了美夢成真的希望。詞之下闋，一氣直下，明白坦露心跡。「來」與「去」之時間差是「春初」與「春將老」，這在歷史長河中只不過是一瞬，而對於思歸心切的人來說，卻是一個漫長的時間段。且「春將老」，不也寓示著時光流駛之速，寓示著人之將老嗎！在有限的年光中，不盡快享受天倫之樂，更待何時？在此春盡之時，芳草已經綠遍長亭路。淮南小山〈招隱士〉云：「王孫遊兮不歸，春草生兮萋萋。」此處暗用其意。那遍地芳草不正是催歸的信號嗎？結句進一步將歸與不歸作出比較，歸既遠勝不歸，速歸就更合乎天經地義了。以此收束全篇，氣足神完。從來的詞作，多寫羈旅在外的孤苦、愁寂，而極少描述將歸的歡欣，此詞卻一反常規，對旅愁，只用「一夜東風」「吹散」一筆帶過，對那份歸家的欣喜，卻情不自禁地用了更多的筆墨。尤為難得的是詞人以尋常語表現常人之情，自然而然，可謂能道著矣。故況周頤評曰：「看似毫不吃力，政（通「正」）恐南北宋名家未易道得，所謂自然從追琢中出也。」（《蕙風詞話》）

用〈點絳唇〉詞牌填詞，最膾炙人口之名作，當推姜夔的「丁未冬，過吳松作」。詞云：「燕雁無心，太湖西畔隨雲去。數峰清苦，商略黃昏雨。　第四橋邊，擬共天隨住。今何許？憑欄懷古，殘柳參差舞。」其所表達者已超出歷來的閨情、鄉愁等內容，而含有對國勢的憂慮，在藝術表現方面更帶有清空的特色。清陳廷焯在《白雨齋詞話》中稱賞此詞「通首只寫眼前景物，至結處云『今何許，憑欄懷古，殘柳參差舞』，感時傷事，只用『今何許』三字提唱，『憑欄懷古』下，僅以『殘柳』五字詠嘆了之，無窮哀感，都在虛處，令讀者弔古傷今，不能自止，洵推絕調。」

12

菩薩蠻

閨情　一作「別意」

唐　李白　太白

平林❶漠漠❷煙如織（韻），寒山一帶傷心碧（韻）。暝色❸入高樓（韻），有人樓上愁。

玉階❹空佇立❺，宿鳥❻歸飛急。何處是歸程？長亭連短亭❼。

【作者】李白，字太白，號青蓮居士，大足元年（七〇一）出生於中亞碎葉，後遷居蜀中，住綿州（今四川境內）。約開元十九年（七三一），初入長安，以後長時間輾轉遊歷陝、豫、魯等地。天寶元年（七四二）至三年，為供奉翰林時期，受唐玄宗殊遇。天寶三年離開長安，漫遊梁宋、齊魯等地。天寶十四年（七五五），安祿山叛亂，先攜眷逃難，後入永王璘幕府。永王敗，李白先被繫獄，後被流放夜郎，途中遇赦。寶應元年（七六二）卒，年六十二。李白的詩歌是唐詩最為傑出的代表，與杜甫詩歌雙峰並峙。其詞作以〈菩薩蠻〉、〈憶秦娥〉最為有名。二詞之真偽，學界尚有爭議，姑依舊說繫於李白名下。

【詞律】〈菩薩蠻〉，唐教坊曲名，用作詞調。唐蘇鶚《杜陽雜編》載：「大中初，女蠻國入貢，危髻金冠，纓絡被體，號菩薩蠻隊。當時倡優遂製〈菩薩蠻〉曲，文士亦往往聲其詞。」又名〈菩薩鬘〉、〈重疊金〉、〈子夜歌〉等。雙調，四十四字，前後闋各四句，兩仄韻，兩平韻，為平仄韻轉換格。其中第一二兩句即為七言仄句，一、三字平仄可不論。第三、四句（七、八句同），五言押平聲韻者，第一句為仄起式，第三字必用仄聲；次句為平起式，第一字平仄可不論，但第三字當用平聲（有時可通融），如此詞之「樓上愁」、「連短亭」皆以平仄平收束，於和諧中雜以拗律，以造成拗峭與和婉相結合的音樂效果。唐五代及宋人用此調填詞，大多如此，如唐溫庭筠詞（小山重疊金明滅）「弄妝梳洗遲」、「畫屏金鷓鴣」，五代毛熙震詞（梨花滿院飄香雪）「憶君和夢稀」、「行雲山外歸」，宋張先詞（憶郎還上層樓曲）「回頭風袖飄」、「不如花草心」。《詞律》卷四、《詞譜》卷五均以李白詞為正體。

【注　釋】❶平林　由近而遠一帶齊整的樹林。❷漠漠　彌漫貌。❸暝色　暮色。❹玉階　石砌的臺階。❺佇立　久立。❻宿鳥　歸鳥。❼長亭句　古時於道路置亭供人休憩或送別，十里一長亭，五里一短亭。

【語　譯】眼望平林，迷茫一片，暮靄紛紛，飄漾如織；一帶遠山透著荒寒，那碧綠呈現傷心顏色。暮色由遠而近，進入高樓，樓上之人，正滿腹憂愁。

在玉階上徒然久久站立，只見歸鳥飛回轉急。何處是通往家園的路程？惟有無盡的長亭連著短亭。

【研　析】據宋釋文瑩《湘山野錄》載，此詞係北宋人魏泰在鼎州（今湖南常德）滄水驛驛樓牆壁上所見，不知何人所作。後於長沙曾布家中見古集，得知為李白所作。後人對此頗有疑義。且不論作者究竟是否為李白，但可肯定這是一首相當早出的寫羈旅思歸之情的佳篇。在黃昏時刻，漂泊異域之人極易生出難以排解的鄉愁。如唐孟浩然〈宿建德江〉詩有「移舟泊煙渚，日暮客愁新」的抒寫，崔顥〈黃鶴樓〉詩有「日暮鄉關何處是？煙波江上使人愁」的感嘆，都是證明。此詞所寫正是這一時刻湧動的客懷。詞的上闋，一開始即寫眼中所見黃昏景色。先從遠處寫來，平林、暮靄、遠山，用的都是主謂結構，但寫得各有特色：平林迷濛，重在靜態；暮煙如織，重在動態；遠山荒寒，碧凝傷心之色，重在寫感受。可以說，這三句重在寫「色」，一種灰暗的令人黯然生愁的顏色。它們又層次分明，構成了一幅闊遠的圖畫。詞人寫遠山，善移情於物。山，本無所謂「寒」，寒，乃詞人主觀感受；山之綠，本無所謂歡戚，「傷心」，實詞人之主觀情感，後出之柳永亦曾有「慘綠愁紅」（〈定風波〉）的形容，與此相類。因此，這山，這綠，都帶上了詞人強烈的主觀色彩。雖重在寫景，卻能融情入景，景中含情。「暝色」一句是對前面所寫景物的延續，用一「入」字，尤帶動感，顯示暮色更為深濃，同時，也點出觀景之地點所在。因係「高樓」，故能遠觀，因係樓臺，故便於引逗出登樓之人。「有人樓上愁」一句，在結構上有承上啟下的作用。對上闋而言，是逆敘，點出觀景之人，對於下闋而言，是思歸的主體。「愁」字，是點睛之筆，因愁，故前面景物皆著愁之色彩，所愁者為何？下面始具陳心跡。下闋首句承上，寫人之登眺非一時半刻，站立時間之久，是因歸思綿長，歸而不得，徒增失落之感。此時又見飛鳥急急歸巢，更觸景生情。鳥兒尚可按時歸巢，人本當歸，卻飄流在外，情何以堪！係以自然之物反襯人之鄉愁。由此而擬想歸程，真不知道路幾千，惟是無盡的長亭連著短亭啊！

全詞以登樓之人為軸心，以愁為主線。上闋觀景由遠而近，下闋寫景由近而遠，由已見推知未見。愁則被融化於既切近又闊遠的景物與蒼茫暮色中。寫得如此古樸、凝重、深沉，故宋黃昇在《唐宋諸賢絕妙詞選》中將此詞與另一首〈憶秦娥〉稱為「百代詞曲之祖」。近人俞陛雲認為：「以詞格論，蒼茫高渾，一氣迴旋。」（《唐詞選釋》）該詞在南宋初，猶有歌唱的紀錄，如韓元吉〈念奴嬌〉詞寫道：「尊前誰唱新詞，平林真有恨，寒煙如織。」

用〈菩薩蠻〉詞牌填詞者甚多，始以閨情為主，如晚唐溫庭筠所作十五首，南唐馮延巳所作八首均是。寫豔情者以溫詞「小山重疊金明滅」、「水晶簾裡頗黎枕」最為有名。寫戰亂中鄉思及人生感慨者，有韋莊的「人人盡說江南好」、「勸君今夜須沉醉」等作。其後，詞與音樂分離，亦有用其寫莊重、沉鬱的愛國情懷者，如辛棄疾之〈書江西造口壁〉「鬱孤臺下清江水，中間多少行人淚。西北望長安，可憐無數山。　青山遮不住，畢竟東流去。江晚正愁余，山深聞鷓鴣」是也。此調又因兩句一轉韻，每句第一字平仄不拘，便於回環押韻，故有的詞人用作回文詞，如蘇軾詞：「落花閑院春衫薄，薄衫春院閑花落。遲日恨依依，依依恨日遲。」

由於此詞牌兩句一轉韻，填詞時須注意一轉一意，兩句中須意相連屬。

13 卜算子

別意　一作「贈別」

宋　王觀　通叟

水是眼波橫❶（句），山是眉峰聚❷（韻）。欲問行人去那邊（句）？眉眼盈盈❸處（韻）。

才始送春歸（句），又送君歸去（韻）。若到江南趕上春（句），千萬和春住（韻）。

【作者】原誤作蘇軾，今據《全宋詞》本改。王觀，字通叟，海陵人，一作如皋人（二地均今江蘇境內）。生卒年不詳。嘉祐二年（一〇五七）進士，任大理寺丞，知江都縣。累官翰林學士。因作應制詞〈清平樂〉有「折旋舞徹〈伊州〉，君恩與整搔頭」之句，宣仁太后認為褻瀆神宗，被罷職，遂自號逐客。王灼《碧雞漫志》載：「王逐客才豪，其新麗處與輕狂處，皆足驚人。」有《冠柳集》，不傳。

【詞　律】〈卜算子〉，又名〈卜算子令〉、〈缺月掛疏桐〉（用蘇軾詞首句）、〈百尺樓〉（因秦湛詞有「極目煙中百尺樓」句）、〈眉峰碧〉（因無名氏詞有「蹙破眉峰碧」句）、〈楚天遙〉（因僧皎詞有「目斷楚天遙」句）。雙調，四十四字，八句四仄韻，上下闋各由三個仄起五言句和一個仄起七言句組成，格律同近體詩律句。此調《詞律》卷三、《詞譜》卷五均以蘇軾詞「缺月掛疏桐」為正體。其他體式多在蘇體基礎上加以變化，或添字（如杜安世詞將上下闋末句之五言變為兩個三言：「又別是，愁情味。」「細認取，斑點淚。」），或增韻（如石孝友「見也如何暮」一詞為六仄韻），《詞律》、《詞譜》另列有六種變體。

【注　釋】❶水是眼波橫　漢傅毅〈舞賦〉：「目流睇而橫波。」本言女子目光轉盼，如水之橫流，此處反過來說，水如女子之眼波流盼。❷山是眉峰聚　漢劉歆《西京雜記》載：「（卓）文君姣好，眉色如望遠山。」本以遠山形容女性眉之美好，此處則反言之，謂山如美女之眉。❸盈盈　美好貌。

【語　譯】那兒的水是美人的眼波流盼，那兒的山是美人的眉峰簇聚。要問遠行的人去哪裡？正去那眉眼姣好之處。

剛剛送走美好的春天，而今又送你返回江南。要是到江南趕上春色，千萬和春相隨相伴。

【研　析】此係送別之詞，原標題為「送鮑浩然之浙東」。浙東乃山青水秀之地，又或鮑氏愛妾居住於該處，故詞即以山水為發端，並暗寫其愛妾的美貌與愁容。從寫山水之美的角度而言，詞人不用顏色字面，也不作態勢的描摹，如詞中常見的「春來江水綠如藍」（白居易〈憶江南〉）、「春水碧於天」（韋莊〈菩薩蠻〉）、「重疊暮山聳翠」（柳永〈訴衷情近〉）、「春山好處，空翠煙霏」（蘇軾〈八聲甘州〉）等等描寫，一概不用，而以美人之眉眼為喻，不獨新穎，亦且空靈，令人在聯想中去領略去品味那山水的秀麗。而此種寫法的俏皮處，尤在於寫出了那愛人的明澈秋波和因思念等待而緊蹙的眉彎。是以此番江南之行，既有山容水態的吸引，更有所愛者的熱切期待。以下用問答形式點明去向，用「眉眼盈盈處」一語雙關地做一個總結。下闋所寫，是送者的一分悵惘，是送者對行者的一番祝願。送走生命勃發的春天，本已難以為情，又送朋友遠行，更添一分失落。用「才」、「又」兩個虛詞，把季節和人事聯繫在一起，又用兩「歸」字，賦予兩件不同性質的事情以同一性，從而加重別情的分量。下面的祝願是通過擬想來體現的。前人有「斷腸春色在江南」（韋莊〈古別離〉）之說，詞人或受其啟發，設想江南之地春色仍在，囑咐朋友千萬不要辜負這大好春光。這裡的春，既代表一年中的美好時光，又代表著人事中的花好月圓。有了這囑咐，調子便由輕快轉而為高揚。此雖送別之詞，運筆卻是一片神行，設想奇巧，新鮮、活潑、詼諧，情趣盎然，最能體現王觀詞作俏皮、幽默，善能作不經人道語的特色。

以〈卜算子〉詞調填詞最著名者，為蘇軾所作「缺月挂疏桐，漏斷人初靜。誰見幽人獨往來，縹緲孤鴻影。　驚起卻回頭，有恨無人省。揀盡寒枝不肯棲，寂寞沙洲冷。」該詞抒發了詞人遭烏臺詩案之冤、被貶黃州時的憂憤孤寂情懷，用比興之法，以孤雁襯托人情，高妙、清遠。清陳廷焯謂此詞「寓意高遠，運筆空靈，措語忠厚，是坡仙獨至處，美成、白石亦不能到也。」（《詞則・大雅集》）此外，還有陸游的詠梅詞：「驛外斷橋邊，寂寞開無主。已是黃昏獨自愁，更著風和雨。　無意苦爭春，一任群芳妒。零落成泥碾作塵，只有香如故。」以梅託喻，抒寫自己政治

上備受排擠的痛苦和志行芳潔的高貴品格，詞末尤具扛鼎之力，故卓人月評此詞，謂「末句想見勁節。」（《詞統》）

14 減字木蘭花

春情

宋 王安國 平甫

畫橋❶流水，雨溼落紅❷飛不起。月破黃昏，簾裡餘香馬上聞。

徘徊不語，今夜夢魂何處去？不似垂楊，猶解❸飛花入洞房❹。

【作　者】王安國，字平甫，臨川（今江西撫州）人。王安石之弟，天聖八年（一〇三〇）生。熙寧元年（一〇六八），賜進士出身，除西京國子教授、崇文院校書。熙寧七年（一〇七四），為大理寺丞、集賢校理。坐鄭俠事，於次年放歸田里。熙寧九年（一〇七六）卒，年四十七。有《王校理集》，不傳。唐圭璋所編《全宋詞》錄詞作三首。

【詞　律】〈減字木蘭花〉，於〈木蘭花〉（五十二字體）本調減少八字，又名〈減蘭〉、〈木蘭香〉。雙調，四十四字，上下闋各兩平韻，兩仄韻，句式、格律均同。第二、第六句七言為仄起仄韻，第四、第八句七言為仄起平韻。《詞律》卷七於〈木蘭花〉後列呂渭老減字者（雨簾高卷）為「另一體」。《詞譜》卷五單列，以早出之歐陽修詞（歌壇斂袂）為正體。

【注　釋】❶畫橋　通常指朱橋或赤欄橋。❷落紅　落花。❸解　懂得。❹洞房　深邃的內室。洞，深也。

【語　譯】赤欄橋下流水潺湲，雨水打溼的花瓣落地難飛。此時明月當空，衝破黃昏氛圍，在馬上聞到了從簾內飄出的芳菲。

來回踱步，默默無語，今夜我的夢魂歸屬何處？直恨自己不能像那垂楊，還懂得飛揚花絮進入那深邃的閨房。

【研　析】歷來詞作，多從女性角度寫相思戀情，而此詞則從男性角度寫一種渴慕與追求。他在旅途中深感孤寂，希望得到異性的體貼與溫馨。詞從薄暮時分的景物寫起，他騎著馬兒，映入眼簾的是畫橋流水，傳入耳中的是流水潺潺和自己的馬聲得得，一派旖旎的風物，一種充滿詩情畫意的場景。這和晏幾道在〈木蘭花〉中所描寫的「紫騮認得舊遊蹤，嘶過畫橋東畔路」的情景頗為相似。此時陣雨剛過，纖塵不起，道上惟有落紅數點，更覺空氣清新宜人，心情悠閒恬適。時間在逐漸推移，由薄暮至黃昏，又由黃昏至月出，這是特別引惹鄉愁的時刻，是旅人倍感落寞的時刻。他在馬上突然聞到從簾櫳飄散出來的脂粉芳香，心頭不免陡然一震，激蕩起陣陣波瀾，因此引出了下面的無限心事。故詞之下闋，主要從心事著筆。男主人公騎著馬在徘徊，但徘徊只是外在的行動，實際是在徘徊中焦慮地思索，不免生出非非之想：這個夜晚將做一個稱心的美夢，去與那簾內之人幽會。詞中運以「何處去」的疑問口吻，實則早已答案在胸，結拍兩句便是確鑿的證明。可幽會之事卻是可想而不可即的啊！故不免心生遺憾，不免嫉羨起那可自由飛舞的楊花來。楊花可入洞房與伊人親密，而自己卻惟單相思而已。如此以人花對比，使所傳之情更加深切；如此設想楊花，尤為無理而妙！馮延巳〈點絳唇〉詞從女性角度寫道：「意憑風絮，吹向郎邊去。」

此詞翻用其意，藝術效果尤佳。此詞原題為「春情」，所攝取之落紅、垂楊、飛花，皆春日景物；作者抒情將其安放於春日由薄暮至月出的時間段，最為恰當；而其中的兩個人物，一個徘徊於外，一個隱形室內，一個有情，一個無情，把單戀之苦寫得入木三分，令人想起蘇軾的〈蝶戀花〉：「架上秋千牆外道。牆外行人，牆裡佳人笑。笑漸不聞聲漸杳，多情卻被無情惱。」二者何其相似！

〈減字木蘭花〉每兩句一轉韻，比較自由，故採用之人甚多。但填詞時須注意一轉一意，每兩句意須相關聯。如此詞，首二句寫雨後之景，三、四句寫時間推移中發生之事，五、六句轉寫徘徊時的內心活動，七、八句再進一層具寫情思。全詞脈絡井然，一氣貫注，每兩句又各自獨立成意。

15 醜奴兒

春暮

宋 朱藻 野逸

障泥❶油壁❷人歸後，滿院花陰。樓影沉沉，中有傷春一片心。

閒穿綠樹尋梅子，斜日籠明。團扇風輕，一徑楊花不避人。

【作者】朱藻，號野逸。生平不詳，生活於南宋後期。唐圭璋所編《全宋詞》據《陽春白雪》錄詞一首。

【詞　律】〈醜奴兒〉，又名〈采桑子〉，唐教坊曲有〈楊下采桑〉，調名本此。馮延巳詞名〈羅敷媚歌〉，李後主詞名〈醜奴兒令〉。四十四字，雙調，上下闋各四句，三平韻。其中的兩個四字句，平仄相同，故也可用作疊句，如辛棄疾詞「少年不識愁滋味，愛上層樓。愛上層樓，為賦新詞強說愁。　而今識盡愁滋味，欲說還休。欲說還休，卻道天涼好個秋。」《詞律》卷四、《詞譜》卷五均以後晉和凝詞（蝤蠐領上訶梨子）為正格。在此基礎上，上下闋各添二字者，有李清照詞（窗前誰種芭蕉樹），添五字者有朱淑真詞（王孫去後無芳草），《詞譜》皆列為「又一體」。

【注　釋】❶障泥　指垂於馬腹兩側遮擋泥土者。❷油壁　車名，古代婦女所乘，因車壁以油塗飾而得名。

【語　譯】騎馬的、乘車的都歸去之後，只剩下滿院的濃密花蔭。日照下高樓的斜影深深，樓中人懷有一片傷春之心。

步入庭院隨意穿過綠樹尋覓梅子，此時斜陽正照耀樹林。微拂團扇，風兒輕輕，滿路的楊花撲向行人。

【研　析】此詞所寫乃一次聚會後的孤獨情懷。這次聚會，很像現在舉行的一個家庭派對，來的人很多，有男有女，有騎馬的，有乘車的，大家盡興之後，各自歸家，於是，「又把聚會當成一次分手」（歌曲〈思念〉中詞句）。一番熱鬧過後，歸於靜寂。這種熱鬧後的靜寂更倍於尋常。馮延巳〈鵲踏枝〉云：「昨夜笙歌容易散，酒醒添得愁無限。」寫的就是這樣一種感受。而今雖然陽光依舊明麗，但那滿院的花蔭，那沉沉的樓影，愈加襯托出人的孤零。這次聚會是在暮春時節，時光流駛，春又將盡，人生能有幾回相聚啊！不禁悲從中來，生出一片傷春之心。真個是「聚散苦匆匆，此恨無窮。」（歐陽修〈浪淘沙〉）為了排遣愁寂，這位傷心人，走下樓來，步入花繁樹茂的庭院，先是探尋那綠葉成蔭的梅樹，此時，已是子滿枝頭。晚唐杜牧曾寫有〈嘆花〉詩：「自是尋春去校遲，不須惆悵怨芳時。狂風落盡深紅色，綠葉成陰子滿枝。」借花褪、葉繁、結子之梅惋嘆春之消逝。此詞「閒穿綠樹尋梅子」的動態描寫所含情意當和杜詩相同，寄託的是惜春之情。他們的聚會或許是在中午舉行的，而此時，已到了日頭偏西之際，陽光把樹林照耀得很明亮。因為季候轉暖的緣故，她手持團扇，微拂輕風，在前行之際，迎面撲來隨風飛舞的楊花。正是：「春風不解禁楊花，紛紛亂撲行人面。」（晏殊〈踏莎行〉）楊花飄落，也是暮春之象。故詞之下闋是通過梅子、楊花等景物和氣候的變化，來表現「傷春」情懷，在獨尋獨步中透露出伊人之孤寂。這種「曲終人散」的落寞，這種時光流逝的感喟，乃人之常情。此詞抓住「人歸後」的這一時刻，將其表現得如此細膩，實屬難能。但此詞之押韻有前後鼻音不分的現象，上闋所押為十二「侵」部韻字（以m收音），下闋「明」、「輕」屬八「庚」韻部字（以ng收音），「人」字屬十一「真」韻（以n收音），故其用韻較寬，或受南方方言影響。

〈醜奴兒〉上下闋均兩七言句，兩四言句，兩四言句又夾在兩七言句之間，在音律上能造成一種回環之感，故詞人多喜用之。北宋歐陽修以〈采桑子〉調名一連寫了十多首詞，尤以穎州西湖十首為有名，其中「群芳過後西湖好，狼藉殘紅。飛絮濛濛，垂柳闌干盡日風。笙歌散盡遊人去，始覺春空。垂下簾櫳，雙燕歸來細雨中。」屬辭清雅，意象空靈，歷來為人所稱賞。朱藻之詞所表現的為常人在特定情境中所流露的一種心緒，而歐詞則於暮春景物中表達出士大夫的恬適之趣，至若前面「詞律」中所舉辛棄疾之詞，更是高度概括了詞人大半生的經歷與感受，且具有一種普世性質。由此可見，此調適宜於表現種種不同的感情，體式雖然短小，只要運用得當，也可以具有比較豐富、厚重的含量。

16 謁金門　春閨

五代　馮延巳　正中

風乍❶起，吹皺一池春水。閑引鴛鴦芳徑❷裡，手挼❸紅杏蕊。

鬥鴨❹闌干獨倚，碧玉搔頭❺斜墜。終日望君君不至，舉頭聞鵲喜。

【作　者】馮延巳，又名延嗣，字正中，廣陵（今江蘇揚州）人。唐末天復三年（九〇三）生。南唐中主李璟保大初年，拜諫議大夫、翰林學士，遷戶部侍郎、翰林學士承旨，官至左僕射同中書門下平章事。宋建隆元年（九六〇）卒，年五十八。有其外孫陳世修所輯《陽春集》，存詞百首左右。其詞對後世影響較大，清馮煦〈唐五代詞選序〉謂其詞「鼓吹南唐，上翼二主，下啟歐、晏，實正變之樞紐，短長之流別。」近人王國維《人間詞話》評其詞「不失五代風格，而堂廡特大，開北宋一代風氣。」

【詞　律】〈謁金門〉，唐教坊曲名，用作詞調。又名〈空相憶〉、〈花自落〉、〈垂楊碧〉、〈聞鵲喜〉等。雙調，四十五字，上下闋各四句，四仄韻，除第一句字數不同外，其餘三句字數、格律均同。

首句三言中的第二字雖可平仄不論，但以用仄聲字為佳，如此詞之「風乍起」、薛昭蘊詞之「春滿院」、牛希濟詞之「秋已暮」等，均是。《詞律》卷四、《詞譜》卷五均以韋莊詞（空相憶）為正體，《詞譜》另列添字或將六字句變化為兩個三言之體式為「又一體」。

【注釋】❶乍　陡然。❷芳徑　花徑。❸挼　搓揉；以兩手相切摩。❹鬥鴨　使鴨相鬥以為戲。❺碧玉搔頭　即碧玉簪。舊題劉歆《西京雜記》載：「（漢）武帝過李夫人，就取玉簪搔頭，自此後宮人搔頭皆用玉，玉價倍貴焉。」

【語譯】春風乍起，池水漾起一片綠色漣漪。在花園小徑，隨意逗引鴛鴦，兩手搓揉紅杏花蕊。

獨自依倚鬥鴨闌干，頭上玉簪已經斜墜。整天盼望心愛之人而他卻沒來，抬頭忽然聽到鵲叫，想必是來報喜。

【研析】此寫閨怨之詞。先從景物寫起。「風乍起」，前面無任何鋪墊，可謂破空而來。一池春水，本來平靜無波，此時激起一片漣漪。這兩句如果僅僅將其視之為景語，就顯得淺嘗輒止了，它似乎同時又暗示著人的內心，在平靜之中突然微瀾興起。景耶？情耶？亦景亦情，景中含情。而其妙處正在有意無意之間。故俞陛雲評此二句「破空而來，在有意無意間，如絮浮水，似粘非著。」（《唐五代兩宋詞選釋》）以下轉寫花園中之人。「閑引」二句寫了兩個動作，一是閑逗鴛鴦玩耍，一是手挼紅杏蕊。但動作絕非虛設，這是內心活動的外化。鴛鴦成雙成對，終日不離不棄，是對自身形單影隻的一種反襯；兩手搓揉花蕊，所搓揉者乃紅杏，表明所處乃是一個「紅杏枝頭春意鬧」的美好環境，景雖歡愉而人卻孤獨，不免生出些許悵惘，手揉花蕊而心不在焉，正是無情無緒的外在表現。

詞之下闋接寫女主人公的行動，她由芳徑走向門鴨處，獨自倚靠闌干。她是在觀鴨門之戲嗎？不是，是站在那兒沉思，想自己的心事。她站了很久很久，有時也會交替挪動一下酸麻的雙腳，以致碧玉簪都斜斜地欹側於一邊了。她在想念、在期盼、在等待所愛的人兒來到身旁，但「終日望君君不至」，於失望中不免含有深深的怨懟。此時猛然抬頭忽聽到喜鵲的叫聲，這真是好兆頭啊！便又生出了一線新的希望。詞寫至此，戛然而止，不再說這喜兆應驗與否，而留給讀者去回味、去思考，正所謂「言有盡而意無窮」！

詞之寫法頗具視覺藝術特點，除了「終日望君君不至」這一句情語外，其寫景寫人都覺其具有強烈的可視性，可說是一個鏡頭接著一個鏡頭，具移步換形之妙，有的甚至是特寫鏡頭，如「手挼紅杏蕊」、「碧玉搔頭斜墜」。清賀裳《皺水軒詞筌》云：「詞家須使讀者如身履其地、親見其人，方為蓬山頂上。」此詞可謂能臻於此境矣。在章法安排上，亦能有所變化。上闋寫風起、水皺、引鴛鴦、挼紅杏，寫池塘、芳徑的空間變換，於動態中富於暗示。下闋寫法，地點則固定於「門鴨闌干」，並由動作暗示，轉入直抒情懷，且情緒表現還有所起伏。這些地方不能不令人佩服作者藝術手段之高明、構思之巧妙。

關於這首詞的開頭兩句，《南唐書》載有一則對話，中主李璟嘗戲延巳：「吹皺一池春水，干卿何事？」延巳曰：「未如陛下『小樓吹徹玉笙寒』。」中主聞之悅。有人據此以為馮詞這兩句有諷諭政事之意，故引起中主不悅，而馮之回答則以詞言詞，避免了君臣之間可能存在的芥蒂。但從詞境而言，俞陛雲認為：「『小樓』句，固極綺思清愁，而馮之『風乍起，吹皺一池春水』，托思空靈，勝於中主。」

以〈謁金門〉調填詞著名者，尚有孫光憲詞：「留不得，留得也應無益。白紵春衫如雪色，揚州初去日。輕別離，甘拋擲，江上滿帆風疾。卻羨彩鴛三十六，孤鸞還一隻。」以女性口吻寫離情，衝口而出，快言快語，甚至有過情語，但詩詞中有辭愈說盡而情愈無窮者，即此類作品。

17 訴衷情

眉意

宋 歐陽修 永叔

清晨簾幕卷輕霜，呵手❶試梅妝❷。都緣自有離恨，故畫作，遠山長❸。

思往事，惜流光，易成傷。未歌先斂，欲笑還顰❹，最斷人腸。

【作　者】歐陽修，見本書第九首〈生查子〉詞作者介紹。此首又別作黃庭堅詞，見《豫章黃先生詞》。

【詞　律】〈訴衷情〉，唐教坊曲名，用作詞調。又有〈訴衷情令〉、〈桃花水〉、〈步花間〉、〈一絲風〉等名稱。有單調、雙調兩種。此處所錄為雙調，四十五字，上下闋各押三平韻，句式則有三言、四言、五言、六言、七言，相對其他小令，變化較多。下闋第一、二句平仄相對，例作對句（如此詞「思往事，惜流光」，陸游詞「胡未滅，鬢先秋」）；三個四言句中的一、二句平仄相對，可作對句（如此詞「未歌先斂，欲笑還顰」，晏殊詞「一春芳意，三月和風」），二、三句平仄相同，可作同聲對（如陸游詞「心在天山，身老滄州」）。這一詞牌雙調體式較多，《詞律》卷二列魏承班詞（春情滿眼臉紅消）四十一字體、王益詞（燒殘絳蠟淚成痕）四十四字體、趙長卿詞（花前月下會鴛鴦）四十五字體數種。《詞譜》卷五稱名為〈訴衷情令〉，以晏殊詞（青梅煮酒鬥時新）四十四字者為正體（宋人填詞多用此體式），復列歐陽修此詞與張元幹詞（八年不見荔枝紅）為「又一體」。

【注　釋】❶呵手　呵口中氣使手發熱。❷梅妝　即梅花妝。相傳南朝宋武帝女壽陽公主人日臥於含章簷下，梅花落於額上，成五出之花，拂之不去，自後有梅花妝。❸遠山長　謂眉如遠山。舊題劉歆《西京雜記》載，「（卓）文君姣好，眉色如望遠山。」❹顰　皺眉。

【語　譯】清晨捲起窗簾，有輕微霜寒襲入，用熱氣呵手，嘗試化梅花妝。都因本有滿懷離恨，故將雙眉畫成長長遠山模樣。

回想往事，惋嘆年光如流，最易使人傷感。歌聲未發，雙眉已蹙，想露笑容，卻還眉皺，令人無限憐惜，幾至魂銷腸斷。

【研　析】此詞題為「眉意」，寫歌女之眉及眉間流露的感傷之情。通常，有眉目傳情之說。眉傳遞的情感信息有時不亞於目傳遞的情感信息。眉，在唐宋詞中出現的頻率很高，常起著重要的表情作用。如和凝〈春光好〉：「窺宋深心無限事，小眉彎。」韋莊〈女冠子〉：「忍淚佯低面，含羞半斂眉。」張先〈雙燕兒〉：「芳心念我，也應那裡，蹙破眉峰。」蘇軾〈減字木蘭花〉：「殢主尤賓，斂黛含顰喜又嗔。」脈脈含情、忍淚含羞、喜怒悲愁，無不通過眉的形狀加以表現。歐陽修的這首詞對眉意的描寫更顯相對集中。首先從清晨的氣溫寫起：霜薄寒輕。窗簾一捲，就有一陣微寒撲面而來，因微寒而引出下面呵手的動作。而呵手，是為了便於化妝，她所化的又是特別美的梅花妝。這樣通過一系列動作，顯示出了這位歌女的嬌媚，也為下面眉的描畫作好了準備。畫眉，是化妝的一道重要程序，對化妝的好壞具有點睛的重要作用。溫庭筠的〈菩薩蠻〉寫女性的無心打扮，只說她「懶起畫蛾眉」，朱慶餘〈閨意獻張水部〉詢問妝化得如何，只問：「畫眉深淺入時無？」可見，畫眉是一件很鄭重的事情。如何畫？畫成何種形狀？又與人的心情有密切關係。故下面接寫「都緣自有離恨，故畫作，遠山長。」那麼「離恨」與「遠山長」究竟有何關係？它固然與古人以長眉為美的審美觀念有關，但這裡寫的是故意為之，當包含有與所愛之人相隔水遠山長之意。

下闋轉寫其內心活動：往昔的良辰美景，很多賞心樂事，湧上心頭，然而隨著時光的流逝，如今只能在意念中重溫了，這是何等令人傷感的事情！可是作為歌女，在人前歌唱時，又須噎淚裝歡。因為有這些心事，難以掩飾，故表情極不自然。還沒開口歌唱，眉毛先就緊蹙起來，想裝出一副笑臉，眉毛不聽指揮，難以舒展。她的眉尖的細微變化，都是她情緒的表徵。而聽歌者面對此情此景，對她充滿憐惜，以至於為之銷魂失魄。以旁觀者的同情，補足歌女的離恨。

此詞主要從眉的描畫、眉的形變來寫人的內心情緒，選取的角度較為獨特，體察細緻入微，故讀來如見其人。詞人在下闋以「未歌先斂，欲笑還顰」寫歌女的面部表情，一連用了未、先、欲、還四個虛詞，可謂善能傳神。作者寫「眉意」，選擇歌女作為對象，可說是最為合適的。一是因為歌女不同於閨秀、貴婦的矜持含蓄，她們的情緒更容易外露，不加掩飾地表露在眉尖上；還有更重要的一點是眉毛與歌唱有密切的關係，「未歌先斂」固然與自己的情緒有關，當與歌唱的內容也有一定的關係，斂眉與揚眉，都是歌唱時經常出現的「小動作」。

〈訴衷情〉詞調，自五代以來，以寫男女戀情為主；至北宋蘇軾、黃庭堅手中，引入士大夫情趣；至南宋有的詞人更用來抒寫愛國情志，其中尤以陸游詞為著名：「當年萬里覓封侯，匹馬戍梁州。關河夢斷何處？塵暗舊貂裘。　胡未滅，鬢先秋，淚空流。此生誰料，心在天山，身老滄州。」寫其恢復壯志難酬的深悲巨痛，令人迴腸盪氣，為之扼腕。

18　好事近　初夏

宋　蔣元龍　子雲

葉暗❶乳鴉啼，句　風定老紅猶落❷。韻　蝴蝶不隨春去，句　入薰風❸池閣❹。韻

休歌〈金縷〉❺勸金卮❻，句　酒病煞❼如昨。韻　簾捲日長人靜，句　任楊花飄泊。韻

【作　者】蔣元龍，字子雲（原誤字為名，今據唐圭璋《全宋詞》本依《嘉定鎮江志》記載訂正改），丹徒（今江蘇鎮江）人。生卒年不詳，約生活於南北宋之交。以特科入宮，終縣令。工樂府，有詞集行世，今不傳。唐圭璋所編《全宋詞》從《樂府雅詞拾遺》、《唐宋諸賢絕妙詞選》輯錄詞作三首。《考正白香詞譜》誤作者為明代人。

【詞　律】〈好事近〉，又名〈釣船笛〉（因張輯詞有「誰謂百年心事，恰釣船橫笛」句）、〈翠圓枝〉（因韓淲詞有「吟到翠圓枝上」句）。雙調，四十五字，上下闋各四句，兩仄韻。以此調填詞所宜注意者有四點：㈠四個六言句第一、三字平仄可不拘，然第五字必用平聲；㈡上下闋末之五言句，句式為上一下四，格律一般為仄、平平平仄，第二字有時可平仄不拘；㈢下闋第二句為五言拗句，第一、二字平仄可以不論，但第三字必用仄聲；㈣雖押仄韻，但以押入聲韻為宜。《詞律》卷四以鄭獬詞（江上探春回）為正體。《詞譜》卷五則以宋祁詞（睡起玉屏風）為正體，以陸游詞（客路苦思歸）前後闋押三仄韻者為變體。

【注　釋】❶葉暗　指樹葉濃密，日光被遮擋。❷風定句　《南史・謝貞傳》載：謝貞八歲時作〈春日閒居〉詩，有「風定花猶落」句，為王筠所激賞。❸薰風　和風。指初夏時的東南風。❹池閣　臨池之樓閣。❺金縷　指〈金縷曲〉。〈金縷曲〉，原名〈賀新郎〉，因葉夢得詞有「誰為我，唱金縷」句而得名。❻金卮　酒器之美稱。❼煞　甚。

【語　譯】待哺的烏鴉在密林裡啼鳴，風已止息而衰謝的花朵仍在飄落。春已歸去而蝴蝶仍在，相隨初夏的和風飛入池閣。

不要再唱〈金縷曲〉勸酒，我喝酒成病已甚過昨天。簾幕高捲長長白晝十分安靜，一任楊花在庭院飄泊。

【研　析】此詞寫士大夫之閒雅淡定心情。先從描繪初夏景物入手，極富動態。「葉暗」二句，重在寫色彩之綠暗紅稀，但不沉滯。葉暗，風定，都暗含有一變化過程；乳鴉啼，老紅落，一重在聽覺，一重在視覺，是在動植物對舉中作動態描寫。這兩句，如果將第二句中的「猶」字去掉，「葉暗乳鴉啼，風定老紅落」有似一副聯語；紅，以「老」形容，運用擬人手法，亦屬別出心裁。沒有風吹，殘花都要落盡了，可知春天真的是走了。春去夏臨，生命依然活躍，下面特地標舉出色彩斑斕、上下翻飛的蝴蝶。「蝴蝶」兩句，一氣貫注。前句用否定語氣，謂「蝴蝶不隨春去」，後句用肯定語氣謂其「入薰風池閣」，似欲與人相伴，將無情之蝶寫得富有人情，並點出「池閣」這一抒情主人公之所在地，則前面所見所聞亦當在池閣之內。四句景語，前兩句整飭，後兩句流利。整飭與流利結合，正是令詞創作須講究的藝術辯證法。

以下轉寫樓閣中之人、之事。先以「休」的否定語氣寫正在發生之事，即歌女在唱著〈金縷曲〉頻頻勸酒，主人公已經喝醉了。而後才揭示勸阻她們的原因：今天比昨日還醉得厲害，便又帶出了昨天的宴飲之事。連續兩天的宴飲自非一人，歌伎所唱又為流行之〈金縷曲〉，精美的「金卮」無疑斟的是美酒，可以想見那是一種非常熱鬧的場面。短短十二個字，透露出的信息多多。但寫宴飲的熱鬧不是目的，它是為後面的寧靜追求作鋪墊的。人往往會有一種複雜的心態：既嚮往熱鬧，在經歷了熱鬧後，又會喜歡安靜。故詞的最後由熱鬧轉歸靜謐。這靜謐主要是通過主人公眼中的景物來表現的。上闋所寫之鴉啼、落紅、蝴蝶以及此處之「任楊花飄泊」，皆「簾捲」所見，係以動寫靜，有一種「鳥鳴山更幽」的效果，復用「人靜」二字明白點出。由於閒適自得，時光似也顯得悠長。這樣，一個既風雅又閒適的文士形象便已呼之欲出。

這首詞展示的是一個「靜」的境界。靜，是透過景物和人事兩方面的動態描寫來體現的。以動襯靜，是其突出特色。主人公面對春去夏來並沒有像晏殊那樣，感嘆「無可奈何花落去，似曾相識燕歸來。」因而在閒雅中也就顯出了幾分瀟脫。

〈好事近〉詞調，宋人一般用來抒寫士大夫情趣。以該調填詞為人所稱道者，有秦觀的作品：「春路雨添花，花動一山春色。行到小溪深處，有黃鸝千百。　飛雲當面化龍蛇，夭矯轉空碧。醉臥古藤陰下，了不知南北。」寫春日的勃勃生機，筆勢飛舞，輕靈活潑。

19 憶秦娥

秋思

唐　李白　太白

簫聲咽，秦娥夢斷秦樓月❶。秦樓月。年年柳色，灞陵❷傷別。

樂遊原❸上清秋節，咸陽❹古道音塵❺絕。音塵絕。西風殘照，漢家陵闕❻。

【作者】李白，見本書第十二首〈菩薩蠻〉詞作者介紹。此詞作者是否為李白，學界亦有爭議，姑依舊説。

【詞　律】〈憶秦娥〉，因李白詞有「秦娥夢斷秦樓月」句，名〈秦樓月〉；因蘇軾詞有「清光偏照雙荷葉」句，名〈雙荷葉〉；因張輯詞有「碧雲暮合」句，名〈碧雲深〉。亦有名〈蓬萊閣〉、〈花深深〉者。有仄韻、平韻兩格。此處所選為仄韻格，雙調，四十六字，上下闋句式除第一句有異外，餘均相同，格律亦同。填詞當注意者，有兩點：一是上下闋第三句一般為第二句末三字之重疊（如此詞「秦娥夢斷秦樓月。秦樓月」、「咸陽古道音塵絕。音塵絕」），宋人詞亦有不疊者（如晁補之「牽人意」一首為：「高堂照碧臨煙水。清秋至」、「乍寒猶有重陽味。應相記」）；一是上下闋的末句四言格律為仄平平仄，第一字尤以用去聲為佳（如此詞「灞陵傷別」、「漢家陵闕」之「灞」、「漢」），如用平聲，則失其音樂之美。仄韻格一般用入聲押韻，韻腳密而短促，加之中間有一疊韻，帶有一種古樸風味，詞人多用來表現相思離別或羈旅思鄉之情。此調體式甚多，《詞律》卷四、《詞譜》卷五均以李白詞為正體，另列減字、添字及句式、押韻有異者數種及平韻格為「又一體」。

【注　釋】❶簫聲二句　《列仙傳》載，蕭史，善吹簫，秦穆公有女弄玉好之，嫁蕭史。穆公築鳳臺，後夫婦二人隨鳳飛去。此處簫聲、秦娥、秦樓，主要用其詞，非用其意。夢斷，夢醒。❷灞陵　漢文帝墓，在長安東灞水邊。唐人送客至此，折柳而別。❸樂游原　在長安東南地勢高處，漢宣帝時於此建樂游苑，亦稱樂游原。❹咸陽　地名，在長安西北。今屬陝西。❺音塵　本指聲音與塵埃，後借指信息。❻漢家陵闕　漢代帝王陵墓。渭水北岸有長陵、安陵、陽陵、茂陵、平陵等五陵。

【語　譯】簫聲幽咽，秦娥夢醒，明月正映照秦樓。明月照秦樓。年年看到柳色，都會回想灞陵折柳送別的傷憂。

清秋時節眺望樂游原，從咸陽古道傳來的音信已經斷絕。音信斷絕。惟見西風殘照中的漢家陵闕。

【研析】此係傷別念遠之詞。上闋寫春日之傷別，下闋寫秋日之念遠。詞以簫聲為發端，從聽覺入手。寫簫聲而以「咽」形容，個中便已含有聽者之情。蘇軾〈赤壁賦〉寫道：「客有吹洞簫者，倚歌而和之，其聲嗚嗚然，如怨、如慕、如泣、如訴。餘音嫋嫋，不絕如縷。」此或可作「咽」字之詮釋。王子淵作〈洞簫賦〉，謂「聞其悲聲，則莫不愴然累欷，擎涕抆淚。」寫聞者之感應，當亦可作為聽簫人秦娥之感受。故「簫聲咽」三字，既是對月夜環境氛圍的渲染，又是對聞者淒怨情緒的洩露。以下方轉出聽簫之人及其所處時、地。聽者為秦娥，是在妝樓夢斷之時。古之詩詞寫女性之夢，多是與所愛相會之美夢，如金昌緒〈春怨〉：「打起黃鶯兒，莫教枝上啼。啼時驚妾夢，不得到遼西。」鹿虔扆〈思越人〉：「苦是適來新夢見，離腸怎不千斷。」李璟〈山花子〉：「細雨夢回雞塞遠，小樓吹徹玉笙寒。」均是。秦娥好夢被驚醒，心本悵惘，再加月夜簫聲助淒涼，更覺春愁難遣。由今之夜而念及年年之春。由春之柳色，而念及當時之折柳送別。「年年柳色，灞陵傷別」，係秦娥之所思、所憶，實屬虛寫，然虛中有實，令人如臨其境，如睹其人。

以下所寫，時地均有變化，表現方法亦有不同。季節由春天轉到清秋時節，時間由月夜轉至白天，地點由秦樓轉至郊外的樂游原。如果說上面重在寫送別，這裡則重在寫盼歸。送別場面從意念中流出，盼歸則具寫行動：登上高高的樂游原，引領向咸陽古道西望。送別時東向，盼歸時西還，明所念之人輾轉奔波四方，辛苦備嘗。盼而不見，益增憾恨。這樣，詞人從不同的季節、不同的時間、不同的空間、不同的方位把思婦的愁苦展現得極為充分，極為深遠。結拍的「西風殘照，漢家陵闕」亦登望所見，但其所含意義遠遠超出了閨怨的範圍。這位征人何以不歸？我們也可理解為他奔走於仕進、道途坎壈，不得不輾轉四方，因而是個無法歸家享受家庭溫馨之人。其際遇在人世帶有某種悲劇的色彩。也許，這正是詞人自己的切身感受。但這也無須遺憾，回顧歷史，那些曾擁有最尊貴地位的、曾建立過文治武功不可一世的帝王，在他們死後不也只是在瑟瑟西風、慘澹殘陽中留下一座座陵墓嗎？詞的結尾展示了一種深層的歷史思考，沉著悲壯，力重千鈞，於是，整首詞便具有了比一般閨怨更為深廣的意義。

這首詞和〈菩薩蠻〉（平林漠漠），同被視為「百代詞曲之祖」（黃昇《唐宋諸賢絕妙詞選》）。歷來的詞論家都給予極高的評價，如明徐士俊曰：「悲涼跌蕩，雖短詞中具長篇古風之意氣。」《古今詞統》清劉熙載謂「太白〈菩薩蠻〉、〈憶秦娥〉兩闋，足抵少陵〈秋興八首〉。」近人王國維評曰：「太白純以氣象勝。『西風殘照，漢家陵闕。』寥寥八字，遂關千古登臨之口。」

20 更漏子 本意

唐 溫庭筠 飛卿

柳絲長（句），春雨細（韻），花外漏聲❶迢遞（韻）。驚塞雁❷（句），起城烏❸（韻），畫屏金鷓鴣。香霧薄，透重幕，惆悵謝家❹池閣。紅燭背❺，繡簾垂，夢君君不知。

【作　者】溫庭筠，字飛卿，太原祁（今山西祁縣）人。約元和七年（八一二）生。屢試不第，曾為隋縣尉、方城尉，官至國子助教。卒於咸同七年（八六六）。善詩賦，與李商隱齊名，號稱「溫李」。又精通音律，能逐弦管之音，為側豔之詞。《花間集》收其詞六十六首。其詞作細密穠麗，在詞史上曾產生過重要影響，被清王士禎稱為「花間鼻祖」（《花草蒙拾》）。

【詞　律】〈更漏子〉，又名〈付金釵〉、〈獨倚樓〉、〈翻翠袖〉、〈無漏子〉等。雙調，四十六字，為平仄韻轉換格。上下闋字數同，換韻處亦同。不同處為上闋第一句不入韻，下闋第一句入韻（他詞亦有不入韻者）。用此調填詞所宜注意者是：上闋四個三字句，一般宜作為兩組對句，其音律以平仄相對為佳，如此詞之「柳絲長，春雨細」（仄平平，平仄仄）、「驚塞雁，起城烏」（平仄仄，仄平平）；下闋第一、二句可用為同聲對，如韋莊詞：「煙柳重，春霧薄」（平仄仄，平仄仄），第四、五句亦可用為對仗，如此詞「紅燭背，繡簾垂」（平仄仄，仄平平），但非定例，可靈活運用。又上下闋末句格律以仄平平仄平為佳，如此詞「畫屏金鷓鴣」、「夢君君不知」，韋莊詞（鐘鼓寒）「落花香露紅」、「待郎郎不歸」，但第一字的平仄可變通。《詞律》卷四列溫庭筠〈更漏子〉（玉闌干）（標明四十六字，實為四十五字）為正體，另列四十九字及一百零四字者為「又一體」。《詞譜》卷六以溫庭筠另一首〈更漏子〉（玉爐香）為正體，另列減字、增字及杜安世一百零四字之慢詞為「又一體」。

【注　釋】❶漏聲　古無時鐘，以銅壺滴漏計時，壺中立箭，上有刻度。漏滴水降，觀刻度以知時。漏聲，即銅壺滴漏之聲。❷塞雁　猶云北雁，春來北飛。❸城烏　棲於城堞上之烏鴉。❹謝家　東晉謝奕之女謝道韞有才名，能詩善辯。又，唐李德裕有姬人謝秋娘，謝亡後，李作〈謝秋娘〉曲。後以謝女、謝娘泛指女郎。❺背暗。

【語　譯】柳絲垂嫋，春雨霏微。漏聲在花外愈傳愈遠，驚起了北飛大雁和棲息的城烏。寧靜的惟是畫屏上的金鷓鴣。

淡淡香霧，透過重簾，謝家妝樓有女惆悵。紅燭光暗，繡簾低垂，我夢見你，你竟不知！

【研　析】此〈更漏子〉（「子」即「曲」之意），乃詠詞調本意，寫夜不成寐，聽漏相思。夜的特點是沒有了白天的喧囂，顯得格外的寧靜。故詞人一開始即從聽覺寫「靜」的感受。「柳絲長」，寫視覺，包含了白天的印象，但它和「春雨細」有密切關係。春雨細，既屬視覺，又包含聽覺。細雨聚集，在柳絲垂嫋中也會形成點滴之聲。故此對句是一種視聽組合，構成一種淒迷的境界與料峭春寒的氛圍，且絲長、雨細，蘊含有愁思深細綿長之意。「絲」在民歌中即是「思」的諧音。下面接寫漏聲。漏聲本在室內，它傳到了室外，又穿過花叢，愈傳愈遠，其聲綿邈不絕。它既是寫聲音的迢遞，也是寫愁怨的深遠。溫詞的特色之一，就是善於將抽象的情感融化於客觀的物象描寫中，由此亦可見其一斑。「驚塞雁，起城烏」二句，具有承上啟下的作用，它續寫漏聲之悠遠響亮，使遠處的鳥類也驚飛不定，同時又以此動態與「畫屏金鷓鴣」的靜態作一對照，再將空間由室外轉向室內。設有金鷓鴣畫屏的居室，美麗而溫馨，暗示出主人公的身份是一位妙齡女子。夜靜，是她夜不成寐時的感受。這個「靜」，是通過種種音響來體現的，寫得非常成功。

如果說，上闋主要是通過聽覺寫夜不成寐的話，那麼下闋就重在揭示夜不成寐的原因。「香霧」二句承「金鷓鴣」，對這位女性閨閣的溫馨進一步加以渲染。但營造這種包括下面的「紅燭」、「繡簾」在內的溫馨氛圍，本是有所待的啊！作者另一首〈更漏子〉寫道：「垂翠幕，結同心，待郎薰繡衾。」身處這種氛圍，卻沒有內心所期待的歡愉，怎不令人惆悵！偶爾朦朧入睡，「暖香惹夢鴛鴦錦」（溫庭筠〈菩薩蠻〉），它會引人進入美妙的夢鄉。故以下寫自己在夢醒後對情郎的埋怨：我夢見你，你卻沒有感覺，一番深情，豈非付之東流！在寫法上，上闋多意象暗示，下闋則以直抒明敘為主。

溫庭筠詞以麗密為特色，此詞頗具代表性。麗者，詞藻華美，如此詞之「金鷓鴣」、「紅燭」、「繡簾」等，均色彩穠麗；密者，指意象密集，如此詞之「柳絲」、「春雨」、「花」、「塞雁」、「城烏」、「畫屏」、「香霧」、「重幕」、「池閣」、「紅燭」等，令人目不暇接，它們的排列組合構成了一種適合傳達主觀情意的客觀環境。

以〈更漏子〉詞調填詞備受人稱賞者為溫庭筠的「玉爐香，紅蠟淚。偏照畫堂秋思。眉翠薄，鬢雲殘。夜長衾枕寒。　梧桐樹，三更雨。不道離情正苦。一葉葉，一聲聲。空階滴到明。」李冰若《栩莊漫錄》謂「飛卿此詞，自是集中之冠。尋常情事，寫來淒婉動人，全由秋思離情為其骨幹。」

21 荊州亭 題柱

宋 吳城小龍女

簾捲曲闌獨倚（韻），江展暮雲無際（韻）。淚眼不曾晴（句），家在吳頭楚尾❶（韻）。

數點落花亂委❷（韻），撲漉❸沙鷗驚起（韻）。詩句欲成時（句），沒入蒼煙叢裡（韻）。

（此調無他詞可校，第一行所標平仄據《詞律》、《詞譜》）

【作　者】小龍女，宋釋惠洪《冷齋夜話》載：「黃（庭堅）魯直登荊州亭，見亭柱間有此詞，夜夢一女子云有感而作，魯直驚悟曰：『此必吳城小龍女也。』因又名〈荊州亭〉。」近人陳栩、陳小蝶《考正白香詞譜》則曰：「（黃）山谷欺人，乃偽托神仙，是猶〈減蘭〉之偽託呂巖，皆欲以取信於人，冀其傳也。」意謂作者即黃庭堅本人。

【詞　律】〈荊州亭〉，一名〈江亭怨〉，黃昇《花庵詞選》名〈清平樂令〉。雙調，四十六字，押三仄韻，上下闋均三個六言句，一個五言句，皆為仄起式。此調宋詞中惟存此一首。《詞律》卷四、《詞譜》卷六均錄此調，《詞譜》謂「無他詞可校，平仄宜遵之。」《白香詞譜》於六字句均標一、三、五平仄不論。

【注　釋】❶吳頭楚尾　宋洪芻《職方乘》云：「豫章之地，為吳頭楚尾。」豫章，即江西。江西位於吳地上游，楚地下游，如首尾相接，故稱。❷委　棄也。❸撲漉　象聲詞。翅膀拍打的聲音。

【語　譯】亭簾高捲，獨自倚靠曲闌，惟見江流上空，鋪展暮雲無際。流淚的雙眼不曾乾，不斷眺望故園所在的吳頭楚尾。

幾點落花凌亂飄飛於地，沙鷗展翅撲漉驚飛而起。詩句將寫成時，沙鷗已遠沒沉沉暮靄裡。

【研　析】此係登荊州江亭（今湖北境內）所作望鄉之詞。詞作採取順敘方式，一開始即點出自己獨自倚靠在簾幕高捲的曲折闌干上。以下所描繪景物皆係倚闌所見。荊江亭位於長江岸邊，詞人的家鄉吳頭楚尾亦在長江沿岸，長江水乃是連接這兩點的一線。望江，實是望鄉。而江空惟見無際暮雲，家鄉遙在暮雲之外，是以傷感之情積壓心頭，「淚眼不曾晴」是這種感情的外化。這句寫得頗為俏皮，其中「晴」字尤為尖新，係用自然界的雨下如注比擬流淚不停。蘇軾〈南鄉子〉（送述古）詞有「秋雨晴時淚不晴」語，此詞或係受其影響變化而來。「家在吳頭楚尾」一句乃補寫「獨倚」、望江、落淚的原因。如果說，前面的描寫是「平入」（依次寫來）的話，那麼此處則為「逆出」（即原因本應置前，卻出現於後）。以此顯示出章法的變化。

上闋主要用一個遠鏡頭展示出浩渺無際的江空，把思緒引向遙遠的吳頭楚尾。下闋則以鏡頭的不斷轉換來表現人的孤獨情懷。「數點落花亂委」是近鏡頭，一則表明此時正值暮春時節，再則以花之亂舞暗示自己的飄零。詞人為排解眼前的漂泊孤淒之感，正在吟詩覓句。突然沙鷗驚起，打斷了自己的思路。故推出了沙鷗展翅驚飛的中鏡頭。追隨著沙鷗的飛翔，鏡頭愈拉愈遠，直至鷗鳥沒入蒼茫暮色之中。詞人的思緒也追隨沙鷗的蹤跡，飛向那渺遠的天際，飛向自己望而不見的家鄉。下闋的寫法，打破了兩句一意的常規，第一句為一意，後三句連為一意。後三句一氣直下，具流走之勢。

詞中表現的仍是「日暮鄉關何處是？煙波江上使人愁」的鄉情，但藝術表現自有特色。詞所描繪的是倚望中的景物：暮雲、落花、沙鷗、蒼煙，所見畢竟是有限的，妙就妙在能讓人在此有限中感知到無限，其情既融於景物之中，又超出景物之外，心靈的空間遠遠超出已知的客觀空間，故能給人以一種特殊的美感享受。能使讀者由已知推想未知，由已見推想未見，是詩詞中的一種藝術高境。此詞可謂得之矣！

從其景觀的疏朗、闊大看，從行文的灑落、「詩句欲成」的風雅看，從「淚眼不曾晴」的語源來自蘇軾詞作看，從黃庭堅的家正在吳頭楚尾看，確乎像是黃庭堅的手筆。很有可能是他借小龍女之口，傳達自己的鄉思。

22 清平樂

晚春

宋 黃庭堅 魯直

春歸何處（韻）？寂寞無行路（韻）。若有人知春去處（韻），喚取❶歸來同住（韻）。

春無蹤跡誰知（韻），除非問取黃鸝（韻）。百囀無人能解❷（句），因風飛過薔薇ㄨㄟˊ韻。

【作者】黃庭堅，字魯直，號涪翁，又號山谷，洪州分寧（今江西修水）人。慶曆五年（一〇四五）生。治平四年（一〇六七）登進士第，為葉縣尉，歷祕書郎、著作郎、起居舍人。與張耒、秦觀、晁補之同遊蘇軾門，被稱為「蘇門四學士」。紹聖初，坐修神宗實錄失實，貶涪州別駕，黔州安置。靖中建國初，召還，知太平州。除名，編管宜州。崇寧四年（一一〇五）卒，年六十一。有《豫章集》、《山谷詞》。其詞具清剛峭拔之氣。清劉熙載評其詞「用意深至，自非小才所能辦。」（《藝概》）近人夏敬觀引蘇軾語評山谷詞：「超逸絕塵，獨立萬物之表；馭風騎氣，以與造物者遊。」（《手批山谷詞》）

【詞律】〈清平樂〉，黃昇《花庵詞選》稱〈清平樂令〉；張輯詞有「憶著故山蘿月」句，又名〈憶蘿月〉；張翥詞有「明朝來醉東風」句，又名〈醉東風〉。雙調，四十六字，為平仄韻轉換格，上闋四句，四仄韻，下闋四句，三平韻。所可注意者是：下闋之三個平起押平聲韻的六言句，一、三字平仄可以不論，但第五字必用平聲。《詞律》卷四、《詞譜》卷五均以李白詞（禁闈清夜）作為正體。

【注釋】❶取　動詞語尾。有「著」、「得」意。❷解　曉悟；理解。

【語譯】春去到何方？到處一片沉寂沒有歸路。若是有人知其蹤跡，喚她回來與我們同住。

春已杳然，無人知其蹤影，除非向黃鸝打聽消息。黃鸝反覆鳴啼，沒有誰能領會其意，因為風起，牠便飛過薔薇而去。

【研析】此係留春詞。春，在詞中，往往代表生命的勃發、旺盛時期，代表著人生最美好的年華，代表著世間的美好事物。故在詞人筆下，對於春歸，往往流露出惋惜悵惘之情，如張先：「自欲賸留春住，風花無奈飄飄。」（〈清平樂〉）晏殊：「無可奈何花落去，似曾相識燕歸來。小園香徑獨徘徊。」（〈浣溪沙〉）秦觀：「春去也，飛紅萬點愁如海。」（〈千秋歲〉）此詞寫留春、覓春，活潑靈動，別有一番情味。它完全不借助於風雨、落花等意象來寫春之消逝，而是將「春」擬想為「人」，視其為一種具體的存在，因而是可以追蹤尋找的。詞便以此為思路展開想像。詞之發端沒有任何鋪墊，沒有任何渲染，即破空而來提出問題：春歸何處？接著是一種揣想式的回答。「寂寞」乃詞人之感受，猜想「春」在沉寂的環境中應該是沒有路可歸去的，因此還存在著尋覓她的可能。故下面兩句提出一種假設：如能找到她，一定要挽留她回來。語氣堅定，不容置疑，透露出詞人對春的無限留戀與深情。

可是詞人在理智上，又知春實無法挽留。此時春花業已凋零，惟有黃鸝在婉囀歌唱，打破了周圍的靜寂，那就問問黃鸝可知春的蹤跡？然而，黃鸝自顧歌唱，毫不理會人的心情，風兒一吹牠就飛過薔薇花離開了。花事開到薔薇，表明季候已至春末夏初。南宋張炎在其〈高陽臺〉詞中曾悵惋地寫道：「東風且伴薔薇住，到薔薇、春已堪憐。」可作為「因風飛過薔薇」一句的注腳。詞人連最後這一點渺茫的希望也破滅了。此詞結尾寫法和歐陽修〈蝶戀花〉詞「雨橫風狂三月暮，門掩黃昏，無計留春住。淚眼問花花不語，亂紅飛過秋千去。」十分相似，以花鳥之無情反襯人之有情。

此首小詞，中含幾度曲折：由問春轉到留春，再轉到尋春，最後轉到希望破滅，層層推進，逐層轉深，從而把惜春的情思寫足寫透。中間有提問，有假設，有推想，有否定，一環緊扣一環，其間運用「若有」、「除非」等虛詞，行文既緊湊，又靈活。詞之構想奇峭，或受王觀〈卜算子〉詞「才始送春歸，又送君歸去。若到江南趕上春，千萬和春住」的影響，但能青勝於藍。南宋辛棄疾〈摸魚兒〉詞有「更能消幾番風雨，匆匆春又歸去。惜春長怕花開早，何況落紅無數。春且住！見說道，天涯芳草無歸路。怨春不語……」的描寫，惜春、留春、怨春，寫法當受黃詞影響，但另有寄託，已是別開新境。

黃庭堅此詞上世紀三四十年代陳田鶴曾為配曲，今人亦有為之譜曲者。

〈清平樂〉調因上闋句式多為仄起，押仄韻，故顯拗峭，下闋句式多為平起，押平聲韻，故顯和婉，形成拗怒與和諧結合的音韻美。又因轉韻給創作提供了一定的自由度，自來詞人多喜用之。唐五代主要用來寫離情，如李煜詞：「別來春半，觸目愁腸斷。砌下落梅如雪亂，拂了一身還滿。　雁來音信無憑，路遙歸夢難成。離恨恰如春草，更行更遠還生。」至北宋晏殊、王安石等引入士大夫情趣、對生命意識的思考等內容。至南宋諸詞人手中，寫景、詠物、憂國之情、友朋之誼等，無不可納入此短小篇幅之中，為人所傳誦者，如辛棄疾寫農村風物之「茅簷低小，溪上青青草。醉裡吳音相媚好，白髮誰家翁媼。　大兒鋤豆溪東，中兒正織雞籠。最喜小兒無賴，溪頭臥剝蓮蓬。」向人展現出一幅農村風俗畫，充滿諧趣；又如「繞床饑鼠，蝙蝠翻燈舞。屋上松風吹急雨，破紙窗間自語。　平生塞北江南，歸來華髮蒼顏。布被秋宵夢覺，眼前萬里江山。」抒發人生失意、憂憤國事之情，感人至深。可見此詞調「無意不可入」，風格亦不妨多樣。

23 誤佳期　閨怨

清　汪懋麟　季用

寒氣暗侵簾幕（韻），辜負芳春小約（韻）。庭梅開遍不歸來（句），直恁❶心情惡（韻）。

獨抱影兒眠（句），背看燈花❷落（韻）。待他重與畫眉❸時（句），細數郎輕薄（韻）。

【作　者】汪懋麟，字季用，後更字蛟門，晚號覺堂，江都（今江蘇揚州）人。明崇禎十三年（一六四〇）生。康熙六年（一六六七）進士。授內閣中書，丁憂歸。十六年，舉博學鴻詞，以未終制辭。服除，以徐乾學薦，以刑部主事入史館與修《明史》。著有《百尺梧桐閣集》。有《錦瑟詞》一卷，有康熙間刻本，其後陳乃乾輯入《清名家詞》。其詞昵語溫柔，富有辭彩，頗負時譽。清朱彝尊題〈一剪梅〉於其集云：「錦瑟新詞鳳閣成，贏得才名，不減詩名。風流異代許誰並？是柳耆卿（永），是史邦卿（達祖）。」

【詞　律】〈誤佳期〉，見明楊慎《升庵長短句》。詞有「今夜風光堪愛，可惜那人不在」句，故名。雙調，四十六字，上闋四句三仄韻，下闋四句兩仄韻（本詞押入聲韻）。其中兩個六言句，仄起仄收，一、三、五字平仄不論；四個五言句，格律與五言仄韻詩句同，有的第一字平仄可不論，但上下闋兩末句第一字必用仄聲；兩個七言句，與平起之七言詩句同。《詞律》因其上闋與〈竹香子〉

同，附於卷六〈竹香子〉後。〈竹香子〉僅宋人劉過有「一瑣窗兒明快」一首，五十字，下闋多用襯字，楊慎詞格調、句韻與其近似，疑即減字之〈竹香子〉。《詞譜》不錄。

【注　釋】❶恁　這般；如此。❷燈花　燈芯之燼，結成花形。❸畫眉　用黛色描飾眉毛。此處指男子為其畫眉。《漢書・張敞傳》載，張敞「為婦畫眉」。

【語　譯】寒氣暗穿簾幕襲入房中，恨他辜負芳春相聚之約。庭梅已經開遍還不見人影，竟至使我心緒這般惡劣。

獨自抱著燈影兒睡，背著燈看燈花兒落。待他歸來重為我畫眉時，定要細細數落他的輕薄。

【研　析】此寫閨怨之詞。寒氣暗侵簾幕，寫的是料峭春寒時候。她與情郎本有個梅花開放時小聚的約會，可是庭梅開遍，對方卻爽約未來。這個約會是什麼時候定下的？為什麼定在梅開的時候？詞中沒有說，也許是頭一年定下的，相約在梅開時節見面，也許還含有一起賞梅的雅興。可是現在庭院裡的梅花已經開盡了，開到極盛了，再下去就要凋謝了，人卻仍然無影無蹤，能不令人心生怨懟之情！詞以內心獨白為主，先是恨其食言，繼則直言自己心緒壞透了，再敘夜晚煢煢獨處的難堪，最後考慮待他歸來為自己畫眉、兩情繾綣時，定要重重責備於他。語淺情真，直截痛快，具有早期民間詞的風味，或者說帶有某種「曲化」的特色。其中的「獨抱影兒眠，背看燈花落」，寫獨宿情狀，尤為傳神。范仲淹〈御街行〉有「孤燈明滅枕頭欹，諳盡孤眠滋味」的描寫，和這兩句相比，便不免顯得有點直截。這裡的「獨抱影兒眠」，寫孤眠之狀，不僅語甚新奇，且極為形象；後面的「背看燈花落」寫的乃是一個時間流動的過程，是一個嘗盡孤眠滋味的過程。詞中用一「看」字，初讀似不可解，燈花之落，背對著它是看不見的，細讀之下，可知仍是從燈影著眼的，由影之搖曳到影之消失，是可見的，燈花之落正是從看燈影而感知的。又由此可知，種種內心的怨恨是「獨抱影兒眠」時的情懷。朱彝尊謂其詞似柳永，不為無據。此詞所寫心思、所用聲口，與柳永〈錦堂春〉詞頗為相似：「依前過了舊約，甚當初賺我，偷剪雲鬟。幾時得歸來，香閣深關。待伊要、尤雲殢雨，纏繡衾、不與同歡。盡更深、款款問伊，今後敢更無端。」這都是恨極時產生的責罰心情，心理刻畫十分細膩。世俗化的感情，淺白的用語，體現出市民文學的特點。

24 阮郎歸 春景

宋 歐陽修 永叔

南園❶春半踏青❷時（韻），風和聞馬嘶（韻）。青梅如豆柳如眉（韻），日長蝴蝶飛（韻）。

花露重（句），草煙低（韻），人家簾幕垂（韻）。鞦韆慵困解羅衣（韻），畫堂❸雙燕歸（韻）。

【作者】歐陽修，見本書第九首〈生查子〉詞作者介紹。

【詞律】〈阮郎歸〉，又名〈醉桃源〉、〈宴桃源〉、〈好溪山〉、〈碧桃春〉、〈濯纓曲〉等。南朝宋劉義慶《幽冥錄》載，東漢剡縣人阮肇、劉晨同入天台山，遇二仙女，被邀至其處，淹留半年，及歸，子孫已歷七世。調名或即本此。雙調，四十七字，上闋四句四平韻，下闋五句四平韻。填此調所可注意者有二：㈠下闋兩個三言句須對仗，如此詞之「花露重，草煙低」，秦觀詞之「鄉夢斷，旅魂孤」等，皆其例；㈡四個五言句，第三字可平仄不拘，但名家有時為了追求和婉中帶拗峭，第三字多用平聲，末三字音律為平仄平，如此詞之「聞馬嘶」、「蝴蝶飛」、「簾幕垂」、「雙燕歸」及晏幾道詞「（秋來）書更疏」、「（那堪）和夢無」等，皆其例。《詞律》卷四以吳文英詞（翠深濃合曉鶯堤）為正體，《詞譜》卷六以李煜詞（東風吹水日銜山）為正體，列黃庭堅「獨木橋體」為「又一體」。

【注　釋】❶南園　泛指園圃。如晉張協〈雜詩〉：「借問此何時，蝴蝶飛南園。」❷踏青　春日郊遊。古代踏青，因時因地而異，或在陰曆二月二日，或在三月三日。後世多以清明出遊為踏青。❸畫堂　有畫飾之廳堂。

【語　譯】春已過半，在南園踏青，於和煦薰風中，傳來寶馬嘶鳴。園中青梅如豆，柳葉如眉，白日悠長，蝴蝶在起舞翩躚。

花露成滴顯重，草上煙伏不浮，人家簾幕低垂。盪罷鞦韆，疲倦無力，輕解羅裳。此時雙燕也飛歸畫堂。

【研　析】詞寫踏青之樂。踏青，是宋代一項很重要的休閒娛樂活動，詞中常有涉及。如柳永〈木蘭花慢〉寫汴京春遊盛況：「拆桐花爛漫，乍疏雨、洗清明。正豔杏燒林，緗桃繡野，芳景如屏。傾城。盡尋勝去，驟雕鞍紺幰出郊坰。風暖繁弦脆管，萬家競奏新聲。　盈盈，鬥草踏青。……」

男男女女，乘車騎馬，傾城而出，如歡度一盛大節日。歐詞所寫則為一年輕女子南園踏青之快意。南園踏青，春已過半，一開始即點名季節。踏青時往往會出現極熱鬧的場面，人來人往，熙熙攘攘，但作者並不從正面著筆，只通過「風和聞馬嘶」的聽覺來表現。男人騎馬，仕女乘車。馬鳴蕭蕭，表明車馬絡繹，不絕於道。「風和」二字既是寫春日季候之宜人，又和「聞」的聽覺有密切關係，是風把聲音吹送過來了。以下通過女子之眼寫南園風光，側重其靜美的一面。那映入眼簾的是花期過後已綠葉成蔭結子如豆的梅樹，是葉兒已從柳眼舒展開來恰似眉彎的柳條，還有在日照下飛舞於花叢中的色彩斑斕的蝴蝶。這是「青梅」二句給我們提供的信息：無論是植物、動物，無論是靜態、動態，都充滿著勃勃生機，都透露出盎然的春意，體現出遊春者內心的愉悅。

詞之下闋「花露重」三句仍承上，續寫所見。花之滴露，草之煙浮，應是太陽未出或剛出時之景，是在「日長」之前所見之景，因此，從時間順序言，包括所見「人家簾幕垂」，都屬於倒敘。此數句極寫靜境，周汝昌認為：「花而覺其露重若滴，草而見其煙伏不浮，非在極靜之物境心境下，不能察也。」《唐宋詞鑒賞辭典》所言甚是。「人家簾幕垂」，除描寫出環境靜謐之外，還暗示出人家亦是傾巢而出參與踏青活動。通過靜境透露人心中之愜心快意，正是此詞一大特點。詞之末尾才轉出踏青之人，前面所寫之「聞馬嘶」及所描繪之南園景色，皆其所見所聞。從結構言，用的是逆挽之法。寫人只寫她盪罷鞦韆後的慵困，解開羅衣稍事休息，再返回畫堂，而此時雙燕也與她一道歸來。這就表明她從日出到「日長」、再到傍晚，玩了一整天，玩得十分盡興。

詞，素以悲情為美。此詞寫的卻是春遊之樂，在宋詞中實不多見，故而可寶。而這種「樂」，又是在對靜界的欣賞中流露出來的，體現出了作者的獨特審美趨向。在章法上，寫景中有倒敘，人物出場又置於詞末，雖為短調，亦可謂善能變化。

以〈阮郎歸〉詞調填詞，被人稱頌者有晏幾道的作品：「天邊金掌露成霜，雲隨雁字長。綠杯紅袖趁重陽，人情似故鄉。 蘭佩紫，菊簪黃，殷勤理舊狂。欲將沉醉換悲涼，清歌莫斷腸！」以欲吐還吞之筆，寫無可奈何之情，含有餘不盡之意。近人況周頤盛讚此詞，謂其「空靈」而又「沉著厚重」（《蕙風詞話》）。

25 畫堂春 本意

宋 黃庭堅 魯直

東風吹柳日初長❶，韻 雨餘芳草斜陽。韻 杏花零落燕泥香，韻 睡損紅妝❷。韻

寶篆煙銷龍鳳❸，句 畫屏雲鎖瀟湘❹。韻 夜寒微透薄羅裳，韻 無限思量。韻

【作者】黃庭堅，見本書第二十二首〈清平樂〉詞作者介紹。

【詞律】〈畫堂春〉，又名〈畫堂春令〉，首見秦觀《淮海居士長短句》，因所詠即畫堂春色，故名。雙調，四十七字，上闋四句四平韻，下闋四句三平韻。上下闋除第一句不同外，其餘三句字數、格律均同。所可注意者，下闋之首二句因字數相同，平仄相對，故可用為對仗（如此詞「寶

篆煙銷龍鳳，畫屏雲鎖瀟湘」），但非定例。《詞律》卷四、《詞譜》卷六均以秦觀詞（落紅鋪徑水平池）為正體（《詞律》將作者誤作徐俯），《詞譜》復列於秦詞基礎上減字或增字之四十六字、四十八字、四十九字數種為「又一體」。

【注　釋】❶日初長　農曆節氣之春分，在陽曆三月二十日或二十一日，從這天開始，晝夜長短平均。日初長，當指農曆二月下旬的仲春季節。❷紅妝　謂女子之妝。❸寶篆句　指燃著龍鳳形的珍貴盤香。❹瀟湘　水名。原為湘江的上游部分，後泛稱湘水為瀟湘。

【語　譯】東風吹拂柳絲，白晝開始變長，青翠芳草沐浴雨後斜陽。杏花凋零，燕子銜泥猶帶芳香，一覺起來，臉上粉黛色澤消殘。

熏爐裡燃著珍貴龍鳳盤香，畫屏上雲煙繚繞瀟湘。夜來春寒透過薄薄羅裳，內心禁不住湧起無限思量。

【研　析】此詞就詞牌本意加以發揮，寫畫堂春思。上闋前面三句寫仲春時節景物：東風、陣雨、斜陽，係季候特徵；柳絲婀娜、芳草滴翠、杏花零落、春燕銜泥，係此時特有景物。數句重在寫室外自然之「春」。「睡損紅妝」一句轉寫詞中的女主角。此句承上啟下，前所描繪景物乃其睡起所見，而「日初長」乃其所感，日長，易添春困也。人的視線由室外轉向室內——「畫堂」。這裡珍貴的龍鳳盤香煙縷婀娜，滿室香氣氤氳，畫屏上的山水雲遮霧繞，清逸非常（這裡對畫屏的描寫和秦觀〈浣溪沙〉「淡煙流水畫屏幽」相同，已帶上了北宋士大夫的審美情趣，不再是溫庭筠式的「畫屏金鷓鴣」）。生活在這畫堂的人，又是怎樣呢？仲春時節，仍是料峭春寒，她回憶起昨夜穿著的薄羅裳難以抵擋襲人的微寒，以致難以入眠，心潮起伏，不能自已。「思量」者何？作者沒說，但讀者自能猜想。夜寒，既是對氣候的感覺，也是這位女主角孤獨的內心感受，她之所思，自然是和自己密切相關的人和事，應該有對美好往事的回憶，有對那人的無限懷戀，有對他長久不歸的怨懟，有愛，有惱，有恨，種種思量，以「無限」二字加以囊括，並不說破。這種以「不說」為「說」，是一種「留」的寫法。不說盡，故能含蓄。詞之末二句可以視為寫人心上之「春」，即女性之春情、春思。此乃全詞之落腳點。

無疑，黃庭堅此詞受到秦觀同調詞的影響，但未及秦詞空靈有致。秦詞詠畫堂春色，為首唱。原詞如下：「落紅鋪徑水平池，弄晴小雨霏霏。杏花憔悴杜鵑啼，無奈春歸。　柳外畫樓獨上，憑闌手撚花枝。放花無語對斜暉，此恨誰知。」所寫為暮春景物，表露出一種對時光流逝的深深惋嘆。下闋寫了「獨上」、「憑闌」、「撚花」、「放花」等一系列動作，表現對春歸的無可奈何，無能為力，內心充滿憾恨。作者沒有說這位撚花、放花的人是男性還是女性，也沒說所「恨」者為何？在我們看來，似應是一位女性，她滿懷美人遲暮之感。可是，從屈原開始的美人香草比興傳統，很容易使我們聯想到作者是在借這位「美人」抒發自己的遲暮之感與不得意之情。於是，詞也就有了更為豐富的內涵。黃庭堅詞由於有「睡損紅妝」、「夜寒微透薄羅裳」等描寫，顯得過實，因而限制了人們的聯想空間。《白香詞譜》的編者，其所以選擇黃詞作為範式，更多地是著眼於形式，因黃詞的下闋首二句用了一聯對仗，此種作法可供人們借鑒。

26　攤破浣溪沙

秋恨

南唐　李璟　伯玉

菡萏❶香銷翠葉殘，（韻）西風愁起綠波間。（韻）還與韶光❷共憔悴，（句）不堪看。（韻）

細雨夢回雞塞❸遠，（句）小樓吹徹❹玉笙寒❺。（韻）多少淚珠何限❻恨，（句）倚闌干。（韻）

【作　者】李璟，字伯玉，李昪長子，徐州人，一說湖州人。後梁貞明二年（九一六）生。南唐昇元四年（九四〇）立為皇太子，七年即位。宋建隆二年（九六一）卒，年四十六。史稱南唐中主。璟好讀書，多才藝，文士韓熙載、馮延巳、徐鉉等時侍左右，講論文學。存詞僅四首。詞雖不多，卻情思沉厚，蘊藉含蓄，極具藝術感染力。

【詞　律】〈攤破浣溪沙〉，原名〈山花子〉，唐教坊曲名，五代和凝已有所作。又名〈添字浣溪沙〉、〈南唐浣溪沙〉、〈感恩多令〉。其與〈浣溪沙〉之區別，在於將〈浣溪沙〉上下闋第三句之七言攤破，增三字，變為七三句式，將原來七言之平起平收變為仄起仄收。雙調，四十八字，上闋四句三平韻，下闋四句兩平韻。上下闋第三句格律一般為仄仄平平平仄仄，第一三字平仄可不論，後三字為平仄仄。李璟詞上闋第三句後三字為仄平仄，係用詩中之拗救法。《詞律》卷三、《詞譜》

卷七均以李璟詞為正體。

【注釋】❶菡萏　荷花的別稱。❷韶光　美好時光。❸雞塞　即雞鹿塞。要塞名。《漢書・匈奴傳》：「又發邊郡士馬以數千，送單于出朔方雞鹿塞。」其地在今內蒙古境內。詩詞中多以之代指邊塞遠戍之地。❹徹　吹至曲之末遍。❺玉笙寒　玉笙吹的時間過長，簧片潮溼，以致不合律。玉笙，笙之美稱。笙為一種多管樂器。❻何限　無可限量。

【語譯】荷花芳香消失，青翠荷葉凋殘，西風漾起綠波，人亦隨之生愁。芳華歲月與美好時光一道流逝，憔悴地不堪觀看。

細雨霏微，與遠戍雞塞之人夢中相會，被驚醒後，於小樓不斷吹奏玉笙，以至於簧片溼氣相侵。多少淚珠無限的恨，她正倚闌傷心。

【研析】此詞寫秋思閨怨。先從眼前景物著筆，荷花萎謝，荷葉凋零。但作者下筆珍重，用辭極為精雅，言菡萏而不言荷花，言香銷而不言枯萎，言翠葉而不言綠葉，意在突出其美麗珍貴的質素。這種美麗珍貴的東西遭到摧殘破壞，更易引起憐惜傷感之情。下面的「西風」，應有兩層意：西風起，代表秋季來臨，而秋代表著一年中由盛而衰的季節，對於人而言，亦是由盛壯邁向衰頹的開始；西風又含有摧殘自然之物的肅殺之氣，它搖盪綠波，構成殘荷的生存環境。面對此情此景，能不令人為美好事物的被摧殘而惋嘆？能不令人觸目生愁？「西風愁起碧波間」，一個「愁」字便將花事與人事聯繫了起來。王國維在《人間詞話》中對此二句極為稱賞，認為「大有『眾芳蕪穢，美人遲暮』之感。」從中感悟出一片楚〈騷〉之心。這也正是李璟詞深婉處蘊藏的潛在藝術魅力。如果說前面兩句是景中含情，暗含比興的話，那麼下面兩句便轉而為直抒其情。景物的美好時光不再，人的美好年華也一去不返，故有「共憔悴」的憂傷嘆息，「不堪看」者，是對此境況發出的更深沉的悲感。因此，詞的上闋所寫，由自然之物的變化進入對人生變數的思考，再進而對世間美好事物的消逝，生發出一種難以抑止的哀傷。於是，它的意義便已不限於對西風殘荷的感嘆，而帶有了更深層的人的生命意識。

詞的下闋開頭兩句轉寫思婦的夢境和夢醒後的行為。她在迷濛細雨中進入了夢境，夢見和自己心愛的人歡會，點點滴滴的雨聲，又把她的美夢驚醒。夢醒才猛然意識到他並不在身邊，而是遠在數千里外的邊塞。她因此感到淒然。為了排遣心頭的失望與處境的孤寂，她反覆吹奏玉笙，吹至最後一曲，感到笙簧寒咽，不成曲調。笙的簧片乾暖，聲音才清脆，如吹奏過久，沾了口液和潮氣，便因溼而寒，導致聲音失真。這裡，正是以玉笙吹奏之久，表現她內心的無法排解的憂傷。作者於此處下一「寒」字，自然也關涉到秋日的氣候特點，關涉到她的內心淒涼感受。這兩句連接上闋，似覺有些陡然，帶有跳躍性，但聯繫最後兩句看，可知在結構上是似斷實連。詞之結拍終於出現了女主角的面部表情：淚和恨，以及她的形體動作：倚闌干。而淚和恨以「多少」、「何限」加以形容，正含有難以計量、無以復加之意。倚闌干的形體動作出現於詞之末尾，正如白居易的〈長相思〉「月明人倚樓」的形象出現於詞末一樣，是一種倒敘的手法。由此可知以上所寫菡萏香銷、西風綠波之景，乃倚闌干時所見，與韶光共憔悴，乃倚闌干時所思，細雨夢回、玉笙吹徹，乃倚闌干時所憶，淚與恨乃倚闌干時之表情。作者如此收束全詞，賦予了這一形體動作以悠遠不盡之意。

此詞融情入景，因景生情，用語清雅，含思沉厚，故歷來備受稱賞。王國維賞其首二句，以為有「眾芳蕪穢，美人遲暮」之感，更多的人賞其「細雨夢回」二句，宋王安石以為此二句勝過李後主的「一江春水向東流」（《苕溪漁隱叢話》引《雪浪齋日記》），明王世貞以為此二句為「律詩俊語」，「然是天成一段詞也，著詩不得。」（《弇州山人詞評》）清黃蓼園讚其「意興清幽」（《蓼園詞選》）。而清陳廷焯則獨賞其「還與韶光共憔悴，不堪看」二句，以為「沉之至，鬱之至，淒然欲絕。」（《白雨齋詞話》）要之，悠然心會，各有所得。

27 人月圓 有感

金 吳激 彥高

南朝千古傷心事❶，還唱〈後庭花〉❷。舊時王謝，堂前燕子，飛向誰家❸。

恍然一夢，仙肌勝雪，宮鬢堆鴉。江州司馬，青衫淚溼，同是天涯❹。

【作者】吳激，字彥高，號東山，建州人。生年不詳。吳栻子，米芾婿。宣和四年（一一二二）至靖康二年（一一二七）間，使金被留，仕至翰林待制。皇統二年（一一四二）出知深州，到官三日卒。工詩文書畫，尤精樂府，與蔡松年齊名，時號「吳蔡體」。有《東山集》，已佚。趙萬里《校輯宋金元人詞》輯為《東山樂府》一卷。

【詞　律】〈人月圓〉，此調始於北宋王詵，因詞中有「人月圓時」，因取為調名。又名〈人月圓令〉、〈青衫溼〉。雙調，四十八字，上闋五句兩平韻，下闋六句兩平韻。以四言句式為主，上闋三、四、五句與下闋一、二、三句及四、五、六句，句式大體相同，前二句為平起仄收，後一句為仄起平收，故寫作時，前二句可作同聲對，後二句可作格律對。如南宋史浩詞（夕陽影裡東風軟）上闋第三、四句「看花妝鏡，藏春繡幕」、另一首（驕雲不向天邊聚）下闋第五、六句「香浮蘭麝，寒消齒頰」，均用為同聲對，吳激此詞下闋「仙肌勝雪，宮鬢堆鴉」為格律對。但此等處，無硬性規定。《詞律》卷五以吳激詞為正體，列楊無咎詞（風和日薄餘煙軟、月華燈影光相射）句式或押韻有異者二首為「另一體」。《詞譜》卷七以王詵平韻格詞（小桃枝上春來早）為正體，復列楊無咎平韻格詞（風和日薄餘煙嫩）和仄韻格詞（月華鐙影光相射）為「又一體」。

【注　釋】❶南朝　東晉後，宋、齊、梁、陳四朝，均據南方之地，史稱南朝。❷還唱後庭花　語出杜牧〈泊秦淮〉詩：「商女不知亡國恨，隔江猶唱後庭花。」後庭花，曲名，〈玉樹後庭花〉的簡稱。該曲為陳後主所製。《隋書・五行志》：「後主作新歌，辭甚哀怨，令後宮美人習而歌之。其辭曰：『玉樹後庭花，花開不復久。』時人以為歌讖，此其不久兆也。」後以為亡國之音。❸舊時三句　用劉禹錫〈烏衣巷〉詩意：「舊時王謝堂前燕，飛入尋常百姓家。」以喻人世滄桑。❹江州司馬三句　用白居易〈琵琶行〉詩意：「同是天涯淪落人，相逢何必曾相識。」「座中泣下誰最多？江州司馬青衫溼。」白居易作此詩時，任江州司馬。詞人以白居易自比。

【語　譯】南朝滅亡的傷心事已很久遠，可現在還聽到歌唱〈後庭花〉。從前顯貴的王謝家族堂前燕子，現在飛向誰家？

看到她的肌膚光潔雪白，如鴉黑髮梳著宮廷式樣，恍惚做了一場夢。我如同淚溼青衫的江州司馬一樣，與流浪的歌女同是天涯淪落之人。

【研析】此係傷懷故國之詞。據劉祁《歸潛志》載，有一次，宇文虛中（亦係使金被留之宋朝官員）與吳激在張侍御家會宴，發現一佐酒歌姬，原係宋朝宗室女子，曾嫁與宋徽宗生母陳皇后娘家人，如今卻流落北方淪為歌妓。眾感慨欷歔，皆作樂章一闋。宇文虛中首賦〈念奴嬌〉，次及吳激，作〈人月圓〉。詞一開始借古喻今，以南朝的破滅比喻北宋的滅亡。接以「還唱後庭花」，一則含有聽者對國破的無限哀傷，再則也借杜牧詩意暗示歌者的「商女」身份。一個王朝的傾覆，必然帶來人事的巨變和各色人員的錯位，昔日官宦縉紳之家，降為尋常百姓、淪為歌女者，大有人在。這位歌者即是典型的代表。故下面借劉禹錫「舊時王謝堂前燕，飛入尋常百姓家」詩意表達對這種人事變化的感慨，並通過對這位宗室女子的淪落，感喟北宋王朝的傾覆。作者用一反詰語氣，將這種感慨更加強化了。

上闋多借用唐詩來表現時勢的變遷，抒發人事翻覆的哀感，顯得空靈蘊藉。故下闋開頭三句寫法有所變化，作者用一對句具寫宮女之面容、梳妝。「仙肌」、「宮鬟」（他本作「宮髻」）的美好親切形象，使人懷想起舊日的和平繁盛景況。撫今追昔，真如夢幻一般。這裡寫歌妓形象側重的應是她的宮髻。頭髮梳妝的式樣是有時代性、地域性和民族性的，故作者觀察人時，這位女子的頭髮式樣給了他強烈的印象，而她梳的宋朝宮髻，更易使他將之與一個王朝的存亡相聯繫。這三句語意倒置，將「恍然一夢」置前，既是後面兩句對仗的需要，也是為了強調恍如隔世的心情。結尾三句復用唐詩意，借白居易面對琵琶女發出的感嘆抒發己情。她是昔日皇家女，今朝賣唱人，自己本宋代朝臣，今羈留北國，身老窮邊，遭遇何其相似，真乃「同是天涯淪落人」！

此詞主要借前人詩意來表達感懷故國之情。自北宋中期開始，詞人運用前人詩句入詞，以增其典重雅致，已漸成風習。宋末張炎《詞源》談「字面」時，強調「善於煉字面」者，「多從溫庭筠、李長吉詩中來。」沈義父《樂府指迷》亦謂「當看溫飛卿、李長吉、李商隱及唐人諸家詩句中字面好而不俗者，採摘用之。」即是對這種風習的理論總結。吳激詞作受到這種風習的影響是很自然的。他所採用的不僅僅是字面，更是以己意融注入於唐人詩句，且能恰到好處，使短幅中含蘊無限悽愴。這是其特點，也是其長處。

如將此詞與宇文虛中同時所作相比較，便可見出其高下：「疏眉秀目，看來依舊是，宣和妝束。飛步盈盈姿媚巧，舉世知非凡俗。宋室宗姬，秦王幼女，曾嫁欽慈族。干戈浩蕩，事隨天地翻覆。 一笑邂逅相逢，勸人滿飲，旋旋吹橫竹。流落天涯俱是客，何必平生相熟。舊日黃華，如今憔悴，付與杯中醁。興亡休問，為伊且盡船玉。」宇文之詞寫得具體詳實，未能給讀者留下必要的想像空白，少言外之意，難免有過盡之嫌，反不及吳激短章之蘊情深遠。

28 桃源憶故人

冬景 一作「冬夜」

宋 秦觀 少游

玉樓[1]深鎖多情種[2]（韻），清夜悠悠誰共（韻）？羞見[3]枕衾鴛鳳（韻），悶則和

衣擁。韻

無端❹畫角❺嚴城❻動，韻驚破一番新夢。韻窗外月華❼霜重，韻

聽徹〈梅花弄〉❽。韻

【作者】秦觀，見本書第五首〈如夢令〉詞作者介紹。

【詞律】〈桃源憶故人〉，又名〈虞美人影〉，韓淲詞有「杏花風裡東風峭」句，又名〈杏花風〉，陸游詞名〈桃園憶故人〉，趙鼎詞名〈醉桃園〉。張先〈轉聲虞美人〉詞，晏殊〈胡搗練〉詞，格律與此調同。雙調，四十八字，上下闋各四句，四仄韻，格律相同。其中六言句第五字多半用平聲，如歐陽修詞〈鶯愁燕苦春歸去〉「寂寂花飄紅雨。碧草綠楊岐路」、「泣對東風無語。目斷兩三煙樹」，秦觀詞亦然，以造成一種平平平仄或仄平平仄與近體詩格律有異的特殊韻律。《詞律》卷五以王之道詞〈逢人借問春歸處〉為正體。《詞譜》卷七以歐陽修詞〈梅梢弄粉香猶嫩〉為正體，列王廷珪詞〈催花一霎清明雨〉四十九字者為「又一體」。

【注釋】❶玉樓　樓之美稱。李白〈宮中行樂詞〉：「玉樓巢翡翠，珠殿鎖鴛鴦。」❷多情種　他本作「薄情種」。❸羞見　怕見。❹無端　沒來由；無緣無故。❺畫角　古軍樂。❻嚴城　防守嚴密之城。❼月華　月光。❽梅花弄　曲名，即〈梅花三弄〉。該曲詠梅之傲雪精神，主調出現三次，故名。

【語譯】多情人被深鎖於玉樓，這淒清長夜有誰來與共度?怕見鴛鴦繡被、鳳凰雙枕，煩悶時便和衣擁衾而臥。

無端傳來的畫角聲打破嚴城寂靜，驚醒一場新夢。窗外月光清明、夜霜濃重，從頭至尾地聽

人演奏那悠長的〈梅花三弄〉。

【研　析】此寫閨怨之詞。詞之首句，即點出女主人公的居處、性情、際遇。玉樓，以居所之華美，映襯其人之美麗。她不僅美麗，又且多情，且非一般的多情，而是「多情種」。此「種」字乃帶有頑強的生命力之意。這位美豔多情女子卻遭遇了人生中的遺憾，恩愛的缺失，被薄情的郎君閉鎖於深閨之中。故下面感嘆：清夜悠悠誰共？因為獨處，又因為秋夜清冷，更感到時間特別漫長，更思念遠方的親人。李清照〈醉花陰〉詞有「玉枕紗櫥，半夜涼初透」之句，亦是夜涼懷人之語。但李詞說得含蓄，此詞則明言「誰共？」表情不僅直截，且更顯強烈。以下具寫獨宿難堪景況。她的床上用品「枕」與「衾」上所繡圖案非一般動植物，而是成雙成對的鴛鴦、形影不離的鳳凰，牠們代表著一種不離不棄、長相廝守的美好願望，而今卻成了自己煢煢獨處的反襯，故而不願、害怕看到牠們的形象。煩悶久了、困了，也懶得寬衣解帶，隨意擁衾而臥。這兩句通過有特定意義的物象和極具特徵性的動作，表現人物內心活動，令人如見如睹。

詞之下闋寫驚夢與夢醒之後。由獨宿而引發相思之情，由相思而入夢，是極自然之事。此詞亦循此脈絡寫來。但作者不去著力寫夢境，只寫夢被畫角驚醒。所驚之夢乃是「新夢」，此「新」字頗值得玩味。由此可知夢非一次，乃無數次。無數次的夢，便有無數次的短暫歡欣；無數次的夢醒，便有無數次的長久失望。在無數次失望的基礎上，今又添上新的夢醒、新的失望，便使我們對「玉樓深鎖」四字有了真切深刻的感受。詞的結尾由室內轉入室外，從視覺、聽覺、感覺幾方面將清夜獨處的難堪之情，再推進一層。窗外月明，必是團圓之月。明月高樓是最易引起思婦懷人念遠的時空。霜重，自非眼所能見，乃是寒氣襲人時之感受。這樣，便將夜之淒清寫足寫夠。於此淒清之夜，女主人公難以入睡，遠處傳來的〈梅花弄〉她從起曲聽至末曲。悠悠琴聲，漫漫長夜，以動寫靜，把一懷孤寂、滿腹憂怨寫得悠遠而又深長。以景結情，尤耐人尋味。

秦觀詞以淡雅清麗著稱，此詞卻是雅俗相和。上闋偏於俗，像「多情」、「羞見」、「悶則和衣擁」等語，近俚俗；下闋偏於雅，如「無端畫角」「窗外月華」等句，清雅而不遠俗。這種雅俗相和之歌詞，尤適宜於歌唱。故當代作家瓊瑤所作歌詞常取自於秦觀詞意詞語，如電視劇《一簾幽夢》(按：此劇名即取自秦觀〈八六子〉詞：「夜月一簾幽夢，春風十里柔情。」)主題歌〈一簾幽夢〉「我有一簾幽夢，不知與誰能共？多少祕密在其中，欲訴無人能懂。窗外更深露重，今夜落花成塚。春來春去俱無蹤，徒留一簾幽夢。誰能解我情衷？誰將柔情深種？若能相知又相逢，共此一簾幽夢。」片尾曲〈浪花〉：「我曾細細寫夢，夢裡有你相共。你的眼神你的笑，和我緊緊相擁。如今夢裡種種，轉眼都成虛空。你的眼神你的笑，便成淚眼朦朧。」簡直可以說是對這首〈桃源憶故人〉詞更為細膩的演繹。其中「不知與誰能共」，「窗外更深露重」，用語都相同，連韻腳字如「夢」「共」「重」「擁」都是一樣。可見秦詞不僅對後世詞人有深遠影響，即對當代小說、電視劇創作的影響，也不容忽視。

29 眼兒媚

秋閨 一作「秋思」

明 劉基 伯溫

萋萋芳草[1]小樓西（韻），雲壓雁聲低（韻）。兩行疏柳（句），一絲殘照（句），萬點鴉棲（韻）。

春山碧樹秋重綠（句），人在武陵溪[2]（韻）。無情明月（句），有情歸夢（句），同到幽閨（韻）。

【作者】劉基，字伯溫，號犁眉，處州青田（今浙江境內）人。元至大四年（一三一一）生。元元統元年（一三三三）進士。任高安縣丞，浙江儒學副提舉。後棄官歸隱。至正二十年（一三六〇）受聘至金陵，為朱元璋謀劃軍事，剪滅群雄，北伐中原，建立帝業。明初授太史令，累遷御史中丞。封誠意伯，以弘文館學士致仕。後為胡惟庸構陷，於明洪武八年（一三七五）憂憤而卒，年六十五。博通經史，工詩詞古文。有《誠意伯文集》、《誠意伯詞》等。

【詞律】〈眼兒媚〉，又名〈小闌干〉、〈東風寒〉、〈秋波媚〉。雙調，四十八字，上闋五句三平韻，下闋五句兩平韻。上下闋除第一句有入韻與不入韻之分外，其餘各句格律均同。三、四、五句均為四言，前二句平仄相同，後二句平仄相對。故前二句可作同聲對、並頭對，如此詞之「兩行疏柳，一絲殘照」，「無情明月，有情歸夢」，後二句可作格律對，如阮閱詞末二句：「盈盈秋水，淡淡春山。」亦有三句均作對仗者，類似於曲中之鼎足對，如賀鑄詞〈蕭蕭江上荻花秋〉：「半竿落日，兩行新雁，一葉扁舟。」「今宵眼底，明朝心上，後日眉頭。」但此等處並非定例，可自由掌握。《詞律》卷五以無名氏（誤作王雱）詞（楊柳絲絲弄輕柔）為正體。《詞譜》卷七以阮閱（誤作左譽）詞（樓上黃昏杏花寒）為正體，另列賀鑄詞、趙長卿詞格律、押韻有異者為「又一體」。

【注　釋】❶萋萋芳草　用漢淮南小山〈招隱士〉：「王孫遊兮不歸，春草生兮萋萋」語意。❷武陵溪　用劉晨、阮肇故事。《紹興府志》載，劉、阮入天台山採藥，摘桃食之，渡水遇神女，留半載，返家時，子孫已七世矣。唐王之渙〈惆悵詩〉云：「晨肇重來事已迷，碧桃花謝武陵溪。」此處暗示所思之人遠在他鄉，另有所愛。

【語　譯】小樓西畔芳草萋萋，厚厚雲層壓雁低飛，聲更淒清。觸目所見，兩行疏柳，一縷夕陽，萬點歸鴉。

春山碧樹，秋天更顯翠綠，所思之人，卻勾留在武陵溪。無情的明月，有情的歸夢，一併來到深閨。

【研　析】此詞寫閨怨。秦觀〈桃源憶故人〉詞，集中寫夜晚所見、所聞、所感，劉基此詞則是在時間的流動、景物變換中抒發幽怨。上闋重在寫景，而景中帶情。詞中所寫為秋日景色，先以「萋萋芳草」為發端。江南的秋日，草木依然翠綠繁茂，故杜牧〈寄揚州韓綽判官〉詩有「秋盡江南草未凋」的描寫。因此它是寫實，同時又是暗用「王孫遊兮不歸，春草生兮萋萋」語意，為全詞的感情定下了基調。「小樓」則點出女主人公之所在地，「西」，指其所面對的方向，故其所描寫之景亦可說是西望所見之景。第一句所寫為俯視地上，第二句為仰望天空。大雁南飛，因雲層較厚，故飛得較低，那鳴叫聲在女主人公聽來，似也顯得特別淒厲。大雁尚且依時南飛，而人卻未能依時而返，淒怨之情不免又加深一層。隨著時間已近黃昏，再往遠處看，夕陽即將完全隱沒，河岸上僅有兩行稀疏柳樹，空中卻盤旋著萬點歸鴉。黃昏，是遊子思家，家人念遠的時刻，而「萬點鴉棲」尤其引發「王孫不歸」的慨嘆。句句寫景，句句含情。

下闋重在抒情。「春山」句，謂景未變而時間已由春而至秋矣。其所念或係春天外出，雖秋已至，而人未歸。非但未歸，「人在武陵溪」，還沉浸在異地的溫柔鄉。二句出之以敘述語，然怨懟之情，自蘊其中。可謂「不著一字，盡得風流」。以下所寫，時間已由黃昏推移至夜晚。明月照人，這又是一種特別能引發懷人情緒的景物。前人即已寫道：「美人邁兮音塵闕，隔千里兮共明月。」（謝莊〈月賦〉）「明月照高樓，流光正徘徊。上有愁思婦，悲嘆有餘哀。」（曹植〈七哀〉）「不應有恨，何事長向別時圓？」（蘇軾〈水調歌頭〉）因為明月的特別團圓，往往映襯出人事中的最大缺失，故詞中主人公恨其「無情」。月本無情感之自然物，謂其「無情」，實視其為有情之物，此乃一種移主觀之情於客觀之物的寫作方法。以下轉寫歸夢。月雖無情而夢卻有情，夢裡團圓，歡情款洽。有形的明月，無形的夢境，均係「小樓」「幽閨」中人所見所歷。詞人只寫到「歸夢」為止，然而，夢中雖有情，醒後又怎樣呢？作者沒說，留待讀者去想像。這正是作者能「留」處，是寫作中能蘊藉處。詞寫至此，戛然而止，但卻令人回味無窮。

劉基之長調，能大開大闔，小詞亦能柔情萬種。此詞即堪稱典範。特點有三：一是運用時空流轉之法，景隨時變，層層推進，情亦隨之逐層轉深。二是寓情於景，含蓄能留，耐人尋味。三是散句與對句錯雜，詞之上闋，前兩句散行，然後作四言同聲對；下闋前二句散行，三、四句作四言並頭對，故具整飭與流利結合之美。

30 賀聖朝　留別

宋　葉清臣　道卿

滿斟綠醑❶留君住，莫匆匆歸去。三分春色二分愁，更一分風雨。
花開花謝，都來❷幾許？且高歌休訴。不知來歲牡丹時，再相逢何處？

【作　者】葉清臣，字道卿，蘇州長洲（今江蘇境內）人。咸平三年（一〇〇〇）生（《全宋詞》作咸平六年生）。天聖二年（一〇二四）進士。簽書蘇州觀察判官事，歷光祿寺丞、集賢校理，遷太常丞，同修起居注，權三司使。皇祐元年（一〇四九）知河陽，旋卒，年五十。《全宋詞》收詞二首。

【詞　律】〈賀聖朝〉，唐教坊曲名，用作詞調。始見於南唐馮延巳《陽春集》。馮詞四十七字，葉氏此詞在馮詞基礎上加二字，四十九字，雙調，上闋四句三仄韻，下闋五句三仄韻。上下闋後面三句句式、格律相同。詞中四個五言句均為上一下四，下闋第一、二句亦有用作同聲對者，如趙師俠詞（千林脫盡群芳息）：「吟情無盡，賞音未已。」《詞律》卷五以杜安世詞（牡丹盛拆春將暮）四十七字者為正體，列四十九字、六十一字者為「又一體」。《詞譜》卷六則以馮延巳詞（金絲帳暖牙床穩）四十七字者為正體，復列四十八字、四十九字及句韻有異者十種為「又一體」。

【注　釋】❶綠醑　美酒。❷都來　算來。

【語　譯】斟滿美酒挽留你，請勿匆匆歸去！三分春色中，有兩分是離愁，更有一分是風雨。花開花落，算來能有多少回？暫且盡情高歌，不要訴說離情別緒。不知明年牡丹開放時，再在何處相聚？

【研　析】此詞原題作「留別」。宋人詞作常體現出強烈的生命意識。在人生中，除了建功立業、追求功名富貴外，享受親情、友情、愛情，往往成了生活中的重中之重。此詞通過留別，表現出深濃的友情與珍惜生命之意。全詞可分為四層：

第一層為「留」，美酒滿斟，言辭懇切，一片殷勤挽留之意。第二層進一步抒寫離愁。心知留也無益，勸也無用，離愁終難排解。作者對離情的表達，卻是別出心裁，想像奇特，他將春色分作三分，兩分是離愁，一分是風雨，而這分風雨實也是助人離愁的，寫景而實寫情。同時，也藉此點明分別的時節，乃多風雨之暮春。唐代詩人徐凝〈憶揚州〉詩將天下明月分作三分，有「天下三分明月夜，二分無賴是揚州」之語，葉詞之「三分春色」，或許受此啟發。第三層，情緒陡轉。「花開花謝」，承上寫暮春之景，暗含時光流駛、人生有限之嘆，又韓偓〈謫仙怨〉詞有「花開花謝相思」之句，故亦含離別相思之意。下面用一反詰語：「都來幾許？」作者並不直接作答。實則有深沉的感喟。愈是強調這種人生的遺憾，下面的轉折愈顯得有力：且把這許多的人生的憾恨拋擲一邊，對酒高歌吧！何等的灑脫，何等的豪邁！實也是一種對生命的愛惜。此等處尤能見出作者的性情。現代歌曲〈何日君再來〉，有「好花不常開，好景不常在」、「人生難得幾回醉，不歡更何待」之語，似與此情相若。第四層，再作轉折，由眼前轉向對別後重逢的期待，但以「不知」二字領起，又充滿一種再聚難期的悵惘。中間的「牡丹」二字很值得注意。此次的餞別應是在牡丹開放之時，與所寫暮春時節相應，是對前面景物描寫的補充，並由眼前之牡丹推想「來歲牡丹」，使時間由現在時態轉向將來時態。又，牡丹以中州為盛，可以推知，此詞當作於作者任職汴京之時。

與朋友離別，自不免傷感，但對於不得不別，又敢於正視，所能期待的是下一次的再聚。把聚會當成一次分手，把分手當成再會的期盼。在傷感中懷有一線美好的希望。因此，詞作顯得深情、豁達、飄逸。這種詞風不同於婉約詞的淒切哀怨，而帶有士大夫的清逸高雅。大體同時的歐陽修所製〈浪淘沙〉詞與此詞極為相似：「把酒祝東風，且共從容。垂楊紫陌洛城東，總是當時攜手處，遊遍芳叢。　聚散苦匆匆，此恨無窮。今年花勝去年紅，可惜明年花更好，知與誰同？」不同的只是有一段對昔時「洛城」、「攜手」、「遊遍芳叢」的回憶。二者可互相參讀。

此詞其所以寫得如此深情飄逸，與作者運用層轉抑揚之法有關。詞之上闋，是層進的關係，強調的是分離的傷感，寫得頗為充分。從表情而言，是抑。下闋開頭的「休訴」，對於前面所述情懷，帶有否定的性質，是情緒的高揚。末尾二句是現時與未來的時空轉折，顯示出一種高情遠致。同時，作者以情韻帶景，春色、風雨、花開、牡丹，是詞人眼中之景，更是詞人心中之景，不作具體描摹，不著色相，空靈有致，故使人覺其詞不斤斤於瑣屑，而呈現大氣。特別是「三分春色」

兩句的奇妙想像，連蘇軾也無法拒絕接受它的影響，在〈水龍吟〉詠楊花詞中寫出了「春色三分，二分塵土，一分流水」這樣富有詩意的語句。

清初所編《曲譜大成》收錄有此詞曲譜，乾隆年間所編《九宮大成譜》轉載時對樂譜稍有修訂，道光年間謝元淮等所編《碎金詞譜》亦予轉載。

31

柳梢青　紀遊

清　朱彝尊　竹垞

障❶羞羅扇（韻），花時猶記（句），者邊❷曾見（韻）。曲彔闌干（句），玲瓏窗戶（句），也都尋徧（韻）。兩峰依舊青青（句），但不比（豆）、眉梢平遠❸（韻）。第一難忘（句），重來崔護（句），去年人面❹（韻）。

【作　者】朱彝尊，字錫鬯，號竹垞，又號醧舫、金風亭長、小長蘆釣魚師，浙江秀水人。明崇禎二年（一六二九）生。康熙十八年（一六七九）以布衣薦舉博學鴻詞，授翰林院檢討，尋入值南書房，出典江南省試。三十一年罷歸後，潛心著述。通經史，擅詩詞。詞作與陳維崧齊名，號稱「朱陳」。自編《曝書亭集》八十卷，有《曝書亭詞》。嘗編唐宋元五百家詞為《詞綜》。為清初浙西詞派領袖，其詞學主張與創作，對清初詞壇有重要影響。況周頤評其詞曰：「雖距宋賢堂奧稍遠，而氣體尚近沉著，就清初時代論詞，不得不推為上駟。」（《詞學講義》）

【詞　律】〈柳梢青〉，又名〈雲淡秋空〉、〈雨洗元宵〉、〈玉水明沙〉、〈早春怨〉、〈隴頭月〉。此詞牌有平仄韻兩種體式，字句悉同。平韻格見秦觀《淮海居士長短句》，仄韻格見賀鑄《東山詞》。《白香詞譜》所選為仄韻格。雙調，四十九字，全詞除一個六言句、一個上三下四的七言句外，餘均為四言句（四言句除上下闋末句第三字須用平聲外，其餘第一、三字平仄有時可變通）。前人填詞，常於兩四言句作對仗，如賀鑄詞（子規啼血）第五六句作同聲對：「海棠鋪繡，梨花飛雪。」趙彥端詞（衰翁自責）第四五六句作並頭對：「一歲花黃，一秋酒綠，一番頭白。」朱彝尊此詞四五句亦作對仗：「曲彔闌干，玲瓏窗戶。」亦有於下闋三四句作對仗者，如無名氏詞（依稀曉星明滅）：「改換容顏，消磨今古。」《詞律》卷五、《詞譜》卷七均以秦觀詞（岸草平沙）為平韻格正體。《詞律》以張元幹詞（海山浮碧）為仄韻格正體。《詞譜》以賀鑄詞（子規啼血）為仄韻格正體，以添一字者為「又一體」。

【注　釋】❶障　遮擋。❷者邊　這邊。❸眉梢平遠　古以遠山喻眉之姣好。❹重來二句　用唐崔護〈題都城南莊〉詩意：「去年今日此門中，人面桃花相映紅。人面不知何處去，桃花依舊笑春風。」

【語　譯】還記得花開之時，在這邊曾見到她用綾羅綢扇遮羞障面。現在走遍欄杆圍護的曲廊，透過精緻玲瓏的窗戶，遍尋她的蹤跡也未曾見。

兩座山峰依舊青青，但比不上她那眉梢平遠。我如同崔護一樣，重來時，最難忘懷的是去年那如花人面。

【研　析】此詞實乃崔護「人面桃花」一詩的舊曲翻新。所謂「花時」、「障羞」人面，也即含有「人面桃花相映紅」之意；所謂「者邊曾見」，「曲条闌干，玲瓏窗戶」，也即「去年今日此門中」之意；「也都尋遍」，也即「人面不知何處去」之意。所不同者是青翠山峰的景物，前度曾見，此番又見，並由此聯想及那位女子曲而長的美眉，那是「羅扇」、「障羞」時留下的突出印象。因為大部分面孔被遮，那眉眼也就特別惹人注目。但此詞在寫法上仍有自己的一些特點。如前面三句，運用了倒裝句法：把「障羞羅扇」的賓語置之於前，而把「花時」、「者邊」的狀語，「猶記」、「曾見」的謂語置之於後。這種句法慢詞中常用，如辛棄疾〈水龍吟〉（楚天千里清秋）詞：「獻愁供恨，玉簪螺髻。」（主語在後，謂語賓語在前）姜夔〈齊天樂〉詞（庾郎先自吟愁賦）：「籬落呼燈，世間兒女。」（與辛詞相類）在令詞中如此運用，尚屬少見。又，「也都尋徧」之語，並不宣布結果，不說盡，留下空白讓人用想像去加以補充。是謂之能「留」。

北宋的周邦彥填過一首〈瑞龍吟〉詞，亦是對「人面桃花」詩意的演繹，但更細膩，更富有情致。茲附錄於後：

章臺路，還見褪粉梅梢，試花桃樹。愔愔坊陌人家，定巢燕子，歸來舊處。　黯凝佇。
因念箇人癡小，乍窺門戶。侵晨淺約宮黃，障風映袖，盈盈笑語。　前度劉郎重到，訪
鄰尋里，同時歌舞，唯有舊家秋娘，聲價如故。吟箋賦筆，猶記燕臺句。知誰伴、名園露
飲，東城閒步？事與孤鴻去。探春儘是，傷離意緒。官柳低金縷。歸騎晚，纖纖池塘飛雨。
斷腸院落，一簾風絮。

周詞第一段寫重到所見景物（亦含舊時景）；第二段回憶昔時所見女子情狀；第三段首寫未見該女之遺憾，次憶相聚時之溫雅情事，復揣想她現在的情景，最後感嘆往事成塵，滿懷傷離意緒。

當然，無論是朱詞還是周詞，都不是對崔護詩意的簡單重複，朱詞似主要在表達自己經歷的一段刻骨銘心的往事，周詞在「前度劉郎重到」的前後對比中可能含有更深的人生感慨。

32 西江月　佳人

宋　司馬光　君實

寶髻❶鬆鬆挽就，鉛華❷淡淡妝成。紅煙翠霧罩輕盈，飛絮游絲無定。

相見爭❸如不見，有情何似無情❹。笙歌散後酒微醒，深院月明人靜。

【作　者】司馬光，字君實，號迂夫，晚號迂叟，世稱涑水先生，陝州夏縣（今屬山西）人。天禧三年（一〇一九）生。寶元元年（一〇三八）進士，簽判武成郡，累遷大理寺丞、起居舍人、同知諫院。神宗初，官翰林學士、御史中丞，與王安石不合，出知永興軍，判西京御史臺。後閒居洛陽，專修《資治通鑑》。哲宗立，拜尚書左僕射兼門下侍郎，在相位八個月，於元祐元年（一〇八六）卒，年六十八。贈太師、溫國公，諡文正。有《司馬文正公集》八十卷，存詞三首。

【詞　律】〈西江月〉，唐教坊曲名，用作詞調。用此調填詞始於五代歐陽炯。又名〈白蘋香〉、〈步虛詞〉、〈江月令〉等。唐李白〈蘇臺覽古〉詩有「只今惟有西江月，曾照吳王宮裡人」之句，或即為調名所本。雙調，五十字，上下闋句式同，各四句，兩平韻，一仄韻（用上去聲，用去聲字音節更響亮），為平仄韻通押格。此調上下闋前二句均為六言，平仄相對，故一般用為對仗。如蘇軾詞前二句：「點點樓頭細雨，重重江外平湖。」辛棄疾詞（明月別枝驚鵲）下闋前二句：「七八個星天外，兩三點雨山前。」司馬光此詞亦然。此調體式甚多。《詞律》卷六以史達祖詞（裙摺綠羅芳草）五十字平仄韻通押格為正體，以吳文英詞（枝裊一痕雪在）五十字平仄韻轉換格（上下闋用不同韻部字）、趙以仁詞（夜半沙痕依約）五十六字平仄韻通押格為「又一體」。《詞譜》卷八以柳永詞（鳳額繡簾高捲）五十字平仄韻通押格為正體，以歐陽炯詞（月映長江秋水）五十一字平仄韻轉換格、蘇軾詞（點點樓頭細雨）五十字上、下闋兩平韻兩仄韻通押者為「又一體」。

【注釋】❶寶髻　古代婦女梳的一種髮型。❷鉛華　搽臉的粉。❸爭　怎。❹有情何似無情　《白香詞譜》原作「有情還似無情」。司馬光此詞最早見於北宋趙令時《侯鯖錄》，該本此句作「有情何似無情」。今依趙本。

【語譯】美麗的髮髻，鬆鬆地隨意綰結，臉上薄施脂粉，淡淡妝成。紅裳翠袖的舞衣，如煙似霧般籠罩著她的輕盈身影，柔秀活潑的舞姿，如飛絮遊絲般的飄蕩無定。

相見還不如不見，有情哪比得上無情！宴飲之後笙歌散盡，酒醉微醒，深深庭院明月相照，悄無人聲。

【研析】詞寫舞伎之形容、舞藝，纖美婉約；抒己之情思，旖旎溫厚。這位女子是天生麗質，她無需刻意打扮自己，故梳掠草草，化妝隨意，自有一股照人的光彩，給人留下難忘的印象。而她的舞藝更是曼妙無比。作者用了兩個比喻：紅煙翠霧、飛絮游絲，來形容其舞姿的輕盈，令人眼花繚亂，不僅柔倩，且又空靈。對於這樣一位色藝雙全的妙齡女子，觀之者能不有動於衷乎！且愛美之心，人皆有之，詞人也不例外。他也許很想上去親近她、擁抱她，甚至擁有她，但自己畢竟有為人的道德準則、行為規範，可發乎情而必止於禮義。但這份情在心中激盪，直教人難以自持，尋思要是沒見到她，就不會有這種情感波瀾，故有「相見爭如不見」的感嘆。因為自己有情，所以感到煩惱，對方渾然不覺，故沒有痛苦，所以說「有情何似無情」。有情真還不如無情來得輕鬆灑脫！這種體驗和晏殊在〈玉樓春〉（春恨）詞中所說：「無情不似多情苦，一寸還成千萬縷」相類，後來的蘇軾在〈蝶戀花〉詞中有「多情卻被無情惱」之句，或由此脫胎而來。以上所憶所思發生在何時呢？是當宴會、歌舞結束之後，酒醉微醒之時。「微醒」二字用得極妙，人有點清醒，又還有點模糊，心中有美的回味，又很有些失落，情絲還在繚繞，理智尚未達致巔峰。而此時正值「深院月明人靜」，既點出所在環境，又是以景結情，令人有無窮回味。故此詞在章法上亦能有所變化，將所思置前，把所思者置後，用的是詞人慣用的逆挽法，以避免平鋪直敘。

此詞屬於豔詞的範圍，但豔得雅，有真情流露，而絕無輕薄之嫌。其中的「相見爭如不見，有情何似無情」二句，尤其道出了人生中一種普遍的情感體驗，帶有某種哲理意味。北宋趙令畤《侯鯖錄》謂其「風味極不淺」。但亦有人以道學眼光看待司馬光的詞作，認為司馬光乃高才全德之人，「此詞絕非溫公作。宣和間，恥溫公獨為君子，作此詞誣之耳。」（姜明叔語）殊不知此乃宋代文人的一種風氣，溫公偶一染指，即出手不凡，表達此種情感體驗，正反映出其內心活動豐富複雜的一面。

〈西江月〉詞調上下闋前面多用對仗，後面轉韻，既有整飭之美，又帶輕靈活潑之趣，尤宜於描寫自然風物、抒發清曠情懷，故歷來為詞人所喜用。最為人稱賞的作品有蘇軾題於蘄水橋柱之詞：「照野瀰瀰淺浪，橫空隱隱層霄。障泥未解玉驄驕，我欲醉眠芳草。　可惜一溪風月，莫教踏碎瓊瑤。解鞍欹枕綠楊橋，杜宇一聲春曉。」還有辛棄疾（夜行黃沙道中）詞：「明月別枝驚鵲，清風半夜鳴蟬。稻花香裡說豐年，聽取蛙聲一片。　七八個星天外，兩三點雨山前。舊時茅店社林邊，路轉溪橋忽見。」蘇詞曠放中見清超，辛詞平淡中含奇趣。

33 惜分飛　本意

宋　毛滂　澤民

淚溼闌干❶花著露（韻），愁到眉峰碧聚（韻）。此恨平分取❷（韻），更無言語空相覷❸（韻）。

斷雨殘雲無意緒（韻），寂寞朝朝暮暮❹（韻）。今夜山深處（韻），斷魂分付潮流去❺（韻）。

【作　者】毛滂，字澤民，衢州江山（今浙江境內）人。嘉祐五年（一〇六〇）生。曾以「文章典麗」受蘇軾器重，得到舉薦。元符初，知武康縣，易官舍「盡心堂」名為「東堂」，因以為號。歷官祠部員外郎。政和元年（一一一一）罷官歸里。後知秀州。約宣和六年（一一二四）卒。工詩文。有《東堂詞》。《四庫總目提要》評其詞「情韻特勝」。

【詞律】〈惜分飛〉，又名〈惜雙雙〉、〈惜芳菲〉、〈惜雙雙令〉。雙調，五十字，上下闋各四句，句式、格律均同，四仄韻，為上去聲通押之仄韻格。《詞律》卷六以陳允平詞（釧閣桃腮香玉溜）為正體，《詞譜》卷八以毛滂詞為正體，另列劉弇詞（風外橘花香暗度）五十二字、張先詞（城上層樓天邊路）五十四字、無名氏詞（庾嶺香前親寫得）五十六字數種為「又一體」。

【注釋】❶闌干　橫斜貌。❷取　動詞詞尾。略有「得」、「著」意。❸相覷　相視。❹斷雨殘雲二句　化用宋玉〈高唐賦〉「旦為朝雲，暮為行雨，朝朝暮暮，陽臺之下」語句與語意。❺潮流去　一作「潮回去」。

【語譯】眼淚橫斜，有如花枝帶露，愁眉蹙黛，恰似遠山簇聚。離恨重重，兩人平分，空有互相對視，默然無語。

面對斷續雨點、零落殘雲，全無意緒，朝暮相伴的惟是寂寞。今夜住宿深山，分付斷魂隨著潮水再流回去。

【研析】此詞原題為「富陽僧舍作別語贈妓瓊芳」，周煇《清波雜誌》對詞之本事簡介云：「元祐間，（滂）罷杭州法曹，至富陽，所作贈別也。」知此為別妓之作，但它是一首有別於一般別妓的詞作，應該說是一首深摯的戀情詞。

男女情深，分別在即，後會難期，於是這位女子送了一程又一程，從杭州送至百里之遙的富陽。「送君千里，終須一別。」終於不得不分手了，心頭傷如之何？故詞之開頭，即寫女子之哀傷表情。先寫她流淚，以帶露的花朵加以形容，這種寫法無疑脫胎於白居易〈長恨歌〉中的詩句：「梨花一枝春帶雨」，但卻脫化無痕。次寫其眉之緊蹙如遠山凝碧，此則又脫胎於張泌〈思越人〉

詞中語：「黛眉愁聚春碧」，亦能渾化無跡。更妙的是，花露、峰碧，亦係寫眼前景，並由之透露出分別在春季的消息。因此，又可以說，其取譬對象與眼前景物相關。眼是心靈的窗戶，眉傳心靈的消息，通過眉、眼，把她內心的別恨表露無遺。前面二句主要從女方著筆，三四句則轉寫雙方。「此恨」並非只屬於女方，它是雙方互愛至深的產物，有我的一半，也有你的一半。「此恨平分」，用語甚新，而又自然而然。正因為都有一分無法排解的離恨，對未來的重聚又深感渺茫無望，故四目相對，不知說什麼好，一如柳永〈雨霖鈴〉詞所寫：「執手相看淚眼，竟無語凝咽。」而此情此景，恰是無聲勝有聲！

下闋設想別後之情。前二句雙方合寫。「斷雨殘雲」等語，化用前人「旦為朝雲，暮為行雨」語意，以人神之戀的美好，比喻自己與瓊芳的戀情；但冠以「斷」、「殘」字樣，又是以殘缺之景，暗示人事的乖違，渲染別後的孤獨淒涼。接著以「無意緒」直抒其情。因為兩相離隔，以致對任何事情都失去了興趣。此種孤單寂寞之感，無時無刻不充溢於心，朝朝暮暮無有片時歡悅。這樣便把離恨之無法排解說到了極致。結拍轉說自身。在絕望之餘，不免生出一種美妙的幻想：今夜在山深處留宿，我的身形雖無法重返，但淒斷的魂魄卻是自由的，可以隨著富春江水返回親愛的人的身邊。晏幾道的〈鷓鴣天〉詞曾有「夢魂慣得無拘檢，又踏楊花過謝橋」之語，寫的是一種情有所鍾的自然結果。此詞所寫，則是一種顯意識的明確追求，這是愛到深處的癡情語，可謂極盡纏綿悱惻。以此收束全詞，韻味無窮。周煇在《清波雜誌》中評此詞，讚其「語盡而意不盡，意盡而情不盡」。

此詞寫情，對男女雙方，時而分寫，時而合寫，既各具特色，又形成互動；在時間上，由眼前而設想別後，將兩情相悅，依依難捨情狀，寫得入木三分。在情景關係處理上，運用即事敘景之法，在抒情中帶出江南春景。花之帶露綻放、山之連綿聚簇、水之清波流蕩、天容雨態變化等秀美景物被溶解在情的敘寫之中，更增情之旖旎，可謂別具一格。

詞中寫的這段戀情，對詞人來說，終身難忘。光陰荏苒，歲月悠悠，多少年過去了，詞人已屆垂暮之年，當其再到富陽時，仍會激動地回憶起這段刻骨銘心的往事。他在〈菩薩蠻〉（富陽道中）寫道：「春潮曾送離魂去，春山曾見傷離處。老去不堪愁，憑欄看水流。」真可謂一往情深矣！

清道光年間謝元淮等人編撰之《碎金詞譜》收錄有此詞曲譜。

34 南歌子

閨情

宋 歐陽修 永叔

鳳髻❶金泥帶❷，龍紋玉掌梳。去來❸窗下笑相扶，愛道畫眉深淺入時無❹？

弄筆偎人久，描花試手初。等閒❺妨了繡功夫，笑問鴛鴦兩字怎生❻書？

【作　者】歐陽修，見本書第九首〈生查子〉詞作者介紹。

【詞　律】〈南歌子〉，唐教坊曲名，用作詞調。因溫庭筠詞有「恨春宵」句，又名〈春宵曲〉；張泌詞有「高卷水晶簾額」句，又名〈水晶簾〉；有「驚破碧窗殘夢」句，又名〈碧窗夢〉；鄭子聃有「我愛沂陽好」十首，名〈十愛詞〉，周邦彥詞名〈南柯子〉，程垓詞名〈望秦川〉，田不伐詞名〈風蝶令〉。〈南歌子〉有單調雙調兩式，雙調又有平韻格、仄韻格兩式。《白香詞譜》所錄為雙調平韻格，五十二字，上下闋各四句，句式相同，三平韻。前二句均為五言，前句仄起仄收，後句平起平韻，故詞人均用為對仗，如此詞「鳳髻金泥帶，龍紋玉掌梳」、「弄筆偎人久，描花試手初」。又末句為九言句，句意須連貫，其語句節奏有三種：㈠上二下七，如歐陽修詞「笑問、鴛鴦兩字怎生書。」㈡上六下三，如毛熙震詞（惹恨還添恨）「獨映畫簾閑立、繡衣香。」㈢上四下五，如辛棄疾詞（散髮披襟處）「鑿個池兒、喚個月兒來。」《詞律》卷一列單調平韻格兩體（二十三字體、二十六字體），雙調平韻格，以歐陽修詞為正體，仄韻格以石孝友詞（春淺梅紅小）為正體。《詞譜》卷一所列單調與《詞律》同，雙調五十二字平韻格則以毛熙震詞（惹恨還添恨）為正體，另列周邦彥詞（膩頸凝酥白）五十四字平韻格、石孝友詞五十二字仄韻格為「又一體」。

【注　釋】❶鳳髻　鳳凰形的髮髻。❷金泥帶　以屑金塗飾的髮帶。❸去來　來。❹畫眉句　唐人朱慶餘〈閨意獻張水部〉詩中句。入時，合乎新潮。❺等閒　無端；白白地。❻怎生　怎麼。

【語　譯】她梳著鳳凰形髮髻，束著金色髮帶，頭上插著刻有龍紋的掌形玉梳。來到窗下帶笑挨著新郎，問道：「畫眉的深淺合乎新潮否？」

剛剛試著描花繪朵，撫弄手中的筆，與夫婿久久偎依。不要無端耽誤了繡花功夫，笑問：「鴛鴦兩字當如何書寫？」

【研析】此詞寫一新婚女子與夫婿的旖旎纏綿之情。詞主要從女子的角度著筆，對其音容笑貌、嬌憨活潑情態描繪得令人如見如聞。對人物的描繪，先從其裝扮入手極寫其美麗。她梳著鳳髻，裊裊婷婷，本已夠美的了，上面又束上一根泥金的髮帶，更增風韻，再插上一把刻有龍紋的玉掌梳，則更是錦上添花。層層相疊，不僅通過形（龍鳳）、質（金玉）寫出她作為新嫁娘妝飾的華美，還釀造出一種吉祥的喜慶氣氛。這裡省略了她化妝的過程，只呈現出結果，但我們從這一結果中，可以看出她的得意，她的喜悅心情。她青春嫵媚，光彩照人，希望能得到夫婿的首肯與欣賞，故此有下面描繪的行動。如果說，前面兩句重在頭部的精雕細刻，屬靜態描寫的話，至三四句則轉入動態描寫，以刻畫其笑貌神情。「去來窗下笑相扶」，寫了她化完妝，輕盈地從梳妝臺走到窗下的行動，寫了她帶著欣喜笑容的面部表情，寫了她扶靠著夫婿的親暱動作，將這位女子的形象寫得十分活脫。更妙的是下面那句「畫眉深淺」問話的運用，朱慶餘原詩是：「洞房昨夜停紅燭，待曉堂前拜舅姑。妝罷低聲問夫婿，畫眉深淺入時無？」本是用比興手法問水部郎中張籍：參加科考，你看我的文章是否合乎主考官的要求？是以新嫁娘的身份借男女之情表現另外一種意思，但歐詞用在此處，可謂是恰到好處，更為新嫁娘增添了一段嫵媚柔情。

下闋轉寫她練習刺繡的閨中生活，但這種生活現象是「賓」，藉此表現其風情萬種和長相廝守的願望才是「主」。她要繡花，必先描圖。描圖時，擺弄著手中的筆和夫婿偎依在一起，完全是一副可人的小鳥依人的形象。可是，這樣廝磨久了，耽誤了時間，會妨礙刺繡，便笑問鴛鴦兩字的寫法。這裡的「鴛鴦」兩字是她要刺繡的圖案，而非她要習字的內容。「鴛鴦兩字」，他本一作「雙鴛鴦字」，是一種鴛字在上順寫，鴦字在下倒寫的圖案。這位新嫁娘要繡「鴛鴦」字樣，含有一種永作情侶的暗示。詞的前後闋都用了一個「笑」字，但含情不盡相同，前面的「笑相扶」之「笑」更多表現的是一種親暱，此處的「笑問」之「笑」更多地是一種幸福感的洋溢。

明人沈際飛評此詞云：「前段態，後段情，各盡，不得以蕩目之。」所評甚為通達。在封建社會，即使是夫婦之間亦強調端莊，講究禮數，如舉案齊眉之類。而在歐陽修筆下，卻塑造出這樣一個舉止活潑、嬌媚殢人的新嫁娘形象，實在難得。這除了體現出作者的通脫外，也反映了宋代對男女之情持有比較開放的觀點。

35 醉花陰

重九

宋 李清照 易安

薄霧濃雲愁永晝❶，瑞腦❷噴金獸❸。佳節又重陽，寶枕紗櫥❹，昨夜涼初透。

東籬把酒黃昏後，有暗香盈袖❺。莫道不銷魂❻，簾捲西風，人比黃花❼瘦。

【作者】李清照，號易安居士，濟南（今屬山東）人。元豐七年（一〇八四）生，年十八，嫁太學生趙明誠。先居京師，後居青州，夫婦以研討文物、詩詞唱酬為樂。靖康之難，夫婦南渡，建炎三年（一一二九）趙明誠卒。此後輾轉於金華、臨安（今杭州）兩地。約於紹興二十五年（一一五五）卒。有《易安居士文集》七卷，今不傳。擅詩詞，尤以詞著名，有《漱玉詞》。其詞創為「易安體」，並著有《詞論》，倡詞「別是一家」之說。詞作備受歷代詞評家稱賞，沈謙《填詞雜說》謂「男中李後主，女中李易安，極是當行本色。」李調元《雨村詞話》謂其「不徒俯視巾幗，直欲壓倒鬚眉。」

【詞　律】〈醉花陰〉，首見北宋毛滂《東堂詞》。雙調，五十二字，上下闋各五句，三仄韻，五句中除第一句七言一為仄起一為平起外，其餘各句格律均同。又下闋第二句之五言，句式可為上二下三（如毛滂詞「燈照瀛州綠」，則第一字可平），亦可為上一下四（如李清照詞「有、暗香盈袖」）。《詞律》卷七以李清照詞為正體，《詞譜》卷九以毛滂詞（檀板一聲鶯起速）為正體。

【注　釋】❶永晝　長長的白天。❷瑞腦　又名龍瑞腦，香料。❸金獸　獸形銅香爐。❹寶枕紗櫥　寶枕，一作玉枕（瓷枕）。紗櫥，即蚊帳。❺東籬二句　陶淵明〈飲酒〉詩：「采菊東籬下，悠然見南山。」後以東籬為種菊賞菊之地。❻銷魂　人的魂魄離開軀體，指悲傷過度的精神狀態。江淹〈別賦〉：「黯然銷魂者，惟別而已矣！」❼黃花　即菊花。

【語　譯】薄霧濃雲，長長白晝，令人愁悶，相對的唯有金獸香爐，發散瑞腦的芬芳。又到了重陽佳節，昨夜睡於寶枕紗櫥，開始感到涼氣襲人。

黃昏之後到東籬飲酒賞菊，幽香充滿襟袖。不要說不痛苦到魂離魄散，西風捲簾，請看人比黃花還要消瘦。

【研 析】此係作者早期所填之愛情詞，歷來膾炙人口。元人伊世珍在《瑯嬛記》中曾有一段有趣的記載：「易安以重陽醉花陰詞函致明誠。明誠嘆賞，自愧弗逮，務欲勝之，一切謝客，忘食忘寢者三日夜，得五十闋，雜易安作以示友人陸德夫。德夫玩之再三，曰：『只三句絕佳。』明誠詰之，答曰：『莫道不銷魂，簾捲西風，人比黃花瘦。』正易安作也。」易安以女性之真切細膩，親寫感受，「壓倒鬚眉」，自是固然。

詞寫的是重陽節一天的感受。先從室外氣候寫起。這一天並非秋高氣爽，而是籠罩著薄霧濃雲，有點陰沉沉的。這種灰暗的色彩形成了一種令人悒鬱的環境氛圍，它瀰漫於整個白晝，很自然地引起詞人的愁懷。當然這還只是「愁」的外在因素，更深層的原因是獨處的孤寂，緊接下來對室內景物的描寫，就充分證明了這一點：與她終日相對的只有獸形銅爐裡噴出的縷縷香煙，周圍悄無人聲，唯是一片寂靜。這一天是什麼日子呢？下面明白點出是重陽佳節。「佳節又重陽」中之「又」字，萬不可忽視！它含有兩重意：一是表示詞人對分別已久的時間感受：又到了重陽佳節！二是含有和昔日重陽對照之意，昔時重陽是共度佳節，今日重陽卻是獨對良辰，今昔對照，真是歡愁各異啊！上闋的最後兩句回憶昨晚的氣候。重陽，已是深秋季節，故夜晚有涼氣襲人之感。但這裡寫的不是單純的氣候感受，而是對獨宿淒清況味的一種渲染。

詞的下闋，時間由白晝而轉入黃昏。既是重陽，似不應辜負這一佳節，於是詞人從室內踱到室外，一邊賞菊，嗅著菊的芳香，一邊啜飲杯中醇酒。「采菊東籬下」出自陶淵明〈飲酒〉詩中，詞中描寫的這一舉動很容易使我們想起陶令的風采，這也符合詞人的情性和身份。李清照不僅是閨中少婦，她同時也是一位雅士騷人。當然，詞人之飲酒賞菊，也是為了排解心中的煩悶，這與整首詞的感情基調是一致的。詞的末尾三句是全詞最為精彩的部分。其所以精彩，㈠它是感情的集中凝聚。「銷魂」二字，是對前面感情的概括，作者在前面加上「莫道不」三字，乃是用否定之否定加強情感的力度。這句話是向對方說的，是有針對性的，是針對對方的疑惑說的，你不要說不銷魂，何以為證?請看：「簾捲西風，人比黃花瘦。」我是因為對你懷有刻骨相思而消瘦的啊！㈡它具有一種戲劇舞臺表演的效果。前面寫了這位閨閣女子從白天到黃昏的孤獨與百無聊賴，但我們始終未見其人，就如同劇中女主角尚未出場，在後臺亮了幾嗓，此時觀眾渴望一睹風采，「簾捲西風」，即如同幕布陡然拉開，「人比黃花瘦」，主人公終於亮相於觀眾之前。㈢比喻的精闢。以「瘦」寫相思之深，前人已有之，如：柳永〈蝶戀花〉詞：「衣帶漸寬終不悔，為伊消得人憔悴。」以物比瘦則有秦觀〈如夢令〉詞：「依舊，依舊，人與綠楊俱瘦。」毛滂〈感皇恩〉詞：「寶熏濃炷，人共博山（香爐）煙瘦。」亦頗貼切。李清照詞以黃花比瘦，何以更顯精妙？一是黃花取自眼前現成景物，與詞中「東籬把酒」相應，前後縱貫；二是形似，西風中搖曳之菊花比較纖弱淒美，更便於塑造一個因愁而瘦的閨閣美人形象。三是神似，菊花有幽雅傲霜之品質，為詞人所喜，與詞人品性相合。㈣「簾捲西風」的景語，既有助於黃花比瘦形象的表現，又是對前面深秋景物描寫的補充，前後呼應，構成一種淒涼的環境氛圍。《古今詞統》評曰：「如『簾捲西風，人比黃花瘦』等句，即暗中摸索，亦解人憐，此真能統一代之詞人矣。」

李清照最善於在時空流轉中抒發感情。此詞亦然。從白晝到黃昏，時間在變化；從室內到室外，空間在轉換。她的表情也由蘊蓄變而為噴薄以出，先是融情入景，耐人尋味，最後是難以抑止的傾泄，把情緒推向高潮。故其詞具有一種特有的流動美，並帶有一種強烈的可視性。

36 浪淘沙

懷舊

南唐 李煜 重光

簾外雨潺潺❶，（韻）春意闌珊❷，（韻）羅衾不耐五更寒。（韻）夢裡不知身是客，（句）一晌❸貪歡。（韻）

獨自莫凭欄，（韻）無限江山，（韻）別時容易見時難。（韻）流水落花春去也，（句）天上人間。（韻）

【作者】李煜，見本書第一首〈憶江南〉詞作者介紹。

【詞律】〈浪淘沙〉，唐教坊曲名，用作詞調。始為七絕體（《詞律》卷一、《詞譜》卷一均列皇甫松詞（蠻歌豆蔻北人愁）二十八字者為正體），至李後主始作雙調長短句。又名〈浪淘沙令〉，另有〈賣花聲〉、〈過龍門〉等名稱。五十四字，上下闋各五句，四平韻，句式、格律均同。宋代詞人多用此體式。《詞律》將此體列於皇甫松詞下，作為「又一體」。《詞譜》卷十單列〈浪淘沙令〉，以李後主詞為正體，另列五十四字仄韻格、五十二字平韻格為「又一體」。

【注釋】❶潺潺　雨聲。❷闌珊　衰落；零落。❸一晌　一霎時；片刻。

【語譯】簾外雨聲潺潺，春意已經衰殘，薄絲綢被抵擋不住五更的涼寒。夢裡不知自己客居異地，仍在貪享片時的清歡。

不要獨自凭欄遠眺，那會引人思念無限的江山。告別大好河山容易，再見則難。春已隨落花流水消逝，天上人間，蹤影渺茫。

【研　析】 此詞寫夢醒後對亡國的哀傷慨嘆。後主被俘成為階下囚之後，終日以淚洗面。他悲傷，他悔恨，他痛苦，唯有在夢中回到過去的時光，享受片刻的歡愉。夢，既使他沉醉於一霎的歡樂，又成為他長久痛苦的反襯。他在詞作中多次寫到這種夢幻與現實的矛盾，如本書中所選〈憶江南〉：「多少恨，昨夜夢魂中。」又如〈子夜歌〉：「故國夢重歸，覺來雙淚垂。」此詞亦然。但寫法各異。〈憶江南〉對夢境有具體的描繪：「還似舊時遊上苑，車如流水馬如龍，花月正春風。」〈浪淘沙〉不正面寫夢境，只是從感嘆中帶出夢中的歡愉：「夢裡不知身是客，一晌貪歡。」自己的現實身份是「客」，而夢裡仍是極盡享受的「君王」，這就充分揭示出了這一矛盾的對立：夢裡愈是歡愉，現實愈是痛苦。這首詞側重的是寫夢醒後的所見所聞所感。夢醒的剎那，首先是敏感的聽覺，窗外傳來潺潺的雨聲，又由雨而聯想到花事的凋殘，想到春光已然消逝。「簾外雨潺潺，春意闌珊。」並不單純是寫年光的流駛，也是刻畫他心靈的遲暮，美好春光的消逝，也象徵著他人生美好時段的一去不返。下面「羅衾」三句是倒敘。暮春時節，依然料峭春寒，特別是凌晨，其寒尤甚，雖有被蓋，卻薄不禁寒，以致凍醒夢覺。再回味夢中情景，不禁感慨萬千。

上闋景、事、情融成一片，下闋則抒情為主。「獨自莫凭欄」，用一否定句式，內含有人生經驗的總結，因為憑欄縱目，所見極遠，故國的無限江山、人事，自然而然便浮上心頭。「凭欄半日獨無言，依舊竹聲新月似當年」（〈虞美人〉）已經有過這樣的經驗了，且由此還會引起對那最痛苦屈辱時刻的回憶：「最是倉皇辭廟日，教坊猶奏別離歌。」（〈破陣子〉）就這樣悲憤地告別了故國江山，如今再見，已絕無可能。詞之末尾，更流露出一種絕望之情，春隨落花流水而去，去向何方？天上人間，杳不可知！張曙〈浣溪沙〉詞云：「天上人間何處去？舊歡新夢覺來時。」李詞似本此詞意。另有一說謂美好光景已逝，今昔兩相對照，恰如天上人間，有天壤之別，亦通。

據蔡絛《西清詩話》載：「南唐李後主歸朝後，每懷江國，且念嬪妾散落，鬱鬱不自聊，常作長短句云：『簾外雨潺潺，……』含思淒婉，未幾下世。」詞或係逝世前不久所作，故哀婉之至，尤能以情動人。

後主詞長於白描，不事雕飾，此詞亦然。但其所寫景物，如「春」、「落花」、「流水」等，暗含比興，頗有耐人尋繹處。

以〈浪淘沙〉詞調填詞自以後主詞最為有名，他的另一首〈浪淘沙〉（往事只堪哀）也寫得極為沉痛，下闋「金鎖已沉埋，壯氣蒿萊。晚涼天淨月華開。想得玉樓瑤殿影，空照秦淮。」在哀傷之中帶有一種悲壯之氣。而北宋歐陽修抒寫友情之詞也頗值得一提：「把酒祝東風，且共從容。垂楊紫陌洛城東。總是當時攜手處，遊遍芳叢。 聚散苦匆匆，此恨無窮。今年花勝去年紅。可惜明年花更好，知與誰同？」近人俞陛雲稱它「因惜花而懷友，前歡寂寂，後會悠悠，至情語一氣揮灑，可謂深情如水，行氣如虹矣」（《宋詞選釋》）。

李後主「簾外雨潺潺」一首，清乾隆年間所編《九宮大成譜》收錄有該詞曲譜，道光年間謝元淮等所編《碎金詞譜》予以轉載。

37 鷓鴣天

別情

宋 聶勝瓊 女史

玉慘花愁出鳳城❶，蓮花樓下柳青青。尊前一唱〈陽關曲〉❷，別個人人❸第五程。

尋好夢，夢難成，有誰知我此時情？枕前淚共階前雨，隔個窗兒滴到明。

【作者】聶勝瓊，宋都城名妓，後歸李之問。明梅鼎祚《青泥蓮花記》載：「李之問儀曹解長安幕，詣京師改秩。都下聶勝瓊，名倡也，質性慧黠，公見而喜之。李將行，勝瓊送別，餞飲於蓮花樓，唱一詞，末句曰：『無計留春住，奈何無計隨君去。』李復留經月，為細君（妻）督歸甚切，遂飲別。不旬日，聶作一詞以寄李云云，蓋寓調〈鷓鴣天〉也。之問在中路得知，藏於篋間，抵家為其妻所得。因問之，具以實告。妻喜其語句清健，遂出妝奩資夫取歸。瓊至，即棄冠櫛，損其妝飾，委屈以事主母」。介紹了作詞始末與作者結局。

【詞律】〈鷓鴣天〉，明楊慎《詞品》卷一調取唐鄭嵎「春遊雞鹿寨，家在鷓鴣天」句意為調名。又名〈思越人〉、〈思佳客〉、〈千葉蓮〉、〈半花桐〉、〈於中好〉、〈剪朝霞〉、〈驪歌一疊〉、〈醉梅花〉等。雙調，五十五字，上闋四句三平韻，下闋五句三平韻，七言為主，格律如七律，惟下闋首句減一字，變為兩個三字句，入韻。此調第三、四句一般用為對仗，如晏幾道詞：「舞低楊柳樓心月，歌盡桃花扇底風。」蘇軾詞：「翻空白鳥時時見，照水紅蕖細細香。」《詞律》卷八以秦觀（一作無名氏）詞「枕上流鶯和淚聞」為正體。《詞譜》卷一一以晏幾道詞「彩袖殷勤捧玉鍾」為正體。

【注　釋】❶鳳城　指京城。春秋時，秦穆公女弄玉吹簫，鳳降其城，因號丹鳳城。後以鳳城指京城。如杜甫〈夜〉詩：「步蟾倚杖看牛斗，銀漢遙應接鳳城。」❷陽關曲　王維〈送元二使安西〉詩：「渭城朝雨浥輕塵，客舍青青柳色新。勸君更進一杯酒，西出陽關無故人。」因適於離筵別席演唱，成為流行歌曲，稱為〈陽關曲〉。❸人人　那人；人兒。表單數特指，尤其指親近暱愛者。

【語　譯】玉貌花顏慘然愁戚，相送郎君離開鳳城，此時蓮花樓下柳色青青。離筵對酒，唱一曲〈陽關〉，送別所愛已到了第五程。

別後欲尋好夢，但好夢難成。又有誰瞭解我此時情衷？枕上淚水與階前雨水共下，兩者隔著窗兒直滴到天明。

【研　析】此係別後相思之詞。詞用倒敘方法，上闋回憶送別情景。首寫自己別離時心情：百般難捨，萬般無奈，如花似玉的美麗面龐滿布慘澹愁容。次寫出發之地：鳳城，繁華之所在；蓮花樓，華美之居所。在這裡，他們共同度過了一段纏綿恩愛的時光，這本應是值得郎君留戀之處，可是客觀形勢迫使他不得不離開，這裡也就成了她送別的起點。再寫樓前景色，柳色青青，既點明季節，又與王維詩中「客舍青青柳色新」的景物相合，含送別之意。下面由送別起點轉向送別終點。這個終點是，她送了一程又一程，一直送到第五程。在臨別的酒宴上，她只好唱一首驪歌來表示惜別與祝願之意。那種難以割捨之情，便蘊含在這巨大的空間和相當長的時間中。在這一時空中，他們如何依戀，互相說了些什麼，都省略了，留給讀者去想像。筆墨極其簡省，含情卻很豐厚。以下由回憶轉入眼前。回憶係眼前所思，故從時間順序言，為「逆入」。

分別後的思念是折磨人的，兩地遙隔，無由相見，夢中當可歡會吧，於是有意尋夢，然而竟然無夢，有如晏幾道〈阮郎歸〉詞所寫：「夢魂縱有也成虛，那堪和（連）夢無。」見又無由，夢又不成，最令人傷懷的是此情此景，竟然無人知曉，一種強烈的孤獨悽惶之感，不免湧上心頭。「有誰知」三字，顯含有一種怨懟之情。夜不成寐，唯有枕前淚水與窗外雨水共同滴到天明，以無情雨襯托有情淚，以雨之有聲襯托夜之靜寂，更添幾分淒清。以夜雨襯離情，前此，有溫庭筠〈更漏子〉詞：「梧桐樹，三更雨，不道離情正苦。一葉葉，一聲聲，空階滴到明。」有万俟詠〈長相思〉（雨）詞：「一聲聲，一更更。窗外芭蕉窗裡燈。此時無限情。　夢難成，恨難平。不道愁人不喜聽。空階滴到明。」溫、万俟詞中的「情」和「恨」屬主觀意緒，它們主要是運用客觀物象來加以烘托的。而聶詞的妙處是將兩種形象——枕前淚與階前雨——疊加，將主觀與客觀融合一處，而且設想新奇：「隔個窗兒」。因而形象更加鮮明，也更有趣味。

此詞所表達的感情十分深摯。作者屬於市民階層，出入於茶樓瓦舍，故其詞之用語極為通俗，明淺易懂，甚至帶有一種民歌風味，在宋代的情詞中，可謂別具一格。聶勝瓊此詞在上世紀三四十年代有人以德國韋伯〈自由射手序曲〉的曲譜與之相配，似亦能表達其淒切之情。

〈鷓鴣天〉詞牌，因其接近律詩，顯得比較莊雅，故宋代文人多喜用之，其中以情勝者有晏幾道詞〈彩袖殷勤捧玉鍾〉，以悼亡著名者有賀鑄詞〈重過閶門萬事非〉，以寫曠逸情懷著稱者有蘇軾詞〈林斷山明竹隱牆〉，以寫農村風光令人覺其可喜者有辛棄疾詞〈陌上柔桑破嫩芽〉。聶勝瓊所作為傳統的男女戀情詞，為使讀者瞭解不同內容、風格的同調詞，今將蘇、辛作品附錄於後：

林斷山明竹隱牆，亂蟬衰草小池塘。翻空白鳥時時見，照水紅蕖細細香。　村社外，古城旁，杖藜徐步轉斜陽。殷勤昨夜三更雨，又得浮生一日涼。

陌上柔桑破嫩芽，東鄰蠶種已生些。平岡細草鳴黃犢，斜日寒林點暮鴉。　山遠近，路橫斜，青旗沽酒有人家。城中桃李愁風雨，春在溪頭薺菜花。

38 虞美人

感舊

南唐 李煜 重光

春花秋月何時了❶，往事知多少。小樓❷昨夜又東風❸，故國❹不堪回首月明中。

雕闌玉砌❺應猶在，只是朱顏改。問君還有❻幾多愁？恰似一江春水向東流。

【作者】李煜，見本書第一首〈憶江南〉詞作者介紹。

【詞律】〈虞美人〉，唐教坊曲名，用作詞調。又名〈虞美人令〉、〈巫山十二峰〉、〈一江春水〉、〈玉壺冰〉、〈憶柳曲〉等。雙調，五十六字，上下闋各四句，兩仄韻，兩平韻，為平仄韻轉換格。上下闋句式格律均同，末句為九言句，其音節構成方法有三種，或上二下七，或上四下五，或上六下三，參看歐陽修〈南歌子〉「詞律」介紹，此詞為上六下三。《詞律》卷八以蔣捷詞〈絲絲楊柳絲絲雨〉為正體，以閻選詞〈粉融紅膩蓮房綻〉五十八字者為「又一體」。《詞譜》卷一二以李煜詞〈風迴小院庭蕪綠〉為正體，另列毛文錫等五十八字者為「又一體」。

【注　釋】❶了　了結；完結。❷小樓　李煜被囚於汴京的居所。❸又東風　春又來臨。❹故國　指已滅亡的南唐。❺雕闌玉砌　雕花繪彩的闌干，白玉砌成的臺階。指宮殿。❻還有　一作「都有」、「能有」。

【語　譯】春花秋月何時才能完結啊？往事還記得很多很多。居住的小樓昨夜東風又已來臨，在明月照耀下沉思，故國真是不堪回首啊！

雕闌玉砌的華美宮殿應該還在，只是人的年輕容貌已改。若問究竟有多少憂愁，正像一江春水滔滔向東奔流。

【研　析】此詞作於宋太宗太平興國三年（九七八）春天。是年七夕，後主命故妓作樂，又曾命妓唱「小樓昨夜又東風」、「一江春水向東流」之句。宋太宗聞之，大怒，賜牽機毒藥，後主遂被害。此或即後主之絕命詞。詞中充滿了宇宙與人生、主觀與客觀的矛盾，充滿無限哀愁與絕望之情。詞以兩問句發端，破空而來。提出的兩個問題，一個關乎自然，一個關乎人事，兩者又密切相關。「春花秋月」，本自然美景，為人所愛賞，而詞人卻嫌其太多，故有「何時了」的發問；種種「往事」記憶猶新，嫌其困擾人心，「往事只堪哀，對景難排。」（〈浪淘沙〉）「知多少」，恨自己記得太多。這是因為：第一，以世事而言，春花秋月會引發他對過去美好生活的回憶：「車如流水馬如龍。花月正春風。」（〈憶江南〉）「晚涼天淨月華開。想得玉樓瑤殿影，空照秦淮。」（〈浪淘沙〉）

而今日之遭遇與昔之豪奢「往事」相比，反差實在太大，能不令人嘆息！第二，以時間而言，春花秋月去而復來，周而復始，無有止境，而今以淚洗面之囚禁生涯，正度日如年，何時才是盡頭？今與昔，客觀與主觀，有限與無限，在這裡包含有太強烈的對比。因而這兩問，也就特別震撼人心。發端兩句，是從整體上抒發某種強烈的內心感受，至「小樓昨夜」兩句，則轉到一個具體的時空。「東風」與前面「春花」相映照，前面冠以「又」字，表明於此度過已非一春，顯然含有一種厭倦怨恨之意。「月明」與前面「秋月」相映照。月華照耀大地，所見極廣，因而引起了對「四十年來家國，三千里地山河」（〈破陣子〉）的懷想，然而所懷想的都已成為過去，一切的美好，均係自己一手所葬送，真是「不堪回首」！這裡的「故國」又和前面的「往事」相映照。兩句當中，亦含有「小樓」與「故國」對照之意。

下闋首二句是華美的宮殿與凋殘人事的對比。「雕闌玉砌」緊承上面「故國」；「應猶在」，因非眼見，是一種揣想之詞。「朱顏改」是一種現實的描寫，自由的喪失，精神的折磨，囚徒的恥辱，亡國的悔恨，齊集心頭，焉得不容顏憔悴！不變的是故宮，已變的是朱顏，在這變與不變的對照中，又該含有多麼沉痛的感慨！所有這一切矛盾、痛苦、感慨、悔恨，聚集起來，化作無盡的憂愁，像春江之水（水漲江闊）一樣深廣，一樣綿長，一樣滾滾滔滔東流不盡。「問君還有幾多愁？恰似一江春水向東流。」以提問的形式出現，意在突出這「愁」，給人以強烈的印象；依表述而言，一問一答，收到一氣流走的效果；而以一江春水喻愁，使抽象之愁具象化，化為一種視覺形象，使人感到這愁有了深度、廣度和長度。此前，劉禹錫〈竹枝詞〉曾有「水流無限似儂愁」的比喻，後主有所借鑒，更有所發展，使之成為一個形容愁情的著名比喻，從宋以來備受人推賞。

在上個世紀八年抗戰勝利後，曾有一部反映戰爭帶給民眾苦難的影片，即取名為〈一江春水向東流〉，其音樂即以「問君還有幾多愁？恰似一江春水向東流。」為主旋律。這說明其表情的藝術魅力已超越具體的歷史時空。

近人王國維《人間詞話》評後主詞曰：「尼采謂：『一切文學，余愛以血書者。』後主之詞，真所謂以血書者也。」〈虞美人〉詞即係血淚凝成的文字，故感人至深，沁人肺腑，流傳眾口，長盛不衰。此詞在現代為其譜曲者甚多，上世紀三四十年代，曾由吳村譜曲，作為影片〈恐怖之夜〉的插曲。今較流行者為臺灣譚健常所作曲譜。

〈虞美人〉詞調，由五、七、九言組成，兩句一轉韻，一韻一意，頓挫中具流利之美，詞人多喜用之。用此調填詞尚可一提者，為宋末元初蔣捷詞（聽雨）：「少年聽雨歌樓上，紅燭昏羅帳。壯年聽雨客舟中，江闊雲低斷雁叫西風。　而今聽雨僧廬下，鬢已星星也。悲歡離合總無情，一任階前點滴到天明。」該詞將一生遭遇、心情的起伏，選擇不同畫面作出形象概括，而又隱含著歷史的風雲變幻，具有極豐富的內涵。

39 南鄉子　春閨

宋　孫道絢

曉日壓重簷（韻），斗帳❶春寒起未忺❷（韻）。天氣困人梳洗懶（句），眉尖（韻）。

淡畫春山❸不喜添。（韻）閒把繡絲撏❹，（韻）認得金鍼又倒拈。（韻）陌上遊人歸也未？（句）懨懨❺。（韻）滿院楊花不捲簾。（韻）

【作　者】孫道絢，號沖虛居士，生卒年不詳。黃銖之母（銖，福建崇安人。生於紹興元年（一一三一）。《游宦紀聞》卷八載，黃銖錄其母詞，云：「先妣沖虛居士，少聰明、穎異絕人，於書史無所不讀，一過輒成誦。……平生作為文章詩辭甚富。」）唐圭璋《全宋詞》據趙萬里《校輯宋金元人詞》所輯《沖虛詞》一卷，錄存詞八首。此首〈南鄉子〉不在八首之內，別作無名氏詞。《草堂詩餘後集》作孫夫人詞，《彤管遺編》作鄭文妻詞。

【詞　律】〈南鄉子〉，唐教坊曲名，用作詞調。又名〈莫思鄉〉、〈仙鄉子〉、〈蕉葉怨〉等。有單調、雙調兩種體式。《白香詞譜》所錄為雙調，五十六字，上下闋各五句，四平韻，句式、格律相同，以五七言為主，中間夾一個二字句。二字句必用平聲（如此詞之「眉尖」、「懨懨」），此為定格，不可移易。《詞律》卷一列單調二十七字、二十八字、三十字三體，雙調以陸游詞（歸夢倚吳檣）為正體。《詞譜》卷一所列單調與《詞律》同，雙調五十六字者以馮延巳詞（細雨溼流光）為正體，另列五十四字、五十八字者為「又一體」。

【注　釋】❶斗帳　形如覆斗的小帳。❷忺　高興；適意。韋應物〈寄二嚴〉詩：「絲竹久已懶，今日遇君忺。」❸春山　喻指眉毛。❹撏　扯取。此處指挑線。繡花絲線非一根一根，而是一小股，須從一小股中再一絲一絲縷分出來。❺懨懨　精神萎靡不振。

【語　譯】早晨太陽已高出重重屋簷，料峭春寒中，從斗帳中起來悶悶不歡。天氣令人困倦懶於梳洗，只淡淡地描畫眉尖，春山黛色無心再添。

隨意將繡花絲線分縷挑選，認得金針卻將針尖倒拈。路上遠遊之人歸來否？無情無緒，簾兒不捲，一任楊花滿院飛舞。

【研　析】此為閨人念遠之詞。作者先從起床寫起，太陽升起老高，日上三竿，已壓著屋簷，才很不情願地慢騰騰地起來。接著寫起床之後的梳洗。隨著太陽升高，寒氣漸退，暖意融融，正是「困人天氣日初長」，令人昏昏欲睡。梳洗起來，也是懶洋洋的，畫眉嘛，更是淡淡的幾筆，懶得精描細畫。上闋的這幾句描寫，很容易使我們想起溫庭筠的「懶起畫蛾眉，弄妝梳洗遲。」（〈菩薩蠻〉）李清照也有類似描寫：「起來慵自梳頭。任寶奩塵滿，日上簾鉤。」（〈鳳凰臺上憶吹簫〉）女為悅己者容，妝扮給誰看啊？當然這首詞的描寫更為細緻具體，不僅有動作的描繪，還伴有季節、天氣、寒溫遞轉的交代，兩者結合，相得益彰。

以下寫白天的室內活動：刺繡。繡花只是為了打發無聊的時間，並不在刻意繡出某種圖案，所以分劈絲線的動作，是很隨意的。繡的時候，因為心不在焉，以致針都拿顛倒了。其所以如此，是因為心裡老在想著「陌上遊人歸也未？」詞人提出問題，並未作答，答案是否定的，故而滿懷惆悵，情緒低落，打不起精神。最後一句，轉入寫景，以景結情，景中含情。柳絮翻飛，乃暮春之象，暗含美人遲暮之感；楊花漫天飛舞，淒迷紛亂，又恰是詞人心境的象徵。其所以不捲簾者，乃是不忍看也。

全詞主要通過她的行為動作來寫相思之情。懨懨懶散之態，心緒不寧之神情，纖毫畢現，令人如臨其境，如見其人。

〈南鄉子〉詞牌，五代及北宋時，多用來寫閨情，其中以馮延巳詞最為有名：「細雨溼流光，芳草年年與恨長。回首鳳樓無限事，茫茫。鸞鏡鴛衾兩斷腸。　魂夢任悠揚，睡起楊花滿繡床。薄倖不來門半掩，斜陽。負你殘春淚幾行。」至蘇軾，則用來抒寫士大夫情懷，所作數量多至十六首，其中頗有代表性者如〈重九涵輝樓呈徐君猷〉：「霜降水痕收，淺碧鱗鱗露遠洲。酒力漸消風力軟，颼颼。破帽多情卻戀頭。　佳節若為酬，但把清樽斷送秋。萬事到頭都是夢，休休。明日黃花蝶也愁。」至南宋，有的詞人則用來抒發愛國主義精神，激盪人心傳誦不衰的首推辛棄疾詞：「何處望神州？滿眼風光北固樓。千古興亡多少事？悠悠。不盡長江滾滾流。　年少萬兜鍪，坐斷東南戰未休。天下英雄誰敵手？曹劉。生子當如孫仲謀。」可見這一詞調所表現的內容，隨詞壇風氣轉移和時代變化而不斷在拓展。

40　鵲橋仙　七夕

宋　秦觀　少游

纖雲弄巧，飛星傳恨，銀漢❶迢迢暗度。金風玉露❷一相逢，便勝卻、人間無數。柔情似水，佳期如夢，忍❸顧鵲橋歸路？

兩情若是久長時，又豈在、朝朝暮暮❹。

【作　者】秦觀，見本書第五首〈如夢令〉詞作者介紹。

【詞　律】〈鵲橋仙〉，此調始自歐陽修，因詞中有「鵲迎橋路接天津」語，取為調名。又名〈鵲橋仙令〉、〈金風玉露相逢曲〉、〈廣寒秋〉、〈憶人人〉等。雙調，五十六字，前後各五句，兩仄韻。填此調須注意者有兩點：其一，上下闋首二句為兩個四言句，平仄相同，一般用作同聲對，如歐陽修詞：「月波清霽，煙容明淡」，「雲屏未卷，仙雞催曉」，秦觀詞亦同。其二，上下闋末句之七言句式為上三下四，前三字多用仄聲，第二字平仄可通融。《詞律》卷八除列秦觀詞為正體外，又列柳永詞（屆征途）八十八字者為「又一體」。《詞譜》卷一二以歐陽修詞（月波清霽）為正體，另列五十七字、五十八字、八十八字等數種為「又一體」。

【注　釋】❶銀漢　銀河。❷金風玉露　秋風白露。唐李商隱〈辛未七夕〉詩：「由來碧落銀河畔，可要金風玉露時。」❸忍　怎忍。❹朝朝暮暮　語出宋玉〈高唐賦〉：「妾在巫山之陽，高丘之阻，旦為朝雲，暮為行雨，朝朝暮暮，陽臺之下。」

【語　譯】輕柔彩雲變幻出種種新巧圖案，閃爍的流星在傳遞久別的離恨，牛郎織女在夜晚把寬闊銀河暗渡。在金風玉露時刻相逢，便勝過人間無數次的歡聚。

柔情如流水悠悠不斷，歡會佳期卻短暫如夢，怎忍回顧鵲橋的歸路？兩情相悅如能長久不衰，又哪裡在乎朝朝暮暮廝守一處！

【研析】漢魏以來，即流傳牛郎、織女七夕鵲橋相會的神話故事。《風俗記》載，織女七夕當渡河，使鵲為橋。《續齊諧記》載，七月七日，織女當渡河，暫詣牽牛，世人至今云：「織女嫁牽牛也。」《文選》曹丕〈燕歌行〉注「牽牛為夫，織女為婦。織女牽牛之星各處一旁，七月七日得一會同矣。」所說皆牛女渡鵲橋相會故事。詠七夕事，詩中早已有之，如〈古詩十九首〉云：「迢迢牽牛星，皎皎河漢女。……河漢清且淺，相去詎幾許。盈盈一水間，脈脈不得語。」以後詠七夕之詩作甚多。宋詞中，自歐陽修以〈鵲橋仙〉詠七夕後，蘇軾、黃庭堅等相繼有作，其中當推秦觀七夕詞最為有名。

秦觀此詞特點之一，是善能將外物情感化。牛、女故事本身即帶有人與神二重性質，故將其人格化、賦予人的感情是很自然的。不僅如此，詞中還將天空之飛星、雲彩賦予人情，此詞發端的寫景，即是如此。「纖雲弄巧」，是說那輕柔多變的雲有意變幻出各種巧妙的花樣，來裝扮這節日的喜慶、祥瑞。當然這種景象也會引發人們的聯想：它或許就是織女「纖纖擢素手，札札弄機杼」（〈古詩〉）織出的美妙圖案吧！「飛星傳恨」，則謂長空飛度的流星，在為其傳遞那積久的別恨，對他們的處境充滿了同情。這樣，便為牛、女的出場營造出一種美好的氛圍，逗引出下面一句「銀漢迢迢暗度」。這句敘事兼寫景，寥寥六字，極具凝煉、含蓄之美。牛、女乘著夜色，不遠千里渡越迢迢河漢於鵲橋相會，其路途之遙遠，跋涉之艱難，不正體現出他們情之深長、愛之執著麼！以下就牛、女一年一度相會情事生發議論：在「金風玉露」的高爽秋夜，能在天上銀河擁有這樣一次難得的歡會，比人間千百次的平常相聚都要美好珍貴啊！作者的眼光很獨特，站立的高度也顯得超凡。因為有了這一議論，便使牛、女相會故事的意義，得到了昇華。作者在這裡用

「金風玉露」來寫節日風光，不僅襯托出環境的美好，還包含有另一層深意，即以「金」「玉」之質，映襯出他們這份情感的堅貞、純潔與高尚。

下段的「柔情似水」，承「銀漢迢迢」而來。銀河本是星系，但「河」會令人產生水的聯想，如李賀〈天上謠〉：「天河夜轉漂回星，銀浦流雲學水聲。」此處是即景設喻，十分自然。這個比喻在於以悠悠不斷的流水來形容牛、女間的情深意長，以表現歡會的高潮。至「佳期如夢」，乃一轉折，感嘆歡愉一霎，如夢一般虛幻短暫。他們回想兩相乖隔的日子，唯有在夢中可以相見，那夢中的溫存帶來的只是瞬間的快慰，今日佳期無異平日之夢幻啊！分手的時刻終於到了，「忍顧鵲橋歸路」，讓我們看到了那一步一回頭的戀戀不捨的情狀。「忍顧」用一反詰語氣，倍增其難以割捨之情。至詞之末尾，又一轉折，「兩情若是久長時，又豈在、朝朝暮暮。」似是對牛、女不得不分離的安慰，更是融進了作者的情感體驗。他除了說明真情是時間空間阻斷不了的這層意思外，似也符合我們今日所說之距離產生美的觀點，保持一定的時空距離，會給下一次的相見，帶來更新鮮的感覺。這裡的議論已上升到一種人生哲理的高度，因此是名句，是經典。從行文來說，前面的不忍分離，卻又不得不分離，是情緒的一個低潮，帶有濃重的悲劇性質，至此峰迴路轉，情緒高揚，使人為之一振。雖是小令，亦能深合抑揚互轉的藝術辯證法之理。

此詞其所以成為詠七夕之名篇，與其突出的特點有關。其特點：一是浪漫的想像與現實人生的結合，它既是寫天上，也是寫人間，既是寫星，也是寫人，可謂是「天人合一」。將星、雲視之為人，將神話故事世俗化，消弭了人神之間的距離，使人產生親切感。他寫的神話故事中的精義，既屬於天上，更屬於人間。二是熔情、景、理於一爐。以景襯情，融情入景，因情發論，以理論情，三者渾然一體，意境圓融。這裡要特別提出的，是這首詞的議論。它上下兩段均以議論結尾，自然而然，有如水到渠成，其特點是寓議論於形象之中，是形象化的議論，因此我們絲毫不覺得有「以議論為詞」之弊端。更難得的是，它能給予人以美的深刻的啟示，能使人得到感情的淨化、精神的提升。其所體現的思想感情的高度，可以說超越了歷代詠七夕的無數詩詞，後之詠七夕之詩詞，似亦未有能出其右者，因此，顯得特別難能可貴。還有一點須提及者，是這首詞的語言。作者是婉約詞派中的巨匠，是語言運用的高手，他描繪的七夕佳節，不論是景語、情語，還是議論語，可說是無不精美雅煉，真正做到了如張炎《詞源》所說：「字字敲打得響。」

〈鵲橋仙〉詞牌，多詠有關七夕故事，但至南宋辛棄疾等詞人手中，則已脫離本意，幾乎無所不寫，如辛詞以之寫農村風物十分有趣：「松岡避暑，茅簷避雨，閑去閑來幾度？醉扶怪石看飛泉，又卻是、前回醒處。　東家娶婦，西家歸女，燈火門前笑語。釀成千頃稻花香，夜夜費、一天風露。」故今人之創作，既可詠七夕，亦可不必拘限於此一題材。

41 一斛珠

香口　一作「美人口」

南唐　李煜　重光

晚妝初過，沉檀❶輕注❷些兒個❸。向人微露丁香顆❹。一曲清歌，暫引櫻桃破❺。

羅袖裛殘❻殷色❼可❽，盃深旋被香醪❾涴❿。

繡床斜凭⓫嬌無那⓬。韻　爛嚼紅絨⓭，句　笑向檀郎⓮唾。韻

【作　者】李煜，見本書第一首〈憶江南〉詞作者介紹。

【詞　律】〈一斛珠〉，又名〈一斛夜明珠〉、〈醉落魄〉、〈醉落拓〉、〈怨春風〉等。據無名氏〈梅妃傳〉載，唐玄宗原寵愛梅妃江采蘋，後因楊貴妃專寵，遭受冷落。玄宗曾命人贈其珍珠一斛，梅妃不受，報以詩曰：「柳葉雙眉久不描，殘妝和淚汙紅綃。長門盡日無梳洗，何必珍珠慰寂寥。」玄宗令樂府以新聲度之，號〈一斛珠〉。則此調原為唐聲詩，後乃沿為詞調（對此說亦有人表疑惑）。雙調，五十七字，上下闋各五句，四仄韻，除第一句一為四言、一為七言外，其餘句式、格律均同。《詞律》卷八、《詞譜》卷一二均以李煜詞為正體，各列為「又一體」者，有兩種：一為下闋首句與李詞仄起式不同，為平起式，宋人多用此體；一是上下闋第二句與李詞上四下三節奏不同，而係上三下四節奏。

【注　釋】❶沉檀　指檀紅，是點唇的化妝品，因此紅唇又叫檀口。❷注　點。❸些兒個　一點兒。❹丁香顆　丁香的花蕾。丁香亦名雞舌香，因其形似雞舌，故用作美人舌尖的代稱。❺櫻桃破　張開櫻桃似的小口。❻裛殘　指零星酒沫濡溼。❼殷色　深紅色。❽可　猶「可可」。隱約模糊貌。❾香醪　香酒。❿涴　沾汙。⓫凭　倚靠。⓬嬌無那　嬌到無可奈何；嬌到極點。⓭紅絨　紅色絲線。⓮檀郎　西晉潘岳貌美，小名檀奴，後以「檀郎」作為女子對男子的愛稱。

【語　譯】晚妝剛剛化完，檀紅在嘴上輕輕一點。向人微露如丁香花蕾般的舌尖。引吭唱一曲清亮

的歌兒，暫把櫻桃小嘴啟綻。

絲羅衣袖被酒沫濡染，深紅顏色模糊一片。杯深酒滿，潑灑沾溼衣裳。斜靠繡床無比嬌媚，嚼著紅色絲線，笑著吐向檀郎。

【研　析】明代《詞的》、《古今詞統》均題作「詠佳人口」，《歷代詩餘》題作「詠美人口」，《白香詞譜》題作「香口」，《考正白香詞譜》題作「美人口」。這首詞確實是在「口」上做文章，但它所描繪的卻是一個俏麗、嬌媚、不受封建禮教束縛帶點活潑頑皮的歌女形象。詞先從她的化妝寫起，古時的女性以嘴小為美，不像時下以嘴大為具有性感美，故塗檀紅，只是輕輕地一點。化妝完畢，對客啟唇唱歌，先須以舌潤唇或作唱歌前張口吸氣的準備，使粉紅舌尖微微露出。唱歌是要通過口來吐字傳音的，故接著寫「一曲清歌，暫引櫻桃破。」過去形容美人是「櫻桃小嘴糯米牙」，白居易詩有「櫻桃樊素口，楊柳小蠻腰」（見孟棨《本事詩‧感事》）之句，韓偓詩也有「著（唱）詞但見櫻桃破，飛醆遙聞豆蔻香」（〈嫋娜〉）之語。後主用語當本此。櫻桃，不僅形容其小，還兼讚美它的紅潤可愛。「破」字用在這裡也非常形象，嘴閉似一顆櫻桃，嘴張則分為兩半，恰似櫻桃之破。這裡寫歌女之點唇、露舌、歌唱，一氣呵成，極為細膩生動，可謂神情畢肖。歌唱完畢，一起參加酒宴，故以下轉寫飲酒。先是小口小口地喝，那殘酒把衣袖都染溼了，以致顏色變深。後來酒杯斟得滿滿的，頗為放肆地豪飲起來，那酒潑到衣服上，濡溼一大片。她終於喝醉了。詞的最後寫她的醉態。她斜歪在繡床上，面若桃花，醉眼朦朧，那姿態嬌媚到極點。她的心上人在一旁照看，她帶著醉意，笑著把嘴裡嚼爛的紅絲線唾向他。這一生活中的細節，不僅表露出她性格中的嬌憨、天真、頑皮的一面，也把她和檀郎的兩情相悅真心相愛的親熱勁兒表現無遺。明楊孟載極愛賞「爛嚼紅絨」句，曾以之入詩，其〈春繡〉絕句云：「閒情正在停針處，笑嚼紅絨唾碧窗。」

這首詞以「口」來寫歌女，是通過一系列的動作來完成的，如同一個鏡頭接著一個鏡頭，且多半是特寫鏡頭，有聲有色，給人以強烈的視覺印象，真有如見其人、如臨其境之感。明沈際飛評云：「描畫精細，似一篇小題絕好文字。」（《草堂詩餘別集》）

詠美人之「口」，即詠人的身體的某一器官，此詞似為首次。它雖然處處不離「口」，但並不支離破碎，我們讀起來感到渾然一體，感到是在寫一個活脫脫的人，一個有性格有感情的人。我們的注意力不是集中在美人之「口」上，而是在這個可愛有趣的人身上。這正是後主詞作的高明之處。

南宋時期，劉過有〈沁園春〉詠「美人指甲」、「美人足」之詞，則是將有關典故與相關情事湊泊而成，致遭人譏笑。清代朱彝尊《茶煙閣體物集》更有詠「乳」、詠「腸」、詠「膽」等作，直不堪入目矣！

42 踏莎行

春暮

宋 寇準 平仲

春色將闌❶，鶯聲漸老，紅英落盡青梅小。畫堂人靜雨濛濛，屏山❷半掩餘香裊。密約沉沉，離情杳杳，菱花❸塵滿慵將照。
倚樓無語欲銷魂，長空暗淡連芳草。

【作　者】寇準，字平仲，華州下邽（今陝西渭南北）人。建隆二年（九六一）生。太平興國五年（九八〇）進士。累遷樞密院直學士，判吏部東銓。景德初，同中書門下平章事，後罷知陝州。天禧三年（一〇一九）再相，復罷，封萊國公。後貶道州司馬，再貶雷州司戶參軍。天聖元年（一〇二三）卒於貶所，年六十三，謚忠愍。著有《寇萊公集》七卷。《全宋詞》錄其詞四首，《全宋詞補輯》錄一首。

【詞　律】〈踏莎行〉，明楊慎《詞品》卷一引韓翃詩句「踏莎行草過春溪」，謂調名本此。又名〈芳心苦〉、〈踏雪行〉、〈喜朝天〉、〈瀟瀟雨〉、〈惜餘春〉、〈柳長春〉等，添字者名〈轉調踏莎行〉。雙調，五十八字，上下闋各五句，三仄韻，句式、格律均同。其中兩四言句相連者，平仄相對，一般須用作對仗（如此詞「春色將闌，鶯聲漸老」、「密約沉沉，離情杳杳」）；七言句皆平起式，或仄收，或平收。《詞律》卷八以吳文英詞（潤玉籠綃）為正體，另單列〈轉調踏莎行〉兩體。《詞譜》卷一三以晏殊詞（細草愁煙）為正體，另列曾覿詞（翠幄成陰）六十六字者、陳亮詞（洛浦塵生）六十四字者為「又一體」。

【注　釋】❶將闌　將盡。❷屏山　畫有山水的屏風。❸菱花　鏡子。

【語　譯】春色即將凋殘，鶯聲漸漸顯老。紅花枝頭落盡，樹上青梅小小。畫堂悄無人聲，窗外霏霏細雨，山水屏風半掩，爐煙餘香裊裊。

私訂的約會佳期，音信渺茫，別後的刻骨相思，悠長綿邈。菱花滿布灰塵，無心對鏡相照。依倚樓臺默默無語，黯然銷魂，惟見暗淡長空，遠連萋萋芳草。

【研　析】此詞寫閨怨。上闋重在寫景。一開始以「春色將闌」總寫春之將逝，以下兩句分寫聲、色。聞鶯之聲而覺其不似從前圓囀，感嘆鶯也老了，其實，這是女主人公的一種主觀感受，帶上了自己的感情色彩。再看庭院春花，已然落盡，惟是滿地殘紅，而梅花更是早謝，已是「綠葉成陰子滿枝」了。這兩句寫景，一動物，一植物，有動有靜，有聲有色，突出了自然界的春意闌珊，也營造出了一個靜寂的環境。它所體現的主觀情思，則正是美人遲暮之感，它象徵著人生最寶貴最美好年華的日漸流逝；同時，室外的寂靜又與室內的靜謐相映襯。「畫堂」兩句側重寫室內，強調的是它的空寂。「屏山半掩」，似有所待，而竟無人來往，這裡只有裊裊爐煙，相對著窗外的濛濛細雨。這種空寂迷濛的境界，也正是女主人公淒迷寂寞心境的外化。真是處處寫景，亦即處處寫情。詞之下闋重在抒情。她在尋思怨恨：兩人曾經山盟海誓，暗裡訂下幽期密約，而今竟然泥牛入海，沒有回音；打從離別之後，自己的刻骨相思，又是何等深廣！既然深閨獨處，哪還有心思對鏡梳妝，「女為悅己者容」，梳妝給誰欣賞？況且，如今憔悴，神采黯然，也不願在鏡子裡看到自己的可憐形象，就一任那菱花蒙上厚厚的灰塵吧。詞的結尾方始點出女主人公獨倚樓臺及失魂落魄情狀，以明前面所寫，皆係其所見所聞所感。此為宋代詞人習用之手法，即將與人物相關之種種情事置之於前，而將人物的出場安排於後，以顯章法的變化。這首詞的末句再度轉入寫景。

女主人公的倚樓並非為觀景，她的登眺是有所想望的，然而她所看到的只是闊遠的灰暗天空連著無邊無際的芳草。以寫景而言，前後呼應，「長空暗淡」與前面的「雨濛濛」相映照，「芳草」與「春色將闌」相聯繫。同樣，這裡不是單純的寫景，而是融情入景。「長空暗淡」，與心境的無比淒黯相關；而「芳草」則暗用淮南王〈招隱士〉：「王孫遊兮不歸，春草生兮萋萋」典故，既懷有期盼，又含有怨懟。以景結情，含蘊無盡。沈義父《樂府指迷》云：「結句須要放開，含有餘不盡之意，以景結尾最好。」此詞正符合這一要求。〈踏莎行〉上下闋五句之中，一般前三句組成一意，後兩句一意連貫，寇詞亦是如此。此當為我們創作時所宜注意者。

〈踏莎行〉上下闋有對偶，有散句，具整飭與流利結合之美，北宋詞人尤喜用之，名作甚多。詠情者以歐陽修詞最為有名：「候館梅殘，溪橋柳細，草薰風暖搖征轡。離愁漸遠漸無窮，迢迢不斷如春水。　寸寸柔腸，盈盈粉淚，樓高莫近危闌倚。平蕪盡處是春山，行人更在春山外。」詠人生失意者以秦觀詞〈郴州旅舍〉最為人所稱道：「霧失樓臺，月迷津渡，桃源望斷無尋處。可堪孤館閉春寒，杜鵑聲裡斜陽暮。　驛寄梅花，魚傳尺素，砌成此恨無重數。郴江幸自繞郴山，為誰流下瀟湘去？」此篇可說是貶謫詞中的千古絕唱，它由蘇軾作跋，由米芾書寫，碑刻於郴州蘇仙嶺，號稱「三絕碑」；善用比興含騷情雅意者當推賀鑄詞：「楊柳回塘，鴛鴦別浦，綠萍漲斷蓮舟路。斷無蜂蝶慕幽香，紅衣脫盡芳心苦。　返照迎潮，行雲帶雨，依依似與騷人語。當年不肯嫁春風，無端卻被秋風誤。」藉荷花之幽潔、飄零喻己之情懷，別具一格。

43

臨江仙　妓席

宋　歐陽修　永叔

池外輕雷池上雨，雨聲滴碎荷聲❶。小樓西角斷虹❷明。闌干私倚處❸，遙見月華生。

燕子飛來窺畫棟，玉鉤垂下簾旌❹。涼波不動簟紋平。水晶雙枕畔❺，猶有墮釵橫。

【作　者】歐陽修，見本書第九首〈生查子〉詞作者介紹。

【詞　律】〈臨江仙〉，唐教坊曲名，用作詞調。又名〈雁歸後〉、〈謝新恩〉、〈畫屏春〉、〈庭院深深〉、〈採蓮回〉、〈玉連環〉等。此調體式多達十數種，《白香詞譜》所選為其中使用頻率最高的一種。雙調，六十字，上下闋各五句，三平韻，句式、格律均同。其中的兩組五言句，一般不作對仗，亦有用作對仗者，如蘇軾詞（四大從來都遍滿）：「幽花香澗谷，寒藻舞淪漪。」李之儀詞（偶向淩歊臺上望）：「風花飛有態，煙絮墜無痕。」此調音律和諧，清婉詞人尤為喜好。另有五十八字者兩體，一為上下闋均七、六、七、四、五句式，一為上下闋均六、六、七、五、五句式，亦為常用體式。《詞律》卷八以和凝詞（海棠香老春江晚）五十四字者為正體，另列五十六字、五十八字、六十字、六十二字、七十四字、九十三字等十三種為「又一體」。《詞譜》卷一〇亦以和凝詞為正體，另列十種為「又一體」。

【注　釋】❶池外二句　化用唐李商隱〈無題〉詩「颯颯東風細雨來，芙蓉塘外有輕雷」句意。池外，歐陽文忠公《近體樂府》作「柳外」。❷斷虹　一段彩虹。❸欄杆句　《近體樂府》無「私」字。❹簾旌　原本指簾子上面所綴簾額，此指簾幃。❺水晶句　《近體樂府》無「畔」字。

【語　譯】從池外傳來陣陣輕雷，池上淅瀝雨下，錯雜滴落荷葉，發出嘈嘈嗒嗒聲響。陣雨過後，一抹彩虹掛在小樓西角，分外明亮。依凭欄杆，遠遠地望見月兒東升而上。

燕子飛來窺看華美樓堂，伊取下玉鉤將簾兒垂放。簟紋平整有如不動的涼波，那從頭上滑落的玉釵，橫斜在成對的水晶枕畔。

【研　析】此詞標題為「妓席」，當是受筆記小說所載故事影響。宋王楙《野客叢書》載：「舊說謂歐公為郡幕日，因郡宴，與一官妓荏苒（因纏綿而延誤），郡守得知，令妓求歐詞以免過，公遂賦此詞。」詞中描寫之「水晶雙枕畔，猶有墮釵橫。」便是被一些人視為寫風流韻事的重要依據。此小說家言，恐不足為信。前人已指出，此意或祖於李商隱之〈偶題〉詩：「小亭閒眠微醉消，石榴海柏枝相交。水紋簟上琥珀枕，旁有墮釵雙翠翹。」（謝朝徵《白香詞譜箋》）今人亦多以妓情說為非。

此詞寫的是一位女性對夏日美景的沉醉和她生活中的一個片斷。夏日的天氣多變，景色怡人。在傍晚的時分，先從「池外」、從較遠處傳來隱隱雷聲，雷聲過後，接著是雨聲。夏日的陣雨，不是那種「潤物細無聲」的霏微小雨，往往是如豆粒般的稀疏急雨，那淅瀝之聲作用於人的感官，首先是聽覺。因此女主人公的注意力主要不在雨的視覺印象，不在「好風如扇雨如簾」的景象，而是在聲音。由於雨是隨從「池外輕雷」而來，首先飛渡的是那美麗的荷塘，她最先聽到的是雜亂地滴落在荷葉上的雨聲。荷葉面積較他葉為大，且懸空有一定高度，那淅淅颯颯的聲音聽起來別有一番韻味，特富有詩意，甚至有一種樂音的感覺。要不，唐代詩人李商隱何以要「留得殘荷聽雨聲」呢？「雨聲滴碎荷聲」，是由於雨的稀疏雜亂，故有「碎」的感覺。雨聲，屬聽覺，碎，屬視覺，這種描寫實際上是藝術表現中視、聽相通的所謂「通感」。陣雨是短暫的，雨過天晴，此時一道彩虹掛上西邊的藍天。這位女子立於樓頭，樓角遮擋了她部分視線，她只看到彩虹的一部分。那「斷虹」顯得分外絢爛明麗，耀人眼目。她倚著欄杆，先沉迷於雨聲，後又沉迷於虹彩，直到遙遙望見明月從東邊冉冉升起，自然又沉迷於這美麗的月色。時間在推移，景物在變換，顯示出夏日風光的無比美妙！而這種迷人的風光，正需要有懂得美的人來欣賞，詞中的這位女主人公是深愛自然美、懂得欣賞自然美的人，人與自然，在這裡得到了深深的契合。

詞的下闋由室外轉入室內，時間由傍晚逐漸轉入夜間。女主人公在欄杆賞月良久，步入室內，放下簾櫳，燕子歸來，欲窺其華美居室，已不可得矣。「畫棟」、「玉鉤」，居室器用，無不華麗精美，則主人之姣美亦可想見矣。結尾三句，並不直接寫人，只將幾件器物加以組合。這裡的每一件物品也都精美異常：如波之簟紋不僅平整，且靜靜地生出涼意；上面放置之雙枕，係由珍貴的水晶製作；枕旁之墮釵，雖未點明何種質地，但非金即玉，「墮」字，尤令人充滿遐想，醉其芬芳。周邦彥〈六醜〉詞有「釵鈿墮處遺香澤」之語，由此「墮」字可以聯想其遺留之芳香，由此芳香聯想起鬆散的髮髻，由鬆散的髮髻而推想伊人放鬆的睡姿，而這種放鬆的睡姿，又和她心境的恬適有關，那心境是在長久沉醉於夏日美景後進入的一種精神狀態。這一結尾呈現的是三樣器物的特寫鏡頭，形象極為突出，它們的組合構成了一個清涼精美的微觀環境，它不僅暗示出人之美，也透露出人的輕快心情。其後蘇軾〈洞仙歌〉詞寫夏夜，亦有類似描寫：「繡簾開，一點明月窺人，人未寢，攲枕釵橫鬢亂。」二者神理約略相似。

此詞用了輕雷、雨聲、紅荷、翠葉、彩虹、明月、飛燕、畫棟、玉鉤、紋簟、水晶、玉釵等一系列意象，令人目不暇接。意象之密集，詞藻之華美，均與溫庭筠詞相似，但時空脈絡清晰，遠比溫詞流動暢達。

〈臨江仙〉，為最常用的詞牌之一，佳作多多。五代時鹿虔扆詞〈金鎖重門荒苑靜〉抒寫亡國之恨，可謂於短調中別開新面；宋詞中除歐陽修此詞膾炙人口外，晏幾道詞〈夢後樓臺高鎖〉尤以寫麗情勝，蘇軾詞〈夜飲東坡醒復醉〉則以曠放勝；明代楊慎詞〈滾滾長江東逝水〉將自然的永恆與人事的變遷對照，抒寫歷史感慨，極為灑脫空靈，被清初毛宗崗父子取之置於《三國演義》卷首，廣為流傳；清代曹雪芹在《紅樓夢》中以薛寶釵口氣所作詠柳絮之詞〈白玉堂前春解舞〉，頗具特點，「好風憑藉力，送我上青雲」之句給人留下深刻印象。茲將晏幾道和楊慎兩種不同風格的詞作附錄於後，以供讀者對讀比較：

夢後樓臺高鎖，酒醒簾幕低垂。去年春恨卻來時。落花人獨立，微雨燕雙飛。　記得小蘋初見，兩重心字羅衣。琵琶弦上說相思。當時明月在，曾照彩雲歸。

滾滾長江東逝水，浪花淘盡英雄。是非成敗轉頭空。青山依舊在，幾度夕陽紅。　白髮漁樵江渚上，慣看秋月春風。一壺濁酒喜相逢。古今多少事，都付笑談中。

44 蝶戀花 春情

宋 蘇軾 子瞻

花褪殘紅青杏❶小。燕子飛時，綠水人家繞。枝上柳綿吹又少，天涯何處無芳草❷！

架上鞦韆❸牆外道。牆外行人，牆裡佳人笑。笑漸不聞聲漸杳❹，多情卻被無情惱。

【作者】蘇軾，字子瞻，一字和仲，號東坡居士，眉州眉山（今屬四川）人。景祐三年末（一〇三七年一月）生。嘉祐二年（一〇五七）進士。熙寧年間，先為判官告院，因與王安石政見不合，出為杭州通判，知密州、徐州。元豐二年（一〇七九）罹「烏臺詩案」，責授為黃州團練副使。哲宗立，除起居舍人，遷中書舍人，翰林學士知制誥，後出知杭州、定州。紹聖元年（一〇九四）被貶惠州，四年，再貶儋州。建中靖國元年（一一〇一）卒於常州，年六十五。蘇軾乃藝文通才，詩、詞、文、書、畫，均卓然大家。著有《東坡全集》一百十五卷，《東坡樂府》三卷。其詞作別開新境，「指出向上一路，新天下耳目」（王灼《碧雞漫志》），「一洗綺羅香澤之態，擺脫綢繆宛轉之度，使人登高望遠，舉首高歌，而逸懷浩氣，超然乎塵垢之外。」（胡寅《題酒邊詞》）對詞的發展產生過重大影響，與南宋辛棄疾並稱為「蘇辛」。

【詞律】〈蝶戀花〉，唐教坊曲名。本名〈鵲踏枝〉，由晏殊改今名，採梁簡文帝蕭綱〈東飛伯勞歌〉「翻階蛺蝶戀花情」詩句為調名。又名〈黃金縷〉、〈卷珠簾〉、〈明月生南浦〉、〈鳳棲梧〉、〈一籮金〉、〈魚水同歡〉等。雙調，六十字，上下闋各五句，四仄韻（或押入聲，或上去聲通押），句式、格律均同。因韻腳較密，又十句中有八句為仄起式，故整體來說，音律顯拗峭，較適宜於表深婉幽峭之情。《詞律》卷九以馮延巳（誤作張泌）詞（六曲闌干偎碧樹）為正體，以石孝友詞（別來相思無限期）首句平起不入韻者為「又一體」。《詞譜》卷一三同《詞律》，另增沈會宗詞（漸近朱門香夾道）平仄略異者為「又一體」。

【注　釋】❶青杏　未成熟的杏實。❷天涯句　〈離騷〉有「何所獨無芳草兮」之句，語當本此。❸架上鞦韆　別本均作「牆裡鞦韆」。❹漸杳　別本作「漸悄」。

【語　譯】殘花顏色變淡，小小青杏綴滿枝頭。燕子來去翻飛，綠水環繞人家流淌。東風吹拂，枝上柳絮愈來愈少，天涯地角，何處沒有芳草？

牆裡人在盪秋千，行人走在牆外道。牆裡的佳人在歡笑。笑聲漸遠以致無聞，多情人卻被無情人惹出煩惱。

【研　析】蘇軾紹聖元年（一〇九四）被貶惠州，此詞很可能作於貶惠途中。張宗橚《詞林紀事》引《林下詞談》云：

子瞻在惠州，與朝雲閑坐，時青女（主霜雪之神）初至，落木蕭蕭，淒然有悲秋之意。命朝雲把大白（酒杯），唱「花褪殘紅」。朝雲歌喉將囀，淚滿衣襟。子瞻詰其故，答曰：「奴所不能歌，是『枝上柳綿吹又少，天涯何處無芳草』也。」子瞻翻然大笑曰：「是吾正悲秋，而汝又傷春矣。」遂罷。

由此則記載，可知此乃「傷春」之詞。詞之上闋摹寫暮春景色。「花褪殘紅」，謂花漸凋零，「青杏小」謂杏已結子。杏實初夏成熟，其果初胎，恰是暮春時節。又，杏多生長於長江以北，故所寫當為路經江北所見之景。下面「燕子」二句，與上句的靜態描寫不同，轉入動態描繪。燕舞蹁躚，綠水流繞，又顯出一片活潑生機。此處的「燕子飛時」與晏殊〈破陣子〉「燕子來時新社」所寫時節有所不同，晏詞所寫為仲春時節燕之歸來，此則寫晚春時燕之上下飛舞。「綠水人家繞」，頗富畫意，「繞」字，尤富動感，令人想起王安石〈題湖陰先生壁〉詩中「一水護田將綠繞」的詩句。「人家」的出現，又為下闋的「架上鞦韆」、「佳人」的描寫作了鋪墊。以下兩句寫景，既體現暮春景物特色，又含有深沉的感嘆。但寫法各具特點：「枝上柳綿吹又少」，有似一近鏡頭，柳花兒在柳樹上已稀疏得差不多看不見了，中間嵌一「又」字就蘊含有光陰似水流的嘆息，經歷了一個暮春又一個暮春，人生還能有多少個春天？「天涯何處無芳草」用一反詰句，表示芳草已無處不在，這裡用的是一個遠鏡頭。無論遠景，還是近景，傳遞的都是一片春歸的信息。怪不得朝雲唱至此處，潸然淚下。上闋雖然是傷感春逝，但暮春景象並非一片枯寂，而是仍然保有幾分生氣，這正是蘇軾超曠豁達情懷的體現。在他看來，春去夏來，本是一種自然的法則，是時間鏈的銜接，並非是彼死此生的截然分割，夏日佳景有一部分乃是暮春有生命力景物的延續。可見，即使是傷春，作者也沒有失去對於生命擁有的熱情。

詞的下闋承上「人家」，以牆為分界，寫出兩種不同的心境。牆裡邊無憂無慮的女孩子在盪著鞦韆，她們一邊戲耍，一邊嬉笑，一派天真。牆外的行人在諦聽，在想像，他們在長途跋涉中，在單調的行程中，在內心深處潛沉有壓力的精神狀態中，很希望能感染她們的歡樂，放鬆心靈的負累，減輕行色匆匆的勞頓。但她們絲毫不理會行人的這種心情，玩得盡興了，就走了，走得越來越遠，以致再聽不到她們的聲息了，她們真是「無情」啊！「多情」人被她們冷落、棄之不顧，引發出十分的煩惱。其實呢，是佳人無意，行人枉自多情。這裡用的是一種反襯的方法，以「無情」反襯「有情」，以「佳人」反襯「行人」。意在強調「行人」的失落寡歡心態。這種心態無疑已超出了傷春的範圍，而可能和政治上的失意有著某種聯繫。黃蓼園謂此數句「寄情四溢也」《蓼園詞選》。「多情卻被無情惱」這一句和司馬光〈西江月〉詞中「有情何似無情」相似，既是一種情感體驗，又超出情感體驗，富含理趣。故有的學者由之推斷，詞中之「有情」係自指，「無情」乃指朝廷君王，以為暗示君臣關係。此亦可備一說。下闋的寫法相對於上闋而言有很大不同，它帶有較強的敘事成分，在敘事中作者注意引而不發。如只寫「鞦韆」，並不寫人，而人作鞦韆之戲的活動，自然進入讀者的想像。又，作者運用了頂真格句式，「牆外道」下緊接「牆外行人」，「佳人笑」下緊接「笑漸不聞」，有如串珠，造成流動之感。另外在詞語運用上，不忌重複，「牆外」、「笑」、「情」、「人」均兩次出現，與上闋的雅俗相和不同，下闋更近於俚俗。這些地方顯示出蘇軾詞的創作不拘格套。

雖說上下闋之意各有偏重，但就全詞而言，是一個有機的整體，描寫的是暮春的意境。也可以說，它是「行人」眼中的暮春，是「行人」對暮春景物與人事的感受，含義比一般的晚春詞顯得更加豐厚。

蘇詞的風格，歷來被目為豪放、超曠，但他亦善柔情旖旎之作。此詞即是最好的證明。清王士禎評曰：「『枝上柳綿』，恐屯田（柳永）緣情綺靡，未必能過。孰謂坡但解作『大江東去』耶？（蘇）髯直是軼倫超群！」（《花草蒙拾》）

〈蝶戀花〉以七言為主，全為仄韻腳，有類於七律中的一、三、五、七句，但中間又夾了一個四言句、一個五言句，整齊美中又帶有參差美，為五代及北宋詞人所喜愛使用之詞調。南唐馮延巳即填有十四首，歐陽修多達二十餘首，晏幾道、蘇軾、黃裳均在十五首以上，趙令時以〈蝶戀花〉十二首作為一組鼓子詞，吟詠張生與崔鶯鶯故事。其中除蘇軾這首「花褪殘紅」詞流傳甚廣以外，還有馮延巳「誰道閒情拋擲久」等作，被人譽為「金碧山水，一片空濛」（《譚評詞辨》）；晏殊詞「檻菊愁煙蘭泣露」一首，其中「昨夜西風凋碧樹，獨上高樓，望盡天涯路。」被王國維視為「古今之成大事業、大學問者，必經過三種之境界」中之「第一境」（《人間詞話》），即須高瞻遠矚之意（當然此非作者本意，卻可引申出某種哲理）；而歐陽修「庭院深深深幾許」一詞之寫麗情，淒怨動人，亦為人所傳誦。

45 一剪梅

春思

宋 蔣捷 勝欲

一片春愁待酒澆❶，江上舟搖，樓上帘招❷。秋娘渡與泰娘橋❸，風又飄飄，雨又瀟瀟。

何日歸家洗客袍❹？銀字笙❺調，心字

香❻燒。流光容易把人拋，紅了櫻桃，綠了芭蕉。

【作　者】蔣捷，字勝欲，號竹山，陽羨（今江蘇宜興）人。生卒年不詳。先世為宜興巨族。咸淳十年（一二七四）進士。宋亡後，遁跡不仕。著有《小學詳斷》及《竹山詞》一卷。《四庫總目提要》稱其詞「煉字精深，調音諧暢，為倚聲家之榘矱（規矩）。」劉熙載《藝概》評其詞曰：「蔣竹山詞未極自然流動，然洗練縝密，語多創獲。」

【詞　律】〈一剪梅〉，周邦彥詞有「一剪梅花萬樣嬌」句，因取為調名。韓淲詞有「一朵梅花百和香」句，又名〈臘梅香〉；李清照詞有「紅藕香殘玉簟秋」句，又名〈玉簟秋〉。雙調，六十字，上下闋各六句，句句平收，押韻則有上下闋各三平韻、四平韻、五平韻、六平韻數種。《白香詞譜》所收為六平韻者。此調有四對四言句，平仄相同，故可用作同聲對（亦可不用）。其同聲對中，可僅以詞性相對者（如李清照詞「輕解羅裳，獨上蘭舟」），還可作並頭對（即前面兩字中有一字相同者，如本闋「紅了櫻桃，綠了芭蕉」）、聯尾對（即末尾一字相同者，如劉克莊詞：「元是王郎，來送劉郎」）。亦有用疊韻者（如張炎詞：「春到三分，秋到三分」。）此等處，在於作者酌情運用。《詞律》卷九以李清照詞（紅藕香殘）上下闋各三平韻者為正體，以蔣捷詞（一片春愁）上下闋各六平韻者、吳文英詞（遠目傷心）上下闋各四平韻者、盧炳詞（燈火樓臺）上下闋各五平韻者為「又一體」。《詞譜》卷一三則以周邦彥詞（一剪梅花）上下闋各三平韻者為正體。

【注　釋】❶待酒澆　原作「帶酒澆」，今據通行本改定。❷帘招　酒帘飄動。❸秋娘句　原本作「秋娘容與泰娘嬌」，今據通行本改定。秋娘與泰娘均為唐代歌女。秋娘渡、泰娘橋，為吳江（位於太湖東南）地名。❹何

日句　原本作「何日雲帆卸浦橋」，今據通行本改定。❺銀字笙　原本作「銀字箏」，今據通行本改定。即鑲嵌銀字於笙上，笙係一種多管樂器。❻心字香　形如「心」字的香。

【語　譯】滿懷春愁惟靠醉酒方可消散。船隻在江上櫓聲中搖盪，遙望酒旗在樓上飄揚。經過秋娘渡、泰娘橋，春風飄飄以吹衣，雨打篷窗而淅瀝。

何日歸家能洗盡客袍上的征塵，聽銀字笙吹奏悠揚曲調，沉醉心字香燒的溫馨。光陰不顧人漸衰暮一意流逝，使櫻桃更加鮮紅，使芭蕉更加青翠。

【研　析】此詞原題「舟過吳江」。詞人義不仕元，常漂泊在外，此詞即寫其倦遊思歸之情。詞的開頭單刀直入，述說自己懷有難以排遣的「春愁」，直須用酒精麻醉方能忘卻。「一片」，乃形容愁之塞滿胸臆；待酒澆，謂愁濃得化不開，唯有飲酒可以稀釋，可以消解。以下具體言其所以愁之由，可分三個層次：第一層為詞之上闋，具寫「舟過吳江」，以景襯愁。船在江上緩緩行進，只聽見啞啞的搖櫓之聲，漫漫旅途，何其單調，何其寂寞！遙望兩岸，那酒旗在樓上高高飄揚。有酒旗處，即有人的聚集，有人的歡笑，與自己的孤寂形成強烈反差；自己以酒澆愁的願望，也因空間距離而難以實現，遂更添一分惘然若失之感。此時的船隻划過了秋娘渡，又駛過了泰娘橋，突出了詞題中的「過」字。這兩個地名係以兩位歌女的名字命名，難免會引起作者對歡歌曼舞熱鬧場面的聯想。然而從遐想中回到現實，卻是隻身流落江湖，且船篷之外，風雨交加，故倍覺淒苦。總之，這一段寫景，對「春愁」既有反面的映襯，也有環境的烘托。第二層為「何日」三句，直接轉入抒寫自己的內心渴望。所渴望者有三事：第一件，為「洗客袍」，以此寫結束羈旅生涯，很形象，當然也寫出了現在塵垢滿身的狼狽；第二件為調笙聽樂，這樂器不同一般，它上面鑲有銀字，其裝飾美暗示出其聲音美，不管是由誰來調音吹奏，其悠揚之聲都令人陶醉；第三件為燃香。這香的形象也非一般，它的形狀似一「心」字，它代表著心心相印之意，正如晏幾道〈臨江仙〉所寫：「記得小蘋初見，兩重心字羅衣」一樣，這「心」字含有一種特別的意味。燒著這種香的居室，輕煙裊裊，香氣氤氳，何等溫馨！此三事以「何日歸家」統領，透露出詞人思歸的急切心情。急切思歸卻未能歸，這正是春愁難以排解的原因。第三層為詞的結尾三句，對時光流逝的憂思。「流光容易把人拋」，亦即晏殊〈采桑子〉「時光只解催人老」之意。宇宙無窮而人生有限，流光無情，而人有情，真是「多情卻被無情惱」！春光又將離開人間，人又將向衰暮靠近一步，此亦「春愁」生成的一個重要因素。作者寫春暮，用了兩種很鮮豔醒目的色彩：紅與綠。紅、綠本為形容詞，此處作使動詞用：使櫻桃變紅了，芭蕉變綠了，一個「了」字，從動態中顯示出顏色的變化，顏色的變化暗示出時間的推移，而它們的鮮豔醒目，不僅給人留下突出印象，更能引起心靈的強烈震顫。

蔣捷《竹山詞》中既有豪快之作，亦有柔麗之作，這首〈一剪梅〉則別具一格，清疏之中略帶沉鬱。語言則暢達明淺而又不失整飭工麗之美，特別是作者用了四組並頭對，自然而然，這在〈一剪梅〉詞中實屬少見。大體同時的張炎詞用了四組疊韻：「剩蕊驚寒減豔痕。蜂也銷魂，蝶也銷魂。醉歸無月傍黃昏，知是花村，不是花村。　留得閒枝葉半存。好似桃根，不似桃根。小樓昨夜雨聲渾。春到三分，秋到三分。」雖也下了不少功夫，但終覺有些板滯。兩相比較，高下立判。

此詞在清乾隆年間編定的《九宮大成譜》中收錄有所配曲譜，道光年間謝元淮等人編撰的《碎金詞譜》予以轉載。

蔣氏〈一剪梅〉詞以詠旅情著稱，詠離情最著者則當推李清照詞：「紅藕香殘玉簟秋，輕解羅裳，獨上蘭舟。雲中誰寄錦書來？雁字回時，月滿西樓。　花自飄零水自流，一種相思，兩處閒愁。此情無計可消除，才下眉頭，卻上心頭。」

46 河傳　贈妓

宋　秦觀　少游

恨眉醉眼（韻），甚❶輕輕覷著❷（句），神魂迷亂（韻）。常記那回（句），小曲闌干西畔（韻）。鬢雲鬆（句），羅襪剗❸（韻）。丁香❹笑吐嬌無限（韻）。語軟聲低（句），道我何曾慣（韻）。雲雨❺未諧（句），早被東風吹散（韻）。瘦殺人（句），天不管（韻）！

【作者】秦觀，見本書第五首〈如夢令〉詞作者介紹。

【詞律】〈河傳〉，其名始於隋代，宋王灼《碧雞漫志》引《脞說》云：「〈水調〉、〈河傳〉，隋煬帝幸江都時所製」。填詞則始於唐溫庭筠。因張先詞有「海宇稱慶……與天同」句，名〈慶同天〉；李清照詞有「人靜皎月初斜，浸梨花」句，名〈月照梨花〉，又有〈怨王孫〉、〈秋光滿目〉等名稱。

此調體式很多，《詞律》卷六以張泌詞（渺莽雲水）五十一字者為正體，另列十六種為「又一體」。《詞譜》卷一一以溫庭筠詞（湖上）五十五字者為正體，另列五十一、五十三、五十四、五十六、五十七、五十九、六十、六十一字者二十六種為「又一體」，各體句讀各不相同，押韻方式也有差別（有押仄聲韻者，有平仄韻互轉者）。《白香詞譜》所錄為雙調，六十一字，上下闋均四仄韻。

【注　釋】❶甚　正。❷覷著　偷看。❸羅襪剗　僅穿絲襪行走。為的是避免弄出聲音。南唐李後主〈菩薩蠻〉詞：「剗襪步香階，手提金縷鞋。」❹丁香　指代美人之舌。參見本書第四十一首李後主〈一斛珠〉詞注釋。❺雲雨　語出宋玉〈高唐賦〉，楚王遊高唐，晝寢，夢幸一女子，女臨行曰：「妾在巫山之陽，高丘之阻，旦為朝雲，暮為行雨。朝朝暮暮，陽臺之下。」此處借指男女交歡。

【語　譯】眉藏暗恨，眼帶微醺，正脈脈含情偷看我，令人心迷意亂。常記那回相會，在小小曲折闌干西邊，足穿羅襪，鬢髮鬆散。

那笑吐丁香的模樣，嬌媚無限。低聲柔和地說：這幽會不曾習慣。欲效雲雨而未成，早被東風吹散。別後相思令人瘦得要命，可恨老天爺不問不管。

【研　析】此係戀情詞，寫法有點特別。前面三句，寫今日重見情深。自己所愛戀的女子，眉眼之間帶著又愛又恨的神情，含情脈脈地瞅著自己，那令人愛憐之態，使自己神魂顛倒，簡直不能自持。這種經過一段波折後的重逢，其繾綣深情遠遠勝過初次的相見。只有經歷過磨難、只有體驗過分離的痛苦後，才會感到眼前的歡聚彌足珍貴。故詞人不以眼前的歡愉為描寫重點，而是將大量的筆墨，用在對昔時歡會和遺憾的回憶上面。故下面打破上下闋的界限，用「常記」二字領起，點出上次幽會的地點：「小曲闌干西畔」；描繪出她初次約會的小心翼翼和驚慌不安的形象：「鬢雲鬆，羅襪剗」；刻畫出她內心的欣喜和形容的嬌媚：「丁香笑吐嬌無限」；表現出她初次約會小鳥依人的溫存和惶恐心情：「語軟聲低，道我何曾慣」。這裡的回憶主要從女性著筆，把她渴望愛情卻又擔驚受怕的複雜心態表現得極為細膩。如果我們拿這段描寫和李後主的〈菩薩蠻〉詞比較，就會發現，雖同是寫幽會，但有顯然的不同。「花明月暗籠輕霧，今宵好向郎邊去。剗襪步香階，手提金縷鞋。　畫堂南畔見，一向偎人顫。奴為出來難，教君恣意憐。」李詞中的女子雖然也有所顧忌，連鞋也不敢穿，怕人發現，但她顯得主動、大膽、老練，有異於秦詞中的女子的稚嫩。也許，稚嫩更惹人愛憐。他們兩情相悅，關係本該有進一步的發展，達致靈與肉的結合，可是不知道是什麼原因，他們沒能實現自己的願望，造成了心靈上的痛苦與遺憾。故下闋的後半部分，先是感嘆：雲雨未諧，早被東風吹散。作為自然的雲雨，是能被東風吹散的。此處藉物象之變化，寫男女歡愛之事終成泡影，將具體事實轉化為空靈，這正是作者運筆的高妙之處，正如其〈八六子〉詞寫歡情，不說鸞顛鳳倒，而只說「夜月一簾幽夢，春風十里柔情」一樣。因為願望成了泡影，給人心靈帶來沉重的創傷，這位為戀情所苦的男子再也難以抑制隱忍，最後終於來了個總的爆發：「瘦殺人，天不管！」簡直是在呼天搶地，咒罵上蒼！從而把兩人刻骨銘心的傷痛，寫到了極致。

這只是一首戀情詞，似別無深意，但似乎又含有一種哲理：只有真正懂得痛苦，才會真正懂得歡樂；只有經歷過痛苦的人，才能感悟到眼前幸福的可貴。

這首詞在結構上的特點，是打破了慣常的上闋寫景、下闋抒情的格局，將上下闋加以貫通，使敘事部分連貫、流暢，一氣呵成。這也是作者常用的一種手法，如他所作的慢詞〈望海潮〉（梅英疏淡）亦是用「長記」領起「誤隨車。正絮翻蝶舞，芳思交加。柳下桃蹊，亂分春色到人家。西園夜飲鳴笳。有華燈礙月，飛蓋妨花」等內容，使上下闋形斷而意不斷。

黃庭堅〈河傳〉詞序云：「有士大夫家歌秦少游『瘦殺人，天不管』之曲。」可知，此詞在當時屬於流行歌曲。情感世俗化，語言通俗化，當是能廣為流行的原因。

47 漁家傲

秋思

宋 范仲淹 希文

塞下❶秋來風景異，衡陽雁去❷無留意。四面邊聲❸連角❹起。千嶂裡，長煙落日孤城❺閉。

濁酒❻一杯家萬里，燕然未勒❼歸無計。羌管❽悠悠霜滿地。人不寐，將軍白髮征夫淚。

【作者】范仲淹，字希文，吳縣（今江蘇蘇州）人。端拱二年（九八九）生，大中祥符八年（一〇一五）進士。仁宗朝，官吏部員外郎，權知開封府。康定元年（一〇四〇）以龍圖閣直學士為陝西經略安撫副使，兼知延州。慶曆三年（一〇四三）召拜樞密副使、參知政事。次年出為河東陝西宣撫使，歷知鄧州、杭州、青州。皇祐四年（一〇五二）卒，年六十四。諡文正。有《范文正公集》二十卷。《全宋詞》錄存詞五首。譚獻《譚評詞辨》謂其詞「大筆振迅」。《歷代詩餘》引

《詞苑》語，以為能「情語入妙」。

【詞　律】〈漁家傲〉，此調始自晏殊，因有「神仙一曲漁家傲」句，取為調名。又名〈吳門柳〉、〈荊溪詠〉、〈漁父詠〉、〈水鼓子〉、〈神仙詠〉等。雙調，六十二字，上下闋各五句，五仄韻，句式、格律相同。句式以七言為主，上下闋各有兩句仄起仄韻，平起仄韻，二者相間，拗峭中帶和婉。《詞律》卷九以周邦彥詞（灰暖香融銷永晝）為正體，另列杜安世詞（疏雨才收淡淨天）上下闋兩平韻三仄韻者為「又一體」。《詞譜》卷一四以晏殊詞（畫鼓聲中昏又曉）為正體，另列周紫芝用疊韻者、蔡仲添字為六十六字者及杜安世詞為「另一體」。

【注　釋】❶塞下　指西北邊防要塞之地。❷衡陽雁去　衡陽在湖南境內，城南有回雁峰。相傳北雁至此即不再南飛。❸邊聲　邊塞的各種聲音，如風雨聲、牛鳴馬嘶聲、人的呼應聲等。❹角　軍中號角，發聲嗚嗚然，吹奏以警昏晨。❺孤城　指詞人鎮守的延州城。❻濁酒　淡酒；劣質的酒。❼燕然未勒　尚未建功銘刻於石。《後漢書・和帝紀》載，竇憲大破北匈奴，登燕然山，「刻石勒（記）功而還」。燕然山，即杭愛山，在今蒙古人民共和國境內。❽羌管　羌笛。出自羌地，故名。

【語　譯】秋季來臨，邊塞風景與南方迥異，北雁飛向衡陽，毫無留戀之意。隨著軍中號角的吹奏，邊地的人呼馬叫之聲錯雜盈耳。重巒疊嶂環抱的孤城，於日落之時在長空煙靄中關閉。

喝上一杯濁酒，難釋對萬里外家人的掛記，還未刻石記功於燕然山，故無回歸好計。在寒霜滿地的深夜，靜聽幽怨羌笛之聲，難以入睡。守邊將軍頭髮已白，士兵因思鄉而垂淚。

【研　析】范仲淹於康定元年（一〇四〇）至慶曆三年（一〇四三）與韓琦並為陝西經略安撫副使，

兼知延州，抵禦西北地方由党項羌族建立的西夏國的侵犯，卓有成就，從而穩定了局勢，使漢、羌各族得以和平共處，深得人民愛戴和士兵擁護。

此詞即作於守邊之時。守衛邊疆是將士的神聖職責，但邊塞多荒涼苦寒，又遠隔故園千里萬里，誰能不生思家之念！於是衛國與思家成了一對突出的矛盾。范仲淹的這首詞不僅不迴避這一矛盾，反而對這一矛盾作了充分的展示。所以它是現實主義的。但它同時又是理想主義的、英雄主義的，這就是把保衛國家的大局置於一己的願望之上，把為國立功作為自己的首選奮鬥目標。

詞的上闋側重寫邊塞的苦寒。作者係吳縣人，慣看江南風物有如杜牧所寫「青山隱隱水迢迢，秋盡江南草未凋。」（〈寄揚州韓綽判官〉）而在北方邊地，則大不相同，恰如李陵〈答蘇武書〉所描述：「涼秋九月，塞外草衰。夜不能寐，側耳遠聽，胡笳互動，牧馬悲鳴，吟嘯成群，邊聲四起」。兩相對照，感觸良深，故詞即以「風景異」為發端。以下就所「異」者從感覺、聽覺、視覺數方面加以描述。「衡陽雁去」一句，既是寫景，亦含感嘆。大雁隨季候變化南飛，本屬自然現象，但在作者的感覺中，牠們是因這裡過分苦寒，因而不再有任何留戀。雁猶如此，人何以堪？「四面邊聲」一句，從聽覺寫。「四面」，形容其無所不在，充塞於整個空間。傍晚的軍中號角，預示著城門即將關閉。人喊馬嘶，牛羊雜還，隨號角聲而起，荒涼之中，雜以悲壯。「千嶂裡」二句，從視覺寫「孤城」的地理形勢與軍事形勢，它處於萬山叢中，正所謂「一片孤城萬仞山」（王之渙〈涼州詞〉），若發生緊急情況，外援不易急至，為防止外敵襲擊，城門在日落黃昏之時便已關閉。一方面以「千嶂」、「長煙」的闊大之景，映襯出孤城的荒涼，同時又以城門早閉、戒備森嚴，暗示出軍事面臨的緊張形勢。上闋寫景，景中含情。

下闋抒情為主，情中帶景。守邊將士長年緊張生活於此荒寒環境中，深深思念故鄉與親人，是很自然的。「濁酒一杯家萬里」，他們喝上一杯淡酒，希望忘卻遠在萬里外的家人，但是「抽刀斷水水更流，舉杯銷愁愁更愁。」（李白〈宣州謝朓樓餞別校書叔雲〉）這裡將「一杯」與「萬里」對舉，乃是為了突出其矛盾，形成一種強烈的對照。而「濁酒」二字又從側面反映出士兵生活的艱苦。下面接著又出現了另外一對矛盾：雖然主觀上強烈思歸，而客觀上又不能歸去。其所以形成這一矛盾，是因為「燕然未勒」。勒石燕然，是國家要求，也是自己的神聖職責，故小我暫時要服從大我。守邊將士的精神境界在這裡得到了凸現。傍晚時分飲酒澆愁，愁未能消，至夜深時，霜寒襲人，不知何處傳來嗚嗚咽咽的悠悠羌笛聲，更使思鄉之念揮之不去。這羌笛吹奏的是何曲調，作者沒有交代，但羌笛往往和〈折楊柳〉曲之類相關，如「羌笛何須怨楊柳」（王之渙〈涼州詞〉）、「此夜曲中聞折柳」（李白〈春夜洛城聞笛〉）。〈折柳〉的曲調又和一種離別的習俗與情感密切相關，因此聞之更令人動情。中唐詩人李益有一首〈夜上受降城聞笛〉詩：「回樂峰前沙似雪，受降城外月如霜。不知何處吹蘆管，一夜征人盡望鄉。」此詞與其所繪情景極為相似。這首詞在寫景抒情的基礎上，最後以將士的群體露面作為結束。白髮的將軍、流淚的士卒，愁苦中透出堅韌，悲壯中透著崇高。

此詞運用寫實手法，展現了一幅戍邊將士艱苦生活的圖景，故前人認為具有認識意義。清賀裳在《皺水軒詞筌》中說：「宋以小詞為樂府，被之管絃，往往傳於宮掖。范詞如『長煙落日孤城閉』、『羌管悠悠霜滿地』、『將軍白髮征夫淚』，令『綠樹碧煙相掩映，無人知道外邊寒』者聽之，知邊庭之苦如是，庶有所警觸。」在唐五代詞中，已有描寫邊塞景物和士卒戍邊的作品。較著名的有戴叔倫的〈調笑令〉詞：「邊草，邊草，邊草盡來兵老。山南山北雪晴，千里萬里月明。明月，明月，胡笳一聲愁絕。」詞中也展現了邊地的荒涼闊遠，也寫到了士卒長期遠戍而「老」的現象，極為凝煉，應該說是范仲淹邊塞詞的先聲。但范仲淹作為邊帥，更富有邊塞生活的切身感受，作為具有「先天下之憂而憂，後天下之樂而樂」的政治家，更具有一種非凡的思想高度。因此，其詞大大超越前人，在詞的發展中開闢出了一條新的途徑。它的意義不僅體現於題材的拓展上，也體現於詞的創作手法與詞風的變化上。這些方面對後人的詞作都產生過某種影響。

〈漁家傲〉詞調句句押韻，韻腳極密，寫來易帶貫珠之美感，摹景、抒情，皆其所宜，婉雅一派詞人多喜用之。首唱者晏殊一連寫了十四首，歐陽修竟多至五十首，其寫十二時（十二個月）之組詞尤顯特別。其後尚有值得一提者為女詞人李清照的作品：「天接雲濤連曉霧，星河欲轉千帆舞。彷彿夢魂歸帝所。聞天語，殷勤問我歸何處？　我報路長嗟日暮，學詩謾有驚人句。九萬里風鵬正舉。風休住，蓬舟吹取三山去。」將夢幻與生活、神話與現實融為一體，疏快放誕，氣格雄奇，頗類蘇辛，別具神味。

范仲淹〈漁家傲〉詞，在清初所編《曲譜大成》中收有所配曲譜，清乾隆年間所編《九宮大成譜》轉載時，稍作修訂。

48 蘇幕遮

懷舊

宋 范仲淹 希文

碧❶雲天，黃葉地。秋色連波，波上寒煙翠。山映斜陽天接水，芳草無情，更在斜陽外。

黯❷鄉魂，追旅思。夜夜除非，好夢留人睡。明月樓高休獨倚，酒入愁腸，化作相思淚。

【作者】范仲淹，見本書第四十七首〈漁家傲〉詞作者介紹。

【詞律】〈蘇幕遮〉，唐教坊曲名，用作詞調。又名〈鬢雲鬆〉。蘇幕遮，據《宋史・高昌傳》載，高昌語稱所戴油帽為「蘇幕遮」。雙調，六十二字，上下闋各七句，四仄韻，句式、格律均同。用此調填詞所宜注意者，為上闋開頭兩個三字句須用作對仗，下闋開頭兩個三字句，可用為對仗（如梅堯臣詞「接長亭，迷遠道」、范仲淹詞「黯鄉魂，追旅思」），亦可不作對仗（如周邦彥詞：「故鄉遙，何日去」）。又，此調四言、五言句相連處，須作一意（如范仲淹詞：「夜夜除非，好夢留人睡」，又如無名氏詞：「一闋離歌，不為行人駐」、「數尺鮫綃，半是梨花雨」）。因全詞有四處這樣的句式，故讀來感覺有一種迴環往復之妙。至清代，萬樹將此二句創為疊句，稱為「堆絮體」，如其所作「離情」詞：「彩分鸞，絲絕藕。且盡今宵，且盡今宵酒。門外驪駒聲早驟，惱殺長亭，惱殺長亭柳。倚秦箏，扶楚袖。有個人兒，有個人兒瘦。相約相思須應口，春暮歸來，春暮歸來否?」此調《詞律》卷九以周邦彥詞（今人考證為無名氏詞）「鬢雲鬆」一首為正體。《詞譜》卷一四以范仲淹詞為正體。當以《詞譜》為是。

【注　釋】❶碧　青白色。❷黯　淒然失色。

【語　譯】碧雲滿布天穹，金黃樹林裝飾大地。無邊秋色連著江波，波上寒煙凝碧。斜陽映照山巒，雲天遙接流水。萋萋芳草無情，遠伸至斜陽外。

因思鄉而致心魂淒黯，追憶旅思連續不斷。夜夜難以成寐，除非好夢可留人睡。明月照高樓時，不要獨自憑欄眺望！把盞消愁，酒入迴腸，化成了相思淚。

【研　析】范仲淹存詞雖不多，但每首都具特色。〈漁家傲〉寫戍邊辛苦，蒼涼悲壯，此詞寫羈旅相思，卻又瑰麗柔婉，另具面目。

詞作先從寫景入手。秋日登樓，俯仰天地之間，極目四方之景，無邊秋色，盡收眼底。碧雲、黃葉、翠煙、綠草、粼粼波光、西斜紅日，真是色彩斑斕，畫圖難足！天、地、江流、遠山、無邊芳草所構成的境界，又何其疏朗寥廓！它既不同於「金風細細，葉葉梧桐墜」、「紫薇朱槿花殘，斜陽卻照闌干」（晏殊〈清平樂〉）那種小巧有致的庭院秋景，也不同於「漸霜風淒緊，關河冷落，殘照當樓。是處紅衰翠減，冉冉物華休」（柳永〈八聲甘州〉）那種雖然闊大但帶衰瑟的清秋景觀，而呈現出一種壯麗的特色。這種審美情趣，體現了作者觀察事物所持的、傾向於樂觀的心態。而在寫法上又能環環相扣，累累如貫珠。先分寫碧雲天、黃葉地，下以「秋色」二字總之。「秋色連波，波上寒煙翠」，用頂真格，承「地」轉寫江波。江流伸向遙遠的天地之間，波光澄靜，上籠暮靄輕煙，遠看顯得深濃，故有青綠的色彩感；又因時在涼秋，作者將自己主觀感受之「寒」，移於客觀之物翠煙上，將視覺與觸覺融合於一處。「山映斜陽」一句，將天、地之間的景物組合在一起，類似於辛棄疾筆下的「楚天千里清秋，水隨天去秋無際」（〈水龍吟〉）的境界，而色彩卻偏於明麗。這裡的「山」，呼應「黃葉地」，「斜陽」呼應「碧雲天」。試設想一下，一片斜陽映照著色彩斑斕的迤邐秋山，那景象該是何等的絢爛！以上為景語，沒有特別明顯地流露出作者的感情。至「芳草無情」二句則將情景合寫。芳草闊遠無垠，以至於伸展至斜陽之外。斜陽以外，本非目力所能及，此係由已知推想未知，屬推進一層的寫法。歐陽修〈踏莎行〉詞有「平蕪盡處是春山，行人更在春山外」之句，寫法亦同。詞人此處實暗用淮南王〈招隱士〉：「王孫遊兮不歸，春草生兮萋萋」語意，表明自己漂泊已久，因而萌生思歸之念。芳草本無情之物，而作者視其為有情，責之以「無情」，是亦移情於物之手法。這兩句可說是由寫景到下闋抒情的一個過渡。

下闋抒情，一路說去。「黯鄉魂，追旅思」是互文，追憶鄉魂與旅思，旅思鄉魂俱淒黯，二者互相糾結，縈繞於懷，真是「剪不斷，理還亂」，攪得人難以安寧。除非做著團圓的美夢，才能入睡。由此可見出相思之苦、懷念之深。「明月樓高休獨倚」，一則點明以上所見所思皆高樓獨倚發生之情事，在結構上屬於倒敘，俞平伯評云：「逆挽，承接前文，知上片皆憑高所見」（《唐宋詞選釋》）；二則說明詞人登樓遠眺時間之久，從傍晚直至明月東升，以明念遠情長；三是以否定語氣出之，休要在明月照高樓時獨自倚欄，因為這種時刻，這種處所，最易引起懷人思鄉之情。李白是「舉頭望明月，低頭思故鄉」（〈靜夜思〉），杜甫在月夜也會感嘆：「今夜鄜州月，閨中只獨看。」（〈望月〉）人同此心，詞人也不例外。一個「休」字，似在奉勸別人，實為自己一種極深的情感體驗。詞之末尾，再把愁情推進一層。以酒消愁，而「酒入愁腸，化作相思淚。」不僅形象，且想像甚奇，酒水經過愁腸過濾竟然變成淚水，於理未合，而於情可通，此正所謂無理而妙者。清彭孫遹《金粟詞話》評云：「前段多入麗語，後段純寫柔情，遂成絕唱。」所評甚當。

用〈蘇幕遮〉調填詞除范詞為名作外，尚有周邦彥詞：「燎沉香，消溽暑。鳥雀呼晴，侵曉窺檐語。葉上初陽乾宿雨，水面清圓，一一風荷舉。　故鄉遙，何日去？家住吳門，久作長安旅。五月漁郎相憶否？小楫輕舟，夢入芙蓉浦。」其中寫荷花之句：「水面清圓，一一風荷舉。」深得王國維稱賞，以為「真能得荷之神理者。」（《人間詞話》）

49 錦纏道

春遊

宋　宋祁　子京

燕子呢喃（句），景色乍長春晝（韻）。睹園林（豆）、萬花如繡（韻）。海棠經雨胭脂透（韻）。柳展宮眉❶（句），翠拂行人首（韻）。

向郊原踏青❷（句），恣歌攜手（韻）。醉醺醺（豆）、尚尋芳酒（韻）。問牧童（豆）、遙指孤村道（句）：杏花深處（句），那裡人家有❸（韻）。

【作者】宋祁，字子京，安陸（今屬湖北）人，咸平元年（九九八）生。天聖二年（一〇二四）與兄宋郊同登進士第，時號「大小宋」。歷官大理寺丞、國子監直講、史官修撰，遷左丞，進工部尚書，拜翰林學士承旨。嘉祐六年（一〇六一）卒，年六十四，諡景文。有《宋景文集》六十二卷。《全宋詞》收詞六首，斷句一。宋李之儀評其詞「風流閒雅，超出意表」（〈姑溪題跋〉），近人王國維稱道其〈木蘭花〉詞中「紅杏枝頭春意鬧」句，謂「著一『鬧』字而境界全出」（《人間詞話》）。唐圭璋《宋詞四考・宋詞互見考》謂此首〈錦纏道〉詞《類編草堂詩餘》誤作宋祁，至正本《草堂詩餘》作無名氏。

【詞律】〈錦纏道〉，又名〈錦纏頭〉、〈錦纏絆〉。錦纏頭，原為賜給歌舞者之物，唐人詩有「笑時花近眼，舞罷錦纏頭」之句，調名或即本此。雙調，六十六字，上闋六句，四仄韻，下闋六句，三仄韻。此調句式特點為：其中兩個七言句為上三下四，一個八言句為上三下五，下闋首句之五言為上一下四。《詞律》卷一〇、《詞譜》卷一四均以「燕子呢喃」一首為正體。《詞律》所訂譜全依宋祁詞原字平仄，《詞譜》另以無名氏詞（雨過園林）六十七字、江衍詞（屈曲新堤）少一韻者為「又一體」。

【注釋】❶宮眉　宮廷所畫眉樣。蔣捷〈賀新郎〉詞：「待把宮眉橫雲樣，描上生綃畫幅。」❷踏青　古人於陰曆二月或三月郊遊，謂之踏青。❸問牧童三句　用杜牧〈清明〉詩語：「借問酒家何處有，牧童遙指杏花村。」

【語譯】燕子呢喃，春光明媚，白晝陡然變長。看那園林，萬花齊放，絢麗如繡。雨水滋潤海棠，胭脂紅透。柳葉舒展有如宮眉，柳枝青翠輕拂人頭。

湧向郊外原野踏青，縱情歌唱，互相攜手。狂飲醉醺醺，還在尋覓美酒。詢問牧童，牧童遙指孤村說道：「杏花深處人家，有酒出售。」

【研析】詞寫春遊，極盡歡樂。此詞全用賦的方法。上段主要鋪寫「園林」景色。前兩句先交代季候的轉換，在燕子的呢喃聲中，白天變長，暖意融融。這時人們褪去冬日的笨重裝束，顯得格外的輕鬆和精神煥發，再看那園林中的景物，尤驚嘆於它的五彩繽紛，生機勃勃。各色物種不僅炫人眼目，有的還與人的身體有親密接觸，花柳又是胭脂色、宮眉樣，處處顯示出人與大自然的密切與和諧關係。

園林如此春意濃郁，「郊原」更為廣闊，應是「千里鶯啼綠映紅」的迷人景象。於是情侶也好，家人也好，朋友也好，一齊湧向那片令人心曠神怡的天地，盡情享受大自然的種種賜予。詞的下段不再用濃墨重彩去描繪景物，而是充分展示人們歡樂的場面。大家放開喉嚨毫無顧忌地唱歌，親密地手挽著手，在草地擺上帶去的食物，毫無節制地開懷暢飲，已到醉醺醺的程度，仍是興猶未盡，再去尋覓美酒。最後用杜牧的詩句指出酒家所在作為結束。詞雖於此處結束，但歡樂的場面仍在繼續。正所謂言有盡而意未窮也！

北宋曾有過一段相對太平繁盛的時期，這首詞所描寫的應該是那一時期踏青的風俗畫幅。孟元老所著《東京夢華錄》中「收燈都人出城探春」一節，對探春情景曾描述道：「大抵都城左近，皆是園圃，百里之內，並無閒地（空地）。次第春容滿野，暖律暄晴，萬花爭出，粉牆細柳，斜籠綺陌，香輪暖輾，芳草如茵，駿騎驕嘶，杏花如繡，鶯啼芳樹，燕舞晴空，紅妝按樂於寶榭層樓，白面行歌近畫橋流水，舉目則鞦韆巧笑，觸處則蹴踘踈狂，尋芳選勝，花絮時墜，金樽折翠簪紅，蜂蝶暗隨歸騎，於是相繼清明節矣。」這裡記載的是清明前探春踏青情景，可與本闋詞互相參證。

50 青玉案 春暮

宋 賀鑄 方回

凌波❶不過橫塘❷路，但目送、芳塵❸去。錦瑟年華❹誰與度？月樓❺花院，綺窗❻朱戶❼，惟有春知處。

碧雲冉冉❽蘅皋❾暮，綵筆❿空題斷腸句。試問閒愁知幾許？一川⓫煙草，滿城風絮，梅子黃時雨。

【作 者】賀鑄，字方回，號慶湖遺老，衛州共城（今河南輝縣）人。宋太祖孝惠后族孫。皇祐四年（一〇五二）生。曾出監趙州臨城縣酒稅，官和州管界巡檢。後以李清臣、蘇軾薦，改入文階，為承直郎。復以宣議郎通判泗州，遷宣德郎，改判太平州。大觀三年（一一〇九）以承議郎致仕，居蘇州、常州。政和元年（一一一一），以薦起，官承議郎、朝奉郎。宣和元年（一一一九）再致仕，七年（一一二五）卒，年七十四。著有《慶湖遺老集》九卷。自編詞集曰《東山樂府》，今存者名《東山詞》。其詞剛柔兼備，色彩絢爛。同時代人張耒稱道其詞「盛麗如游金、張之堂，而妖治如攬嬙、施之袪，幽潔如屈、宋，悲壯如蘇、李」（〈東山詞序〉），南宋王灼《碧雞漫志》謂「世間有〈離騷〉，惟賀方回、周美成時時得之」。

【詞　律】〈青玉案〉，漢張衡〈四愁詩〉：「美人贈我錦繡段，何以報之青玉案。」調名本此。又名〈橫塘路〉、〈西湖路〉等。雙調，六十七字。上下闋各六句，五仄韻。用此調填詞有數點可加注意：㈠上下闋的兩個四字句一般須作同聲對，如曹組詞之「竹籬茅舍，酒旗沙岸」、「一聲征雁，半窗明月」均是。亦有用作疊韻者，如張炎詞（萬紅梅裡幽深處）「塵留不住，雲留卻住」、「園中成趣，琴中得趣」。㈡個別地方的平仄要求寬嚴度可自行掌握，如下闋的第二句「綵筆新題斷腸句」，為仄起七言拗句，後面三字為仄平仄，一般詞譜均列為定式，為多數詞人所遵循，但亦可通融，作平仄仄；又，四字句的格律，第一、三字多可平可仄，但以仄平平仄為佳（如此詞「月樓花院，綺窗朱戶」、「一川煙草，滿城風絮」）。㈢上下闋的第五句可入韻（如賀鑄詞），也可不入韻。由於賀鑄此詞在音律方面有特別的講究，故萬樹《詞律》卷一〇於該詞後評曰：「各調中，惟此為中正之則，人因此詞，呼為『賀梅子』，詞情詞律，高壓千秋。」《詞律》以史達祖詞（蕙花老盡離騷句）六十六字者為正體，另列六十七字、六十八字者數種為「又一體」。《詞譜》卷一五以賀鑄詞為正體，另列六十六字、六十八字者十種為「又一體」。

【注　釋】❶凌波　喻美人步履輕盈。曹植〈洛神賦〉：「凌波微步，羅襪生塵。」❷橫塘　地名，在蘇州城外。賀鑄有別墅在蘇州盤門外，名橫塘。❸芳塵　步行處有微塵暗香隨之。❹錦瑟年華　語出李商隱〈錦瑟〉詩：「錦瑟無端五十弦，一弦一柱思華年。」此指美好的青春時期。❺月樓　他本作「月橋」。❻綺窗　雕花窗戶。❼朱戶　紅色的門。❽冉冉　雲飄動貌。❾蘅皋　滿植香草的水邊高地。蘅，杜蘅，香草。❿綵筆　典出

《南史・江淹傳》。江淹晚年文思減退，夢郭璞向其索筆，「淹乃探懷中，得五色筆一以授之。爾後為詩，絕無美句。」後以彩筆喻才思文筆佳勝者。⑪川 平川；平原。

【語　譯】伊人步履輕盈，卻不蒞臨橫塘路，只有目送她的形影飄然而去。她美好的青春年華與誰共度？她住在擁有月樓花院、綺窗朱戶的華美居所吧？這只有春光才知道！

天上碧雲在緩緩飄動，長滿香草的水邊高地暮色降臨。我的彩筆徒然題寫著斷腸的詩句。若問閒愁究竟有多少？恰如平川的煙草，滿城飛舞的楊花，梅子黃時的霏霏細雨。

【研　析】此詞在當時廣為傳播，作者甚至為此獲得了一個「賀梅子」的稱號；在歷代流傳的詞作中，亦久負盛名。從表面上看，詞中所寫似是一位男性對一位偶然路過的美人的單相思，但聯繫作者生平遭際，當另有深意在焉。詞一開始以「凌波不過橫塘路，但目送、芳塵去」，寫對方的美若仙姝和自己的悵惘。作者寫女性之美，不去描摹其眉眼笑靨，而重在取其神韻，只用「凌波」、「芳塵」四字加以形容。由於用語取自曹植〈洛神賦〉：「凌波微步，羅襪生塵」，便會進一步引起對她「翩若驚鴻，婉若游龍」、「彷彿兮若青雲之蔽月，飄颻兮若流風之回雪」的美妙聯想，步履輕盈，體態婀娜。但這樣一位嬌美的女子，竟然對自己毫不動情，對橫塘視若無睹，只管自個兒飄然而去，自己只能用目光追隨她的蹤影，看著她消失於視線之外，內心不免悵然若失。此二句屬實寫，以下則為「愛而不見，搔首踟躕」時生出的種種遐想：她會寂寞嗎？她可有適意的郎君？她的青春年華是什麼人與之共度？她住的地方在哪兒？想必那裡有月樓花院供她漫步遊憩，有綺窗朱戶的華美居室供她歌宿，這些大概只有與之相伴的春光才可能知曉啊！在詞人的想像中，只有「月樓花院，綺窗朱戶」這樣美好的環境才能與之相配，只有絢麗的春光才有可能知道她的行蹤。這樣，詞的上闋不僅把已見的形象展現出來，又用想像把未見的加以補充、豐富，使得這位美人更顯得嫻靜、優雅，且帶上幾分神祕。

愈是覺得對方可愛，愈是多了幾分期待。期待而不可實現，便增添了許許多多的「閒愁」。這正是詞人意欲抒發的情愫。故下闋一開頭，筆墨便由描寫對方轉向自身。「碧雲冉冉」一句，一則是描寫眼前景色，點明時間、地點，同時用了兩個典故，別寓深意。一是用南朝江淹〈休上人別怨〉詩意：「日暮碧雲合，佳人殊未來。」詞人有所待，而直至暮雲合璧之時，猶未見所待之人，進一步補足前面「凌波不過」之意；二是用曹植〈洛神賦〉：「爾迺稅駕（解開馬的勒韁）乎蘅皋，秣駟（餵馬以糧草）乎芝田」語意，因為曹植當年就是在曠野美地蘅皋、芝田休息時遇到洛神的，希望自己也能碰上這樣的機遇。寫景中暗喻自己由等待到失望的心緒，也因此才有下面「綵筆空題斷腸句」的行為出現。詞人自詡有江淹懷抱綵筆的富豔才華，現在因為極端癡情而用它題寫傷感至極的斷腸詩句。結拍則承「斷腸」而具寫「閒愁」。在詞作中，「閒愁」有時指一種莫可名狀的難以言說的愁情，有時是詞人故意將一種無法排遣的沉重的憂愁輕以言之。賀詞屬前者，而像辛棄疾的「閒愁最苦」（〈摸魚兒〉）、「我來弔古，上危樓、贏得閒愁千斛。」（〈念奴嬌〉）則屬後者。賀詞寫閒愁用問答以相呼應：「試問閒愁知幾許？一川煙草，滿城風絮，梅子黃時雨。」後面三種景物乃是「閒愁」之喻體。宋周紫芝《竹坡詩話》載：「賀方回嘗作〈青玉案〉詞，有『梅子黃時雨』之句，人皆服其工，士大夫謂之『賀梅子』。」但詞中比喻之佳處不獨在於「梅子黃時雨」一句，更在於「蓋以三者比愁之多也，尤為新奇。兼興中有比，意味更長。」（宋羅大經

《鶴林玉露》「以三者比愁之多」，是為博喻。昔時民歌、民間詞中時有所見，但文人詞中似為首見。文人詞中有以水喻愁者，如李後主「問君還有幾多愁？恰似一江春水向東流。」（〈虞美人〉）有以雨喻愁者，如秦觀「無邊絲雨細如愁。」（〈浣溪沙〉）有以草喻「恨」者，如李後主「離恨恰如春草，更行更遠還生。」（〈清平樂〉）有以重量言愁言恨者，如蘇軾「無情汴水自東流，只載一船離恨向西洲。」（〈虞美人〉）李清照「只恐雙溪舴艋舟，載不動許多愁。」（〈武陵春〉）而賀詞卻同時以三種景物喻愁，故能給人以「新奇」之感。而這種「新奇」又是自然而然，它們都取自於眼前。「煙草」、「風絮」、「梅雨」，皆屬暮春景物，都帶有一種紛亂迷離的特點，恰到好處地表現了詞人淒迷繚亂的心緒。而「一川」、「滿城」、漫天（梅雨）所擁有的廣大空間，更顯示出愁情的無處不在、充塞於天地之間而難以排遣。此即所謂「興中有比，意味更長」。從表現方法而言，三種景物作為「愁」的喻體，是虛寫，但它們取自眼前，又屬實寫，它們既是客觀之景，又蘊寓主觀之情，因此是亦虛亦實，亦景亦情，亦比亦興，數者融成一片，極為形象，極為精警。歷來受人稱道，實非偶然。

張耒評賀鑄詞「幽潔如屈、宋」，即認為其詞有寄意香草美人之特色。此詞當亦屬這一類型。從表層意看，乃寫自己深深戀慕一美人卻得不到任何回應，因而滿懷愁緒，若聯繫作者具有文才武略卻長期沉淪下僚的遭際看，內心的失意與牢騷有意無意流露於戀情詞中，也是極自然之事，故而這種傷感帶有了更深一層的意義。黃庭堅曾作詩云：「少游醉臥古藤下，誰與愁眉唱一杯。解作江南斷腸句，只今惟有賀方回。」（〈跋少游〈好事近〉〉）則謂秦觀之後，能寫傷心之詞者，惟有賀方回了。

以〈青玉案〉詞調填詞，著名者還有辛棄疾的「元夕」詞：「東風夜放花千樹，更吹落、星如雨。寶馬雕車香滿路。鳳簫聲動，玉壺光轉，一夜魚龍舞。　蛾兒雪柳黃金縷，笑語盈盈暗香去。眾裡尋他千百度，驀然回首，那人卻在，燈火闌珊處。」尤其下闋後半極妙，梁啟超評曰：「自憐幽獨，傷心人別有懷抱。」（《藝衡館詞選》）而王國維又於中體驗出一種「成大事業、大學問」的境界，稱之為「第三境」，是最終、最高的境界，是努力追求、潛心探究後豁然開朗、精神得到昇華的一種境界。

51 感皇恩　別情

宋　趙企　循道

騎馬踏紅塵❶，長安❷重到，人面依然似花好❸。舊情纔展，又被新愁分了。未成雲雨夢，巫山曉❹。

千里斷腸，關山古道，回首高城似天杳❺。滿懷離恨，付與落花啼鳥。故人何處也？青春老。

【作　者】趙企，字循道，南陵（今屬安徽）人，生卒年不詳。神宗朝（一〇六八—一〇八五）登進士第，大觀年間（一一〇七—一一一〇）為績溪令。重和時（一一一八—一一一九）通判台州。清厲鶚所輯《宋詩紀事》卷三八載：「（企）以長短句得名；所為詩亦工，恨不多見。」《全宋詞》錄存詞二首。

【詞　律】〈感皇恩〉，唐教坊曲名，用作詞調。又名〈感皇恩令〉、〈疊蘿花〉、〈人南渡〉。雙調，六十七字，上下闋各七句（除首句外，句式、格律相同），四仄韻。填此調用平仄所宜注意者為：上下闋的第三句為仄起拗句，末三字為仄平仄，如此詞之「似花好」、「似天杳」，毛滂詞（綠水小荷亭）之「上高柳」、「弄襟袖」；上下闋第六句五言，第一字雖可平可仄，但宋人常例多用為仄聲，為仄平平仄仄，如此詞之「未成雲雨夢」、「故人何處也」，毛滂詞之「月明知我意」、「露涼釵燕冷」。此調體式較多，有平韻格，有仄韻格，字數多寡不一。《詞律》卷九以張先詞（廊廟當時共代工）六十字平韻格為正體，列趙長卿六十五字、周邦彥六十七字、周紫芝六十八字仄韻格為「又一體」。《詞譜》卷一五以毛滂詞（綠水小荷亭）六十七字仄韻格為正體，另列增字、減字、增韻之仄韻格六種為「又一體」。

【注　釋】❶紅塵　指繁華的街市。❷長安　指代北宋都城汴京。❸人面句　用唐崔護〈題都城南莊〉詩意：「去年今日此門中，人面桃花相映紅。人面不知何處去，桃花依舊笑春風。」❹未成二句　用宋玉〈高唐賦序〉所述楚王與巫山神女歡會事。❺回首句　唐歐陽詹〈初發太原途中寄太原所思〉詩：「高城已不見，況復城中人。」

【語　譯】騎馬踏上繁華街市，我又重到京城。見到親愛的人，依舊擁有昔時姣好花容。但才開始重溫舊情，又被離別新愁占據心胸。巫山雲雨夢還未實現，天色已亮又將啟程。

踏上千里關山古道，相思令人腸斷。回望高處京城，已如天際般遙遠。滿懷離恨，都付與了途中落花啼鳥。親密的故人在何處？青春在離別中消逝，逐漸變老。

【研　析】此詞寫一種乍相聚、又分手的憾恨之情。北宋的汴京，是一個繁華熱鬧的都城，街衢縱橫，店鋪林立，歌樓妓館，日夜笙歌；文人雅士，時相過飲，聽歌觀舞，相與唱酬，詞人在這裡應該有過一段美好浪漫的生活。故「騎馬踏紅塵，長安重到」，有一種特別的欣喜與親切感。更令人感到寬慰和高興的事情是曾經愛戀的人依然是人面桃花。在這裡作者對崔護的〈題都城南莊〉詩是反用其意。崔詩所寫是重來時只見桃花，不見人面；而這裡卻說是「人面依然似花好」，和崔護詩的悵然若失不同，這裡所洋溢的是故人相見的喜悅之情。

「舊情纔展」以下是全詞情緒的一大轉折。「舊情」與「新愁」對舉，前者總上，後者啟下。詞中用了「纔」、「又」兩個虛詞，不僅表現出情感由樂而愁之轉折，且表現出這種轉折之迅急。人們在生活中，往往會有這樣的體驗，由極度快樂陡然轉為悲愁，心理上是最難以承受的。「舊情纔展，又被新愁分了」即透露了這種難以承受的心態。所謂「新愁」者為何？又可分汴京憾事與千里斷腸兩個部分。作者寫京城憾事運用了宋玉〈高唐賦序〉寫楚王與巫山神女歡會的典故，詞中以「未成雲雨夢」的否定句式反用其意，謂自己欲與「人面花好」者盡歡會之樂已成為泡影；而「巫山曉」則是將神話與現實相結合，「巫山」是神女所在地，「曉」字寓示著天亮到了啟程分離的時刻，此等處是對典故的活用。「長安重到」的喜悅至此已一掃而光。從詞的發端至此，情緒大起大落，形成了極大的反差。

詞之下闋，放筆寫「千里斷腸」。此番分手，遠隔千里，恐怕再無見期，真箇是生離死別！本是此去千里關山，獨行古道，為之斷腸，可詞人偏說「千里斷腸」，把「斷腸」二字提至前面，特別加以強調（當然也有平仄安排的需要），使這種傷感更加凸現。當他驅馳一段路程，再回顧京城所愛之人時，已然天隔地遠，杳不可見。此處用歐陽詹詩意，但字面上只用「高城已不見」句，「況復城中人」之意自含其中。此係用典而又能「留」者。辛棄疾〈水龍吟〉（楚天千里清秋）：「可惜流年，憂愁風雨，樹猶如此！」用《世說新語・言語》載桓溫過金城見自己所種柳樹已長到幾圍粗時的感嘆語：「木猶如此，人何以堪！」只用前半，而「人何以堪」之意，自含其中。此處使用的亦是類似的用典法。下面「滿懷離恨」二句亦情亦景，寫旅途孤寂，滿懷離恨無法向人傾訴，途中相伴者唯是「落花啼鳥」，自己的離愁融入啼鳥聲中，化進落花的凋殘景象中，在視、聽中花似含愁，鳥亦帶恨。「付與落花啼鳥」，實乃一種移情於物的表現方法。從行文而言，前後呼應，「滿懷離恨」承上「斷腸」，明斷腸之由，「落花啼鳥」承「千里」「關山古道」，是對關山古道景物的補充描寫；從情景關係處理而言，是以情帶景，即前人所謂「即事敘景」者，不獨立寫景，而讓景物在抒情中帶出。以上把「新愁」寫足寫夠，最後發出一聲無奈的嘆息：「故人何處也？青春老。」不僅不能與故人常相聚首，而且再見無期，要在長期的分離中消磨青春歲月，在離恨不斷咬噬心靈中迎來人生的遲暮，這是何等的遺憾！又是何等的悲哀！

歡愉短暫、憾恨長留，是這首詞所抒發的情感。內容雖不脫男女戀情，寫作自有特點。一是主要用「賦」的手法，直陳其事，直抒其情，不刻意追求含蓄蘊藉，又所用詞牌句式均為單行，沒有對偶，故讀來有一氣直下的流動感。二是語言明淺，用典靈活。如「長安重到」、「舊情纔展，又被新愁分了」直如口頭語；它的用典，除了巫山雲雨一典外，像「人面依然似花好」、「回首高城似天杳」，均不覺其用典。前人論用典，以不覺其用典為佳，此詞頗能得其要領。

52 解佩令 題詞

清 朱彝尊 竹垞

十年磨劍❶，五陵結客❷，把平生、涕淚都飄盡。老去填詞，一半是、空中傳恨❸。幾曾圍、燕釵蟬鬢❹？

不師秦七，不師黃九❺，倚新聲❻、玉田❼差近。落拓江湖❽，且分付、歌筵紅粉❾。料封侯❿、白頭無分。

【作　者】朱彝尊，見本書第三十一首〈柳梢青〉詞作者介紹。

【詞　律】〈解佩令〉，調名本《列仙傳》載鄭交甫在漢江濱遇女子解佩相贈故事。此雙調應為六十六字，朱彝尊詞將第三句的七言增為八言，其所參照之格式為毛晉所刻晏幾道〈解佩令〉詞。毛將晏詞第三句的七言「掩深宮、團扇無緒」，衍成為八言「掩深宮、團扇無情緒」，故朱詞亦步趨變成六十七字。此調上下闋各六句，有上闋用四仄韻、下闋用三仄韻者，有上下闋均用四仄韻或五仄韻者，朱詞則為上下闋各三仄韻。填此調所當注意者：㈠上下闋首二句四言，格律相同，一般用為對仗，可以是一般的同聲對，如朱彝尊詞之「十年磨劍，五陵結客」，也可是並頭對，如「不師秦七，不師黃九」，亦可用重疊字或疊韻，如蔣捷詞「梅花風悄，杏花風小」、史達祖詞「相思一度，濃愁一度」；㈡詞中之七言句，節奏均為上三下四；㈢上下闋結句之四言，第三字雖可平可仄，但宋人填詞多用為仄平平仄，如此詞之「燕釵蟬鬢」、「白頭無分」，晏幾道詞之「畫成秦女」、「恨長難訴」，王庭珪詞之「帶蘿同結」、「水聲淒咽」均是。《詞律》卷九以蔣捷詞（春晴也好）六十五字者為正體，另列史達祖詞六十六字者、晏幾道詞六十七字者（朱彝尊詞所依遵者）為「又一體」。《詞譜》卷一五以晏幾道詞（玉階秋感）六十六字者（與《詞律》所列同，惟少一字）為正體，另列六十六字、六十五字者為「又一體」。

【注　釋】❶十年句　唐賈島〈劍客〉詩：「十年磨一劍，霜刃未曾試。」磨劍，喻銳意進取有所作為之意。❷五陵結客　五陵，漢朝五帝的陵墓：長陵、安陵、陽陵、茂陵、平陵。當時每築一陵，即遷富豪之家及外戚於陵之周圍，遂成豪門權貴聚居之地。結客，結交豪俠之士。❸空中　宋釋惠洪《冷齋夜話》載：「法雲師嘗謂魯直（黃庭堅）曰：『詩多作無害，豔歌小詞可罷之。』魯直曰：『空中語耳。』」意為不可坐實的迷離惝恍之詞。❹燕釵蟬鬢　燕釵，婦女鬢釵，以金銀製成燕形者。蟬鬢，古代婦女髮式的一種，鬢髮梳妝特意隆起的部分有如蟬翼。《古今注》：「魏文帝宮人莫瓊樹製蟬鬢，縹緲如蟬翼，故名。」此以頭飾、髮式指代女性。❺不師秦七二句　秦七、黃九，北宋詞人秦觀、黃庭堅，因其排行第七、第九而有此稱呼。❻倚新聲　指填詞。昔時依樂填詞，故稱詞為「倚聲」。❼玉田　為宋末詞人張炎之號。❽落拓江湖　唐杜牧〈遣懷〉詩：「落魄江湖載酒行，楚腰纖細掌中輕。」落拓，即落魄。❾紅粉　指女人，杜審言〈贈蘇書記〉詩：「紅粉樓中應計日，燕支山下莫經年。」此指歌女。❿封侯　指建立功勳被授予高官顯爵。《後漢書・班超傳》載班超語：「大丈夫無他志略，猶當效傅介子、張騫立功異域，以取封侯，安能久事筆硯間乎！」

【語譯】花費十年磨成利劍，於五陵繁盛之地結交志同道合的朋友，苦心經營把平生涕淚都已灑盡。歲月無情，人將老去，所填詞作有一半是在空中暗傳愁恨。何曾圍繞著頭戴燕釵妝成蟬鬢的豔美女性？

不師從秦七，也不師從黃九，新的詞作與玉田尚能相近。潦倒落魄江湖，暫且吩咐打扮靚麗的女子，在宴席上歌唱助我酒興。料想定遠封侯之事，即使頭白人老，也無緣分。

【研析】〈解佩令〉原題為「自題詞集」，所題者為《江湖載酒集》。《江湖載酒集》三卷，編成於康熙十一年（一六七二），此時作者四十四歲。要真正瞭解這首詞，必須對作者的經歷、詞的創作與詞學觀點有一初步瞭解。朱彝尊出生於明崇禎二年（一六二九），滿清於一六四四年立國，時年十六歲。清兵南下，曾一度參與抗清事，事未舉而幾乎罹禍。從一六五六年開始，作為幕僚，依人遠遊，南逾五嶺，東泛滄海，北出山西雲中雁門，近二十年間可謂是萍飄南北，落拓江湖。他的內心深處始終保有著一分對故國的思念與傷逝情懷，而對自己遭遇也充滿了許多無奈與感慨。《江湖載酒集》所填詞作，即是對他近三十年落魄經歷與複雜感情的形象、藝術的紀錄。他在詞學觀念上，推崇南宋，特別是以姜夔、張炎為代表的「清空」、「騷雅」一派。這是因為這一派詞人多半生活於宋元易代之際，與自己有著共同的遭遇和共同的情感體驗，他們創作中幽隱曲折地表現出來的對故國的傷慟，引發自己深深的共鳴。而在詞的藝術表現上，他們又能以「野雲孤飛，去留無迹」的空靈取勝。在清朝嚴密的文網之中，要免遭不測，要遠禍全身，學習他們的「空中傳恨」不失為一種聰明有效的辨法。朱彝尊後來之所以能成為「浙西詞派」的領袖，除了他編纂《詞綜》獨樹一幟，推崇姜、張的清空、醇雅的理論主張外，除了他在京城的地位、名聲外，更重要的是他有非凡的創作實績，而《江湖載酒集》便是其中最突出的代表。

這首題《江湖載酒集》的〈解佩令〉詞，是對自己前半生經歷和詞作的一個總結。詞的發端用了「十年磨劍，五陵結客」的工整對句，前一句用成語，謂自己銳意進取，從未懈怠。「十年」係從時間言，取其成數，非謂僅十年也。後一句說自己「交萬人傑」。五陵，從地域言，代表多豪傑高人之處。這兩句主要指當年積極抗清、結交抗清志士的一段令人難忘的歷史，當也包含了近二十年飄泊四方的某些經歷。抗清之事，雖費盡心力，竟無所成，對無力回天曾為之深感痛心與遺憾。在此，作者只用「平生涕淚都飄盡」的表情特點，形象地加以描述。用一「都」字，可見沉痛至極；言「涕淚」不用「流」字，而用一「飄」字（二字皆為平聲），增加了奔走四方的流離感。在這句話的前面作者還用了一個「把」字，表明所進行的活動係自己主動所為，是被一種挽救歷史的使命感所驅動。此處當也可用「嘆」字（二字皆仄聲），但如用「嘆」字代替「把」字，表現的感情色彩即大不相同，那原有的積極性質也將大為削弱。由此可見，作者用字真正做到了「字字敲打得響」。這裡的寥寥八字，可謂言少而意豐，語淺而情厚。以下「老去填詞」數句，轉說詞的創作。所謂「老去」，只是相對青年時期而言，詞人約二十七八歲從曹溶「南游嶺表」，始學填詞。他先從寫愛情詞入手，以後視野逐漸擴大，至四十歲左右的盛年所作《江湖載酒集》便已經出類拔萃，正如曹爾堪為其所作〈詞序〉云：「芊綿溫麗為周柳擅場，時復雜以悲壯，殆與秦缶燕筑相磨蕩。」集中有不少浪跡南北的弔古抒懷詞，隱含著對舊王朝的哀悼和世事滄桑之變的痛苦。所謂「一半是、空中傳恨」，即是指這部分詞作。下面「幾曾圍、燕釵蟬鬢」是對「空中傳恨」的進一步申說，以反詰語作出某種否定，謂非一般男女豔情之作，而是另含深意。

詞的下闋前四句，承上所述填詞概言師承對象，陳述自己的詞學主張。先說不師從秦七、黃九。秦、黃二人在宋人眼中雖然地位很高，如陳師道《後山詩話》即曾說過：「今代詞手，惟秦七、黃九爾，唐諸人不逮也。」但在朱彝尊看來，他們的詞作遠不及南宋姜、張一派的在清空中饒有騷情雅意，故取姜、張而捨秦、黃，自己的創作也與張炎的詞風相近。當然，說「玉田差近」，只是舉其一端而言之，並不能代表他的全部創作實踐。但這種表述確乎符合他的核心詞學理論觀點。至「落拓江湖」兩句轉而感慨身世。「落拓」一句與上闋「把平生、涕淚都飄盡」相呼應。既然一時無法改變自己萍飄南北的命運，那就暫且借酒解愁吧。在這裡似乎也就揭示出了詞集何以命名為「江湖載酒」的原因。作者不直說借酒澆胸中壘塊，而說「且分付、歌筵紅粉」，這樣就不僅更形象生動，而且顯得含蓄。這種表達方式很能體現出作者對詞的審美藝術趣味的追求。結拍承眼前的「落拓」再推想今生：恐怕至老也都「封侯」無望了！朱彝尊寫作這首詞時，清朝已立國近三十年，已進入康熙當政時代，其統治日益鞏固，復「明」早已無望，知識分子不能不面對這一客觀現實，重新考慮尋求施展自己才能的機會。詞中所言「封侯」當然是清統治下的事情。由此，我們也可窺見清初時期知識分子由反抗而彷徨，進而重新追求進入仕途的心路歷程。果然在七年後（一六七九）朱彝尊考中「博學鴻辭」科而踏入了官場。

解讀這首詞，有助於我們瞭解作為浙西詞派領袖的朱彝尊中年時期的思想感情和創作方面的追求與特色。又，以詞論詞，清初出現過這類作品，但總體來說，似為少見，故朱氏此詞仍顯得頗為獨特。

53 天仙子 送春

宋 張先 子野

〈水調〉❶數聲持酒聽，午醉醒來愁未醒。送春春去幾時回？臨晚鏡，傷流景❷，往事後期空記省。沙上並禽❸池上暝，雲破月來花弄影。重重簾幕密遮燈，風不定，人初靜，明日落紅應滿徑。

【作　者】張先，字子野，烏程（今浙江湖州）人。淳化元年（九九〇）生。天聖八年（一〇三〇）進士。曾知吳江縣，任嘉禾判官、永興軍通判。皇祐四年（一〇五二）知渝州，嘉祐四年（一〇五九）知虢州。中間曾知安陸，故有「張安陸」之稱。治平元年（一〇六四）以尚書都官郎中致仕，悠遊杭州、湖州間，與蘇軾等相往還。元豐元年（一〇七八）卒，年八十九。有《張子野詞》。其詞與柳永齊名，得到時人高度評價，晁補之《評本朝樂府》云：「時以子野不及耆卿。然子野韻高，是耆卿所乏處。」張先詞因有「心中事，眼中淚，意中人」語，人稱「張三中」；又曾自舉得意之三詞：「雲破月來花弄影」（〈天仙子〉）、「嬌柔懶起，簾幕卷花影」（〈歸朝歡〉）、「柔柳搖搖，墜輕絮無影」（〈剪牡丹〉），時人稱之，號曰「張三影」。

【詞　律】〈天仙子〉，唐教坊曲名，用作詞調。《詞譜》卷二謂得名於皇甫松詞中「懊惱天仙應有以」句，實則唐開元、天寶年間，教坊已有此名，其名稱來由實與皇甫松詞無涉。此詞牌有單調、雙調兩式。唐五代詞均為單調，至宋始有雙調。《白香詞譜》所錄係雙調，六十八字，上下闋各六句，五仄韻，句式、格律均同。上下闋第四、五句的兩個三言，可用作對仗，如張先詞「臨晚鏡，傷流景」、「風不定，人初靜」，但非定格。此調以七言為主，句式多為仄起，押的又是仄聲韻，故仄聲字（三十九）大大多於平聲字（二十九），音聲顯急促而帶拗峭特點。《詞律》卷二以皇甫松詞（躑躅花開紅照水）三十四字單調仄韻格為正體，以韋莊三十四字單調平韻格、沈會宗六十八字雙調仄韻格為「又一體」。《詞譜》卷二以皇甫松詞（晴野鷺鷥飛一隻）單調三十四字仄韻格為正體，另列韋莊單調平韻格、張先雙調仄韻格為「又一體」。

【注　釋】❶水調　曲調名，王灼《碧雞漫志》引《脞說》，謂為隋煬帝幸江都時所製。❷流景　流年似水。❸並禽　成雙成對的鳥，此指鴛鴦。

【語　譯】手持杯酒，將〈水調〉樂曲聆聽，午睡起來酒醒而愁未醒。送走春天，春歸何日再回？天色漸晚，攬鏡自照，感傷年光如水流逝。回首過去，往事成空，瞻望未來，後期無定。

天色已暗，水鳥在沙上棲宿相並。晚風吹開雲層，萬里月明，花枝搖曳，舞弄清影。窗戶重重簾幕，嚴密擋風護燈。風一陣緊似一陣，喧鬧人聲歸於寂靜。明朝落花，當鋪滿園中小徑。

【研　析】此詞下原有小序云：「時為嘉禾小倅，以病眠，不赴府會。」張先在嘉禾（今浙江嘉興）

做判官大約在慶曆元年（一〇四一），時年五十二歲。詞人年過半百仍做著副職的地方小官，身體欠安，心情欠佳，全然缺乏赴官府宴會與同僚應酬的興致，寧可獨自聽曲飲酒，以消愁解悶。故詞一開始，即敘述自己「〈水調〉數聲持酒聽」。聽曲，而言「數聲」，說明這音樂沒有長久持續，無法消解他那百無聊賴之感。他喝了不少酒，以致沉醉，甚而要通過睡眠來解醉。但「午醉醒來愁未醒」，一方面說明飲酒聽曲乃是上午發生的事情，另一方面表明飲酒並未能如前人所說「一醉解千愁」，而是恰如李白所言：「抽刀斷水水更流，舉杯銷愁愁更愁。」（〈宣州謝朓樓餞別校書叔雲〉）由此可見，這「愁」非一般之愁，而是積澱在心底的一種難以排解的深愁。下面四句可說是對「愁」的具體解答。「送春春去幾時回？」原來是傷春！但當我們聯繫詞人的年歲和處境來思考，就能體驗到詞人的傷春，有別於一般的傷春。這裡的「送春」，表明春光正在消逝，是一種現實的季節轉換，當然也包含著詞人的一種無奈。「春去幾時回？」這一問所含情感較為複雜：從季節概念的春而言，今年的春天走了，明年還會再度來臨；從人生概念的春而言，人生中的春天消逝，卻是一去不復返！因此在這一問中實含有深沉感嘆。故下接以「臨晚鏡，傷流景。」以示「春去幾時回」非泛泛設問。唐杜牧〈代吳興妓春初寄薛軍事〉詩有「自悲臨曉鏡，誰與惜流年」之句，張詞用其意而加以變化，改原詩「曉鏡」為「晚鏡」，情感內涵便大不相同。這一「晚」字既代表著一天中的時間推移，也透露出人生暮年的信息。流年水逝，人生還剩幾何？往事已成空憶，未來空勞夢想。「往事後期空記省」與前面「愁未醒」相應，說明此「愁」和人的過去與未來相關，是牽繫到人的一生之愁。這種臨老傷春，遠非一般的少男少女的傷春可比，它顯得特別地深邃和沉重。

詞的上闋重在抒寫白天到黃昏時的內心活動，下闋轉寫夜間景物，透過景物顯示出情緒的微妙變化。夜幕降臨，水上嬉遊的鴛鴦已開始歇息。鴛鴦的成雙成對、雙棲雙宿，反襯出詞人塊然獨處的孤寂。「沙上並禽池上暝」是靜態的描寫，下面「雲破」句則為動態的描畫。剛入夜時，雲層較厚，隨著夜風的吹拂，終於雲開月出，映照著花枝婆娑舞影。面對此情此景，詞人也不免油然而生出一種恬適欣悅之情。「雲破月來花弄影」，成了千古傳誦的名句。在當時即有人稱作者為「『雲破月來花弄影』郎中」（《苕溪漁隱叢話》引《遯齋閑覽》語），明沈際飛謂其「心與景會，落筆即是，著意即非，故當膾炙。」（《草堂詩餘正集》）近人王國維在談境界時指出：「『雲破月來花弄影』，著一『弄』字而境界全出矣。」（《人間詞話》）或賞其心與景會，出於天然，或稱其善用擬人化的動詞描繪出優美的境界，均有見地。綜合言之，其妙處是：首先是它符合一種因果遞進關係：風吹（暗寫）——雲破——月來——花弄影，故覺自然而然。其次是「破」「弄」兩動詞下得極好，試將「雲破」改為「雲散」，則審美效果將很不一樣，「破」帶有一種突發性，而「散」帶有一種漸進性，前者帶給人的是一種突然而來的欣喜，後者帶來的是預想性的效果。和前面孤獨暗淡的情懷相聯繫，這種突發的欣喜在情緒的變化上顯得更為強烈。再說「弄」字，帶有擬人化特點，是詞人眼中的、心中的舞弄，因此就體現出了一種物（花）與人之間的親近感；這個「弄」的賓語是「影」，作者不去寫花枝花葉本身在月照下的色彩和隨風搖曳，只寫花的弄影，便化質實為靈動清虛。再次是從境界言，這一句的動態描繪，呈現出一種特有的靜謐與空靈。它優美如畫，卻又非畫筆所能繪出。這句雖未直接寫到「風」，卻包含有風的描寫，為下面由室外轉換到室內的敘寫作了準備。以下所寫，皆與風相關。「重重」一句寫簾幕重設是為防止燈被風吹滅。「風不定」，時大時小，也是從燈光的搖曳而感知的。夜漸深，此時喧鬧的人聲，已然安靜。詞人進入了沉思，想像著因夜風的猛烈，「明日落紅應滿徑」。用一「應」字，即帶擬想性質。這種用法詞中常見，如李後主的「雕闌玉砌應猶在」（〈虞美人〉）、李清照的「知否？知否？應是綠肥紅瘦」（〈如夢令〉），均是。詞的這一結尾仍然歸結到「送春」，與上闋的傷春意緒緊相呼應。前後聯繫起來看，可知詞人寫的不是片刻的情緒，而是鎮日揮之不去的傷感。

詞由午前、午後寫至傍晚、入夜，脈絡井然。而在不同的時空，寫法也有變化：上闋偏重抒情，下闋偏重寫景，這種寫法有異於一般詞作先景後情的格局。

這首〈天仙子〉和晏殊的〈浣溪沙〉很相似：「一曲新詞酒一杯，去年天氣舊亭臺。夕陽西下幾時回？　無可奈何花落去，似曾相識燕歸來。小園香徑獨徘徊。」同樣聽歌、飲酒、徘徊，感嘆花落滿徑、時光流逝，但因兩人處境不同（晏係達官），情感內涵便有所區別。晏殊的感傷，更多的是一種宇宙無窮、人生有限的遺憾；張先的傷春，帶有更多現實生活中的缺失所帶來的悵惘。

清乾隆年間所編《九宮大成譜》收錄有此詞曲譜，道光年間謝元淮等所編《碎金詞譜》轉載。

54 千秋歲　夏景

宋　謝逸　無逸

楝花❶飄砌，蔌蔌❷清香細。梅雨過，蘋風❸起。情隨湘水遠❹，夢繞吳峰[5]翠（韻）。琴書倦（句），鷓鴣喚起南窗睡（韻）。密意無人寄（韻），幽恨憑誰洗（韻）。修竹畔（句），疏簾裡（韻）。歌餘塵拂扇[6]（句），舞罷風掀袂（韻）。人散後（句），一鉤新月天如水（韻）。

【作　者】謝逸，字無逸，號溪堂，臨川（今江西撫州）人。生年不詳。再舉進士不第，遂絕意仕進，終身隱居，以詩文自娛。列名《江西詩社宗派圖》。政和三年（一一一三）卒，年未五十。著有《溪堂集》。詞存集中，有《溪堂詞》別出單行。前人評其詞「標致雋永」（《詞統》卷四）、「輕倩可人」（毛晉〈溪堂詞跋〉），亦有謂其骨力不足者：「如刻削通草人，都無筋骨」（王灼《碧雞漫志》）。

【詞　律】〈千秋歲〉，又名〈千秋節〉。雙調，七十一字，上下闋各八句，五仄韻，除第一句上闋為四字、下闋為五字外，其餘句式、格律均同。填此調所宜注意者為詞中兩個三言相連處，一般須用作對仗，如謝逸詞之「梅雨過，蘋風起」、「修竹畔，疏簾裡」，石孝友詞之「香有露，清無暑」、「紅膾鯉，青浮醑」；其中三處兩個五言相連者，能作對仗即作對仗，如謝詞之「情隨湘水遠，夢繞吳峰翠」、「密意無人寄，幽恨憑誰洗」、「歌餘塵拂扇，舞罷風掀袂」即是，但並無硬性規定。《詞律》卷一〇以謝逸詞為正體，另列葉夢得詞（上闋五仄韻、下闋六仄韻）、李之儀詞七十二字者為「又一體」。《詞譜》卷一六以秦觀詞（柳邊沙外）為正體，另列添字、韻腳有異者數種為「又一體」。

【注　釋】❶楝花　楝為落葉喬木，春夏之交開花，淡紫色。《東皋雜錄》載：「花信風，梅花風最先，楝花風最後。」❷蔌蔌　花落貌。唐元稹〈連昌宮詞〉：「風動落花紅蔌蔌。」❸蘋風　謂掠過蘋草之風。宋玉〈風賦〉：「夫風生于地，起于青蘋之末。」❹情隨句　唐岑參〈春夢〉詩：「洞庭昨夜春風起，遙憶美人湘江水。」湘江，源出廣西，自南而北縱貫湖南流入洞庭湖。❺吳峰　泛指長江下游江南諸山。❻歌餘句　劉向《別錄》載，魯人虞公，能歌動梁塵。

【語　譯】楝花隨風飄落石階，傳來清香細細。霏霏梅雨已過，夏日蘋風初起。情隨湘水流向遠方，夢魂縈繞青翠吳山。彈琴看書已感疲憊，在南窗邊小睡，又被鶗鴂啼聲喚起。

隱祕的心事無人可寄，滿懷幽恨靠誰來浣滌？在竹林邊，疏簾裡，故人唱曲的歌塵依然輕拂羅扇，舞後的清風仍在掀動衣袖。眾人散後，一鉤新月出現在如水天際。

【研　析】此詞所寫，不是傷春，而是初夏懷遠。詞一入手，即攬夏景於筆端，涉及三種相關景物：一是楝花飄落飛香。古有二十四番花信之說，楝花風，為最後一番風信，至此春天結束，夏日來臨。詞中雖未直接出現「風」字，但「飄」、「香細」已暗示「風」在。二是暮春三月的梅雨已過，此係虛寫一筆。三是寫水上之風掠過青蘋，令人有「南風熏兮」之感。總此三景，已展示出夏日季候特色。以下由室外轉入室內，由寫景轉入抒情。「情隨湘水遠，夢繞吳峰翠」，用一對句寫自己對故人的夢繞魂牽。所懷念者真個是在湘水、吳山嗎？對此，恐不能膠著於字面，當是表示相隔邈遠之意，且這種邈遠不一定是空間的距離，而是帶有再難親近的意味。同時這裡也是以江南的佳山秀水喻示所思者之美豔動人，王觀〈卜算子〉不是有「水是眼波橫，山是眉峰聚」的比喻嗎？或謂此二句係寫室內屏風上之畫面，如晏幾道〈蝶戀花〉詞有「畫屏閑展吳山翠」之語，似亦可通。詞人為相思所苦，遂欲以琴書自解，但彈一會兒琴，看一會兒書，就已倦怠了。乾脆在南窗下睡一覺，可是剛剛睡下，又被鷓鴣聲喚醒。鷓鴣聲有類「行不得也哥哥」，正暗示著行人不該遠去，令人後悔沒有執意將她留住。

上闋的抒情部分較多景物的暗示，下闋則多直抒。「密意無人寄，幽恨憑誰洗」兩句，直抒胸臆，前一句重在寫自己的濃情，沒法向對方訴說，後一句重在說由此造成的憾恨無法消除。下面「修竹畔，疏簾裡」，始點明居住地之內外環境。室外之楝花、青蘋等景物與修竹相伴，實係一清幽所在；詞人所讀、所睡、所思、所恨等情事都發生在掛有疏簾、放置有山水屏風的居室中。這種生活環境似也符合作者的隱居身分。但隱居者並非不食人間煙火之人，也有七情六欲，對年輕貌美的女子也會心有所動。故他對那位能歌善舞之女性念念不忘。雖然歌舞宴會已然結束，但她那清亮的歌聲仍餘音裊裊，歌塵在繞扇輕飛，她的舞袖好似還在隨風飄蕩。這裡對歌塵舞袂的懷想也可說是對前面「密意」的一種補充。結拍寫人在離散後，留下的是一片靜寂，只見一鉤新月高懸於一碧如洗的天空，以景結情，餘韻不絕。

這首詞主要運用「賦」的手法，用明曉的語言描寫由白天至夜晚終日惶惶不安的心緒，以見出對所思者的一往情深。尤為難得的是，在一首七十一個字的詞中，居然用了五組對仗，而不覺其板滯，說明作者有相當熟練的駕馭詞語的能力。

以〈千秋歲〉詞牌填詞最著名者，當推秦觀描寫遷謫生活反映時代悲劇的詞作：「水邊沙外，城郭春寒退。花影亂，鶯聲碎。飄零疏酒盞，離別寬衣帶。人不見，碧雲暮合空相對。憶昔西池會，鵷鷺同飛蓋。攜手處，今誰在？日邊清夢斷，鏡裡朱顏改。春去也，落紅萬點愁如海。」

此詞一出，和者甚眾，孔毅甫、蘇軾、黃庭堅、李之儀、邱崇、王之道、釋惠洪等均有和作。

55 離亭燕　懷古

宋　張昇　杲卿

一帶江山如畫，風物向秋瀟灑❶。水浸碧天何處斷？霽色❷冷光相射。蓼❸嶼荻❹花洲，掩映竹籬茅舍。

雲際客帆高掛，煙外酒帘低亞❺。多少六朝❻興廢事，盡入漁樵❼閒話。悵望倚層樓，寒日無言西下。

【作者】張昇，一作張昪，字杲卿，韓城（今屬陝西）人。淳化三年（九九二）生。大中祥符八年（一〇一五）進士。歷戶部判官，開封府推官，知秦州。嘉祐三年（一〇五八）遷參知政事，樞密使。以彰信軍節度使同中書門下事判許州，改鎮河陽。以太子太師致仕。熙寧十年（一〇七七）卒，年八十六，贈司徒兼侍中，諡康節。《全宋詞》錄其詞二首。此首黃昇《唐宋諸賢絕妙詞選》作孫浩然詞。

【詞律】〈離亭燕〉，一作〈離亭宴〉。用此詞牌始於宋人張先，因詞中有「隨處是離亭別宴」句而得名。〈離亭燕〉為雙調，通用者為七十二字體，上下闋各六句，四仄韻。填此調有兩點須加注意：㈠上下闋之起二句均為六言，上闋不必用對偶，下闋須用對仗，且一般用同聲對（如張詞「雲際客帆高掛，煙外酒帘低亞」），以顯示前後句法之變化。㈡在六言句中，第五字必用平聲。全詞十二句，其中六言占八句，間以五、七言四句，於整齊美中調劑以參差之美；又其每句格律全部為仄起式，所押又為仄聲韻，不押韻處也有兩句仄收（兩句平收），故仄聲字多於平聲字，音律具拗峭特色，聲情顯得較為激越，宜於抒發感慨之情。《詞律》卷一〇以黃庭堅詞（十載樽前談笑）七十二字者為正體。《詞譜》卷一八以張先詞（捧黃封詔卷）七十七字者（上下闋各六句，五仄韻）為正體，以張昪詞為「又一體」。

【注釋】❶風物句　指景物疏闊大氣而不局促。唐杜甫〈玉華宮〉詩：「萬籟真笙竽，秋色正瀟灑。」❷霽色　雨止之後的清明澄朗。❸蓼　草本，花淡紅或白色。❹荻　草本，花黃白色。❺低亞　猶言低垂。❻六朝　指在建康（金陵）建都的東吳、東晉、宋、齊、梁、陳。❼漁樵　打魚與砍柴之人，借指尋常百姓。

【語譯】眼前一帶江山美麗如畫，景物在秋光中盡顯大氣瀟灑。水中倒映的碧透藍天，何處是盡頭？雨過天晴的淒冷波光，相互照射。開滿蓼花荻花的沙洲島嶼，掩映著竹籬相圍的茅舍。

天邊客船，風帆高掛，迷離煙霧外，酒旗低垂。六朝興亡的許多往事，如今都已成為漁樵閒談的話題。我心懷悵惘，久久倚樓眺望，直到那寒冷的秋陽默默沉西。

【研析】此為金陵懷古詞，係作者倚樓眺望時的所見所感。全詞可分為三層：第一層，「一帶江山」至「酒帘低亞」，寫登臨所見秋日風物。金陵形勝，素以「龍盤虎踞」見稱，秋日金陵景觀更顯疏朗闊遠，故詞以「一帶」二句為發端，寫其總體感受：壯美如畫，清高脫俗，雍容大氣。接著以江流為中心，突出其浩渺之勢與光之淒冷，於闊大中顯蒼涼。南宋辛棄疾〈水龍吟〉（登建康賞心亭）詞「楚天千里清秋，水隨天去秋無際」所寫境界似之。「蓼嶼」二句，視線轉向江中小洲及島上人家，景物與人事有了關聯，為下面「漁樵」埋下伏筆。下面「雲際」二句，視線復轉向江中與江岸，天際客舟，岸上酒帘，仍帶往昔繁華蹤影。形勝依舊，繁華似昔，為轉入下一層的感慨抒發作勢。第二層，「多少」二句，金陵雖擁有天然形勝，而於此建都的六朝並不能江山永固而相繼滅亡，其興盛衰亡非由天險，而繫乎人事。其盛衰之跡，如過眼雲煙，成了尋常百姓的閒談之資。這正是詞人深有感觸處。讀這兩句詞，很容易使我們想起明代楊慎〈臨江仙〉詞所寫：「白髮漁樵江渚上，慣看秋月春風。一壺濁酒喜相逢，古今多少事，都付笑談中。」二者頗有相類處，只是楊慎顯得更加超然。第三層，「悵望」二句，抒情主人公至此方始出場，此人既是景物的觀賞者，又是歷史冷峻的思考者。他何以在「望」中感到「悵」然，當是所思者深，所慮者遠，能無追昔撫今之意乎！「寒日無言西下」，以景結情，韻味悠長。有人評價，這一結尾，與秦觀〈滿庭芳〉「憑闌久，疏煙淡日，寂寞下蕪城。」意境相若，「而張詞尤極蒼涼蕭遠之致。」（《歷代詞人考略》）

從全詞結構言，係採用逆挽法，即不依時間順序描寫，而是將後發生之事（觀景，抒感）置前，先發生之事（倚樓）置後，從而使章法顯出變化。范仲淹〈蘇幕遮〉（碧雲天）「明月樓高休獨倚」，柳永〈八聲甘州〉（對瀟瀟暮雨）「倚闌干處」出現於篇末，均與此同一機杼。從表現手法言，係以寫景為導引，以人事為落腳點。寫景重宏觀亦不忽略微觀，遠近結合，頗具尺幅千里之勢。感懷人事，暗思成敗之由，卻不明說，故顯含蓄。以金陵懷古為題，張昇詞似為首創，開啟了其後王安石〈桂枝香〉（登臨送目）、周邦彥〈西河〉（佳麗地）、元代薩都剌〈滿江紅〉（六代豪華）等相類題材的創作。但張詞為中調，其他為長調，因形式有異，表現亦有別，各有特色，讀者可對照參閱。

以〈離亭燕〉七十二字體填詞者，尚有其他詞人，萬樹《詞律》即錄黃庭堅、晁補之詞以為範例。《白香詞譜》其所以選錄張昇詞，除了它相對他詞而言具有更強的藝術表現力外，還因為它格律規整，便人依遵，故被後人視為定格。

56 何滿子

秋怨

宋　孫洙　巨源

悵望浮生❶急景❷句，淒涼寶瑟❸餘音韻。楚客多情偏怨別句，碧山遠水登臨韻。目送連天衰草❹句，夜闌❺幾處疏砧韻。黃葉無風自落句，秋雲不雨長陰韻。天若有情天亦老❻句，搖搖❼幽恨難禁韻。惆悵舊歡如夢句，覺來無處追尋韻。

【作　者】孫洙，字巨源，廣陵（今江蘇揚州）人。天聖九年（一〇三一）生。皇祐元年（一〇四九）進士。授秀州法曹。復舉制科，遷集賢校理、知太常禮院，治平中，兼史館檢討、同知諫院。熙寧四年（一〇七一），出知海州。元豐中，官翰林學士。元豐二年（一〇七九）卒，年四十九。《全宋詞》錄存詞二首。

【詞　律】〈何滿子〉，一作〈河滿子〉。唐教坊曲名，用作詞調。何滿子，原係唐開元中歌者姓名。白居易〈何滿子〉詩云：「世傳滿子是人名，臨就刑時曲始成。一曲四辭歌八疊，從頭便是斷腸聲。」調名緣起於此。此詞牌有單調、雙調兩種體式，《白香詞譜》所錄為雙調，七十四字，上下闋各六句，三平韻，以六言句式為主，其中僅用一個七言句加以調劑，格律類同於近體詩中之六言絕句，音韻和順悠長，尤適於抒發淒怨之情。因多處六言兩兩相連，故詞人常於此等處用為對仗，如孫洙詞之「悵望浮生急景，淒涼寶瑟餘音」、「黃葉無風自落，秋雲不雨長陰」（位於上下闋開頭），尹鶚詞（雲雨常陪盛會）之「戴月潛穿深曲，和香醉脫輕裘」、毛熙震詞（寂寞芳菲暗度）之「曲檻絲垂金柳，小窗弦斷銀箏」（位於上闋之末）均是。《詞律》卷二、《詞譜》卷三均以和凝詞（寫得魚牋無限）單調三十六字者為正體，另列毛熙震七十四字雙調平韻格、毛滂雙調七十四字雙調仄韻格為「又一體」。

【注　釋】❶浮生　謂人生虛浮無定，有若寄旅於天地之間。唐李白〈春夜宴桃李園序〉：「天地者，萬物之逆旅；光陰者，百代之過客。而浮生若夢，為歡幾何！」❷急景　光陰迅速。南朝宋鮑照〈舞鶴賦〉：「於是窮陰殺節，急景凋年。」❸寶瑟　珍美之瑟。瑟，一種多絃樂器。❹楚客三句　戰國楚人宋玉〈九辯〉：「悲哉秋之為氣也，蕭瑟兮草木搖落而變衰。憭慄兮若在遠行，登山臨水兮送將歸。」楚客，指宋玉，亦係自指。

作者籍貫廣陵，屬古楚國地域。❺夜闌　夜深。❻天若句　唐李賀〈金銅仙人辭漢歌〉中語。❼搖搖　心神不安。《詩經・黍離》：「行邁靡靡，中心搖搖。」

【語　譯】悵望浮生光陰一瞬，況聞寶瑟淒涼裊裊餘音。楚客多情，登臨遙山碧水，對遠別尤易引發傷心。白日送行滿目連天衰草，夜深人靜傳來幾處擣衣砧聲。

雖然無風而黃葉飄飄自落，縱然不雨而秋雲籠罩長陰。高天要是有情，也會因悲愁而老，心神搖盪，幽恨難以承擔。令人惆悵者舊歡已如夢幻，一覺醒來再無處追尋。

【研　析】這首詞題為「秋怨」，所寫重在一種感受，表現的是一種悲秋的心緒。詞一改以寫景為發端的作法，直接發出人生喟嘆：「悵望浮生急景」，給人破空而來之感。作者把對光陰流逝、人生短促的體驗置於詞首，具有籠罩全篇的作用。這種喟嘆從何而來？係從對「秋」的感受而來。故以下從秋景、秋情著筆加以鋪寫。寫秋情先從聞聽之音樂入手：「淒涼寶瑟餘音」。瑟音淒涼，漢司馬遷《史記・封禪書》載，「太帝使素女鼓五十弦瑟，悲」。唐錢起〈省試湘靈鼓瑟〉詩亦有「楚客不堪聽」、「苦調淒金石，清音入杳冥。蒼梧來怨慕，白芷動芳馨。流水傳湘浦，悲風過洞庭」的描寫，可見瑟音之淒清怨慕。詞人聽罷寶瑟演奏，淒怨之裊裊餘音猶不絕於耳，更助悲涼。「楚客」數句用宋玉〈九辯〉語意轉寫秋日送別之難以為情。南朝江淹〈別賦〉云：「黯然銷魂者，惟別而已矣。」前人分析南北不同地域人的情感區別時，謂南人分手，揮淚溼巾，北人臨岐，歡笑言別。楚屬南方，說「楚客多情偏怨別」，道出了南人情感的特點。這一句與下一句「碧山遠水登臨」相連，又是化用宋玉「憀慄兮若在遠行，登山臨水兮送將歸」句意，且能不著痕跡。「目送連天衰草」，係白天「送將歸」所見，分別已覺傷心，而登臨遠眺，目送行人足踏衰草通向天涯，倍感淒切。夜深懷想行者，以致難以入寐，惟聞「幾處疏砧」打破夜的寂靜。從「碧山遠水」至「幾處疏砧」數句，亦景亦情，情景交融。

下闋開頭用一很工整的對句寫秋日蕭瑟景物：黃葉飄落，樹木凋零，秋雲密布，天氣陰沉。陸機〈文賦〉云：「遵四時以嘆逝，瞻萬物而思紛。悲落葉於勁秋，喜柔條於芳春。」謂人的情感變化與四時自然界的景物轉換有密切關係，詞人此處所寫正是「悲落葉於勁秋」之情。這裡的悲秋還有更深的含義。秋，在一年中乃是由盛而衰的時節，對於人來說，它正象徵著人生由盛壯轉向衰頹。有如歐陽修在〈秋聲賦〉中所云：「草木無情，有時飄零。人為動物，惟物之靈。百憂感其心，萬事勞其形。……宜其渥然丹者為槁木，黟然黑者為星星。」面對如此之大悲，壽命無窮的高天若是有情的話，也會變老的，何況是光陰中之過客、寄旅天地間之人乎！故總以「搖搖幽恨難禁」。最後兩句以情感直抒結束全詞：過去的青春歲月，曾享有的人生歡樂已經一去不返，如同夢幻一般，再也無法捕捉、追尋，與起始的「浮生」相映，充滿失落與無奈。

這首詞將秋日的景物描繪與對前人詩意、現成詩句的運用相結合，集中表現了一種對生命由盛而衰的感傷。這種傷感對於當時的某些文人來說，具有一定程度的代表性。宋代的文人，生命意識可謂空前地覺醒，對於宇宙無窮、人生短促的矛盾有深切的感受。於是有的人認為應充分享受人生，如晏殊〈謁金門〉詞所云：「人貌老於前歲，風月宛然無異。座有嘉賓尊有桂，莫辭終夕醉。」有的人則希望以有限人生實現自己的社會價值。另一方面他們也常會借助詩、詞、文章，對這種無法避免的自然法則與人生遺憾發出無可奈何的嘆息，如〈秋聲賦〉與這首詞便是典型。

57 風入松

春閨 一作「春情」

宋 吳文英 夢窗

聽風聽雨過清明，愁草瘞花銘❶。樓前綠暗❷分攜❸路，一絲柳、一寸柔情。料峭❹春寒中酒❺，迷離❻曉夢啼鶯。

西園日日掃林亭，依舊賞新晴。黃蜂頻撲秋千索，有當時、纖手香凝。惆悵雙鴛❼不到，幽階一夜苔生。

【作　者】吳文英，字君特，號夢窗，晚年又號覺翁，四明鄞縣（今浙江寧波）人。大約生於寧宗慶元六年（一二〇〇），卒於理宗景定元年（一二六〇）。原本姓翁，過繼為吳氏後嗣。一生未第，遊幕終身。於蘇州、杭州、越州三地居留最久。有《夢窗詞集》。其詞在當世被認為可與北宋周邦彥比肩，尹煥〈夢窗詞序〉云：「求詞於吾宋者，前有清真，後有夢窗。此非煥之言，四海之公言也。」沈義父《樂府指迷》亦謂其「深得清真之妙」。其詞之特色，蔣兆蘭《詞說》有頗中肯的評價：「佳處正在麗密，疏快非其本色。」

【詞　律】〈風入松〉，又名〈風入松慢〉、〈遠山橫〉。古琴曲有〈風入松〉，相傳為晉嵇康所作。唐僧皎然有〈風入松歌〉，見《樂府詩集》。係由琴曲而入樂府，再轉而為詞調名。此調有數體，

《白香詞譜》所錄為七十六字之雙調，上下闋各六句，四平韻，句式、格律均同。此調上下闋末二句兩六言相連，平仄相對，一般用為對仗，如晏幾道詞：「臨鏡舞鸞離照，倚箏飛雁辭行」、「兩袖曉風花陌，一簾夜月蘭堂」；吳文英詞：「料峭春寒中酒，迷離曉夢啼鶯」等均是。由於調名清雅，又係押平聲韻，音聲綿邈，頗適於表現憂傷情愫，感懷、念遠、傷逝等，均其所宜。《詞律》卷一一以趙彥端詞（傳聞天上有星榆）七十二字體為正格，另列周紫芝詞七十四字者、吳文英詞七十六字者為「又一體」。《詞譜》卷一七以晏幾道詞（柳陰庭院杏梢牆）七十四字體為正格，另列七十二字、七十三字、七十六字者為「又一體」。

【注　釋】❶瘞花銘　埋葬花的銘文。南北朝時庾信曾寫過〈瘞花銘〉。❷綠暗　濃綠成陰。❸分攜　分離。❹料峭　形容春風尚帶寒意。❺中酒　病酒；醉酒。❻迷離　形容夢境朦朧。別本作「交加」，形容鳥聲。❼雙鴛　以成對鴛鴦喻指女子之鞋。

【語　譯】聽著風吹雨打度過清明，心懷愁苦草寫瘞花銘。樓前柳樹濃蔭夾道，正是當時分手處，一絲柳，蘊含一寸柔情。春寒料峭，飲酒至於酣醉，幾聲鶯啼，驚覺迷離曉夢。

西園林亭日日清掃，依舊在此欣賞雨後新晴。黃蜂頻頻撲向秋千索，上面凝聚有她當時纖手的餘馨。惆悵她的足跡不再到此處，幽寂臺階一夜滋生綠苔。

【研　析】此詞係暮春西園懷人之作。首點時節：清明。清明時節多雨，杜牧〈清明〉詩即有「清明時節雨紛紛」的描寫；兼之還有料峭春風。作者並沒有閒坐林亭觀雨的雅興，卻是在室內聽風聽雨，滿懷憂慮。因為園中百花「無奈朝來寒雨晚來風」（李煜〈相見歡〉），風雨過後總是「花落知多少」，以致「綠肥紅瘦」。故下面接以「愁草瘞花銘」。詞人因花落而生惋惜之情，因惋惜落花，不願其委於塵土遭人踐踏，希望築一座花冢將它們埋葬起來（這種情思很容易使我們聯想到《紅樓夢》中黛玉葬花的情景），並像庾信那樣寫〈瘞花銘〉一類的文字來加以悼念。這一句不一定是實寫，而是藉此表達一種惜花的心情和傷感的意緒。這兩句主要是融情入景，至「樓前綠暗分攜路」兩句，則為情景綰合。時令節候已令人傷情，再看看「樓前」景色，道路已是綠柳成蔭（「暗」本形容詞，此處作動詞使用），回憶當時，折柳贈別，那兒正是分手之地。「一絲柳、一寸柔情」，真是柔情千萬縷，難捨難分啊！「料峭」二句寫法則又一變，於敘事中抒情。時值料峭春寒，加之懷遠傷離，遂飲酒驅寒、解愁，以至於酩酊沉醉，進入夢鄉。所夢為何？作者沒有明說，只說曉夢迷離，與所懷之人是可望而不可即，還是四目相對情意綿綿？留給讀者去猜想。但在拂曉時刻，夢被啼鶯驚醒，卻不免充滿惆悵。要是在唐代詩人筆下就會直抒：「打起黃鶯兒，莫教枝上啼。啼時驚妾夢，不得到遼西。」但此詞所追求者是含而不露，以不說為說，僅點到為止。從景物描寫來說，有啼鶯之聲，預示著天氣轉晴，為後面之「新晴」作了鋪墊。

上闋寫風雨清明，下闋則寫雨後新晴。前段所寫主要是樓中發生之情事，後段所寫空間轉向西園。西園，夢窗詞中屢有所見，如〈掃花游〉：「醉西園，亂紅休掃。」〈浪淘沙〉：「往事一潸然，莫過西園。」〈風入松〉（詠桂）：「暮煙疏雨西園路，誤秋娘、淺約宮黃。」西園應是他和愛姬共同遊樂之地，他們曾經在此度過了一段美好而難忘的歲月。「西園日日掃林亭」，清掃園中的落葉飛花，以乾淨的環境迎接客人，說明心有所待。而「日日掃林亭」，說明等待非止一日。「依舊賞新晴」句，頗耐人尋味。「新晴」與「聽風聽雨」相對，寫出氣候的變化。久雨新晴，景物明麗，空氣清新，令人精神為之一爽，心中陰霾似亦為之一掃，故有欣賞的興致。這裡的「依舊」包含兩層意思：一是與「日日」相應，雖明知其人不能前來，仍是一往情深地天天盼望、等待；一是今時與昔日相對。昔日曾與愛姬一道，在園亭中賞景遊玩，種種情事歷歷如在目前。詞人見秋千之索，而思盪秋千之人，由盪秋千而思及其纖手。故下面見「黃蜂頻撲秋千索」，便想像那是因為「有當時、纖手香凝。」其實，時間久歷，秋千索上豈可再有纖手餘香？這只不過是詞人主觀情感的投射罷了！這兩句歷來備受稱賞，清譚獻《詞評》云：「是癡語，是深語。」陳洵《海綃說詞》云：「見秋千而思纖手，因蜂撲而思香凝，純是癡望神理。」睹物思人，不從正面描寫，而從側面加以表現，這正是清代詞論家劉熙載在《詞曲概》中所說的「不犯本位」。詞的結拍歸結到對方不來的惆悵與失望，但仍不直說，而是通過景物形象地表達抽象之情：「雙鴛不到，幽階一夜苔生。」南朝梁庾肩吾〈詠長信宮中草〉詩云：「全由履跡少，並欲上階生。」唐李白〈長干行〉詩云：「門前遲行迹，一一生綠苔。」此處化用前人詩意。人跡罕至，經過一段時間，臺階生長綠苔，此為一般之理。但詞人卻謂「一夜苔生」，是為誇張之詞。這種誇張，於理未合，於情可通，乃是盼之切、愁之深、愛之極的表現。

這是一首愛情詞，沒有偎紅倚翠之態，沒有鏤金錯彩之辭，而以清辭雋語、癡想妙思寫出一段款款深情，溫厚莊雅，回味無窮，在宋代的戀情詞中別具一格。

58 祝英臺近 春晚

宋 辛棄疾 幼安

寶釵分❶，句 桃葉渡❷，韻 烟柳暗南浦❸。韻 怕上層樓，句 十日九風雨。韻

斷腸點點飛紅，句 都無人管，句 倩誰喚❹、豆 流鶯聲住？韻 鬢邊覷❺，韻

試把花卜歸期❻，句 纔簪又重數。韻 羅帳❼燈昏，句 哽咽夢中語：韻 是他春

帶愁來，句 春歸何處？句 卻不解、豆 帶將❽愁去。韻

【作　者】辛棄疾，字幼安，號稼軒居士，濟南歷城（今屬山東）人。紹興十年（一一四〇）生。紹興三十一年由金統治的北方南歸。先後任建康府通判、知滁州、出為江西提點刑獄、湖北安撫使、江西安撫使、湖北轉運副使、知潭州兼湖南安撫使等職。淳熙八年（一一八一）冬落職，閒居上饒帶湖凡十年。紹熙三年（一一九二）起為提點福建刑獄，次年知福州兼福建安撫使。紹熙五年乞歸，居鉛山瓢泉八年。嘉泰三年（一二〇三）起知紹興府兼浙東安撫使，次年改知鎮江。開禧三年（一二〇七）卒，年六十八。有《稼軒集》（已佚）、《稼軒詞》。劉克莊評其詞「大聲鞺鞳，小聲鏗鍧，橫絕六合，掃空萬古，自有蒼生以來所無。其穠纖綿密者，亦不在小晏秦郎之下。」（〈辛稼軒集序〉）《四庫提要》謂其詞「慷慨縱橫，有不可一世之概，於倚聲家為變調，而異軍特

起，能於剪紅刻翠之外，屹然別立一宗，迄今不廢。」在詞史上與蘇軾並稱為「蘇辛」，對後世影響很大。

【詞　律】〈祝英臺近〉，又名〈英臺近〉、〈祝英臺〉、〈寶釵分〉、〈月底修簫譜〉、〈燕鶯語〉、〈寒食詞〉等。首見蘇軾《東坡樂府》，調名取自梁山伯、祝英臺故事。此調有平、仄韻兩格，此處所選為仄韻格。雙調，七十七字，上下闋八句，四仄韻（亦有上闋第二句不入韻者）。詞之起首二句，一般用為對仗，如史達祖詞之「柳枝愁，桃葉恨」、張炎詞之「水痕深，花信足」。其中五言句多為拗律，如程垓詞「深院又春晚」、「無語小妝懶」、「羞怕淚痕滿」，史達祖詞「前事怕重記」、「新夢又溱洧」、「春草更憔悴」，辛詞「煙柳暗南浦」、「十日九風雨」（平仄仄平仄，「十」字以入代平）均是，但亦允許有所變通。此詞牌前人多用以寫傷春怨別之情，南宋有的詞人也有用它來寫對時勢的感慨的。《詞律》卷一一以吳文英詞（剪紅情）為正體。《詞譜》卷一八以程垓詞（墜紅輕）為正體，另列韻腳有變化之仄韻格數種和平韻格一種為「又一體」。

【注　釋】❶寶釵分　釵係由兩股簪子組合成的一種首飾。古人有分釵贈別習俗。南朝梁陸罩〈閨怨〉詩：「自憐帶斷日，偏恨分釵時。」唐白居易〈長恨歌〉詩：「釵留一股合一扇，釵擘黃金合分鈿。」唐杜牧〈送人〉詩：「明鏡半邊釵一股，此生何處不相逢。」❷桃葉渡　在今南京秦淮河畔。王獻之有妾名桃葉，送其渡河時歌曰：「桃葉復桃葉，渡江不用楫。」後因以桃葉為渡名。❸南浦　水邊送別地。《楚辭・九歌・河伯》：「送美人兮南浦」。江淹〈別賦〉：「送君南浦，傷如之何。」❹倩誰喚　別本作「更誰勸」。倩，請人幫助做某事。❺覷　偷看。❻花卜歸期　以所簪花朵數目，試卜所思之人的歸期。❼羅帳　絲織物製作之蚊帳。❽帶將　帶得。將，用於方言助句，有「得」意。

【語　譯】分寶釵一股與行人，送他至桃葉渡。濃密柳蔭使南浦變得幽暗。怕上層樓觀望，十日有九天颳風下雨。落花點點，令人腸斷，都沒人管，請誰叫流鶯別再啼喚了吧？

側眼瞧一下髮鬢，將花朵取下，試著用來占卜那人的歸期，剛剛簪上又忍不住取下重數。昏暗燈光照著羅帳，睡夢中哽咽著說：是他春帶愁來，春歸何處，卻不懂得將愁一併帶去。

【賞　析】南宋張端義《貴耳集》載，辛棄疾此詞為逐妾而作，似不可信。這是一首閨人傷春怨別之詞。詞之發端一連用了釵分、桃葉、南浦三個送別的典故，渲染昔時別情，並以「烟柳」表明暮春時節，暗含折柳送別意，中間著一「暗」字，寓示心情黯淡，正所謂「黯然銷魂者，惟別而已矣！」以下寫閨人別後所見、所聞、所感。「怕上層樓」，層樓即高樓，這一句很值得玩味。這表明她已多次登上層樓。古詩詞中女子之登樓往往心懷期盼，有所等待，如梁元帝〈蕩婦思秋賦〉：「登樓一望，惟見遠樹含煙。平原如此，不知道路幾千。」溫庭筠〈望江南〉詞：「梳洗罷，獨倚望江樓。過盡千帆皆不是，斜暉脈脈水悠悠。」詞中女主人公在幾經登樓眺望之後，每每感到失望，故生出「怕」的心理。南宋鄭文妻在〈憶秦娥〉詞中所寫：「畫眉樓上愁登臨。愁登臨。海棠開後，望到如今。」可作為這一「怕」字的注腳。這個「怕」還有一層意思，即是藉傷春抒發「恐美人之遲暮」之感。因為登樓所見是「十日九風雨」，是風雨吹打的「點點飛紅」；所聽到的是「流鶯」的一聲聲啼喚，所謂「暮春三月，鶯飛草長」，正預示著春將歸去。春歸人老，故令人為之「斷腸」。風雨落花、群鶯亂飛，均為自然物象，非人力所能扭轉，而女主人公偏怨怪「都無人管」，希望有「誰」來加以阻攔。這種要求似乎無理，卻表達了她留住韶光的急切願望。

下闋一開始轉寫女主人公一種可笑卻癡情的行為：先側眼瞧瞧自己的鬢髮，再取下插在上面的花朵，一朵一朵地數著，來卜算遠人的歸期，數完了插上去，剛剛插好，又擔心數錯了，重新把它們取下來，再數一遍。動作令人歷歷如見，心理刻畫極為細膩。由「怕上層樓」至此，係寫日間之情事。以下寫夜間夢囈。「羅帳燈昏」一句，既是時間轉折，又是環境渲染，朦朧之境映襯迷離之夢。女主人公日有所思，夜有所夢。夢裡無限傷心，連夢囈都帶「哽咽」之聲。她在夢中埋怨：「是他春帶愁來，春歸何處？卻不解、帶將愁去。」這幾句脫胎於趙彥端〈鵲橋仙〉詞：「春愁元自逐春來，卻不肯、隨將愁去。」但能青出於藍而勝於藍，顯得更加流動、婉轉。一番春愁託之於夢囈，使之蒙上了一層飄忽綿邈之感。

此詞上下闋寫法有所變化。上闋以景帶情，下闋敘事含情。由於上下闋的結尾由三個短句組成，其中七言句中間還帶「豆」，故須一意貫注，有如行雲流水。辛詞尤能得其神理，具有流走之勢。語言運用亦有特色，除起首用典外，餘均明白而暢達，係從口語提煉而出，故覺切近人情。

辛棄疾以雄傑之詞著稱於世，亦能為柔麗嫵媚纏綿悱惻之詞，〈祝英臺近〉便是其中的代表之一。清沈謙《填詞雜說》評曰：「稼軒詞以激昂奮厲為工，至『寶釵分，桃葉渡』一曲，暱狎溫柔，魂銷意盡，才人伎倆，真不可測。」至若張炎認為「景中帶情而存騷雅」（《詞源》），黃蓼園以為「必有所託」（《蓼園詞選》），係感韶光之易逝，嘆君臣遇合之難，似亦可通。正如清王夫之《薑齋詩話》所言：「作者用一致之思，讀者各以其情而自得。」

59 御街行

懷舊

宋 范仲淹 希文

紛紛墜葉飄香砌❶，夜寂靜，寒聲碎。真珠❷簾卷玉樓空，天淡銀河垂地。年年今夜，月華如練❸，長是人千里。

愁腸已斷無由醉，酒未到，先成淚。殘燈明滅枕頭攲❹，諳盡❺孤眠滋味。都來❻此事，眉間心上，無計相迴避。

【作　者】范仲淹，見本書第四十七首〈漁家傲〉詞作者介紹。

【詞　律】〈御街行〉，又名〈孤雁兒〉。調式較多，此處所選為雙調，七十八字，上下闋各七句，四仄韻，句式、格律相同。其中兩個四言相連處，亦有用作同聲對者，如張先詞（天非花豔輕非霧）之「乳雞棲燕，落星沉月」、「遺香餘粉，剩衾閒枕」。此調韻腳字除上下闋第四句為平聲外，其餘均為仄聲，因此帶有拗峭特色，但句中平仄相間，又不乏和諧。《詞律》卷一一、《詞譜》卷一八均以柳永詞（燔柴煙斷星河曙）七十六字者為正體，另列范仲淹詞及七十七字、八十字、八十二字者數種為「又一體」。

【注釋】❶香砌 有落花香味的臺階。❷真珠 即珍珠。❸如練 如潔白的絲絹。❹攲 傾斜。❺諳盡 嘗夠。❻都來 算來。

【語譯】樹葉紛紛飄向有落花香味的臺階。寂靜夜晚，寒風疾吹，瑟瑟聲碎。珍珠簾捲，玉樓空寂，雲淡天空的銀河，垂向遠地。年年今夜，月光皆有如白練，可是人卻長期遙隔千里。

愁腸已斷無法飲酒，還沒入口，便先已成淚。油燈將盡，閃爍不定，我斜歪於枕，嘗盡孤眠滋味。算來相思念遠，無論是在眉間還是在心上，都無法迴避！

【研析】這是一首秋夜相思懷遠之作。詞之上闋描寫秋夜景色。「紛紛墜葉飄香砌」，一開始從白天的印象寫起。古人云：一葉落而知天下秋。況詞人眼中所見是落葉紛紛，且飄落於凋零的花瓣散發著芳香的臺階，可知涼風緊疾。秋日落葉呈露黃色，臺階的花瓣色彩雜陳，這一富有動感的組圖可說是很淒美的，已暗示出詞人心境的悲涼。及至夜晚，群動皆息，靜寂中惟聞風吹落葉的颯颯之聲。正如歐陽修〈秋聲賦〉所描繪的「四無人聲，聲在樹間。」前面「墜葉飄香砌」乃從視覺言，「寒聲碎」則從聽覺言。又所謂「寒」者，實乃作者對氣溫之感受，故聽落葉之聲，亦覺其帶有寒意。「夜寂靜、寒聲碎」二者之間互相映襯，後者對前者而言，是以動寫靜；前者對後者而言，更突出聽覺感受，倍增淒涼意緒。以上從色彩、聲音、動態、靜態多方渲染環境氛圍，為下面人物出場作了鋪墊。「真珠簾卷玉樓空」，誰捲真珠簾帷？誰覺得玉樓空寂？當然是人，是羈旅在外的人。因為是在樓臺，又珠簾高捲，故視野極為廣闊。下面寫所見亦即〈秋聲賦〉描繪的「星月皎潔，明河在天」情景。因為所見空曠，故有「天淡銀河垂地」之感，有類孟浩然〈宿建德江〉詩「野曠天低樹」、杜甫〈旅夜抒懷〉詩「星垂平野闊」的景象，我們去到茫茫無際的大草原，在夜晚也會產生天似穹廬，手可捫星摘月的感覺。「年年今夜」三句轉入懷遠。南朝宋謝莊〈月賦〉云：「美人邁兮音塵闕，隔千里兮共明月。」唐張若虛〈春江花月夜〉詩云：「誰家今夜扁舟子，何處相思明月樓？可憐樓上月徘徊，應照離人妝鏡臺。」普照大地的月光最能引發念遠懷人之情，詞人登樓望月，也不禁感嘆「月華如練，長是人千里。」這裡須特別留意的是「年年」和「長是」的字樣，表明這種千里乖隔，時間相當長，非一年兩年，故思念比一般人更來得深切綿邈。這三句從全詞結構言，係由寫景到下闋抒情的一個過渡。

下闋「愁腸已斷」三句抒發愁情，謂愁無可排解，亦即「舉杯銷愁愁更愁」之意。但作者並不如此直說，而是先說愁腸已斷。要以酒解愁，必先讓酒下肚，以麻醉神經，忘卻痛苦。腸既已斷，酒如何飲？酒還未入唇，已釀成了淚。這種寫法比他在〈蘇幕遮〉中所寫「酒入愁腸，化作相思淚」又更進一層，設想更為奇巧。愁既無可解，夜更難以成寐，故接寫愁態：「殘燈明滅枕頭攲，諳盡孤眠滋味。」殘燈，寓示夜已深沉，與自己相伴的只有搖曳的閃爍不定的燈光，真是煢煢獨處，形影相弔啊！詞人沒說自己輾轉反側，而只說「枕頭攲」。攲枕，是一種靜思的狀態，是在靜思默想中承受著獨臥孤眠痛苦的煎熬。這種愁苦不僅蹙印在眉間，也聚集在自己的心上。故詞之結拍進一步寫愁心、愁容：「都來此事，眉間心上，無計相迴避。」後來李清照〈一剪梅〉詞中亦有「此情無計可消除，才下眉頭，卻上心頭」之語當脫胎於此詞，而更顯形象、靈動。

上闋寫景，下闋抒情，結構均衡、緊湊。與其他詞比較，自有特色。其夜景描寫，除了景中含情外，那「天淡銀河垂地」、「月華如練，長是人千里」所構成的意境極顯闊大，與溫庭筠〈菩薩蠻〉的「玉樓明月長相憶，柳絲裊娜春無力」、晏殊〈蝶戀花〉的「明月不諳離恨苦，斜光到曉穿朱戶」的小巧有致相比照，可說是大異其趣。此等處似亦能體現出作者的寬廣胸次與審美情趣。下闋抒情，依次寫出愁情、愁態、愁容、愁心，脈絡井然，層層推進，設想甚奇，刻畫入微，表情細膩。故清許昂霄《詞綜偶評》稱許范仲淹「鐵石心腸人亦作此銷魂語」。

60

驀山溪

贈妓陳湘

宋 黃庭堅 魯直

鴛鴦翡翠❶，小小思珍偶。眉黛斂秋波，盡❷湖南、山明水秀。
娉娉裊裊，恰近十三餘❸，春未透，花枝瘦，正是愁時候，
尋芳載酒，肯❹落他人後。只恐遠歸來，綠成陰、青梅如豆❺。心
期得處，每自不由人，長亭❻柳，君知否？千里猶回首。

【作　者】黃庭堅，見本書第二十二首〈清平樂〉詞作者介紹。

【詞　律】〈驀山溪〉，又名〈上陽春〉、〈新月照雲溪〉、〈弄珠英〉。雙調，八十二字，上下闋各九句，押仄聲韻，但各體韻腳疏密不一。黃庭堅此詞上闋五仄韻，下闋六仄韻，全詞除上闋首句不

入韻、下闋首句押韻外，其餘句式、格律均同。因韻腳較密，句式相對短促，比較適宜表現一種內心的激盪情緒。其他體式有上下闋押三仄韻、四仄韻、五仄韻、六仄韻數種。《詞律》卷一二以張元幹詞（一番小雨）三仄韻者為正體，以石孝友詞（除首句入韻外，用韻與黃庭堅詞同）為「又一體」。《詞譜》卷一九以程垓詞（老來風味）三仄韻者為正體，復依用韻位置、多寡的不同列姜夔等人詞作十二種為「又一體」。宋人詞作以用三仄韻者為多，即在黃庭堅詞上下闋七、八句「春未透，花枝瘦」、「長亭柳，君知否」之韻腳處，用一平聲、一其他仄聲字代替。

【注　釋】❶翡翠　鳥名。《本草附錄》曰：「雄為翡，其色多赤；雌為翠，其色多青。」❷儘　同「盡」。❸娉娉裊裊二句　唐杜牧〈贈別〉詩：「娉娉裊裊十三餘，豆蔻梢頭二月初。」娉娉裊裊，形容女子身段窈窕婀娜。❹肯　豈肯；怎肯。❺只恐二句　用杜牧〈嘆花〉詩意：「自是尋春去較遲，不須惆悵怨芳時。狂風落盡深紅色，綠葉成陰子滿枝。」關於此詩有一傳說：杜牧遊湖州，遇一十餘歲面目姣好女子，與其母相約，過十年來娶。十四年後，牧為湖州刺史，女子已嫁人三年，生二子。因感其事而有作。❻長亭　古代道旁十里一長亭，五里一短亭，供行人休憩與送別。

【語　譯】羨慕鴛鴦成雙、翡翠成對，小小年紀思得佳偶。黛眉微蹙，秋波流盼，絕似湖南山的青亮、水的柔秀。年紀恰近十三餘，體態婀娜嬌美，如早春二月綻放的鮮嫩花朵，應是春心蕩漾、充滿渴望的時候。

尋訪佳人載酒醉飲，我豈肯落在他人之後。只恐怕從遠方歸來，你已如紅花落盡、綠葉成陰、青梅如豆，早已婚嫁生子。心中期待稱意之處，每每不隨人意。在長亭折柳送別後，你知道嗎？遠行千里，我還在頻頻回首。

【研　析】此係贈妓傷懷之作。崇寧三年（一一〇四）作者赴宜章（今廣西境內）貶所，路經衡陽，邂逅歌舞妓陳湘，意有所屬。陳湘亦曾向作者學書求字。作者在另一首〈驀山溪〉中稱許其「林下有孤芳，不（似）匆匆、成蹊桃李。」「斜倚枝，風塵裡，不帶塵風氣。」在〈阮郎歸〉詞中讚其「弄妝仍學書」，「歌調態，舞功夫，湖南都不如。」甚至想望「他年未厭白髭鬚，同舟歸五湖。」由此可見作者對她的賞識與眷慕。他的偶遇陳湘，並非是通常所說的豔遇，而是在遷謫途中精神抑鬱時，從她那裏獲得了一種心靈的安慰。

詞的上闋集中寫陳湘，可分幾個層次。第一層為起首二句寫少女懷春，先以「鴛鴦翡翠」起興。鴛鴦、翡翠，均係不離不棄的偶禽，人見之而思佳侶，對於情竇初開的少女來說更是如此，因此下面接以「小小思珍偶」，揭示其內心湧動的嚮往與追求。第二層為「眉黛」二句，寫其容貌。寫容貌只取其眉眼：「眉黛斂秋波」，因為眼是心靈的窗戶，眉是情感的外化。以秋波喻眼，是一種傳統的寫法，如「秋波橫欲流」、「秋波常似笑」等，詩詞中屢見；寫青黑色的眉毛而著一「斂」字，乃是一種有所思的狀態。如果僅僅只是這樣描寫，就顯得很普通，妙就妙在作者就近取譬，以湖南明秀的山水作比，極自然貼切，又暗合古代以遠山眉為美的要求。還值得注意的是作者的用辭，他不用現成的「山青水秀」，而改用為「山明水秀」，「青」與「明」，同屬平聲字，不存在平仄要求的考慮。這種改變實係作者的用心之處，一則是避免用過熟的字，似帶有「陳言務去」之意；再則「明」比「青」含義更豐富，青，重在一種色彩感，明，除了已含春山青翠的色彩外，還帶有一種光亮感，這種光亮應該是陽光照射下產生的，以之形容少女之眉更加嫵媚。這兩句有點類似王觀〈卜算子〉詞「水是眼波橫，山是眉峰聚」的描寫，但黃詞顯得更為活脫。第三層為

「娉娉」五句，描繪其體態與神韻。「娉娉裊裊，恰近十三餘，春未透，花枝瘦」，即化用杜牧「娉娉裊裊十三餘，豆蔻梢頭二月初」詩意。所謂「春未透」也就是指的「二月初」，「花枝瘦」，是說她像在春風中搖曳於梢頭的含苞乍放的美麗花朵。宋邵雍詩有「好花開到半開時」之語，也就是指的這種狀態。一個十三四歲的少女，不獨體態苗條婀娜，而且顯得特別水靈鮮嫩，故令人賞心悅目，心旌搖盪。「正是愁時候」，與起首二句相映照，謂這個花季少女正處於春心蕩漾、充滿幻想、有所思慮的年紀。這樣描寫歌兒舞女的體態神韻，不著色相，便顯示出空靈輕倩、流麗婉轉的特色。詞的上闋對人物的描繪不追求形似，而重在神似，以動物、植物、山水為比為興，引人進入一種似可捉摸又不易捉摸的美妙想像，享受到一種似與不似之間的特殊美感。

下闋抒寫己情。「尋芳載酒」二句說自己也是杜牧式的風流人物。杜牧〈遣懷〉詩「落魄江湖載酒行，楚腰纖細掌中輕。」可以作為「尋芳載酒」的注腳。「尋芳」二字緊承上闋，意謂你的美麗、你的純潔、你的神采、你的魅力，正合乎我所追尋的理想紅粉佳人形象。這兩句顯得情緒高揚，特別是「肯落他人後」，帶有幾分豪氣。但「載酒」二字隱含「落魄江湖載酒行」的意味，雖然生性豪蕩如此，但我的境遇卻難遂人願，故至下面「只恐遠歸來」五句，情緒陡轉。待到我從貶所歸來時，恐怕你已另嫁他人，如梅之綠葉成陰子滿枝了，言語中充滿悵惘、惋惜。由此再歸結到對人生命運的感嘆：「心期得處，每自不由人。」心中期待得到的往往不能如願，而得到的卻並非自己所期待的，這些都不能由自己來主宰。人在太多的時候總是受命運的捉弄，受某種外在力量的擺布，正如蘇軾在〈臨江仙〉詞中所感嘆的：「長恨此身非我有」！這裡所透露的已不僅僅是詞人個人的感受，實在是那一特定歷史時期很多文人共有的哀嘆。他們都是封建專制和北宋黨爭的受害者、犧牲者。這些話語，千載之後，讀之猶令人感慨生哀。詞的末尾，又一層轉折，設想別後情景。既然人事多乖，再見難期，真是黯然銷魂，別情無極！詞人終歸要踏上茫茫前路，不得不在長亭與所喜愛的女子分手。想到未來等待自己的是謫居的淒涼、寂寞，沒有柔情的撫慰，感受不到女性的溫馨，心中怎不萬分留戀憐惜眼前之人？故去去千里，頻頻回望，千里之外還在回首。真是把那分依依別情寫得力透紙背。

清周濟《宋四家詞選目錄序論》評秦觀〈滿庭芳〉（山抹微雲）詞說：「將身世之感打併入豔情，又是一法。」用此評語評價黃庭堅的這首詞也頗恰切。因此，這不是通常所說的豔情詞，我們也不能當作一般的贈妓詞來讀，它有深層的政治背景，蘊含有一種教人心靈震顫的人生悲劇因素。詞人性格中有豪爽曠達的一面，但也有柔情旖旎的一面，從這首詞中我們看到的正是後者。

61 洞仙歌 夏夜

宋 蘇軾 子瞻

冰肌玉骨❶，自清涼無汗。水殿❷風來暗香滿。繡簾開、一點

明月窺人，人未寢、欹枕釵橫鬢亂。起來攜素手❸，庭戶無聲，

時見疏星渡河漢❹。試問夜如何？夜已三更，金波❺淡、玉繩低

轉❻。但屈指、西風幾時來，又只恐流年，暗中偷換。

【作　者】蘇軾，見本書第四十四首〈蝶戀花〉詞作者介紹。《白香詞譜》標示「東坡改孟蜀主作」，《考正白香詞譜》誤作後蜀主孟昶作。

【詞　律】〈洞仙歌〉，唐教坊曲名，用作詞調。又名〈洞仙歌令〉、〈羽仙歌〉、〈洞中仙〉、〈洞仙詞〉、〈洞仙歌慢〉。雙調，有令詞（八十三字至九十三字）、慢詞（一百十八字至一百二十六字）兩種。此處所選屬令詞，八十三字，各本句讀略有參差。上下闋均三仄韻。詞中有兩處拗律必須遵循，不可移易，如上、下闋之第三句後三字必為仄平仄（蘇詞為「暗香滿」、「渡河漢」）。詞的最後一句四言格律為仄平平仄，是為定則，且第一字以用去聲為佳，如蘇詞之「暗中偷換」、吳文英詞（花中慣識）「問誰優劣」、張炎詞（野鵑啼月）「醉還醒未」、汪元量詞（西園春暮）「梵王宮宇」，均是其例。其餘地方大體以平仄相間為原則，可依蘇詞平仄略作調整。此調句式全為單行，某些地方又便於運用虛字呼應、轉換，故頗具流動之美。《詞律》卷一二以吳文英詞（花中慣識）八十二字者為正體，另列八十三字、八十四字、八十五字、八十六字、八十七字、八十八字、一百十九字、一百二十三字、一百二十六字九種（後三種屬慢詞）為「又一體」。《詞譜》卷二〇以蘇軾詞（冰肌玉骨）為正體，另列三十九種為「又一體」。當以《詞譜》為是。

【注　釋】❶冰肌玉骨　謂肌體如冰之瑩潔、玉之溫潤。《莊子・逍遙遊》：「肌膚若冰雪，綽約若處子。」❷水殿　濱水或為水環繞之殿宇。❸素手　潔白的手。〈古詩十九首〉：「纖纖擢素手」。❹河漢　銀河。❺金波　指月光。❻玉繩低轉　指夜深。玉繩，兩星名，在北斗第五星（玉衡）的北面。玉繩星越低，夜越深。

【語譯】美麗的肌膚冰瑩玉潔，本自清涼無汗。清風吹拂，水殿幽香溢滿。繡簾開處，一點明月在窺看室內之人，人未入睡，斜靠枕上，寶釵橫斜，鬢髮散亂。

從臥榻起來讓人牽著素手，步入庭院，四圍寂靜無聲，不時仰見疏星飛渡河漢。問這夜晚已到什麼時刻？夜已三更，玉繩低降，月光漸淡。屈指掐算，西風何時來到？又擔心年光在暗中偷偷移換。

【研析】這首詞前面有一段序言，述作詞緣起：「余七歲時，見眉山老尼，姓朱，忘其名，年九十歲。自言：嘗隨其師入蜀主孟昶宮中。一日大熱，蜀主與花蕊夫人夜納涼摩訶池上（按：摩訶池係五代蜀王在今四川成都王宮中所建大池），作一詞。朱具能記之。今四十年，朱已死久矣，人無知此詞者，但記其首兩句。暇日尋味，豈〈洞仙歌令〉乎？乃為足之云。」由序言可知此詞作於四十七歲貶謫黃州期間，乃詠孟昶與花蕊夫人納涼摩訶池本事，兼帶抒發自己對生命意識的感悟。

詞的開頭兩句，乃前人現成語，寫女性之美，用「冰肌玉骨」很是雅致，給人冰清玉潔之感，如用花容月貌、百媚千嬌之類形容，就易落入俗套。「清涼無汗」，又與「冰玉」相關。正因其清麗，故使詞人四十年後猶銘記在心，並置於詞首。「冰肌玉骨」所體現的晶瑩剔透，似也成了這首詞的藝術靈魂。下面一句轉寫摩訶池中的殿宇，作者不寫其形、質，只寫其中浮動的「暗香」。寫暗香實際是寫池中的夏日荷花。令人想見紅裳翠蓋圍繞水殿，清風吹拂，幽香遠漾，那是何等美麗的景致！月色映照池荷，又呈現出一番怎樣的清雅！前人亦曾有類似的描寫，如南朝陳徐陵〈奉和簡文帝山齋〉詩：「荷開水殿香。」唐李白〈口號吳王美人半醉〉詩：「風動荷花水殿香。」他們都寫得很直接，似都不及蘇詞將荷花隱去更令人飛馳神想。以下「繡簾開」數句由月及人。先說月的寫法頗具特點，一是以「一點」加以形容，這是室內人從窗櫺外視，對天清高曠時圓月的感覺，是一種點與面對比產生的印象；二是運用擬人手法，月亦有情，似在無聲地「窺人」探祕。如此寫月，極為靈動，然後用頂真句法引出「人未寢」的情態。這裡的「人」與發端之「冰肌玉骨」相應。實則「暗香」、「明月」，皆人之所聞所見。夏之夜晚畢竟炎暑侵人，一時難以入睡，人亦未免懶散，「攲枕釵橫鬢亂」，正是欲眠未眠時的形象描繪。上闋重在寫水殿中之人及荷月夜景，殿中人其實不只一個，但詞作隱去了他人，只突出其中的女性，這樣更符合詞須旖旎近情的要求。

下闋空間轉至室外，可分三層：第一層「起來攜素手」三句，寫其庭院納涼，欣賞夜色。明月風荷，如此良辰美景，豈可辜負！他們起來攜手步入中庭，感受萬籟無聲的寂靜，領略流星劃過天空飛渡銀河的迷人景象。這一層重在以動寫靜，描繪出一種夜的靜美，「時見疏星渡河漢」，尤為神來之筆。第二層為「試問夜如何」三句，以問答形式寫夜轉深沉。因迷醉夜景之美，而不覺時間之流動，已然失卻了時間的概念，此時突然驚悟：是否夜已很深啊？故而有「夜如何」之問，答以「夜已三更」，依據什麼來判斷呢？是依據天象：「金波淡、玉繩低轉。」這個天象同時也是寫景，星回斗轉，是帶有動感的景物。寫到這裡，觀賞夜景的人應該可以回屋歇息了，蜀主孟昶與花蕊夫人的納涼摩訶池的故事也已結束了，但卻又從中引出一種新的思慮：「但屈指、西風幾時來，又只恐流年，暗中偷換。」此為下闋之第三層。因感夏之炎熱，盼有涼風吹來，然而待到西風來時，夏已過去，秋又來臨，一年的時光溜走大半，人生的光陰就這麼悄悄地流失，能不令人擔憂！作者把對人的生命意識的思考作為詞的結束，便深化、提高了這首詞的意義。

把一個聽來的故事演化成詞，自己進入角色，周汝昌先生認為：「這種創作的動機和方法，似乎已然隱約地透露出『代言體』劇曲的胚胎醞釀。」（《宋詞鑒賞辭典》）指出蘇軾這首詞在方法上頗具創意，這是很有見地的。依具體表現方法而言，還有值得補充處：其寫景具玲瓏剔透、時空蕩漾之美，唐張若虛有詩曰〈春江花月夜〉，蘇軾此詞真可用「夏池花月夜」來作為詞題；其行文具行雲流水之美，詞中使用頂真格與問答形式：「明月窺人，人未寢」、「夜如何?夜已三更。」運筆靈活，有如貫珠，在詞末的轉折處用了「但」、「又」兩個虛詞，使文氣轉折中意脈相連，具流走之勢。就詞的風格言，雖寫男女納涼之事，卻無俗豔之病，而具清超之美。

在宋代，即有詩話記載蘇軾乃據花蕊夫人詩而作〈洞仙歌〉。詩曰：「冰肌玉骨清無汗，水殿風來暗香滿。簾開明月獨窺人，敧枕釵橫雲鬢亂。起來瓊戶啟無聲，時見疏星渡河漢。屈指西風幾時來，只恐流年暗中換。」謂蘇詞檃括此詩，所言不確，實則係時人檃括蘇詞為〈玉樓春〉詞。由此亦可見蘇詞為世人所賞愛之情形。

62 瀟湘夜雨　燈花

宋　趙長卿　仙源

斜點銀釭❶（句），高擎蓮炬❷（句），夜深不耐微風（韻）。重重簾幕捲堂中（韻）。

香漸遠、長煙裊穟❸，光不定、寒影搖紅。偏奇處、當庭月暗，吐焰如虹。紅裳呈豔❹，麗娥❺一見，無奈狂蹤。試煩他纖手，捲上紗籠。開正好、銀花❻照夜，堆不盡、金粟❼凝空。丁寧語、頻將好事❽，來報主人公。

【作　者】趙長卿，自號仙源居士，趙宋宗室，居南豐（今屬江西）。生活於南宋前期，生卒年、事跡均不詳。有《惜香樂府》十卷。《四庫提要》評云：「長卿恬於仕進，觴詠自娛，隨意成吟，多得淡遠蕭疏之致。」

【詞　律】〈瀟湘夜雨〉，《詞譜》認為即〈滿庭芳〉，因宋晁補之詞有「真堪與，瀟瀟暮雨，圖上畫扁舟。」宋周紫芝易調名為〈瀟湘夜雨〉。實則二調字數、句式不盡相同。周紫芝之〈瀟湘夜雨〉實即〈滿庭芳〉，而趙長卿之〈瀟湘夜雨〉為另一調式，是為同名而異調。《白香詞譜》所錄趙詞為雙調，九十三字，押平聲韻。填此調所宜注意者，首二句兩四言，須用對仗，又上下闋之第六、七句，可用為上三下四的兩組七言對仗，如此詞之「香漸遠、長煙裊穟，光不定、寒影搖紅」、「開正好、銀花照夜，堆不盡、金粟凝空」即是。《詞律》卷一三以趙長卿詞為〈瀟湘夜雨〉正體，平仄全依趙詞字聲。《詞譜》卷二四於〈滿庭芳〉詞牌下列趙長卿〈瀟湘夜雨〉詞為「又一體」。

【注　釋】❶銀釭　銀飾的燈。❷蓮炬　荷花形的燭。❸裊毬　燭焰搖曳。❹紅裳句　《異聞錄》載，楊穆於昭應寺讀書，見一紅裳女子，自云十四代祖因顯揚佛教被封為西明公，自己被唐明皇封為西明夫人。後經檢驗，乃是經幡中的燈。❺麗蛾　指燈蛾。❻銀花　指燈。唐蘇味道〈正月十五日夜〉詩：「火樹銀花合，星橋鐵鎖開。」❼金粟　原用以形容桂花，如《格物叢話》：「桂樹花蕊如金粟」。此處用以形容燈花。唐韓愈〈詠燈花同侯十一〉詩：「黃裡排金粟」。❽丁寧二句　古以燈花爆裂為吉兆。韓愈〈詠燈花同侯十一〉詩：「更煩將喜事，來報主人公。」

【語　譯】斜掌銀燈點燃蠟燭，高高舉起蓮形蠟炬，夜深耐不住微風吹拂。將廳堂重重簾幕捲起，其香漸遠，焰穗高裊，輝光閃爍不定，紅影在微寒中輕颺。尤為奇特處，映照庭院的月色為之暗淡，燈燭放射之光焰如彩虹般燦爛。

紅色燭光豔麗，燈蛾瞧見，瘋狂猛撲，令人無奈。煩請美人纖手，罩上紗製燈籠。銀花開得正好，映照暗夜，如金粟的燈花高疊得無以復加，凝聚於天空。向人叮嚀道：不斷將佳訊，通報主人公。

【研　析】這是一首寫燈焰的詠物詞。詠物之作，往往需要鋪陳，從不同時空、不同角度，多方加以渲染，正如清賀裳《皺水軒詞筌》引姚鉉所言：「所謂賦水，不當僅言水，而言水之前後左右也。」又宋沈義父《樂府指迷》談詠物詞作法時，提到「須用一兩件事印證方可」。此詞頗能符合如上要求。詞中所詠燈非街市之燈，而係富貴人家之燈，故所寫範圍限於廳堂、庭院。詞一開始用一對句，寫點燈、掛燈，一片忙碌，「斜點」、「高擎」，動作如在目前；而燈乃「銀釭」、「蓮炬」，不僅質地高貴，造型亦復華美。如此高檔華貴之燈燭，燃燒起來，自然不同凡響，以下所寫種種皆與之有關。先寫「堂中」之燈焰，室內燈光必須和其他環境因素結合，才可能有動感的效果，故詞中寫到「夜深」（一本作「寒夜」）之「微風」。為觀賞燈光的動態美，為擴大燭焰的光照面，將廳堂重重簾幕捲起，果然微風與燭光相接，產生了奇異的效果。下面「香漸遠、長煙裊穟，光不定、寒影搖紅」兩句便從氣味、光影兩個方面來寫風中的燈焰，顯示出一種搖颺縹緲之美，並對前面之「蓮炬」從色彩和香味方面作了補充描寫。接著由廳堂轉向庭院，所謂「當庭月暗」，亦即秦觀〈望海潮〉詞中所寫「華燈礙月」的景象，而「吐焰如虹」的描寫則是揭示其原因。這兩句意在強調燈光的明亮，以月之暗淡從旁加以襯托。

上闋重在寫燈燭之香、色、光、影，下闋則運用數則典故，或從旁映襯光焰，或正面描寫效果。「紅裳呈艷」三句，先借用神異故事把燃燒的蓮炬想像成一個穿著紅裳的美麗女子，新鮮而又貼切，復以飛蛾撲火從旁突出其光焰之明亮。然後用「試煩他纖手，捲上紗籠」補寫其外在的裝飾。「紗籠」相罩，益增其美，而以「纖手」為之，復帶幾分旖旎。「開正好、銀花照夜，堆不盡、金粟凝空」，用一對句對其整體效果作概括性的描寫，真是「火樹銀花不夜天」！作者在襲用「銀花」一詞時，說「開正好」，將本非自然界實有之花，說成為園林中之花，亦可謂是善於活用之例。詞的結尾將燈焰與人事結合，翻出一層吉兆之意，給這首詞增添了幾分情趣。

這首詞寫燈花，可謂極盡鋪陳之能事，寫出了一片光明如畫、富麗堂皇的景象，無論是直接描摹，還是運用典故，都能做到情景畢現，令人如見如睹。但它只是一首單純的詠物詞，雖然末尾點綴些人事的喜氣，卻並沒有其他深意，因此內涵顯得單薄。前人論詠物，強調貴得風人比興之旨，清劉熙載《詞概》云：「昔人詠古詠物，隱然只是詠懷，蓋其中有我在也。」清沈祥龍《論詞隨筆》亦云：「詠物之作，在借物以詠性情，凡身世之感，君國之憂，隱然寓于其內，斯寄託遙深，非沾沾然詠一物矣。」以此衡量，此非詠物詞中上乘之作。

63

滿江紅 金陵懷古

元 **薩都剌** 天錫

六代❶豪華，春去也、更無消息。空悵望、山川形勝❷，已非疇昔❸。王謝堂前雙燕子，烏衣巷口曾相識❹。聽夜深、寂寞打孤城，春潮急❺。

思往事，愁如織。懷故國，空陳迹。但荒煙衰草，亂鴉斜日。玉樹歌殘秋露冷❻，胭脂井❼壞寒螿❽泣。到而今、只有蔣山❾青，秦淮❿碧。

【作者】薩都剌，字天錫，號直齋，回族（或說維吾爾族、或說蒙古族），其祖、父居雁門（今山西代縣一帶），遂為雁門人。生卒年不詳，約生活於至元九年（一二七二）到至正十五年（一三五五）間。泰定四年（一三二七）進士。授京口錄事司達魯花赤，至順三年（一三三二）任江南諸道行御史臺掾史，移居金陵（今江蘇南京）。元統二年（一三三四）調燕南河北道肅政廉訪司照磨，遷閩海福建道肅政廉訪司知事。後棄官歸隱，結廬於司空山（今安徽太湖）而終。博學能詩文，著有《雁門集》、《天錫詞》等。元虞集稱其詞「最長於情，流麗清婉。」清劉熙載則謂其「兼擅蘇（軾）、秦（觀）之勝」（《詞概》）。

【詞律】〈滿江紅〉，又名〈上江虹〉、〈念良游〉、〈傷春曲〉。有平仄韻兩體，《白香詞譜》所錄為仄韻體。雙調，九十三字，上闋八句四仄韻，下闋十句五仄韻，宜押入聲。此體為宋代詞人所通用。填此調所宜注意者：㈠上下闋兩個相連的七言句一般多用為對仗，如薩都剌詞之「玉樹歌殘秋露冷，胭脂井壞寒螿泣」、岳飛詞之「三十功名塵與土，八千里路雲和月」、戴復古詞之「幾度東風吹世換，千年往事隨潮去」等均是其例；㈡下闋開頭之四個三字句，一般用為對仗者，或兩句自對，如趙鼎詞：「天涯路，江上客。腸已斷，頭應白。」或隔句相對，如岳飛詞：「靖康恥，猶未雪。臣子恨，何時滅。」但此等處無硬性規定；㈢關於語句音節，其中七言有的為上三下四，八言為上三下五，下闋之第五句一般為上一下四節奏（如此詞之「但荒煙衰草」）；㈣此詞譜中上闋第五句、下闋第六句有一個帶拗峭的「仄平平仄」四言句（「已非疇昔」、「亂鴉斜日」），宜加遵循，柳永創調（暮雨初收）「葦風蕭索」、「鷺飛魚躍」即是如此，後之蘇軾、張元幹等均依此填詞。此調十九句中，句腳字除首句「華」字、上闋第八句「城」字、下闋第九句「青」字外，其餘都是仄聲，連七言對句都是仄收，音律拗折，聲情剛健，宜於表現激昂悲壯之情，故豪放詞人多喜用之，清代詞人陳維崧用此調填詞多達百餘首。《詞律》卷一三以呂渭老詞（晚浴新涼）八十九字者為正體，另列九十一字、九十三字、九十七字者數種為「又一體」。《詞譜》卷二二以柳永詞（暮雨初收）為正體，另列張元幹詞等十餘種為「又一體」。〈滿江紅〉平韻格為南宋姜夔所創制，字句與仄韻格相同。

【注　釋】❶六代　指在金陵（今江蘇南京）建都的三國吳、東晉、宋、齊、梁、陳。❷山川形勝　《六朝事迹》載：「諸葛亮論金陵地形云：『鍾阜龍蟠，石城虎踞，真帝王之宅。』」❸疇昔　往昔。❹王謝二句　劉禹錫〈烏衣巷〉詩：「朱雀橋邊野草花，烏衣巷口夕陽斜。舊時王謝堂前燕，飛入尋常百姓家。」王謝，指東晉王導、謝安等權貴豪族。烏衣巷，在今南京市東南秦淮河畔，為王、謝等貴族聚居之地。❺聽夜深二句　劉禹錫〈石頭城〉詩：「山圍故國周遭在，潮打空城寂寞回。淮水東邊舊時月，夜深還過女牆來。」❻玉樹句　陳後主曾作〈玉樹後庭花〉曲，辭甚哀怨，有「玉樹後庭花，花開不復久」等語。後人視為亡國之音。詳見本書第二十七首吳激〈人月圓〉詞注釋。❼胭脂井　即景陽井。隋軍攻克金陵時，陳後主及其嬪妃藏入井中，被隋軍擒拿。傳說該井欄有石脈，用帛揩拭，有胭脂痕，故名。❽寒螿　即寒蟬。似蟬而小，青赤。❾蔣山　即鍾山，位於今南京東北。因漢末蔣子文追賊至此傷額而死，東吳孫權為其立廟於鍾山，孫權父名鍾，因改名蔣山。❿秦淮　秦淮河，為長江支流，流經今南京市。相傳秦始皇鑿方山以疏通淮水，故名。秦淮河為古金陵繁華熱鬧之處。

【語　譯】六代豪華已隨春去，杳無蹤跡。唯有徒然悵望，山川形勝之地，不同於往昔。舊時王謝堂前雙燕，在烏衣巷口還似曾相識。更深夜靜，聽江流拍打寂寞孤城，春潮湍急。

回首往事，憂愁紛亂如織。懷想故國，已不見舊時蹤跡。眼前只有荒涼寒煙，衰敗枯草，亂飛烏鴉，西沉殘日。「玉樹」歌聲不再飄飛，惟覺秋露清冷，胭脂井已頹敗，惟聽寒蟬悲泣。到而今，只有蔣山依舊青青，秦淮依舊波碧。

【研　析】薩都剌曾居金陵，作有金陵懷古之詩詞若干首，〈滿江紅〉為其中之一。

金陵懷古，自唐以來，詩詞佳作不少，或就人世滄桑，抒發歷史興亡之感，或撫今追昔，寓鑒古戒今之意。薩都剌此詞屬於前者，以山河依舊與歷史變遷對比，發興亡之嘆，在寫法上自有特點。詞的上闋從暮春景物著筆。六朝的每一代都曾興盛繁華過，但繁華如過眼煙雲，都只是短暫的一瞬，相繼灰飛煙滅，正如大好春光已然消逝。「六代豪華，春去也」，即是以春之消歇喻示一段歷史的遠去。金陵擁有山川形勝，歷來被認為是帝王之都，有王者之氣，劉禹錫〈西塞山懷古〉詩寫晉伐東吳，即有「王濬樓船下益州，金陵王氣黯然收」之語。如今瞻望這形勝之地，已變疇昔之繁華都會為冷清孤城，怎不令人悵惘！以下「王謝堂前」四句分別從不同角度寫金陵春景，融入今昔滄桑之感。前兩句化用劉禹錫〈烏衣巷〉詩意，以雙飛燕子作為見證，牠們從當年的王謝堂前飛入尋常百姓之家，見證了歷史的變遷、人事的代謝，而今我在烏衣巷口見燕之雙飛，猶有似曾相識之感。如此寫來，則詞人似亦成了歷史嬗變的見證人。前面兩句從白天、從視覺、從都市著眼，下面兩句則從夜晚、從聽覺、從江潮著筆，化用的是劉禹錫的〈石頭城〉詩意。在這裡詞人主要擇用其詩中「夜深」、「潮打空城寂寞回」的意境，夜深人靜之時，聞聽江潮拍擊孤城，更顯出城之寂寞、清冷，何況此江潮乃是水深流急的「春潮」，其衝擊力更讓人心靈震撼，又，用此二字與起首之「春去」相應照。潮水依舊，而豪華已逝，不勝昔盛今衰之感。

下闋由暮春而轉寫寒秋。「思往事，愁如織。懷故國，空陳迹」四句點明「懷古」之意，傷弔之感，語句短促，情緒激盪，在全詞中起著承上啟下的作用。以下寫秋日所見景象，以「荒煙」、「衰草」、「亂鴉」、「斜日」幾種意象，構成一種衰敗的環境、淒黯的氛圍，在傷今中暗含嘆昔。荒煙、衰草等係實寫眼前景物，至「玉樹歌殘秋露冷，胭脂井壞寒螿泣」兩句則將眼前景物與歷史事件相結合，寫歷史事件只擇取六朝中與陳後主有關的兩件事作為代表。前一句寫其歌舞昇平時，欣賞宮女們唱著自己創作的〈玉樹後庭花〉，這歌聲早已飄逝無蹤，而今所見惟有淒冷的秋露；後一句寫其敗亡時，他藏身而又被擒獲的胭脂井，這井曾以特有的胭脂色而著名，如今已破敗不堪，所聞唯有寒蟬如泣如訴的悲鳴。這其中含有兩重對比：一是昔時盛與衰的對比，一是今與昔的對比。今時的衰象在耳在目，昔時勝跡已成虛無，這樣便把「思往事，愁如織。懷故國，空陳迹」的感慨更加具象化了。這兩句對仗極為工穩，寫法亦能注意變化。景物與事件組合的方式雖然相同，但視覺、聽覺的前後安排卻又有異：前句是聽覺和視覺、觸覺的結合，後句是視覺和聽覺、觸覺的結合。此等處亦可見出作者創作之用心。詞寫至此，已將「六代豪華，春去也」的弔古情懷發抒得淋漓盡致。故至結拍，來一陡轉：儘管興亡更迭、人事代謝，在歷史舞臺上不斷輪番演出，但都被時光沖洗得無影無蹤，不變的惟有不老青山，長流綠水。在變與不變的對比中，透露了詞人山河依舊，人事無常的哀感，包蘊著一種令人沉思的歷史意識與宇宙意識。

這首詞在寫法上一改慣常的前景後情的格局，且不固定於某一季節，上下闋一寫暮春，一寫涼秋，將景、事、情緊密結合，站在一定時空的高度去回眸歷史，故視野顯得極為開闊。同時較多地運用典故，以古語、古事表今情，靈活而又貼切，顯得自然而然，特別是有些地方的暗用，更不著痕跡，如「荒煙衰草」下接「玉樹歌殘」，即暗用劉禹錫〈臺城〉詩「萬戶千門成野草，只緣一曲〈後庭花〉」語意；「秦淮碧」用劉禹錫〈江令宅〉「南朝詞臣北朝客，歸來惟見秦淮碧」詩中現成語。此等處，用典而不覺其用典，所以為佳。宋人填詞，常熔鑄唐人詩句，周邦彥詞尤為特出，為宋末沈義父所稱賞：「(周)下字運意，皆有法度，往往自唐宋諸賢詩句中來，而不用經史中生硬字面」（《樂府指迷》）。薩都剌當亦受此種風氣影響。

用仄韻〈滿江紅〉詞調填詞最為著名者為南宋岳飛（怒髮衝冠）一首（亦有人疑此詞非岳飛所作）。前人曾為薩都剌〈滿江紅〉詞配曲，抗日戰爭時期，楊蔭瀏、劉雪庵又在此古曲基礎上加以整理，配上岳飛之詞，以其激越的聲情，鼓舞了抗日將士和民眾的抗敵意志與決心。此外，明代文徵明以《春秋》誅心之筆，揭示南宋岳飛被殺害的真正原因的作品亦流播人口，茲錄於下：

拂拭殘碑（宋高宗手書「精忠岳飛」四字賜岳飛），敕飛字、依稀堪讀。慨當初、倚飛何重，後來何酷！豈是功成身合死，可憐事去言難贖。最無辜、堪恨又堪悲，風波獄。　豈不念，封疆蹙！豈不念，徽欽辱！念徽欽既返，此身何屬？千載休談南渡錯，當時自怕中原復。笑區區、一檜竟何能，逢其欲。

64 玉漏遲

詠懷

金　元好問　裕之

浙江❶歸路杳（韻），西南卻羨（句），投林高鳥（韻）。升斗微官（句），世累苦相縈繞（韻）。不似麒麟殿❷裡（句），又不與（豆）、巢由❸同調❹（韻）。時自笑（韻），虛名負我（句），半生吟嘯❺（韻）。擾擾❻馬足車塵（句），被歲月無情（句），暗消年少（韻）。鐘鼎❼

山林⑧，一事幾時曾了。四壁秋蟲夜雨，更一點、殘燈斜照。清鏡曉，白髮又添多少。

【作　者】元好問，字裕之，號遺山，太原秀容（今山西忻縣）人，唐詩人元結後裔。金章宗昌明元年（一一九〇）生。興定五年（一二二一）進士。正大元年（一二二四）中博學鴻詞科，授儒林郎，充國史院編修，歷鎮平、南陽、內鄉縣令。八年（一二三一）秋，除尚書省掾、左司都事，轉員外郎。天興三年（一二三四）金亡，不仕，以著述存史自任。元憲宗七年（一二五七）卒，年六十八。曾輯存《中州集》十卷附《中州樂府》，有金一代詩詞多賴以存。著有《遺山文集》四十卷，《遺山樂府》五卷。詞作推崇蘇、辛，其自作近人況周頤評曰：「亦渾雅，亦博大，有骨幹，有氣象」（《蕙風詞話》）。宋末張炎則謂其「深於用事，精於煉句，有風流蘊藉處，不減周（邦彥）、秦（觀）。」（《詞源》）在金詞史上被譽為「金人之冠」（陳廷焯《詞壇叢話》）。

【詞　律】〈玉漏遲〉，唐白居易詩有「天涼玉漏遲」句，或為調名所本。雙調，九十四字，上闋五仄韻（一般首句不押韻。此詞首句押韻，為六仄韻），下闋五仄韻，句式以四、六言為主。格律在和諧中時帶拗峭，上闋第四句後四字須用仄平平仄，如元好問詞「苦相縈繞」、吳文英詞「畫船煙浦」；詞之末句亦同，如元詞之「又添多少」、吳詞之「杏花微雨」。上下闋兩個三字入韻句為平仄仄，如元詞之「時自笑」、「清鏡曉」，此為定格。又，下闋第二句「被歲月無情」的「被」字，為兩個四言句的領字，亦不可忽略。如要增添流利美與整飭美的結合，兩個四言句相連處，亦可用為對仗，如上闋第二、三句吳文英詞為同聲對：「晴絲罥日，綠陰吹霧」，下闋的第二、三句蔣捷詞為「(正) 浪拍紅猊，袖飛金餅」。《詞律》卷一四以元好問詞為正體。《詞譜》卷二三以韓嘉彥（誤題為宋祁）詞（杏香飄禁苑）九十四字者為正體，復列九十字、九十三字、九十六字等數種為「又一體」。

【注釋】❶淅江　水名，為丹江支流，在河南西南部，流經內鄉，經淅川縣入丹江。作者在內鄉淅水邊有別業（營第宅園林於他處曰別業）。❷麒麟殿　漢長安未央宮有麒麟閣，漢宣帝時畫功臣霍光等十一人圖像於閣中。❸巢由　巢父與許由。相傳為堯時隱士，堯欲讓位於二人，皆不受。❹同調　意氣志趣相投。❺吟嘯　吟哦長嘯。此指吟詠詩詞。❻擾擾　擾亂貌。❼鐘鼎　古時將臣子功績刻於鐘鼎上。又，富貴之家鐘鳴鼎食。此處指仕宦。鼎，古器，三足兩耳。❽山林　指隱居。

【語譯】歸返淅江別業的路途遙遠，正心羨西南方高飛入林的禽鳥。做著享有升斗俸祿的小官，塵世之累將身心苦苦縈繞。既不能為國建功列圖像於麒麟閣，又不能將隱居的巢由引為同調。我有負於半生吟嘯所浪得的虛名，對此時常自笑。

年光無情，在紛亂的馬足、車塵中，暗暗消磨掉青春歲月。追求仕進，退隱山林，這種內心矛盾何時方能了結？如今面對空空四壁，唯有秋蟲唧唧、夜雨瀟瀟，更有一點殘燈斜照。到東方發白，攬鏡自照，白髮又新添多少？

【研析】此詞題為：「壬辰圍城中，有懷淅江別業」。壬辰係金哀宗開興元年（一二三二），是年蒙兵圍攻金國都城汴京（今河南開封），其時元好問四十三歲，在朝任尚書省掾，被圍困於城中。

詞人深知金國大勢已去，在詞中感嘆目前處境，更回顧了一生在出、處之間內心的矛盾與掙扎。這首詞多直抒胸臆，一開始即寫自己被圍困中對故居的懷想。人在戰亂中、在獨處時，最易引起對家園寧靜、溫馨生活的憶念，可是想回歸而又路杳。這「路杳」已不僅是一般意義上的空間距離，而是由於蒙軍進犯造成了遙不可及的空間阻隔，因此對西南方向淅江的飛鳥，也不禁生出羨慕之情。在此同時，作者還寫過一首七律〈懷秋林別業〉詩：「茅屋蕭蕭淅水濱，豈知身屬洛陽塵。……西南遙望腸堪斷，自古虛名只誤人。」二者可以對讀。「升斗微官」以下數句，轉寫身陷圍城內心的痛苦與反思。作者本是一個有理想、有抱負、希望成為歷史風雲人物的有志之士，但他生不逢時，遭遇金國末世，無法一展宏圖，只做過縣令之類的小官，為升斗之祿而奔走風塵，以致成為人生的負累，這使他感到很痛苦，故有「世累苦相縈繞」的感嘆。作者長年在仕與隱、進與退之間徘徊，一方面希望為國建功立業，另一方面又嚮往隱居的恬適，內心充滿矛盾，「不似麒麟殿裡，又不與、巢由同調」，是對事功理想沒有實現、退居田園願望又成空虛的一種自嘲。下面接以「時自笑」，是一種自嘲的笑，更是一種苦澀的笑。不僅笑自己思想與行為的矛盾，還笑「虛名負我，半生吟嘯」，以吟嘯得此虛名又有何用，懊悔自己「枉拋心力作詞人」。這兩句用的是倒裝句法，應為：我負半生吟嘯獲取的虛名。這種用法，詞中常見，一則有平仄、韻腳安排的需要，再則可顯示語句的靈活多變。

下闋的開頭「擾擾馬足車塵，被歲月無情，暗消年少」，呼應前面「升斗微官」二句。詞人自少才華橫溢，《金史本傳》載，「七歲能詩」，年十四「淹貫經史百家」，二十左右，「下太行，渡大河，為〈箕山〉、〈琴臺〉等詩，禮部趙秉文見之，以為近代無此作也，於是名震京師。」可見其年少即已嶄露頭角。自己的金色年華、青春歲月，就這樣在末世紛紛擾擾的車馬風塵中消磨掉了，能不令人痛心疾首！「鐘鼎山林，一事幾時曾了」呼應上段「不似麒麟殿裡」二句，明白點出沒完沒了的仕、隱之間的矛盾，困擾著自己一生。他的出仕，實有太多的勉強。他有一首〈出山〉詩明確表達了這種心情：「塵埃長路仍回首，升斗微官亦強顏。」一邊勉強出去做官，一邊頻頻回望自己的家園。二者可互相參讀。這種矛盾心態，帶有深刻的悲劇性質，乃是由其所處特定時代造成的。「四壁秋蟲」以下由對一生的回顧轉入對現實處境的描寫。先寫秋夜，「四壁」可以是指其居處，也可以是指代圍城，總之面臨的是一種困境，耳中所聞惟「秋蟲夜雨」，同助淒涼。「更一點、殘燈斜照」，再推進一層，室內所見惟殘燈一點，秋風凜冽，燈影斜飄。這裡寫的是具體的環境氛圍，難道不也正是形勢風雨飄搖、金國面臨末日的象徵嗎？詞寫至此，方點出以上所思乃發生在圍城之秋夜，所用為倒敘之法，古詞論中稱之為「逆挽」。後面寫到拂曉照鏡，乃承接整夜的苦思。己憂、國恨交集，能不令人老嗎？故有「白髮又添多少」之問。不直言愁極，而提一問，自己不作答，而讓讀者去想像，顯得渾含，富於韻味。詞至末尾，方出現詞人星星點鬢的形象，正如李清照〈醉花陰〉詞末出現「簾捲西風，人比黃花瘦」的形象一樣，是抽象情感的具象化，有助於我們對詞人痛苦心情的瞭解。

此詞之寫法，時間是從夜至曉，而其包蘊的信息量卻很大，可以說它是詞人對前半生痛苦人生經驗的總結，代表了那一時代有才華卻無所作為的士人的普遍心態，折射出時代的衰微、一代王朝的沒落。

65

水調歌頭

中秋

宋 蘇軾 子瞻

明月幾時有？把酒問青天。不知天上宮闕❶，今夕是何年？我欲乘風歸去，又恐瓊樓玉宇❷，高處不勝寒。起舞弄清影，何似在人間！

轉朱閣，低綺戶，照無眠。不應有恨，何事長向別時圓？人有悲歡離合，月有陰晴圓缺，此事古難全。但願人長久，千里共嬋娟❸。

【作者】蘇軾，見本書第四十四首〈蝶戀花〉詞作者介紹。

【詞律】〈水調歌頭〉，又名〈元會歌〉、〈凱歌〉、〈臺城游〉、〈水調歌〉。隋煬帝將幸江都，製〈水調〉，唐大曲亦有〈水調〉。《詞譜》謂〈水調歌頭〉乃宋人裁截〈水調〉大曲之歌頭（首段），另倚新聲。雙調，九十五字，上下闋均四平韻。填此調須注意者：㈠上闋之第三、四句，蘇詞為上六下五（「不知天上宮闕，今夕是何年」），亦可作上四下七（如毛滂詞「千年清浸，先淨河洛出圖書」）；下闋第四、五句上四下七（「不應有恨，何事長向別時圓」）亦可作上六下五（如周紫芝詞

「莫愁艇子何處，煙樹杳無邊」)。㈡首句後三字一般用拗律仄平仄，如蘇詞「明月幾時有」，賀鑄詞之「南國本瀟灑」，張孝祥詞「雪洗虜塵淨」等均是，但第三字的仄聲有時可以通融；上闋第三句六言、下闋第五句七言均有一平仄平仄的拗律，如此詞之「天上宮闕」、「何事長向」即是，當予遵循。㈢蘇詞之「我欲乘風歸去，又恐瓊樓玉宇」押兩仄韻、「人有悲歡離合，月有陰晴圓缺」作入聲韻對仗，均非定格，可靈活運用。亦有起首二句用對仗者，如王之道詞「斜陽明薄暮，暗雨霽涼秋」、周紫芝詞「歲晚念行役，江闊渺風煙」，亦非定格。此詞調用仄聲作句腳處很多，並有數處用拗律，因而音顯拗怒，但押的是平聲韻，音韻又帶和諧，二者互相調節，拗峭中繞和婉，故近人龍榆生《詞曲概論》稱該調聲情「有清壯之美，顯出剛柔相濟的妙用。」清曠、豪放詞人尤喜用之。《詞律》卷一四以蘇軾詞為正體。《詞譜》卷二三以蘇軾詞、周紫芝詞（歲晚念行役）及毛滂詞（九金增宋重）為正體，另列減字、增字數種為「又一體」。

【注　釋】❶宮闕　皇宮兩旁的高樓。此指月宮。❷瓊樓玉宇　指月中宮殿。《拾遺記》載：「翟乾祐於江岸玩月，或問：『此中何有？』翟笑曰：『可隨我觀之。』俄見月規半天，瓊樓玉宇爛然。」❸千里句　南朝宋謝莊〈月賦〉：「美人邁兮音塵闕，隔千里兮共明月。」嬋娟，姿態美好貌，此處指月。唐孟郊〈嬋娟篇〉詩有「月嬋娟，真可憐」之語。

【語　譯】手持杯酒向青天發問：明月起始於何時？不知天上月宮，而今是何年？我想乘風飛歸天上，又擔心去到月中的瓊樓玉宇，禁受不了侵人的高寒。我在月光下起舞嬉弄自己的清影，那月宮哪裡比得上人間！

月光轉過紅色樓閣，漸漸西沉到雕花窗戶，照射著無法入睡的人。月亮不應有何愁恨，為什麼總是在人分離時顯得特別團圞？人有悲歡離合，月有陰晴圓缺，要求人間只有「歡」「合」，沒有「悲」「離」，月亮只有「晴」「圓」，沒有「陰」「缺」，這是自古以來難以周全的事。只願彼此皆健康長壽，千里之內能共賞娟娟明月！

【研析】這首詞前面有小序介紹了詞作背景：「丙辰中秋，歡飲達旦，大醉，作此篇，兼懷子由（蘇轍之字）。」丙辰係宋神宗熙寧九年（一〇七六），其時作者知密州（今山東諸城）。蘇軾原本在京師作官，由於與王安石政見不合，請求外放。作地方官雖係自請，但畢竟心懷悒鬱，對人事擾擾、官場紛爭，有厭倦之感。而此時與同胞手足蘇轍分離已七年之久，思親之情，時繞心頭。中秋之夜，對月抒懷，一方面在探尋宇宙奧祕中融進了人生出、處的矛盾心態，另一方面，又對現實生活中的離別在憾恨中作曠達之想。

詞的上闋一開始即發奇思妙想，破空而來：「明月幾時有？把酒問青天。」這種質疑的精神當係承繼屈原〈天問〉而來，但具體來說卻與李白的〈把酒問月〉詩：「青天有月來幾時？我欲停杯一問之。」有直接的傳承關係。二者均用倒裝句法將所提問題置之於前，但李詩較為舒緩，而蘇詞則顯峭拔。以下繼續發問，「天上宮闕」，承上「明月」，「今夕是何年」承上「幾時有」。上下關聯緊密，可謂細針密線。唐人韋瓘（假託牛僧孺之名）的小說〈周秦紀行〉有詩句：「共道人間惆悵事，不知今夕是何年。」蘇詞移後面一句說天上事，渾然無痕。天體有如此多的神奇奧祕，人們無法一一得知，但有關月宮的神話傳說，卻引人生出許多美麗的遐想，故詞人接寫「我欲乘風歸去」的意願。「歸去」二字，謂自己或即傳說中下凡之文曲星，本係名列仙班，上天只是歸位罷了。但旋即陡然轉折：「又恐瓊樓玉宇，高處不勝寒。」這裡所說「不勝寒」並非如今日之科學測定，知月球氣溫為零下一百五十多度，而是由秋夜之清涼推知空明之月的高寒，更是由於傳說故事給詞人帶來的想像。鄭處誨《明皇雜錄》載，某方士帶唐玄宗遊月宮，玄宗感到異常寒冷，難以禁受。又《天寶遺事》載，明皇遊月宮，見牓曰「廣寒清虛之府」。世又稱月為「廣寒宮」。這些都給詞人增添了寒涼的印象。以下「起舞弄清影，何似在人間」二句，再轉一層：與其去到那縹緲的高寒之境，不如在月下起舞，與清影相戲，人間之樂未必遜於天上。這兩句無疑受到李白「舉杯邀明月，對影成三人」、「我歌月徘徊，我舞影零亂」（〈月下獨酌〉）的影響，清虛之境、曠逸之懷，極為相似。從「我欲乘風歸去」至此，有兩度轉折，這裡寫的似是對欲飛騰天上和執著於人間二者的權衡，卻隱然流露出作者出世與入世的內心矛盾，一方面是官場的紛擾爭鬥使人厭倦，故生遠離塵世之想，另一方面作為有理想的士人，又豈能置現實於不顧！回歸現實必然是內心矛盾的終極結果。這種矛盾心態非必作者在詞中有意表露，但有此潛在意識，又會不經意地自然流出。近人況周頤《蕙風詞話》談詞的創作時指出：「詞貴有寄託。所貴者流露於不自知，觸發於弗克（不能）自已。身世之感，通於性靈。即性靈，即寄託，非二物相比附也。」蘇軾中秋詞，當屬此種境界。

上闋融神話傳說與奇妙想像於一處，故前人謂其為「天仙化人之筆」（先著、程洪《詞潔》），下闋寫對月懷人則著眼人間憾事，運筆頓挫，故覺峰迴路轉。作者既「歡飲達旦」，則月亦隨時而轉移，「轉朱閣，低綺戶，照無眠」，即是對月所作的動態描繪。「無眠」之人，既是作者自己，也包括其他人在內。其所以無眠，是因月圓人未圓之故。以下直接向月發問：你不應有恨，為何卻偏偏在人各天涯之時顯得特別圓呢？視無情月為有知物，問得無理，卻自有情。以下推開一層說：「人有悲歡離合，月有陰晴圓缺，此事古難全。」由眼前之事推及古今常理，由個別上升到一般，於是便超越具體人事而蘊含有深刻的哲理。這就是詞中的理趣，融哲理於藝術形象之中，是形象化的哲理。從情感的表達言，由人生之憾恨轉而為曠達：世事既難十全十美，唯有堅強地面對才是。詞的結尾再折進一層：「但願人長久，千里共嬋娟。」由人事有缺憾的理念中生發出一種願望：人能長久健康地活著，千里之內共賞娟娟明月，也是一種幸運。由憾恨，到寬解，到希望，層層轉折，一轉一妙，愈轉愈深。宇宙無窮，人生有限，而有限的人生中還有著許多的憾事，詞人筆下並未有悲切之態，卻充滿著一種透視天、人的達觀精神，這正是常人所未能達致的獨特之處。而深厚的同胞手足之情亦在此漸趨高揚的曲調中流溢而出。它所體現的又絕不限於兄弟情意，而帶有一種普遍的意義，故「但願人長久，千里共嬋娟」，成了家喻戶曉的千古名句。

這首詞格調高遠，清超曠逸，筆力夭矯，姿態橫生，頓挫變化，波瀾莫測，故歷來倍受稱賞。南宋胡仔《苕溪漁隱叢話》曰：「中秋詞自東坡〈水調歌頭〉一出，餘詞盡廢。」張炎《詞源》認為「此詞清空中有意趣，無筆力者未易到。」近人王國維《人間詞話》讚其「佇興之作，格高千古，不能以常調論也。」這些讚譽，蘇詞均當之無愧。

這首〈水調歌頭〉曾是當時的流行歌曲之一。宋蔡絛《鐵圍山叢談》曾記載歌者袁綯在金山山頂之妙高臺歌唱此詞，令人有神仙之感。今人也有為該詞譜曲的。

66 滿庭芳

春遊

宋 秦觀 少游

曉色雲開，春隨人意，驟雨纔過還晴。古臺芳榭❶，飛燕蹴❷紅英。舞困榆錢❸自落，鞦韆外、綠水橋平。東風裡，朱門映柳，低按❹小秦箏❺。

多情，行樂處，珠鈿翠蓋❻，玉轡紅纓❼。漸酒空金榼❽，花困蓬瀛❾。豆蔻梢頭❿舊恨，十年夢⓫、屈指堪驚。憑闌久，疏煙澹日，寂寞下蕪城⓬。

【作　者】秦觀，見本書第五首〈如夢令〉詞作者介紹。

【詞　律】〈滿庭芳〉，又名〈江南好〉、〈滿庭花〉、〈滿庭霜〉、〈鎖陽臺〉、〈滿庭芳慢〉等。有平仄韻兩體，《白香詞譜》所錄為平韻體。九十五字，上下闋各押四平韻。填此調宜注意者：㈠兩四言句相連處，一般多用為對仗，如晏幾道詞之發端「南苑吹花，西樓題葉」，下闋之第二三句「開殘檻菊，落盡溪桐」，秦詞下闋之「珠鈿翠蓋，玉轡紅纓」、「(漸)酒空金榼，花困蓬瀛」均是。㈡下闋首句第二字，可以用韻（如秦詞），亦可不用韻，連下面三字為五言句，如晏幾道詞「年光還少味」。㈢下闋第四、五句，句式可作五、四言，如秦詞，亦可作三、六言，如晏幾道詞「漫留得，尊前淡月西風」。㈣上下闋倒數第二句的前三字格律為平平仄（東風裡、憑闌久），第一字允許以入聲代平聲。全調句式平仄相間，句腳字亦平仄相間，音律和諧，傷懷、怨別，寫景、懷古，均其所宜。《詞律》卷一三以黃公度詞（一徑叉分）九十三字平韻格為正體，另列九十五字兩種（下闋首句第二字押韻與不押韻）為「又一體」。《詞譜》卷二四以晏幾道詞（南苑吹花）九十五字平韻格為正體，另列九十三字、九十六字平韻格數種及九十六字仄韻格一種為「又一體」。

【注　釋】❶榭　建於高臺上之房屋，以供遊觀之用。❷蹴　踢。❸榆錢　指榆莢，色白而小，狀似錢而成串，俗稱「榆錢」。❹按　彈奏。❺秦箏　一種彈絃樂器，多為十六絃。相傳為秦人蒙恬改制，故名。❻珠鈿翠蓋　珠鈿，珠寶；車上飾物。翠蓋，以翠羽裝飾的車篷。❼玉轡紅纓　玉轡，以玉為飾的韁繩。紅纓，馬身上由紅絲線編成的狀似流蘇的飾物。❽金榼　華美的酒杯。榼，盛酒器皿。❾蓬瀛　蓬萊與瀛洲，傳說中的海上仙山。此借指遊覽之地。❿豆蔻梢頭　用唐杜牧〈贈別〉詩意：「娉娉裊裊十三餘，豆蔻梢頭二月初。」喻美麗少女。⓫十年夢　用杜牧〈遣懷〉詩意：「十年一覺揚州夢，贏得青樓薄倖名。」⓬蕪城　指揚州。經北魏南侵及南朝宋竟陵王劉誕之亂後，城邑荒蕪，鮑照曾作〈蕪城賦〉憑弔，後世因稱揚州為蕪城。

【語　譯】天色破曉，雲開日出，春光明麗，合乎人意，急雨才過，旋即轉晴。古臺芳榭，有春燕穿梭飛舞，踢落枝上紅英。榆錢隨風搖盪，倦而自落，鞦韆外，綠水升漲，與橋齊平。東風吹拂，翠柳相映朱門，其中有人輕輕地彈奏小秦箏。

我這多情人的遊樂處所，有乘著裝飾華美珠鈿、翠羽車輛的婦女，有手持玉轡騎著紅纓寶馬的男子。玩賞多時，杯中美酒漸空，蓬瀛花朵鮮豔漸失。和美麗少女的離別舊恨湧上心頭，十載風流綺夢，屈指算來令人心驚。憑欄久立，惟見西斜淡日、薄暮煙靄，獨自寂寞地步下蕪城。

【研　析】此係春日遊賞抒懷之作，從詞的有關內容看，當作於遊歷揚州之時。詞的上闋寫春日雨過天晴後的美景，生意盎然。詞人從拂曉寫起，「曉色雲開，春隨人意，驟雨纔過還晴」三句寫出了雨過、雲開、天晴的天氣變化過程，寓示著經雨水洗刷後陽光照射下景致的清明，為下面活躍的景物描寫作鋪墊。「春隨人意」置於此處，一是為了與第一句四言相對，另外也是為了突出人的愉悅心情，但它的作用不限於此處，而帶有統領上闋情緒之意。以下分三個層次寫遊覽之地。第一層：「古臺芳榭，飛燕蹴紅英。」謂此地非泛泛之處，這裡有保存歷史遺跡的高臺，高臺上的建築物，繁花似錦，飛燕起舞，時有花墜，用一「蹴」字，尤為傳神，古雅之中帶有活潑之趣。第二層：「舞困榆錢自落，鞦韆外、綠水橋平。」視線由近而遠。「榆錢」一句，係近景，富有動態，「舞困」二字暗伏下面之「東風」，因榆錢係春末之景，又暗示出遊覽時節。「鞦韆」係中景，暗示出此地有人家，預伏下面之「朱門」。「綠水」一句遠景，與前面「驟雨才過」相呼應，一場春雨過後，溪水上漲，以致與橋齊平。放眼望去，種種景物，清新可喜，令人心曠神怡。章法上前呼後應，用針細密。第三層：「東風裡，朱門映柳，低按小秦箏。」由景物過渡到人事，從視覺轉入聽覺，由低按秦箏的音樂飛聲，暗示出揚州本為繁華歌舞之地，文人風流浪漫之鄉，從而引出下闋之「舊恨」。

上闋寫景，景中含情，意興不淺。下闋轉入抒情，情緒漸趨淒黯。「多情」數句進一步寫春遊之盛。多情，係自指。此遊樂之地，香車寶馬，道路絡繹，貴婦王孫，沉浸於一片歡悅之中。「漸酒空金榼」二句，寫到正午之時，遊樂由高潮而漸轉為困倦，華貴的酒杯空了，鮮豔的花朵被曬得打不起精神了。而對於詞人來說，樂極而生出一份深深的哀愁。這輕歌曼舞之地，溫柔浪漫之鄉，引起了他對昔時一段旖旎生活的懷想，那真箇是「夜月一簾幽夢，春風十里柔情」！可是這段情戀卻中斷了，那難堪的別離，使他感到無限的悵恨，自己辜負了那豆蔻年華的少女，像杜牧一樣「十年一覺揚州夢，贏得青樓薄倖名」，不覺心驚而深感愧疚。作者用「豆蔻梢頭舊恨，十年夢、屈指堪驚」表達這種情感，既切合本人昔時經歷，又切合今之遊歷地揚州。藉古語表今情，可謂言簡而意賅。詞的結尾，時間由正午推移至薄暮時刻。詞人不再飲酒賞花，而是「憑闌」眺望，沉吟良久，直至夕陽西下，淡靄浮空，才懷著孤寂的心情走下蕪城。《草堂詩餘雋》謂此數句「就遠處描出春情，城郭隱然如無。」

這首詞的上闋重在橫寫，時間相對集中在「曉色雲開」之後，人的眼睛有如攝像頭，從不同的角度、不同的距離，攝入動態的、靜態的種種景物，只有最後一句「低按小秦箏」才訴諸聽覺。下闋重在豎寫，帶有時空流轉的特色：由上午的「行樂處」至午間的「酒空」、「花困」，再到薄暮時的「疏煙淡日」，而其情感亦隨時空流轉而變化。以整首詞而言，係按時間次序寫來，屬於線性結構，故脈絡分明；其中的「春隨人意」、「多情」，是理解全詞情感的關鍵詞語，我們從中既能感受到當時士大夫流連光景的閒情逸致，又能體察到他們生活中的某種失落情懷。秦觀是詞的語言運用高手，這首詞的上闋寫景不用典故，可說都是在日常語言基礎上加工的文學語言。下闋為了渲染遊樂之盛，則用了「珠鈿翠蓋」及「玉」、「紅」、「金」等顯示華貴的字眼；為了用簡省的語言表達某種情感，而化用了前人的詩句。詞中兩處用「困」字：「舞困榆錢自落」、「花困蓬瀛」，以擬人手法寫無知覺之客觀景物，亦頗覺新鮮。俞陛雲《宋詞選釋》評此詞「流利輕圓，是其制勝處。」

秦觀的另一首〈滿庭芳〉（山抹微雲），亦頗有名，當時盛傳汴京，妓多能歌之，其婿范溫甚至在一次宴會上自稱「『山抹微雲』女婿」。

以〈滿庭芳〉調填詞，蘇軾有六首。其詞感慨世事，了悟人生，大開大闔，頗具睥睨傲岸之氣，行文流動而不受某些成規約束，可謂別具一格。稍後的周邦彥（夏日溧水無想山作）「風老鶯雛」一闋則以「意境沉雄，音調圓轉」（俞平伯）著稱，沉著雅煉處，更勝過上面所錄秦詞。今抄錄於後，以供對照閱讀：

風老鶯雛，雨肥梅子，午陰嘉樹清圓。地卑山近，衣潤費爐煙。人靜烏鳶自樂，小橋外、新綠濺濺。憑欄久，黃蘆苦竹，擬泛九江船。　年年，如社燕，飄流瀚海，來寄修椽。切莫思身外，長近尊前。憔悴江南倦客，不堪聽、急管繁弦。歌筵畔，先安簟枕，容我醉時眠。

67 鳳凰臺上憶吹簫　別情

宋　李清照　易安

香冷金猊❶（句），被翻紅浪（句），起來慵自梳頭（韻）。任寶奩❷塵滿（句），日上簾鉤。生怕❸離懷別苦，多少事、欲說還休。新來瘦，非干病酒，不是悲秋。

休休！這回去也，千萬遍〈陽關〉❹，也則難留。念武陵人❺遠，煙鎖秦樓❻。惟有樓前流水，應念我、終日凝眸。凝眸處，從今又添，一段新愁。

【作　者】李清照，見本書第三十五首〈醉花陰〉詞作者介紹。

【詞　律】〈鳳凰臺上憶吹簫〉，又名〈憶吹簫〉、〈憶吹簫慢〉。《列仙傳拾遺》載：「蕭史善吹簫，作鸞鳳之響。秦穆公有女弄玉，善吹簫，公以妻之（以女嫁其為妻），遂教弄玉作鳳鳴。居十數年，鳳凰來止（居）。公為作鳳臺，夫婦止其上。數年，弄玉乘鳳、蕭史乘龍去。」調名本此。此調始見於北宋晁補之《晁氏琴趣外篇》。宋人所填，字數不一，有九十五、九十六、九十七字數種，此譜所選為九十五字體。填此調宜注意者，一是上闋兩四言相連處，一般用為對仗，如李詞之「香冷金猊，被翻紅浪」、「非干病酒，不是悲秋」；二是下闋開頭第二字可押韻（如李詞之「休休」），亦可不押韻（如張翥詞「追思舊時勝賞」）；三是上下闋各有一處用領字，不得忽略，如李詞中「任寶奩塵滿，日上簾鉤」之「任」字，「念武陵人遠，煙鎖秦樓」之「念」字。《詞律》卷一四以李清照詞為正體，以九十六字、九十七字者為「又一體」。《詞譜》卷二五以晁補之詞（千里相思）

九十七字者為正體，另列九十七字之變體與九十六、九十五字者為「又一體」。

【注　釋】❶金猊　黃銅製作的獅子形熏爐。❷寶奩　精美珍貴的妝匣。❸生怕　最怕；只怕。❹陽關　指〈陽關曲〉，為送別時唱的曲子。係由唐王維〈渭城曲〉「渭城朝雨浥輕塵，客舍青青柳色新。勸君更盡一杯酒，西出陽關無故人」翻入之樂曲。❺武陵人　武陵，湖南常德。武陵人，本於晉陶淵明〈桃花源記〉：「晉太元中，武陵人，捕魚為業，緣溪行，忘路之遠近，忽逢桃花林」，指離家遠行之人。又《幽冥錄》載，劉晨、阮肇入天台山採藥，迷路遇兩女子，遂留半年，後懷土求歸。前人詩有「晨肇重來路已迷，碧桃花謝武陵溪」之句，稱二人涉足武陵。詩詞中常將此二典合用，以武陵人指代遠行之愛人。❻秦樓　即鳳臺。見上【詞律】調名解釋。此處將秦穆公女弄玉所居鳳臺稱秦樓，喻自己所居之閨房。

【語　譯】熏香在金猊爐中冷卻，紅錦繡被如波浪般橫斜，起來懶於梳頭。一任華貴妝奩布滿灰塵，紅日漸漸上升照到簾鉤。最怕離別引起的痛苦，有多少情事，想說又沒出口。近來人瘦，與飲酒成病無關，也不是因為悲秋。

罷了！罷了！這回遠別，即使歌唱千萬遍〈陽關曲〉，也將難以挽留。想到心愛的人遠去，輕煙薄霧閉鎖閨房，該是何等孤寂煩憂！只有樓前流水，應知我終日凝眸遠眺的心事。凝眸遠眺時，從此又添一段新愁。

【研　析】此詞寫臨別心情，風神搖曳，是李清照最著名的代表作之一。詞的上闋隱而不露，首先從日常生活寫起，多方加以鋪寫：熏爐香盡懶得再添香料，紅被凌亂如波也懶於折疊，起來頭髮也懶得打理，寶奩塵滿也不願擦拭，一任太陽升得老高，總是無精打彩。通過一系列事情突出一個「慵」字，種種「慵」態，恰是情緒暗淡的外在表現。以下「生怕」二句，極盡吞吐之妙，才說「離懷別苦」，點明內心隱痛，本欲向人吐露衷腸，卻又縮了回去，多少事想說又不忍說。明楊慎在《草堂詩餘》中評「欲說還休」句，謂與「怕傷郎，又還休道」同意。其所以欲說還休是因為怕增加對方的傷感和精神負累。如此細心體貼，表現出對所愛之人的無限深情。「新來瘦，非干病酒，不是悲秋」三句，則用排除法。「瘦」的緣故，既非此，亦非彼，當別有原因，那就是離恨，然終不願直說，不願說破，這就是「留」，留給讀者去揣想。

上闋總是隱忍不發，下闋則情感閘門頓開，具一瀉千里之勢。「休休！」這是隱忍之後的情感爆發，因為「這回去也，千萬遍〈陽關〉，也則難留」。主觀上雖有千萬個不願意，客觀上卻不得不分離。歌唱「千萬遍陽關」可見用情之深；「也則難留」，說明分別之勢無可逆轉。是主客之間的尖銳矛盾，造成了精神上無法解脫的痛苦。「念武陵人遠」句以下設想別後情景。「武陵人遠」，乃係從對方設想，用劉晨、阮肇故實，寄託千分牽繫，萬縷柔情；「煙鎖秦樓」，從自己處境著筆，用弄玉、蕭史故事，謂自己獨守秦樓，離恨無極。「煙鎖」二字，一方面表處境孤淒，另一方面表示一種空間阻隔，自己無法遙望對方，對方也難以瞭望自己。「唯有樓前流水」兩句，從情感內蘊來說，暗含有魏徐幹〈室思〉詩「思君如流水，何有窮已時」之意，從表情方法言，賦予無情物「流水」以有知，惟流水能感知自己「終日凝眸」之意，正如前人所評，此乃情到深至處之「癡語」。而「凝眸」前面冠以「終日」，尤見心神之專一。詞寫至此，似可作結束，然而下面又再深進一層，用頂真句法接續：「凝眸處，從今又添，一段新愁。」以與上闋之「新來瘦」相呼應。這「新愁」正是「新來瘦」的原因。

自唐五代以來，寫女性離愁別恨的愛情詞、閨怨詞，多為男性代言，至北宋雖有女性染翰操觚，作品亦有可取者，但為數寥寥。李清照與趙明誠之間的深摯愛情與風雅生活歷來被傳為文壇佳話，更可貴的是李氏的愛情詞純屬自抒情懷，其情感的真摯、熱烈，表情的婉曲、細膩，可謂無有出其右者。這首〈鳳凰臺上憶吹簫〉即具此諸般特點。它主要通過日常生活的描述和內心活動的抒寫來表達情感，詞中也有「日上簾鉤」、「煙鎖秦樓」、「樓前流水」等景物出現，但都屬虛寫，從抒情中帶出，即用所謂「即事敘景」法，雖著筆不多，但在詞中具不可忽視的作用：點明事情發生的時間、地點、環境。景、事、情交相融匯，使詞作帶有鮮明的可視性，慵懶之態、瘦弱之身、欲說還休的遲疑、「休休」的搖頭嘆息、守候妝樓的凝望，均令人如見如睹，一個為離愁別恨所苦的閨中多情女子形象，便在我們心中變得鮮活起來。這就是李清照詞的藝術魅力。還須特別提到的是這首詞的語言運用，它以經過加工的日常口語為主，明淺曉暢，故清鄒祇謨以為「有元曲意」《倚聲前集》，其中又點綴著「香冷金猊，被翻紅浪」、「武陵人遠，煙鎖秦樓」這樣的典雅精工之句，雅言與俗語結合，可謂別具一格。

清乾隆年間編訂之《九宮大成譜》收錄有該詞曲譜，清道光年間謝元淮等所編《碎金詞譜》予以轉載，今仍有人傳唱。

68 燭影搖紅 惜春

宋 周邦彥 美成

香臉輕勻，句 黛眉❶巧畫宮妝淺。韻 風流❷天付與精神，句 全在嬌波

轉。早是縈心可慣❸。更那堪、頻頻顧盼。幾回得見，見了還休，
爭如不見❹。燭影搖紅，夜闌飲散春宵短。當時誰解唱〈陽
關〉❺，離恨天涯遠。無奈雲收雨散❻。凭闌干、東風淚眼。海棠
開後，燕子來時，黃昏庭院。

【作者】周邦彥，字美成，自號清真居士，錢塘（今浙江杭州）人。嘉祐元年（一〇五六）生。始以布衣入京師，遊太學，因獻〈汴都賦〉擢為太學正。元祐、紹聖年間，出為廬州教授，後調溧水令，任國子主簿，授祕書省正字。徽宗政和二年（一一一二）出知隆德府（今山西長治），六年進徽猷閣待制，提舉大晟府（今亦有學者考證未曾擔任此職）。宣和三年（一一二一）卒，年六十六。有《清真集》。周邦彥妙解音律，能自度曲，所作渾厚和雅，典麗縝密，所表現者多為「常人之境」，故傳唱極廣，宋陳郁《藏一話腴外編》云：「二百年來，以樂府獨步。貴人學士、市儇妓女知美成詞為可愛。」清陳廷焯《白雨齋詞話》指出，周詞「前收蘇（軾）、秦（觀）之終，復開姜（夔）、史（達祖）之始。」歷來被認為是「詞家正宗」，是詞史上集大成的作家。《白香詞譜》標〈燭影搖紅〉作者為王詵，今據宋吳曾《能改齋漫錄》記載，改定作者為周邦彥。

【詞律】〈燭影搖紅〉，又名〈憶故人〉、〈歸去曲〉、〈玉珥墮金環〉、〈秋色橫空〉等。吳曾《能改齋漫錄》載，王詵有〈憶故人〉詞，「徽宗喜其詞意，猶以不豐容宛轉為恨，遂令大晟府別撰腔。

周美成增損其詞，而以首句（按：指王詞〈憶故人〉首句）為名，謂之〈燭影搖紅〉。」則此調為周邦彥所創，係將五十字之小令〈憶故人〉字句略加改動，重疊而成九十六字，押仄聲韻，上下闋之字句、格律均同。所當注意者，上下闋的末尾三句均為四言，可用為對仗，如吳文英詞（天柱飛香）上闋之「水淺蓬萊，秋明河漢」，此詞下闋之「海棠開後，燕子來時」，均是，有的甚至三句全用為對仗者，如張掄詞（雙闕中天）的結尾：「滿懷幽恨，數點寒燈，幾聲歸雁。」但此等處並無硬性規定，在乎作者自己靈活運用。又，第二句第一字之仄聲以用去聲為宜，如此詞之「黛眉」、「夜闌」。《詞律》卷六以王詵〈憶故人〉（下注「即〈燭影搖紅〉」）詞〈燭影搖紅〉為正體，另列四十八字、九十六字者為「又一體」。《詞譜》卷七以毛滂詞（老景蕭條）四十八字者為正體（實則為周邦彥詞之前段體式），列王詵詞五十字者、周邦彥詞九十六字者（即《白香詞譜》所錄，其圖譜所標平仄較寬，可以參考）為「又一體」。

【注　釋】❶黛眉　用黛（青黑色的畫眉顏料）畫的眉。❷風流　風韻美好動人。❸慣　縱容之意。❹幾回三句　司馬光〈西江月〉詞：「相見爭如不見，有情何似無情。」爭，怎。❺陽關　指離歌〈陽關曲〉（將王維〈渭城曲〉譜樂為歌）。❻雲收雨散　用宋玉〈高唐賦〉中所敘楚王幸巫山神女故事，指男女歡會之事。

【語　譯】香臉輕勻脂粉，黛眉描畫得恰到好處，一副淡淡宮廷妝扮。天生風韻美好、神采豐盈，全在那嬌媚波光一轉。早就任她縈繞心頭，更哪裡禁受得起她向我頻頻顧盼。幾回相見，相見又分離，還不如不見。

蠟炬搖曳紅色光影，飲至夜深席散，只覺春宵苦短。當時誰懂得歌唱〈陽關〉蘊含的離情，如今憾恨，相隔如天涯般遙遠。往昔歡愛成空，教人無可奈何！依倚闌干，東風吹拂淚眼。此刻恰是海棠開後，燕子來時，黃昏暮色正籠罩庭院。

【研　析】按《能改齋漫錄》所記載之創作過程，這首〈燭影搖紅〉帶有應制色彩，不免有為文造情之嫌。其實王詵的原作還是很不錯的：「燭影搖紅，向夜闌、乍酒醒，心情懶。尊前誰為唱〈陽關〉，離恨天涯遠。　無奈雲沉雨散。凭闌干，東風淚眼。海棠開後，燕子來時，黃昏庭院。」寫一女子在燭搖紅影之際，半夜酒醒，回想日間發生之事，不禁心情黯然。白天在酒宴上聽唱〈陽關曲〉，沒想到這一別竟然遠隔天涯，帶來無窮離恨！幽會歡情難再，令人深感無奈。她獨倚闌干，淚眼難晴，一任東風吹拂，直到黃昏來臨。中間穿插「海棠開後，燕子來時」的描寫，既是對季節的補敘，也是渲染別時的良辰美景。海棠紅豔，春燕雙飛，對此良辰美景，本當有賞心樂事，而所面對的卻是天隔地遠的分離，此正如王夫之所言：「以樂景寫哀，以哀景寫樂，一倍增其哀樂。」《薑齋詩話》實是以樂景反襯愁情。這本是一首情深意濃的小令，而宋徽宗嫌其欠「豐容宛轉」，令大晟府「別撰腔」。如從音樂的角度言，或有一定道理。如從情致言，周詞只是在上闋增加了對這位女性面部化妝及眉眼的描寫，使人物外在的形象有所凸現。下面「更那堪、頻頻顧盼」，是為了顯示出她對於男性所具有的魅力。歇拍處靈活運用司馬光「相見爭如不見，有情何似無情」的詞句，展示出才見又別時的內心活動。可說是以男性的眼光來審視這位女性，聲口絕似柳永，故此《菊坡叢話》誤作柳永詞。下闋則基本上是沿用王詵的原詞，主要是從女性角度寫其心理狀態，談不上有何新的創意。詞，本是一種表現心緒的文學，王詵〈憶故人〉詞寫的就是一種別離後的心緒，耐人尋味，周邦彥的增補，從某種意義上來說，實是一種敗筆。即如一杯原本很濃香的醇酒，勾兌了較多的白水，分量雖然有所增加，但卻把酒沖得淡而寡味了。

當然，我們這樣說純粹是從文學的角度著眼。從音樂的角度言，我們還得肯定周邦彥這首詞的貢獻。雖然現在已無法知曉〈燭影搖紅〉的曲調，但由令曲增衍為慢曲，創製了一種新樂，南宋詞人依此曲調填詞者不少，如廖世美、張鎡、劉克莊、高觀國、吳文英等均有所作。又，我們從宋徽宗令周邦彥增損原作的作法，可以看到當時一些人對音樂美的重視超過了對文學美的重視，這當是那時的一種風氣，因為詞須付之歌管，故更重音樂的美聽。

清道光年間謝元淮等編撰之《碎金詞譜》收有此詞曲譜。

69 暗香

詠紅豆

清 朱彝尊 竹垞

凝珠吹黍[韻]，似早梅乍萼[句]，新桐初乳❶[韻]。莫是珊瑚[句]，零亂敲殘石家樹❷[韻]。記得南中舊事❸[句]，金齒屐❹[豆]、小鬟蠻語❺[韻]。看兩岸[豆]、樹底盈盈❻[句]，素手摘新雨[韻]。

延佇[韻]，碧雲暮[韻]。休逗入茜裙❼[句]，欲尋無處[韻]。唱歌歸去[韻]，先向綠窗❽飼鸚鵡[韻]。惆悵檀郎❾終遠[句]，待寄與[豆]、相思猶阻。燭影下、開玉奩，背人偷數。

【作者】朱彝尊，見本書第三十一首〈柳梢青〉詞作者介紹。

【詞律】〈暗香〉，又名〈紅香〉、〈紅情〉、〈晚香〉。南宋姜夔自度曲，見《白石道人歌曲》。詞詠梅花，以林逋〈山園小梅〉詩有「暗香浮動月黃昏」句，取為調名。雙調，九十七字，上闋五仄韻，下闋七仄韻，宋人例用入聲，朱彝尊詞為上去聲通押。上闋第二句、下闋第三句第一字為領字，因所領為兩個四言句，有時可用為對仗，如吳文英詞「(正)雁水夜清，臥虹平貼」、陳允平詞「(悵)雁渚渡閑，鷺汀沙積」、朱彝尊詞「(似)早梅乍萼，新桐初乳」。又，詞中七言句式大多為上三下四，上闋第五句「零亂敲殘石家樹」，下闋第六句「先向綠窗飼鸚鵡」後三字仄平仄為拗律，宜遵循。《詞律》卷一五以吳文英詞（縣花誰葺）為正體。《詞譜》卷二五以姜夔詞（舊時月色）為正體，以張炎詞（無邊香色）為「又一體」。姜詞既為創調，當以《詞譜》為是。

【注釋】❶新桐初乳　桐樹所結子形如垂乳，稱桐乳。❷莫是二句　《世說新語・汰侈》載，西晉武帝之舅王愷與富豪石崇鬥富，不勝。武帝出珊瑚樹，高三尺，助愷。崇將其擊碎，帝欲其賠償。崇以高六七尺者賠之。珊瑚有色紅者，此以珊瑚比紅豆。❸南中舊事　指作者三十歲前遊歷嶺南所見聞。❹金齒屐　木屐之美稱。木屐底部有齒，或以金屬加固，以便在泥濘中行走。李白〈浣紗石上女〉詩：「一雙金齒屐，兩足白如霜。」❺小鬟蠻語　指嶺南少女所講方言。昔有「南蠻」之說，故稱蠻語。❻盈盈　美好貌。〈古詩十九首〉：「盈盈樓上女，皎皎當窗牖。」❼茜裙　用茜草染成的紅裙。❽綠窗　指閨閣之窗。唐張祜〈楊花〉詩：「驚煞綠窗紅粉人。」五代蜀韋莊〈菩薩蠻〉詞：「勸我早歸家，綠窗人似花。」❾檀郎　晉潘岳，美姿容，小字檀奴，後以檀郎稱情郎。

【語　譯】紅豆如凝結的晶瑩露珠，風吹開的圓圓黍粒，似早梅剛生的花萼，桐樹新結的乳狀桐子。莫不是被鬥富的石崇敲碎的零亂紅色珊瑚？還記得南國的往事：看那兩岸樹底下，都是穿著金齒屐的少女說著南國方言，用她們美麗的白嫩纖手，採摘新雨後的紅豆。長久等待，直至碧雲暮合。別將紅豆放入茜裙，否則尋找不著。唱著歌兒回家，先到綠窗飼弄鸚鵡，向牠訴說。惆悵心愛之人終究相隔遙遠，待寄他相思紅豆，又無由送達。夜間在燭影下，打開玉盒，背著他人偷偷細數。

【賞　析】這是一首詠物詞，所詠為紅豆。紅豆，產於嶺南，色殷紅，有的上面點綴著黑色，可作為飾物。傳說古代有一女子，因丈夫死於外地，哭於樹下而死，化為紅豆，於是人們將其稱為相思子。人們常用它來寄託友朋間的相思，或表達男女間的情愛。詩中詠紅豆以唐王維〈相思〉詩最為有名：「紅豆生南國，春來發幾枝？願君多採擷，此物最相思。」而以詞詠紅豆，朱詞似為首見。詞的前五句以五種景物比擬紅豆：凝珠，重在狀其晶瑩剔透；吹黍、桐乳，重在狀其圓潤；梅萼，重在形容其品質、色彩；珊瑚，明其色澤，言其珍貴。從外在特點到內在品格，多方鋪陳，可謂極其能事。「記得南中舊事」數語，通過回憶描繪嶺南少女採擷紅豆情景，「記得」二字為領字，一直貫到「素手摘新雨」。「金齒屐」一句，又是由下面的「看」字領起，係用倒裝句法。其所以置於「看」字之前，帶有突出人物之意。這些南粵的年輕女孩子其所以著「金齒屐」，是因為採摘紅豆是在「新雨」之後，地溼泥濘，而木屐以「金齒」修飾，是為了襯托出她們的美麗。一大群梳著小鬟的少女，齊聚在兩岸雨後綠葉熒熒的樹下，用她們纖嫩潔白的兩手，上下翻舞，擷取鮮麗的紅豆，這是一幅多麼生動的色彩斑斕的圖畫！故多年以後，作者對此「南中舊事」仍覺歷歷在目，其鮮活的描繪，亦使讀者有親臨其境之感。

下闋通過一系列動作，一系列連續的鏡頭轉換，寫「小鬟」的相思之情。第一個鏡頭是河岸樹下的翹盼，她們久久地等待，直到暮雲四合。「碧雲暮」係用南朝梁江淹〈休上人別怨〉「日暮碧雲合，佳人殊未來」詩意，即等至日暮猶不見所思前來，不免感到深深的失望。第二個鏡頭是她們把相思子放在一個合適的地方，以便於尋找。作者不做正面描寫，只是從否定的方面說：「休逗入茜裙，欲尋無處。」且在這裡把她們的穿著作了補充描寫，顯示出少女們不僅鬟美、屐美、手美，就是衣著也是鮮豔奪目的。第三個鏡頭是「唱歌歸去」。她們內心雖然不免失望，但還是裝得很愉快，在回家的路上唱起了歌。前面這三個鏡頭帶有群體性，以下所寫則具有個體性。第四個鏡頭是「先向綠窗飼鸚鵡」，回到自己的閨房，相思無可訴說，故先飼弄鸚鵡，向鸚鵡傾訴。「惆悵檀郎」兩句，直抒相思之情，欲以紅豆作為信物寄予親愛之人，可是道路遙遙，何由到達？這或許即是她向鸚鵡傾訴的思緒。第五個鏡頭是「燭影下、開玉盒，背人偷數」。她回來以後將紅豆置放於玉盒之內，這個動作在詞中被省略了，但我們從開玉盒的動作中可以得知。數著紅豆，是為預卜所歡之歸期。這件事情需要在夜晚的燭影下，背著人偷偷地進行，可見其所帶有的私密性。鏡頭雖是對準個體，個體卻代表著群體。這樣就把少女情竇初開的羞澀心理充分地表現出來了。處處寫人，又處處關合紅豆。

這首詞詠紅豆，寫出了紅豆的形質，描繪了少女採摘的場面，並側重表現了它所寄蘊的相思之意，雖然算不上詠物詞中的上品，但卻為我們描繪了一幅美麗的南國風情畫，特別是細膩地刻畫了少女們的相思情態，使我們從中獲得了一種難得的美的享受。

〈暗香〉為姜夔自度曲，與〈疏影〉同為詠梅名篇。後人用此調或詠物或寫友朋離別之情。茲將原詞附錄於下：

舊時月色，算幾番照我，梅邊吹笛？喚起玉人，不管清寒與攀摘。何遜而今漸老，都忘卻、春風詞筆。但怪得、竹外疏花，香冷入瑤席。　江國，正寂寂。嘆寄與路遙，夜雪初積。翠尊易泣，紅萼無言耿相憶。長記曾攜手處，千樹壓、西湖寒碧。又片片、吹盡也，幾時見得？

其曲調今存姜夔《白石道人歌曲集》，係流傳至今的宋代曲譜之一。

70 聲聲慢　秋情

宋　李清照　易安

尋尋覓覓（韻），冷冷清清（句），淒淒慘慘戚戚（韻）。乍暖還寒時候（句），最難將息❶（韻）。三杯兩盞淡酒（句），怎敵他（豆）、晚來風急（韻）。雁過也（句），正傷心（豆）、卻是舊時相識（韻）。

滿地黃花堆積（韻）。憔悴損（豆）、而今有誰堪摘（韻）。守著窗兒，獨自怎生❷得黑。梧桐更兼細雨，到黃昏、點點（作平）滴滴。這次第❸，怎一個愁字了得。

（第一行平仄係據《詞譜》）

【作　者】李清照，見本書第三十五首〈醉花陰〉詞作者介紹。

【詞　律】〈聲聲慢〉，又名〈勝勝慢〉、〈人在樓上〉、〈寒松嘆〉、〈鳳求凰〉等。此調有平韻格、仄韻格兩體，其字數、句讀、平仄，多有不同處。平韻格見宋晁補之《晁氏琴趣外編》，仄韻格見宋趙長卿《惜香樂府》。《白香詞譜》所錄李清照詞屬仄韻格，九十七字，上下闋均五仄韻。上列圖譜實即《詞譜》所列宋高觀國（胡天不夜）九十七字仄韻格一體。由於李詞多處用入聲代平聲（如：上闋之「覓」、「戚」、「敵」，下闋之「獨」、「得」、「滴」、「一」等），歷來非填詞家所習用，因此《詞譜》作為「又一體」單列，平仄悉依李清照原詞字聲。為方便讀者對照，茲將原詞格律列於《白香詞譜》圖譜之右。《詞律》卷一〇以石孝友詞（花前月下）九十六字之平韻格為正體，另列九十七字、九十九字平韻格、九十七字仄韻格為「又一體」。《詞譜》卷二七以晁補之詞（朱門深掩）九十九字者為平韻格正體，列高觀國詞（胡天不夜）九十七字者為仄韻格正體，另列減字、添字者若干首為「又一體」。

【注　釋】❶將息　保養；調理護養。唐宋方言，唐王建〈留別張廣文〉：「千萬求方好將息，杏花寒食約同行。」宋謝逸〈柳梢青〉：「尊前忍聽，一聲將息。」❷怎生　怎麼；如何。馮延巳〈鵲踏枝〉詞：「新結同心香未落，怎生負得當初約。」❸這次第　這種種情形；這種種光景。

【語　譯】向四周尋尋覓覓，惟覺冷冷清清，心頭淒淒慘慘戚戚。突然暖和又還寒冷之際，最難養息。喝上三杯兩盞薄酒，怎抵擋得住傍晚時分的風急？正傷心之時，又值北雁南來，卻原來是舊時相識。

滿地菊花枝頭堆積，容顏摧損憔悴，而今有誰會去摘它裝飾鬢髮？守著窗兒，獨自一個怎麼挨到天黑？更兼細雨飛灑梧桐，到黃昏，點點滴滴之聲，聲聲入耳。這種種光景，哪裡是一個「愁」字可以包容得了的！

【研　析】李清照的生活與創作，可以一一二七年靖康之難為界，分為前後兩個時期。她的前期雖然處於北宋王朝的腐朽階段，但她的個人生活相對來說比較安定，婚姻也很美滿幸福。但隨著宋室南渡，遭遇了國破、夫死、家亡、金石書畫慘遭劫掠等一系列的不幸，獨自流落於臨安、金華一帶，孤苦無依，淒涼度日，經常以淚洗面，「物是人非事事休，欲語淚先流。」（〈武陵春〉）〈聲聲慢〉即是其南渡後的作品，詞中寫秋日由白天至黃昏的內心孤苦、悲淒的感受。一開始作者一連用了十四個疊字：「尋尋覓覓，冷冷清清，淒淒慘慘戚戚。」此十四疊字備受人稱賞，或以為能「創意出奇」（宋羅大經《鶴林玉露》），或以為有「大珠小珠落玉盤」之妙（清徐釚《詞苑叢談》）。具體而言，一是層層推進。詞人心頭積澱太多的失落感，可是這失落又似在彷彿之間，故想將所失落者找回來，因而有「尋尋覓覓」的行為，此為第一層；尋覓的結果是「冷冷清清」，這冷冷清清清既是對外在環境的描寫，也是內心的感受，是為第二層。「淒淒慘慘戚戚」，是由冷清之感深進到摧肝折肺的慘痛、難以遏止的悲戚，是第三層。傅庚生評云：「似此步步寫來，自疑而信，由淺入深，何等層次，幾多細膩！」（《中國文學欣賞舉隅》）二是聲音的運用帶有情感色彩，十四個字中除了覓覓、冷冷四字外，其中十個字均為齒音，造成一種飲泣低訴的聲音效果，更增強了它的藝術感染力。「乍暖還寒時候，最難將息。」轉寫身體對氣候變化的難以適應，但這只是表層意，用的是曲筆，實則仍是寫愁。人因愁而瘦弱，「秋冷先知是瘦人」，對氣候的冷暖最為敏感。以下時間由白天推移至傍晚時分，晚風迅急，寒氣逼人，詞人飲上「三杯兩盞淡酒」，一則藉以驅寒，同時也是為了澆愁，說「怎敵他、晚來風急」，其含義與「乍暖還寒」二句相同，其深層原因乃心情、身體欠佳之故。寫法是即事敘景，將敘事、寫景、抒情三者結合。歇拍「雁過」兩句，用倒裝句法，雁過乃「正傷心」發生之事。「傷心」二字明點以上敘寫中所含情感。當此冷清傷心之際，天空突然傳來聲聲雁叫，打破了眼前的死寂。作者的故鄉在北方的濟南，今見北雁南來，自然引起無限傷感，那原本是舊時的相識啊！又，古有鴻雁傳書之說，詞人早年〈一剪梅〉詞有「雲中誰寄錦書來，雁字回時，月滿西樓」之語，雁曾為自己和親愛的人之間傳遞書信，這是「舊時相識」的另一層內涵，在故國之思外復隱含有一種未亡人錐心的傷痛。傷心、傷感、傷痛，真可謂是「砌成此恨無重數」！

如果說上闋歇拍的「雁過」是詞人仰視所見的話，則下闋的開頭寫「滿地黃花」則為俯視所見。這裡寫菊花的憔悴，寫人們不再採摘它作為裝飾，中間實暗含比興。詞人早期詞〈醉花陰〉有「簾捲西風，人比黃花瘦」的比喻，那時的黃花雖然纖弱，但還是鮮活美麗的，而眼前「憔悴損」的黃花與昔時富有生命力的黃花恰成對比，正含有對現時形容的自喻之意。「守著窗兒」一句承上啟下，承上明其仰視、俯視所在方位，啟下所寫發生一系列情景的位置。「獨自怎生得黑」，寫出一種時間似在凝固的感受。人在高興時，常覺時間過得太快，人在悲苦時，常覺時間難挨，顯得特別漫長，這正是一種度日如年的感受。「梧桐更兼細雨」兩句，承「晚來風急」，時間轉移到黃昏，天氣又起了變化，隨急風而來的是霏霏秋雨，這秋雨聚集在枯萎的梧葉上，由上而下地滴落，在愁人聽來，這點點滴滴如同敲擊在自己淒苦的心坎上。這種情境與溫庭筠〈更漏子〉：「梧桐樹，三更雨，不道離情正苦。一葉葉，一聲聲，空階滴到明。」極為相似。只是一個聽著愁臥到天明，一個是發愁點滴到何時才能天黑。既包含著對時間的感受，又是一種環境氛圍的烘托。詞的結拍「這次第，怎一個愁字了得」是被種種紛亂複雜的情緒，擠壓得令人透不過氣來的一次總爆發，這種種內心的苦痛已遠遠超越了女詞人的心理承受能力，要通過總爆發來減輕一下精神的重壓。以此結束全詞，將一腔愁苦悲戚之情推上顛峰。詞人在詞中所抒發的愁情既是她個人的，又不僅僅是她個人的，它帶有普遍的性質，更具有時代的特色，是個人的悲劇，更是時代的悲劇。

這首詞其所以具有特別感動人的力量，除了情感的真摯、細膩外，還因為作者善於運用時空流轉的藝術表現方法，在時間的流動中，景物不斷變化，人的位置、動作亦隨時空而變，讀來給人以強烈的視覺印象，感到它有似一齣獨幕劇，讓我們看到了一位孤苦無依、處境淒涼、飽含痛楚卻又無可訴說的女主人公形象。全詞將敘事、寫景、抒情熔為一爐，次第寫來，自然而然，有一片神行之妙。語言運用和她的其他詞作一樣，善用白描，以淺俗之語，寫沉鬱之情。其運用疊字之妙，更是前無古人，後人雖有模仿，亦無人能出其右者。

71

雙雙燕　本意

宋　史達祖　邦卿

過春社❶了，度簾幕中間，去年塵冷。差池❷欲住，試入舊巢相並。還相❸雕梁藻井❹，又軟語、商量不定。飄然快拂花梢，翠尾分開紅影。

芳徑，芹泥❺雨潤。愛貼地爭飛，競誇輕俊。紅樓❻歸晚，看足柳昏花暝。應是棲香正穩，便忘了、天涯芳信❼。愁損翠黛雙蛾❽，日日畫欄獨凭。

【作者】史達祖，字邦卿，號梅溪，汴（今河南開封）人。生卒年不詳。南宋寧宗朝韓侂胄為相，史為堂吏，表章及往來文字，俱出其手。開禧元年（一二〇五）曾隨李壁使金。開禧三年，韓侂胄被殺，史遂貶死。有《梅溪詞》。姜夔序其詞，稱其「奇秀清逸，有李長吉之韻。蓋能融情景於一家，會句意於兩得」。尤長於詠物詞，「所詠了然在目，且不留滯於物」（張炎《詞源》）。

【詞律】《雙雙燕》，史達祖自度曲，見《梅溪詞》。詞詠雙燕，即以為名。九十八字，上闋五仄韻，下闋七仄韻。填此調所宜注意者，首句之仄平仄仄（過春社了）及其他幾處仄平平仄（如「去年塵冷」、「舊巢相並」、「競誇輕俊」、「柳昏花暝」），宜予遵循，下闋開首第二字須入韻（如史詞之「芳徑」），「愛貼地爭飛」之「愛」字係領字，領起下面兩句。《詞律》卷一四以吳文英詞（小桃謝後）九十六字者為正體，以史達祖詞為「又一體」。《詞譜》卷二六以史達祖詞為正體，以吳文英詞為「又一體」。史詞既為創調，則當以《詞譜》為是。

【注釋】❶春社　古代在春分前後（陽曆三月二十一日前後）祈穀的祭祀節日，燕子此時從南方飛來。❷差池　燕子飛行時羽毛舒展貌。《詩・邶風・燕燕》：「燕燕于飛，差池其羽。」❸相　細看。❹雕梁藻井　雕梁，彩繪的棟梁。藻井，屋頂的一種井狀裝飾，中高而周邊低，如倒豎之井。上繪水藻，以壓火災。❺芹泥　燕泥。唐杜甫〈徐步〉詩：「芹泥隨燕嘴，花蕊上蜂鬚。」❻紅樓　女子妝樓。❼天涯芳信　古有燕足傳書之說。《開元天寶遺事・傳書燕》載，長安女紹蘭之夫，經商於湘中，數年不歸，紹蘭遂以詩代書，繫於燕足。燕至湘中，夫得其書，次年歸家。芳信，嘉美之信息。❽翠黛雙蛾　指美人之眉。

【語譯】春社已過，從中間度過簾幕，來到去年塵積清冷的居處。展翅飛翔欲停留舊巢，試著雙雙重新入住。還仔細打量雕梁藻井，又呢喃軟語，商量不定。飄然飛出廳堂，快速掠過花梢，黑色燕尾剪開紅色花影。

花徑的燕泥雨後融潤，愛貼地爭先恐後地翻飛，競相誇耀自己的俊美輕盈。很晚歸來紅樓，看足了昏黃時花柳的迷濛風景。應是在享受雙宿的香甜，便忘記去傳遞來自天涯的芳信。樓上美人雙眉緊鎖，愁思縈繞，日日獨倚彩繪欄杆，空自等待佳音。

【研析】燕，冬遷南方，春飛北地，係為人們所喜愛之候鳥，故古來專門詠燕之詩作甚多。詞中涉及燕之作品也不少，如溫庭筠〈菩薩蠻〉：「音信不歸來，社前雙燕迴。」晏殊〈浣溪沙〉：「無可奈何花落去，似曾相識燕歸來。」等等，但多半只是作為情感的對照物或表明時節、渲染環境而出現於詞中的，並非專門詠燕之作。專門詠燕之作當始於北宋陳堯佐之〈踏莎行〉：「二社（指春社與秋社。此處指春社）良辰，千家庭院。翩翩又見新來燕。鳳凰巢穩許為鄰，瀟湘煙暝來何晚。　亂入紅樓，低飛綠岸。畫梁時拂歌塵散。為誰歸去為誰來，主人恩重珠簾捲。」通首詠燕，「亂入紅樓」幾句寫燕亦極形象，但看得出來，「鳳凰」二句及「為誰歸去」二句，作者是在有意運用比興手法，明顯地表達一種依附賢臣過晚和對對方感恩的情思。如果拿它與史達祖的詞作對照，我們會感到後者詠雙燕，更為細膩生動，形神逼肖，它所含比興在有意無意之中，具含蓄蘊藉之妙。

〈雙雙燕〉寫燕，其所以形神逼肖，是作者在手法上寫實與擬人並用。上闋多用寫實，但亦有擬人。「過春社了」三句點明來時季節、重到舊家樓堂去年所築泥巢，「度簾幕中間」，似是輕車熟路，而今「塵冷」正是與去年新築相對照的感覺。「差池欲住」四句，用四個鏡頭，對雙燕作了連續性的動態描繪，一是「差池欲住」，作飛翔考察；二是「試入舊巢相並」，考察之後，雙雙試探入巢；三是「還相雕梁藻井」，入巢之後，轉側張望，似在打量周圍環境；四是「又軟語、商量不定」，對內在環境與外在環境考察完畢，互相久久商量，作出最後決斷，這裡有對視的親暱的形體動作，也有呢喃溫軟的輕柔樂音。對這一組動作，詞人用了「欲」、「試」、「還」、「又」幾個虛詞加以貫串，一氣呵成。說牠們「商量不定」，只是形容商量時間之長，實際上是商量已定：「就這兒安家吧！」只不過是詞人把它省略了，而讓後面所發生的一切暗地裡作了補充說明。既定之後，牠們就快速穿出樓堂，去享受那外面的精彩世界。「飄然快拂花梢，翠尾分開紅影」，寫雙燕覓食，開始了在這裡繁忙的新生活。前一句重在寫其飛速之驚人，如箭一般掠過花梢；後一句重在寫其姿態之美妙，翠尾、紅影，交相映襯，色彩絢麗非常。

下闋寫法是擬人為主，輔以寫實。燕子覓食之外，還須重整舊巢。在百花齊放的園圃路上，雨後的融泥正適合修築燕巢之用。「愛貼地爭飛，競誇輕俊」寫燕啄春泥，何等輕捷！用「愛」、「競誇」，賦予牠們以人的情感，顯示燕的生活既充滿辛勞，又充滿歡快。勞作、嬉戲，享受大自然對春的美不勝收的賜予，使牠們簡直流連忘返，直到「看足柳昏花暝」才晚歸「紅樓」。詞寫至此，將燕之定巢、活動，已然寫畢。故以下轉入人事，「應是棲香正穩，便忘了、天涯芳信」，這是紅樓中人對牠們的埋怨，埋怨牠們的樂而忘返、玩忽了傳遞信息的職責，造成了自己的獨守空閨。最後出現閨中人的形象：「愁損翠黛雙蛾，日日畫欄獨凭。」她在日日獨自憑欄等待中，愁眉不展，心情蕭索。她所居的紅樓，有雕梁、藻井、畫欄的裝飾，十分華美，如今面對的又是美麗如畫、萬物活躍的春光，良辰美景，卻是「獨坐獨行獨臥」，本已百無聊賴。眼前的雙燕，牠們的雙宿雙飛，牠們的形影不離，牠們的呢喃軟語時的深情款款，牠們追逐中的快樂忘情，對她來說，都是一種獨處的反襯。沈義父《樂府指迷》云：「作詞與詩不同，縱是花卉之類，亦須略用情意，或要入閨房之意。」如蘇軾〈水龍吟〉（詠楊花）（似花還似非花）即是如此，因此沈氏這一觀點也適用於其他詠物詞。〈雙雙燕〉詞也符合這一創作要求。

這首詞僅從詠燕的角度言，亦可謂是「人巧極天工矣」（清王士禎《花草蒙拾》）。從「要入閨房之意」看，亦極低徊旖旎，韻味悠長。如果我們再聯繫作者的經歷來看，或另有深意。劉永濟

《唐五代兩宋詞簡析》指出：「觀其『紅樓歸晚，看足柳昏花暝』之句，言外蓋有所指。考邦卿為韓侂胄中書堂吏，凡韓有所作為，邦卿無不知者，其中不少昏暝之事，皆邦卿所『看足』也。」此種心事或係從不經意中流出，正是無意為比興而比興意在。

72 晝夜樂

憶別

宋　柳永　耆卿

洞房❶記得初相遇，便只合、長相聚。何期小會幽歡，變作別離情緒。況值闌珊❷春色暮，對滿目、亂花狂絮。直恐好風光，盡隨伊歸去。

一場寂寞憑誰訴。算前言、總輕負。早知恁地❸難拚❹，悔不當初留住。其奈風流端正外，更別有、繫人心處。一日不思量，也攢眉❺千度。

【作　者】柳永，初名三變，字景莊，後更名永，字耆卿。排行第七，故人稱「柳七」。崇安（今屬福建）人。生卒年不詳，大約生於北宋雍熙四年（九八七）或其前後、死於至和二年（一〇五五）左右。青年時期流連於汴京，遊宴於秦樓楚館，精通音律，善製新聲，所為歌詞，傳播四方。

後曾西遊成都、京兆，遍歷荊湖、吳越。景祐元年（一〇三四）登進士第，歷任睦州團練推官、餘杭令、定海曉峰鹽場監官、泗州判官、太常博士，終屯田員外郎，世稱「柳屯田」。著有《樂章集》，十之七八為慢詞長調。其詞多寫男女戀情、羈旅行役，善於鋪敘展衍，且通俗美聽，是當時傳唱最廣的流行歌曲。宋葉夢得《避暑錄話》記西夏歸朝官語：「凡有井水飲處，皆能歌柳詞。」其詞作對後世詞家及金元戲曲、明清小說均有重大影響。

【詞　律】〈晝夜樂〉，又名〈真歡樂〉。此調創自柳永，見《樂章集》。雙調，九十八字，屬仄韻格。上闋六仄韻，下闋五仄韻。此處所錄除下闋第五句「其奈風流端正外」一句不入韻外，其餘句式、格律上下闋均同。《樂章集》中另一首〈晝夜樂〉（秀香家住桃花徑）下闋第五句亦入韻，則上下闋全部相同。填此調除須注意仄平平仄（如「亂花狂絮」、「繫人心處」）的格律要求外，上下闋末句的五言亦宜講究音節，或為上一下四，如此詞之「盡／隨伊歸去」、「也／攢眉千度」，或為上三下二，如柳永另一首詞：「一聲聲／堪聽」。《詞律》卷一五、《詞譜》卷二六均以柳詞「洞房記得初相遇」為正體。

【注　釋】❶洞房　深邃之內室。後亦有以新婚之室稱「洞房」者。❷闌珊　將殘；將盡。白居易〈詠懷〉詩：「詩情酒興漸闌珊。」❸恁地　這樣；這麼。❹拚　割捨。❺攢眉　皺眉。

【語　譯】記得在洞房初次幽會，便應當長時相聚。豈料短暫的幽會歡愉，轉眼化作別離情緒。況且正值春意闌珊，面對滿目紛亂飛花、狂舞柳絮。只恐怕美好風光，都隨著他歸去。

一場寂寞向誰傾訴？仔細想來，應是我對他的諾言有所辜負。早知道這麼難以割捨，很後悔當初沒有將他留住。怎奈他除了風流瀟灑、相貌端正外，更別有一種繫人心魂處。即使一日不思量，也會皺眉千百度。

【研　析】這是一首代言詞，它所寫的是一位年輕女性情真意摯的內心獨白。「洞房記得初相遇」三句把對往昔的記憶和現在的理性認識相結合。洞房初相遇，自然是極為纏綿繾綣、柔情萬種的，因此也是刻骨銘心的，故詞之開頭特別以「記得」二字提起。既然情感如此熱烈，我們就該是長相廝守一生的。二者之間本來是很自然的一種因果關係。「何期」二句陡然轉折，豈料事實卻和理所當然的結果相反，歡愉是如此地轉瞬即逝，轉化成了別離情緒。此二句以「何期」二字領起，中間含有一重大的轉折，顯現出情緒上極大的落差。以上數句主要是追憶過去，並伴有某種理性的思考。「況值闌珊春色暮」，承上啟下，一方面表示由追憶轉到眼前，另方面也是以暮春的景物烘托自己的愁苦。「滿目亂花狂絮」是「闌珊春色」的具體化，以「亂」、「狂」加以形容，尤見風勢之猛烈，殘花敗絮之狼藉，以顯示春之難留，春之將盡。春，寓示著美好年華，春之將歸，即含有青春虛度之感。故緊接著直抒情懷：「直恐好風光，盡隨伊歸去。」伊，即他，指所愛之人。伊，可指女性，亦可指男性。因為所愛遠離，韶華虛擲，好像是他把美好的春色帶走了。這兩句亦即屈原「惟草木之零落兮，恐美人之遲暮」(〈離騷〉)之意。

下闋進一步細寫曲折的內心活動。「一場寂寞憑誰訴」是由上闋轉向下闋的一種過渡。滿腔的心事竟無人可以訴說，為什麼？從詞的發端「初相遇」，可知這是一個少女的初戀，他們的「小會幽歡」帶有極其私密的性質，因此內心激盪起來的情感波瀾，難於啟齒向別人傾訴，只能獨自領受痛苦的煎熬。接著她對造成這種分離的局面先作了一番反思：「算前言、總輕負。」「前言」是什麼？也許是他曾有何要求，也許是她曾有何承諾，總之是所說過的話沒能兌現，責任在自己一方，這當是導致分離的一個原因。在反思之後，深覺後悔。當時對他不是特別珍視，只有失去了他才感到萬分惋惜。沒有了他的日子，是這麼難以自持，當時應該千方百計將他挽留，「早知恁地難拚，悔不當初留住。」然而現在為時已晚，令人追悔莫及。他為何那麼教人難以忘懷？那麼令人難以割捨？是因為他實在是一位很有魅力的男性，不僅風流倜儻，長得帥氣，且「別有」一種「繫人心處」。這「繫人心處」是什麼？沒有說，自然是指性格、才情等等。在那個社會，在一般人心目中，男才女貌，是最理想的愛情基礎，是最佳的伴侶組合。由此亦可看出這位少女的戀愛觀，其核心不在重視外貌，而在看重才學、情性。正因為這位男士太值得自己去愛，所以「一日不思量，也攢眉千度。」即使不去想他，也會整天愁眉不展，表明愛到深處、愛到極處，化為了無時不在的意識。蘇軾〈江城子〉有「不思量，自難忘」之句，亦是同一機杼。

柳永不愧是寫通俗歌曲的能手，在這首詞中，把一個初戀女孩的感情表達得極為細膩、深切，結構雖多轉折，卻脈絡清晰，語言純用白描，流暢、明淺，正如劉熙載所評：「細密而妥溜，明白而家常」（《藝概・詞曲概》）。這些優長正是柳詞得以廣為流傳的重要原因。

73 瑣窗寒　寒食

宋　周邦彥　美成

●●○○句　○○●●句　●○○●韻　○○●●句　●●◎○○●韻

暗柳啼鴉，單衣佇立❶，小簾朱戶。桐花半畝，靜鎖一庭愁雨。

灑空階、更闌❷未休，故人剪燭西窗語❸。似楚江暝宿，風燈零亂❹，少年羈旅。

遲暮。嬉遊處，正店舍無煙，禁城百五❺。旗亭❻喚酒，付與高陽儔侶❼。想東園、桃李自春❽，小唇秀靨今在否？到歸時、定有殘英，待客攜樽俎❾。

【作　者】周邦彥，見本書第六十八首〈燭影搖紅〉詞作者介紹。

【詞　律】〈瑣窗寒〉，又作〈鎖窗寒〉，見周邦彥《清真集》。因詞有「靜鎖一庭愁雨」、「故人剪燭西窗語」句，取以為名。雙調，九十九字，上闋四仄韻，下闋六仄韻。周詞格律要求本很嚴格，但後人填此調，句式略有參差，平仄不盡依周詞。由於此調有三處四言或兩句、或三句相連，故詞人往往用為對仗。如周詞上闋歇拍「風燈零亂，少年羈旅。」張炎詞發端之「亂雨敲春，深煙帶晚」、下闋第三、四句「(待)移燈剪韭，試香溫鼎」均是。又此調於四聲運用亦有講究，上闋第六句「更闌未休」之「未」字、第八句「似楚江暝宿」之「似」字、下闋第三句「正店舍無煙」之「正」字（上二句五言均為上二下四）、第七句「桃李自春」之「自」字，宜用去聲，下闋第四句「禁城百五」之「百」字，係以入聲代平聲。《詞律》卷一六、《詞譜》卷二七均以周邦彥詞為正體。《詞譜》另列九十八字、一百字者數種為「另一體」。

【注釋】❶竚立　久立。❷更闌　夜將盡。❸故人句　唐李商隱〈夜雨寄北〉詩：「何當共剪西窗燭，卻話巴山夜雨時。」❹風燈零亂　唐杜甫〈船下夔州郭宿雨溼不得上岸別王十二判官〉詩：「風起春燈亂，江鳴夜雨懸。」❺正店舍二句　指寒食節。冬至後一百零五日，或謂一百零六日，禁火三日。禁城，指京城，昔京城禁止夜行，故云。❻旗亭　酒樓。李賀〈開愁歌〉：「旗亭下馬解秋衣，請貰（賒）宜陽一壺酒。」❼高陽儔侶　謂酒徒。典出《史記・酈生陸賈列傳》，酈食其欲見劉邦，謂「吾高陽酒徒也，非儒人也。」後指嗜酒而放蕩不羈之人。高陽，地名，故址在今河南杞縣西。❽想東園句　阮籍〈詠懷詩〉：「嘉樹下成蹊，東園桃與李。」東園，泛指花園。❾樽俎　盛酒肉的器皿。

【語　譯】柳色幽暗，內藏啼鴉，身著單衣，在紅門珠簾下久立。庭院半畝桐花，靜靜地為愁雨鎖閉。雨灑空寂階除，夜深仍未止息，令人想見故人剪燭西窗話舊情景。又似少年羈旅在外，長江中夜宿，風吹春燈搖晃不定。

可嘆人已遲暮。人們盡興嬉遊時，店鋪房舍無煙，正值京城寒食。旗亭中高聲呼酒，付與豪蕩不羈的酒侶。而我卻在想念東園桃紅李白，自成春色，那帶有櫻桃小口、美麗酒渦的青春少女是否還在？待返回故里時，桃李枝頭還留有殘花，定有人攜帶食具款待遠來歸客。

【研　析】此詞寫寒食節對景生愁，似作於官汴京之時。寒食節在清明節前一天或兩天。幽蘭居士《東京夢華錄・清明節》載：「自此三日，皆出城上墳，但一百五日最盛。」節日間「四野如市，往往就芳樹之下，或園囿之間，羅列杯盤，互相勸酬。都城之歌兒舞女，遍滿園亭，抵暮而歸。」可見北宋時期寒食、清明期間掃墓、嬉遊風氣。但此詞所寫不在嬉遊之盛，而在寫自己旅食京華臨老未歸的淒黯心情。詞從寫景入手：「暗柳啼鴉」。柳色深濃，已可藏鴉，表明已進入暮春時節，景物色彩略顯暗淡，已隱隱透露出詞人的落寞情懷。下面隨即點明自己所處位置：「小簾朱戶」，並謂在此穿著「單衣」站立多時矣（有人指出，此「單衣」非通常所言之無裡單衣，北方之地在寒食節尚冷，無穿單衣之理，此「單衣」指官服或朝服）。由此可知，前面之暗柳、啼鴉乃係「竚立」時之見聞，以下所寫亦「竚立」時之所見所聞所感。此在結構上謂之「順入」。這時正是桐花開放的季節，又值「清明時節雨紛紛」，故作者眼前是「桐花半畝，靜鎖一庭愁雨」。這種描寫，很容易使我們想起李後主筆下的「寂寞梧桐，深院鎖清秋」（〈相見歡〉）的意境，所用意象「梧桐」、「庭院」相同，且同用一「鎖」字，顯得有一種無所不在之感，所強調的都是「靜」和「愁」。只不過一寫暮春、一寫清秋。以上寫白天，以下轉寫昨夜雨中感受。寫夜雨重在聽覺，「灑空階、更闌未休」，聯繫前面梧桐，正是「一葉葉，一聲聲，空階滴到明」的光景。夜雨淅瀝，令人想起李商隱所寫巴山夜雨、剪燭西窗話舊的詩句，要是有朋友與自己對雨夜話該有多好！然而這只是一種奢望。這種雨中寂寥的境況，引起了他的聯想：恰「似楚江暝宿，風燈零亂，少年羈旅。」三句從眼前宕開一筆，轉入追憶少年流蕩楚江、淒風苦雨相侵、茫茫黑暗之中惟見孤燈搖晃情景，其況味與眼前何其相似！以「似」字領起，屬於虛寫，虛中有實，富有畫意。此三句歷來倍受稱賞。清周濟《宋四家詞選目錄序論・附錄》以「奇橫」二字評之；夏孫桐《手批本清真集》謂：「情中帶景，所以不薄。」

上闋由今而昔，下闋復由昔而今。以「遲暮」二字開頭，承上啟下，與上面「少年」相對，心境與「少年羈旅」相似，而人已進入衰暮之年；同時引出下面寒食節的種種現實人事與懷想。「嬉遊處」五句，描繪京城節日遊樂之盛。可分兩層：「店舍無煙，禁城百五」，一方面點明寒食節，另一方面寫寒食街市不像平日熙熙攘攘，是暗示人們的活動場所已由市區轉向了城郊。「旗亭喚酒，付與高陽儔侶」二句重在寫城郊「嬉遊」之樂，詞人只選取旗亭呼酒，痛快豪飲的場面作為代表，充分表現出遊眾興致的高漲。但他人的歡樂，只是對詞人落寞情懷的反襯，更引發出對家園、對所愛的思念，對於故舊酣暢對飲場面的渴慕。「想東園」以下直至詞末，以「想」字領起，擬想今後，亦可分兩層：一是追想故鄉庭園的明麗景色以及可心的妙人。東園桃李，乃前人慣用詩語，唐徐彥伯〈餞唐永昌〉詩：「鬥雞香陌行春倦，為摘東園桃李花。」唐李白〈古風〉：「桃花開東園，含笑誇白日。」而詞中謂「東園桃李自春」，「自」者，言其自成春色，無人觀賞，含有被冷落之意，其實這是詞人落寞主觀情感的投射。他懷著忐忑的心情想望那位麗人：「小唇秀靨今在否？」「小唇秀靨」係以局部代整體。古時以唇小為美，加之有迷人的酒渦，更添嫵媚。這美麗的妙齡女子和他之間當曾有過柔情似水的繾綣，但分離太久，且自己已屆遲暮，她會情感依舊、苦苦等待嗎？十二分的想念，卻又有幾分擔憂。二是想像歸時的情景以作為詞的結束：「定有殘英，待客攜樽俎。」如果及早歸去，桃李枝頭尚未飄落的花朵會歡迎我，故里之人定會拿出酒食款待我這久別遠歸之「客」。唐圭璋《唐宋詞簡析》認為：「『待客』之『客』字，從『笑問客從何處來』之『客』字悟出，頗有意味。」其說可謂別有解悟。此數句皆為詞人「竚立」所「想」，有疑慮，有肯定，有層次，有轉折，將久旅思鄉之情，寫得迴腸盪氣。

　　周邦彥的慢詞與柳永詞多依時間順序寫來的線性結構不同，而多騰挪跳蕩，善於變化。即如本詞由今而昔，由昔轉今，由今而後，幾度轉折，而轉折又多暗轉，即少用轉折的關聯詞，故讀來不像讀柳詞那麼一目了然。這也正是周詞的特點，留下一些空白讓人去探尋、去思考、去補充。

同時周詞無論是寫景、述事，無論是實寫、虛寫，均具有極強的形象性、畫面感，不同的空間，出現的不同畫面，令人目不暇接。而時間由少年而遲暮，空間由京城而楚江、而江南，亦可謂能大開大闔矣！

74 瑤臺聚八仙 寄興

宋 張炎 叔夏

秋月娟娟❶，人正遠、魚雁❷待拂吟箋❸。也知遊事，多在第二橋❹邊。花底鴛鴦深處睡，柳陰淡隔裡湖❺船。路綿綿。夢吹舊曲，如此山川。

平生幾兩謝屐❻，便放歌自得，直上風煙。峭壁誰家，長嘯竟落松前❼。十年孤劍萬里，又何似、畦分抱甕泉❽。中山酒❾，且醉餐石髓❿，白眼⓫青天。

【作者】張炎，字叔夏，號玉田，又號樂笑翁。生於南宋淳祐八年（一二四八）。為張俊六世孫，曾祖張鎡、父張樞均為詞家。寓居臨安（今浙江杭州）。宋亡，家產籍沒，流落金陵、蘇杭一帶。卒於元延祐四年（一三一七）後，年七十餘。詞集名《山中白雲詞》。所作情曠意遠，清麗雅暢，與周密、王沂孫、蔣捷號稱「宋末四大家」。又有詞論專著《詞源》，推崇姜夔，主「清空」、「騷雅」之說，後世遂以「姜張」並稱。仇遠〈山中白雲詞序〉稱其詞「意度超玄，律呂協洽，……方之古人，當與白石老仙相鼓吹。」清初浙西詞派執掌詞壇，其詞集翻刻流傳甚廣，曾有「家白石而戶玉田」之盛。

【詞　律】〈瑤臺聚八仙〉，即〈新雁過妝樓〉。又名〈雁過妝樓〉、〈八寶妝〉、〈百寶妝〉。見吳文英《夢窗詞稿》，當係自度曲。雙調，九十九字，上闋六平韻，下闋四平韻。南宋各家所作小有出入。其中的六字句多為拗律，或平仄仄仄平平（如此詞「魚雁待拂吟箋」、「多在第二橋邊」、「長嘯竟落松前」），或平平仄仄仄仄（「平生幾兩謝屐」、「十年孤劍萬里」），或平平平平仄仄（如吳文英詞「誰知壺中自樂」），下闋第四句四言（峭壁誰家）之平仄，各家不盡相同。又此調有的仄聲字宜用去聲，視為定格，為各家所依遵，如本詞上闋第六句第三字「淡」、第八句第一、三字「夢」「舊」、下闋第二句第一字「便」、第四句第一字「峭」等，均用去聲。故此調音聲極顯拗峭，適於抒發不平之氣，前人或用以宣洩難遣之相思苦情（如吳文英詞），或用以抒寫內心的牢騷鬱悶（如張炎此詞）。《詞律》卷一六、《詞譜》卷二七均以吳文英詞〈新燕過妝樓〉（閬苑高寒）為正體。《詞譜》另列張炎詞（風雨不來）和無名氏一百零六字者為「又一體」。

【注　釋】❶娟娟　美好貌。此處指月。南朝宋鮑照〈玩月城西門廨中〉詩：「未映東北墀，娟娟似蛾眉。」❷魚雁　古有魚腹藏書雁足傳信之說，因以代指書信。❸吟箋　詩箋。❹第二橋　即鎖瀾橋，為杭州西湖蘇堤六橋之一。《武林舊事‧湖山勝概》載：「蘇公堤，元祐中東坡守杭日所築，起南迄北，橫截湖面，夾道雜植花柳，中為六橋九亭。」「第二橋，通赤山麥嶺路，名『鎖瀾』。」❺裡湖　孤山路自斷橋至西泠橋，劃西湖為二，白堤南曰外湖，北曰裡湖。❻平生句　《世說新語・雅量》載，晉人阮孚好屐，自己製作，嘗嘆息曰：「未知一生當著幾量屐。」量，通「兩」。幾兩，即幾雙。謝屐，《宋書・謝靈運傳》載，謝靈運登山常著木屐，上山則去其前齒，下山則去其後齒。世稱「謝公屐」。李白〈夢游天姥吟留別〉詩：「腳著謝公屐，身登青雲梯。」❼峭壁二句　《晉書・阮籍傳》載，阮籍於蘇門山遇孫登，與商略終古及棲神道氣之術，登皆不應。籍因長嘯而退。至半嶺，聞有聲若鸞鳳之音，響乎岩谷，乃登之嘯也。❽畦分抱甕泉　《莊子・天地》：「子貢南游於楚，反於晉，過漢陰，見一丈人方將為圃畦，鑿隧而入井，抱甕而出灌，搰搰然，用力甚多而見功寡。」畦分，分區種植。抱甕，比喻安於拙陋的生活。❾中山酒　酒名，《搜神記》載：「狄希，中山人，能造中山酒，飲之千日醉。」❿石髓　即石鐘乳，可入藥。《仙經》云：「神山五百年一開，石髓出，服之長生。」⓫白眼　《晉書・阮籍傳》載，阮籍能作青白眼，見凡俗之士，以白眼對之。

【語　譯】秋月美好清圓。我所思之人正在遠方，等待來信、摩挲吟箋。也知道你多半時候，遊賞在第二橋邊。觀看鴛鴦在花底深處雙雙棲宿，在裡湖淡淡柳蔭下乘著遊船。道路綿長悠遠。追憶從前吹奏的舊曲，感嘆面對如此的山川。

這一生能著幾雙木屐？便應當放歌，悠然自得，直上高峰領略無限風煙。峭壁之間，是誰長嘯，音聲竟回盪松前？十年間孤身攜劍行走萬里，反不及分畦種植、抱甕汲泉老者的安然。姑且暢飲中山酒、飽餐石髓，以白眼來看青天。

【研　析】張炎本係一介貴公子，生活於鐘鳴鼎食之家，又流連湖山，與友朋吟嘯，度過了一段愜意的青年時期。二十九歲時南宋滅亡，其後潦倒落魄，流落於蘇、皖、浙等地。從詞的內容看，可知作於宋亡之後，其時流寓於杭州以外之地。此詞別本《山中白雲詞》題作「杭友寄聲，以詞答意」。一方面表達了對朋友的思念和對昔時遊樂生活的緬懷，另方面又對江山淪落發出無可奈何的感嘆，對自己的流落遭際故作曠達之想。詞以「秋月娟娟」的景物作為發端，一是表明季節，再則秋月，也許即創作此詞之時間，更重要的是包含有「隔千里兮共明月」的念遠深意。「人正遠」句想像對方心情，友人「寄聲」（指詞作）傳情，正在急切地等待我的回音。「也知遊事」四句以「也知」領起，設想對方遊覽西湖之樂。「多在第二橋邊」的想像，應包含有作者當年遊覽的經驗。鎖瀾橋既有花柳之勝，又與景點極多的麥嶺路相通，於此流連，理所當然。又，西湖多荷花，「接天蓮葉無窮碧，映日荷花別樣紅」，夏秋之間，觀紅裳翠蓋，看鴛鴦遊息，亦為一賞心樂事。當然，這裡寫「花底鴛鴦深處睡」，只是以荷花、鴛鴦作為美景的代表，當也是作者印象最深之處。下面一句「柳陰淡隔裡湖船」乃是遊西湖的一種規律。《武林舊事·都人游賞》記載：「若游之次第，則先南而後北，至午則進入西泠橋裡湖，其外幾無一舸矣。」詞中寫船謂「柳陰淡隔」，帶一種疏略之美，也與秋日景色相吻合。數句雖為虛寫，卻虛中有實，充滿畫意；雖係想像對方之辭，卻也蘊含了自己對昔遊的追憶。「路綿綿」，與「人正遠」呼應，只是後者從對方著筆，前者從己方著筆。內中包蘊著一種由空間距離所造成的不能共享同遊之樂的深深遺憾，由此表露出相互之間的真情厚誼。至此，念遠之情已經寫足，故歇拍兩句，轉嘆世事之嬗變。「夢吹舊曲」，是憶昔，係以笙歌鼎沸、都人遊樂代表昔日繁華，這是南宋遺民詞中習用的手法。用一「夢」字，表明已然一去不返。「如此山川」是感今，大好河山已淪為蒙元統治者的天下，能不令人嘆息！

下闋承「如此山川」，訴說自己在江山易代後的寥落和苦悶。「平生幾兩」五句，是想當然之詞，即按理說，應該如何如何。作者一連用了與阮孚、謝靈運、阮籍有關的三個典故，謂應當如阮孚一樣將短促的人生看透；應當像謝靈運一樣享受人生，灑脫地享受大自然的賜予；應當像阮籍、孫登那樣超乎世外，長嘯山岩，讓鸞鳳之音回盪在半山的松林之間。「十年孤劍」兩句是一大轉折，寫的是和想當然大相徑庭的現實。「十年」，大約之數，張詞中常有出現，如：「十年心事，幾曲闌干」（〈渡江雲〉）、「十年前事，愁千折、心情頓別」（〈長亭怨〉）、「十年前事翻疑夢」（〈臺城路〉）等。十來年間詞人孤身漂泊，輾轉萬里，既有物質生活的困頓，更有國破家亡的精神愁苦，因而不免生出對平民百姓安定、簡陋生活的嚮往。以下結拍又一轉折，由眼前愁苦宕開一筆，轉為追求曠放，以千日醉的酒來麻痹痛苦的神經，以求仙得道來逃避可悲的現實，以阮籍式的白眼冷觀天下世變。但看得出來，在這種對曠放的追求中，充滿了無限悲涼與無可奈何之情。

這首詞的上闋寫景懷人，虛實結合，語言雅煉；下闋抒寫愁情，則借用事典，層層折進，把一個知識分子、貴家公子的遺民心態表現得千回百轉而又十分沉重。

75 陌上花

有懷

元 張翥 仲舉

關山❶夢裡，歸來還又、歲華催晚。馬影雞聲❷，諳盡倦郵❸荒館❹。綠箋❺密記多情事，一看一回腸斷。待殷勤寄與，舊游鶯燕❻，水流雲散。

滿羅衫是酒，香痕凝處，唾碧❼啼紅❽相半。

只恐梅花，瘦倚夜寒誰煖。不成便沒相逢日，重整釵鸞[9]箏雁[10]？

但何郎，縱有春風詞筆[11]，病懷渾懶。

【作　者】 張翥，字仲舉，號蛻庵，晉寧（今山西臨汾）人。至元二十四年（一二八七）生。少負才雋。至正初，以隱逸薦，召為國子助教，旋退居淮東。復起為翰林國史院編修官，進翰林應奉、修撰，遷太常博士、禮儀院判官。累官翰林侍讀，兼國子祭酒，以翰林承旨致仕。著有《蛻庵集》五卷、《蛻庵詞》二卷。《四庫提要》謂其詞「婉麗風流，有南宋舊格」。清陳廷焯《白雨齋詞話》認為其詞是「一代正聲」，葉申薌《本事詞》譽其為「元代詞宗」。

【詞　律】 〈陌上花〉，見張翥《蛻庵詞》。《詞譜》云：「《東坡詞話》：『錢塘人好唱〈陌上花〉緩緩曲，蓋吳越王遺事也。』調名取此。」蘇軾有〈陌上花〉詩三首，序云：「（吳越）王以書遺妃曰：『陌上花開，可緩緩歸矣。』吳人用其語為歌，含思宛轉，聽之淒然。」知〈陌上花〉調名創自宋代，源於民間俚曲。此調惟此一詞，無別首可校。《詞律》卷一五、《詞譜》卷二六均錄此調，句讀略有不同（如《詞譜》上闋前面兩句為「關山夢裡歸來，還又歲華催晚」，下闋前兩句為「滿羅衫、是酒痕凝處」），《考正白香詞譜》依《詞律》斷句。下闋第二句之「凝」字，《詞律》標明為去聲。此調九十九字（《詞譜》所載為九十八字），上下闋各四仄韻，除上闋前兩句與下闋前三句有異外，其餘句式、格律均同。倒數第三句、二句九言，可作五、四句式（如本調上闋），又其中四言與六言句多處用仄平平仄，此為填該調所宜注意者。

【注釋】❶關山　關隘山川。〈木蘭辭〉：「萬里赴戎機，關山度若飛。」❷馬影雞聲　俱指行役。宋陸游〈過摩訶池〉詩：「縱轡迎涼看馬影，袖鞭尋句聽蟬聲。」唐溫庭筠〈商山早行〉：「雞聲茅店月，人迹板橋霜。」❸郵　郵亭；驛站。❹館　客館。❺綠箋　同「綠簡」。用稱仙家用箋。❻鶯燕　指妙齡女子。宋代詞人張先八十餘歲娶妾，蘇軾曾贈詩云：「詩人老去鶯鶯在，公子歸來燕燕忙。」此指遊歷時所愛女子。❼唾碧　指瓜菜之汁。宋方夔〈食西瓜〉詩：「縷縷花衫粘唾碧，痕痕丹血掐膚紅。」❽啼紅　指女子淚漬。晉王嘉《拾遺記》載，魏文帝（曹丕）所愛美人薛靈芸，聞別父母，泣下沾衣，淚成紅色。❾釵鸞　鸞鳳形之釵，女子頭飾。❿箏雁　箏上之絃，斜列如雁行。此指箏。⓫但何郎二句　何郎，原指南朝梁詩人何遜，此處係自指。何遜曾做南平王蕭偉的記室，在揚州有〈詠早梅〉詩。後居洛陽，思梅花，再請往揚州，在花下彷徨終日。宋姜夔〈暗香〉詠梅詞有「何遜而今漸老，都忘卻春風詞筆」之句，因何遜有〈詠春風〉詩：「可聞不可見，能重復能輕。鏡前飄落粉，琴上響餘聲。」詠物頗工細。

【語譯】飛度關山已如夢幻，歸來家園歲時將晚。途中馬影雞聲，使我嘗夠荒敗郵館的羈旅苦況。今用精美信箋，暗記多情往事，看一回便一回腸斷。待要誠心寄予舊遊時所愛妙齡女子，可惜人又已水流雲散。

羅裳上滿是香酒痕跡，織物中滲透的印漬，一半是碧綠菜汁，一半是她的紅淚濡染。只擔心瘦如梅花的伊人斜倚，夜感淒寒誰為溫暖。難道再沒相逢之日，看她把鳳釵重整，聽她把雁箏重彈？但那時我縱然有春風詞筆，也是老病之軀，懶於再賦吟箋。

【研析】清朱彝尊所編《詞綜》標題為：「使歸閩浙，歲暮有懷」。作者曾至大都（今北京）為國子助教，不久返回淮東，詞或作於此時。他在外鄉異地曾遇一可心女子，她或許是居無定所的歌妓。他們萍水相逢，互相給予對方以溫馨慰藉，因而有過一段纏綿繾綣的深情。但由於自己南歸，不得不分手，此詞即寫分手之後縈繞於心的思念。詞從歸來寫起。歸來的時間已是歲暮，他追憶自己經歷了萬千關山，嘗盡了北風、寒霜的侵襲之苦和荒涼郵館的羈旅況味。這裡表面寫的是自己的鞍馬勞頓，但卻包含了內心情感失落的痛苦。如果有心愛的人陪伴，雖是漫漫旅途，那當是另外一番光景。詞至「綠箋」句以下，寫歸來後之情事。人雖已歸來，但心卻留在伊人身上。這段風流韻事，似不便公之於眾，還帶有相當的私密性，因此把它祕密地記錄在精美的信箋上。其所以用「綠箋」，而不是用普通信箋，是為了表示對這段感情的特別珍視。他不時展玩綠箋，獨自回味，每看一遍，必會掀起難以遏止的情感波瀾，令人為之腸斷。他真心誠意地想寄給她，可是她那麼行蹤飄忽不定，又該投向何處？面對一封無法投寄的信，一份無法傾訴的感情，內心自然顯得更為痛苦，或許還伴隨有對她的幾分歉疚。

詞的下闋開首，藉眼前的「羅衫」這一媒介，先對前面所言「多情事」，加以具象化。滿羅衫「是酒」、印漬中的「唾碧」，那是兩情相悅時當筵對飲和聽歌時開懷暢飲留下的痕跡，那處處「啼紅」是別離時她留下的悲傷印記，羅裳上的斑斑點點，似乎還留有那時的餘「香」。回憶中有美好，也有苦澀。以下轉入「水流雲散」之後，自己對伊人的懷想。詞人把她比作斜倚的清瘦梅花：「只恐梅花，瘦倚夜寒誰煖。」何以將她比作梅花？想來有幾方面的原因，一是這位女子很不尋常，高雅脫俗，非一般豔妝靚女可比；二是時值歲暮，正是梅花開放時節，係即景取譬；三是對方本來身段苗條，再想像對方因思念自己而瘦弱，且前人已有以梅比瘦之說法，如宋程垓〈攤破江城子〉：「人瘦也，比梅花，瘦幾分。」詞人不僅將其瘦比梅花，且用「誰煖」二字，便更多了一份關愛：瘦人畏寒，有誰為她溫暖其身？真是用情細膩，體貼入微！這次分離，實際上是相見無期，但詞人還是設想：「不成便沒相逢日，重整釵鸞箏雁？」難道就沒有再見她梳妝打扮、纖手調箏、重溫舊情的一天不成？但轉念一想，縱然有那麼一天，也不知是在何日？那時自己鬢皤體弱，已垂垂老矣，縱使有何遜那樣的春風詞筆，也恐怕興味索然，懶得動筆了。這裡其所以用何遜之事典，乃取其才情與愛梅之意，用姜夔〈暗香〉詞中語典，乃取其「漸老」之意，既與前面的「梅花」之喻相呼應，又表達了對自己未來情狀的揣想。雖以「病懷渾懶」收筆，仍覺欲斷未斷，情意綿綿。

人生中可能有偶然的邂逅，情投意合；也可能會遭遇一段情緣，纏綿繾綣，但不必一定去追求朝朝暮暮的廝守，可是卻留下了難忘的記憶，在回味中有遺憾，卻也有甜蜜。這可能是張翥這首詞留給我們的啟示。關於這首詞的寫法，時間安排上由昔而今，由今而後，在人物順序安排方面，是由己而人，由人而己，既脈絡分明而又富於變化。敘事、抒情，疏密得當，而又情韻悠遠。清萬樹《詞律》曾給予很高評價：「風流婉約，在淺深濃淡之間，真絕唱也！」

76 解語花 元宵

宋 周邦彥 美成

風銷絳蠟❶，露浥紅蓮❷，燈市❸光相射。桂華❹流瓦。纖雲散、耿耿素娥❺欲下。衣裳淡雅，看楚女、纖腰❻一把。簫鼓喧、人影參差，滿路飄香麝❼。
因念帝城放夜❽，望千門如晝，嬉笑遊冶。鈿車❾羅帕。相逢處、自有暗塵隨馬❿。年光是也，惟只見、舊情衰謝。清漏移、飛蓋⓫歸來，任舞休歌罷。

【作　者】周邦彥，見本書第六十八首〈燭影搖紅〉詞作者介紹。

【詞　律】〈解語花〉，見周邦彥《清真集》。王仁裕《開元天寶遺事》卷下載：「明皇秋八月，太液池有千葉白蓮數枝盛開，帝與貴戚宴賞焉。左右皆嘆羨。久之，帝指貴妃示於左右曰：『爭如我解語花？』」調名本此。雙調，體式有數種，句讀略有差異。此譜所錄為一百字，上闋九句五仄韻，下闋九句六仄韻，上下闋除前三句句式、格律有異外，其餘均同。填此調所宜注意者：㈠首二句四言例用對仗（如此詞「風銷絳蠟，露浥紅蓮」）；㈡句式七言多上三下四，下闋第二句（望千門如晝）與末句（任舞休歌罷）為上一下四；㈢全詞十八句，十五句句腳字為仄聲，詞中有的地方使用拗律，如「嬉笑遊冶」（平仄平仄），又有多處運用仄平平仄（「桂華流瓦」、「鈿車羅帕」、「暗塵隨馬」）的特殊格律，帶有一種拗峭的音樂效果。《詞律》卷一六以吳文英詞（門橫皺碧）為正體，列周密詞（晴絲罥蝶）一百零一字者為「又一體」。《詞譜》卷二八以明代張綖（誤為秦觀）詞（窗涵月影）為正體，以施嶽詞（雲容沍雪）九十八字者、與周密詞一百零一字者為「又一體」。

【注　釋】❶絳蠟　原作「錟蠟」，今據通行本改定。紅蠟燭。蘇軾〈次韻代留別〉詩：「絳蠟燒殘玉斝飛。」❷紅蓮　原作「烘爐」，今據通行本改定。荷花燈。歐陽修〈驀山溪〉：「新正初破，三五銀蟾滿。纖手染香羅，剪紅蓮、滿城開遍。」❸燈市　宋時元宵節，以懸掛各色花燈、堆疊燈山為慶，「於是華燈寶炬，月色花光，霏霧融融，動燭遠近。」（孟元老《東京夢華錄・十六日》）❹桂華　傳說月中有桂，故以桂華代月。❺素娥　指月宮仙女。據《龍城錄》載，唐明皇遊月宮，見「素娥十餘人，皆皓衣乘白鸞往來，舞於大樹下」。❻楚女纖腰　謂荊南（古屬楚國）女子腰細。《韓非子・二柄》：「楚靈王好細腰，宮中多餓人。」❼香麝　雄麝臍部有香腺，可作香料。❽帝城放夜　唐代京城禁夜行，惟正月十五日夜弛禁，前後各一日，謂之「放夜」。《東京夢華錄・十六日》載，北宋正月十五至十九日收燈，「五夜城闉不禁」。❾鈿車　以金、銀、貝殼等物嵌鑲的華美車輛。❿暗塵隨馬　細微塵土隨寶馬馳過而揚起。唐蘇味道〈正月十五夜〉詩：「暗塵隨馬去，明月逐人來。」⓫飛蓋　指飛馳的車輛。曹植〈公宴〉詩：「清夜遊西園，飛蓋相追隨。」

【語　譯】燃燒的紅燭在風中搖漾，荷形花燈被露水潤溼，燈火通明，把街市照射。月光流照屋瓦。彩雲散，月更明，月宮仙娥起舞似欲向人間飛下。遊觀女子衣裳淡雅。她們窈窕，有如楚國宮女有一把纖腰。簫鼓樂聲熱鬧喧闐，人影雜亂，滿路飄漾撲鼻香麝。

因而回憶京城放夜情景：望千門萬戶，如同白晝，萬眾嬉笑遊冶。乘坐華美鈿車，女人揮舞羅帕。與她們相逢處，自然有暗塵隨馬。年光節日相同，只是我舊日情懷已經衰減。滴漏清晰，已至深夜，自己驅車歸來，一任他人舞休歌罷。

【研　析】清周濟《宋四家詞選》云：「此美成在荊南作」。作者青年時期在汴京度過了一段頗為得意的歲月。元祐初出任廬州教授，隨後流寓荊南（湖北江陵），此時正值三十餘歲的壯年時期，內心自不無失意之感。這首元宵詞正透露了箇中消息。元宵，是開年第一個月圓之夜。元宵張燈，起自唐代，又叫「燈節」。在宋代元宵更是一個盛大的節日，不獨京城，域中各地無不以燃燈、觀燈為樂。此詞之上闋寫荊南元宵。可分為三層：第一層寫燈。開首用一對句：「風銷絳蠟，露浥紅蓮」，蠟燭在風中消融，荷燈被露水潤溼，顯見得燃燈已久，夜已很深了。「燈市光相射」一句，總寫。第二層寫月。元宵燈火所照限於街市，故寫月則是「桂華流瓦」，由天空傾瀉而下。燈光與月光上下輝映，這是怎樣的一派光明境界！更妙的是詞人想像耿耿月色中「素娥欲下」，月裡仙娥似欲飛向人間，與人們共度佳節。寫至此，天上、人間，打成一片，凡境、仙境，渾然一體。第三層轉寫人事。元宵節是一個全民性的節日，無論男女老幼，都可出來觀燈，特別是婦女，平日不能隨意出門，這一夜成了特例，可至紅衢紫陌自由觀賞。故作者先寫女性。女人是怎樣的一種裝扮呢？「衣裳淡雅」。宋周密《武林舊事・元夕》載：「婦人皆戴珠翠、鬧蛾、玉梅、雪柳……，而衣多尚白，蓋月下所宜也。」天上之素娥仙姬、街市之淡衣女子，互相映襯，何等超凡脫俗！與濃妝豔抹相較，真乃別是一番風景。這些南方的女子也許還有古楚國風習的遺留，一個個都腰肢纖細，窈窕可人，令人賞心悅目。「簫鼓喧」，由視覺轉向聽覺。街市不僅華燈朗照，更有喧天的鼓樂之聲增添了節日的熱鬧氣氛，刺激鼓舞了人們的興奮之情。故接以「人影參差」。作者寫月光燈光下的人流，不直接描寫人們如何摩肩接踵，只從「影」著筆，便顯得很空靈。「滿路飄香麝」，承「人影」，由視聽轉寫嗅覺。人們攜帶香囊之類的飾物或穿著香熏的衣裳，表明了對這個節日的高度重視。

上闋寫燈、寫月、寫人，寫光、寫色、寫聲、寫味，把荊南元宵的光明、熱鬧，把遊人的興致、狂歡，渲染得無以復加。可這一切對詞人來說，只是一種落寞情懷的反襯。街市滿歡聲，「斯人獨憔悴」，續讀詞的下闋，便可知端底。「因念」數句是一大轉折，由眼前元宵轉憶京都元宵。京都元宵怎樣？詞人先用「千門如畫，嬉笑遊冶」總寫其燈火輝煌與遊人之樂，然後從中拈出那令人心旌搖盪的浪漫場面：「鈿車羅帕。相逢處、自有暗塵隨馬。」男女青年平日沒有相會的自由，但元宵例外，歐陽修〈生查子〉不是有「月上柳梢頭，人約黃昏後」的描寫嗎？這裡寫的年輕女子乘坐華美的車輛揮舞羅帕，年輕男子騎馬踴躍相隨，互相表示傾慕，惟有元宵才有這樣的機緣，因而印象也就特別深刻。詞人自己當年也是「嬉笑遊冶」中的一員，那時興高采烈，心情舒暢，仕途前景似也充滿一片光明。但世事並非如人所料。「年光是也」一句由追憶折回現實。節序無殊，而心情有異。下句「舊情衰謝」乃是點睛之筆，是此篇主旨。詞之結拍仍回到今夕觀燈。「清漏移」與首二句「風銷」、「露浥」相應，謂夜已深沉。自己再無雅興，別人如何縱情遊樂，與我無涉，隨他們去吧！用他人反襯，進一步將「舊情衰謝」寫足。對於此詞的寫作，清陳世焜《雲韶集》所評甚為的當：「因元宵而念京城夜放時，屈指年光，已成往事。此種著筆，何等姿態，何等情味，若泛寫元宵衣香燈影如何豔冶，便寫得工麗百二十分，終覺看來不俊。」

此詞雖主要抒發「舊情衰謝」之懷抱，但它同時也為我們描繪了一幅宋代元宵節日的風情畫卷。故宋張炎《詞源》讚其「不獨措辭精粹，又且見時序風物之盛，人家宴樂之同。」

77 換巢鸞鳳 春情

宋 史達祖 邦卿

人若梅嬌 韻，正愁橫斷塢❶ 句，夢繞溪橋 韻。倚風融漢粉❷ 句，坐月怨秦簫❸ 韻。相思因甚到纖腰 韻？定知我今 句，無魂可銷 韻。佳期晚 句，謾幾度 豆、淚痕相照 韻。

人悄 韻。天渺渺 韻。花外語香 句，時透郎懷抱 韻。暗握荑苗❹ 句，乍嘗櫻顆❺ 句，猶恨侵階芳草 韻。天念王昌❻忒多情 句，換巢鸞鳳教偕老 韻。溫柔鄉❼ 句，醉芙蓉 豆、一帳❽春曉 韻。

【作者】史達祖，見本書第七十一首〈雙雙燕〉詞作者介紹。

【詞律】〈換巢鸞鳳〉，史達祖自度曲。見《梅溪詞》。因詞之下闋有「換巢鸞鳳教偕老」句，故名。或云前段用平韻，後段換用仄韻，「換巢」之意疑出於此。雙調，一百字，上闋五平韻，一仄韻，下闋六仄韻。此調惟史詞一首，無別首可校，故《詞律》卷一六、《詞譜》卷二八列史達祖詞為正體時，平仄盡依原詞。《白香詞譜》與《考正白香詞譜》在原詞基礎上略有調整。可注意者，詞中有三處用作對仗：一是上闋第二、三句「正」字領起一四言對句（愁橫斷塢，夢繞溪橋），二是四、五句為五言對偶（倚風融漢粉，坐月怨秦簫），三是下闋第五、六句為四言對（暗握荑苗，乍嘗櫻顆）；又中多拗律如仄平仄平（「定知我今」）、平平仄平（「無魂可銷」）、仄仄平仄（「一帳春曉」）等，上闋末句由押平韻改押仄韻（此為詞中所僅見），不宜忽視。

【注　釋】❶斷塢　指谷地的一段。斷，通「段」。塢，四面高中間低的谷地。❷漢粉　漢宮中脂粉。《飛燕外傳》載：「婕妤浴豆蔻湯，傅露華百英粉。」❸秦簫　《列仙傳》載，蕭史善吹簫，作鳳鳴，秦穆公以女弄玉嫁其為妻。遂教弄玉吹簫，後皆仙去。此暗指所愛戀之人。❹荑苗　初生之茅芽。以喻美人之手。《詩・魏風・碩人》：「手如荑柔。」❺櫻顆　櫻桃之實，喻美人朱唇。唐白居易有詩曰：「櫻桃樊素口，楊柳小蠻腰。」（見《本事詩》）❻王昌　姿儀雋美之青年男子，名望、地位俱高，為人所共賞。前人詩多用之比為快婿。南朝梁武帝〈河中之水歌〉：「人生富貴何所望，恨不早嫁東家王。」唐韓偓〈晝寢〉詩：「何必苦勞魂與夢，王昌只在此牆東。」❼溫柔鄉　謂美女閨方迷人之境。《飛燕外傳》：漢成帝得趙飛燕之妹合德，大悅，謂為溫柔鄉，曰：「吾老是鄉矣。」❽醉芙蓉一句　華麗的帳子。唐白居易〈長恨歌〉：「芙蓉帳裡度春宵。」又五代孟蜀後主時，以芙蓉花染繒為帳，謂之芙蓉帳。

【語　譯】人似梅花一樣嬌嬈。正愁情橫溢斷塢，夢魂繚繞溪橋。依倚清風融敷漢粉，獨坐月下埋怨那吹奏秦簫之人。那相思為何使人瘦損纖腰？定然知道我現在已無魂可銷。約會日期真箇太晚，幾次歡會，分手時空有淚痕相照。

人已音信沉沉，天隔地遠渺渺難尋。惟有花外說話時的香氣，仍不時地透進郎的懷抱。暗握柔荑般的嫩手，陡然親吻她的紅唇，教人還恨催人離別的侵階芳草。老天應感念王昌特別多情，讓鸞鳳換巢使她與我白頭偕老。在溫柔鄉中，沉醉於芙蓉帳裡直到春曉。

【研析】此詞題為「春情」，因與梅花有關，一作「梅意」。從詞的情感內容看，這裡寫的是一場婚外戀，故言詞不免隱約。詞之上闋前半段，人、梅合寫。首先點出其共同點是「嬌」美。王安石〈梅花〉詩曾寫道：「不御鉛華知國色，只裁雲縷想仙裳。」以梅比美人，史詞則以美人比作梅花，蓋二者正有相似處。「正愁橫」二句，寫梅開的地點、姿態，兼及人情。昔人寫梅往往謂其傍橋臨水、枝幹橫斜，如唐張謂〈早梅〉詩：「一樹寒梅白玉條，迥臨村路傍溪橋。」宋林逋〈山園小梅〉詩：「疏影橫斜水清淺」。詞中之「斷塢」、「溪橋」相對，點梅開之處，而曰「愁橫」、「夢繞」暗示出這份情感的揮之不去和充滿遺憾。著一「橫」字，兼作形容詞與動詞，即由其姿態而聯想其橫亙胸中。下面「倚風融漢粉，坐月怨秦簫」二句，寫其臨風素淡之貌，月下幽怨之懷，以梅擬人，以人擬梅，人耶？梅耶？亦人亦梅，亦梅亦人。「相思因甚到纖腰？定知我今，無魂可銷。」由人梅合寫轉入人事。說對方因相思而腰肢瘦損，實乃詞人自己因相思太深、太刻骨銘心而生發出的想像。不僅如此，還想像對方相思中含有無限體貼，在牽念著我因想念她而魂銷魄失、以至於「無魂可銷」。此係從對面著筆抒自己之情，與柳永〈八聲甘州〉「想佳人、妝樓顒望，誤幾回、天際識歸舟。爭知我、倚闌干處，正恁凝愁。」同一機杼，具有「照花前後鏡，花面交相映」的藝術效果。至「佳期晚，謾幾度、淚痕相照。」則二人合寫，並點出相思緣由：相見本來恨晚，雖有幾度歡會，也只是徒然，因為幾度離別更使人傷心，唯有相對揮淚、淚光相互映照而已。

下闋主要從自己一方抒發對情愛的渴求。先就「銷魂」原因再加深化：不獨有幾度離別傷心，更教人難以為懷的是再見無期。或許她就近在咫尺，但由於對方所處特殊情況，令人感到是「天渺渺」、遙不可及了。如今惟一被允許的，只剩下對幽會時甜蜜的回味了。「花外語香」五句，即具寫偷會之樂：在梅花樹旁，他們有過熱烈的擁抱，說話時的口脂香混合著梅香，至今還留在自己的懷中，氤氳不散。至於「暗握荑苗，乍嘗櫻顆」所獲得的令人暈眩的幸福感，真希望持續到永久。可是「芳草」「侵階」（此處暗用漢淮南小山〈招隱士〉「王孫遊兮不歸，芳草生兮萋萋」和南朝梁江淹〈別賦〉「春草碧色，春水綠波，送君南浦，傷如之何」語意），到了不得不分離的時候，故心中充滿憾恨。以下「天念王昌」四句乃擬想之辭，因為得不到她，而生非非之想：希望老天見憐我這「多情」之人，像鸞鳳換巢般地把她送到我的身邊，讓我們相愛到老。如果能這樣的話，我也就可以沉醉於溫柔之鄉、「芙蓉帳裡度春宵」了。

在唐宋詞中，寫幽期密約的作品可謂多矣，在絕大部分情況下，帶有一定的合法性，在當時並不存在遭遇道德譴責的問題，男女雙方似都少有顧忌。但遇到某種特殊情況，如未婚女子主動向男性示愛，或男性與名花有主者、與已婚女子偷情，則必有所顧忌。謂之「偷」，即帶有不正當之意。詞中幽會偷歡之作，最著名者莫過於李後主的〈菩薩蠻〉詞：「花明月暗籠輕霧，今宵好向郎邊去。剗襪步香階，手提金縷鞋。　畫堂南畔見，一向偎人顫。奴為出來難，教君恣意憐。」這是從女性的角度來寫的。史達祖這首詞則是從男性的角度，寫其與一不該愛戀的女子（極有可能為一已婚女子）幽會，又不得不分手的複雜心態。在寫法上與李後主的白描不同，開始時運用人梅合寫的比興手法，有些迷離惝恍，後面轉而直抒其情，把昔樂與今愁之間的反差，把現實與希望之間的矛盾，寫得極為細膩，體現了詞作為心緒文學的特色。

78 念奴嬌

石頭城用東坡赤壁韻

元 薩都剌 天錫

石頭城❶上，望天低吳楚❷，眼空無物。指點六朝❸形勝地，惟有青山如壁。蔽日旌旗，連雲檣櫓❹，白骨紛如雪。大江南北，消磨多少豪傑。

寂寞避暑離宮❺，東風輦路❻，芳草年年發。落日無人松徑冷，鬼火高低明滅。歌舞樽前，繁華鏡裡，暗換青青髮。傷心千古，秦淮❼一片明月。

【作　者】薩都剌，見本書第六十三首〈滿江紅〉詞作者介紹。

【詞　律】〈念奴嬌〉，又名〈酹江月〉、〈大江東去〉、〈百字令〉、〈百字謠〉、〈壺中天〉、〈淮甸春〉、〈湘月〉等，別名多達二十餘種。此調首見宋沈唐詞作中。《開元天寶遺事》載：「念奴者，有姿色，善歌唱。」「每轉聲歌喉，則聲出於朝霞之上，雖鐘鼓笙竽嘈雜而莫能遏。宮妓中帝之鍾愛也。」調名或即本此。雙調，一百字，有平韻格、仄韻格兩類。仄韻格以蘇軾「大江東去」一體和「憑空遠眺」一體為常見。此譜所錄係依蘇軾詞（憑空遠眺）句式，格律亦多依此詞，而韻腳則依「大江東去」一首。此調上下闋各十句，四仄韻。上闋第二三句凡九字，或作上五下四（如此詞「望天低吳楚，眼空無物」），或作上三下六（如蘇軾詞「浪淘盡、千古風流人物」）；下闋第二三句凡九字，或作上五下四（如蘇軾詞「小喬初嫁了，雄姿英發」），或作上四下五（此為常格，如此詞「東風輦路，芳草年年發」）。上下闋結句後四字均為平仄平仄（如「多少豪傑」、「一片明月」，「一」字係以入聲代平聲）。又此調上下闋均有兩四言相連處，可用為對仗，如蘇軾詞（大江東去）上闋之「亂石穿空，驚濤裂岸」，李清照詞（蕭條庭院）上闋之「險韻詩成，扶頭酒醒」、下闋之「清露晨流，新桐初引」，此詞上闋之「蔽日旌旗，連雲檣櫓」、下闋之「歌舞樽前，繁華鏡裡」等均是。詞人一般會注意於此等處著力運筆，以便在散行流動中增加整飭之美。此亦今之填詞者所宜講究處。《詞律》卷一六，仄韻格以辛棄疾詞（野棠花落）為正體，以蘇軾詞（大江東去）為「又一體」，平韻格以陳允平詞（凝雲沍曉）為正體。《詞譜》卷二八以蘇軾詞（憑空遠眺）為仄韻格正體，以陳允平詞為平韻格正體，另列用韻略異及增字者數種為「又一體」。

【注　釋】❶石頭城　故城名。故址在今南京西石頭山後。戰國時於此置金陵邑，三國吳時改為石頭城。❷吳楚　古吳楚之地。含今江浙兩湖等地。❸六朝　指在金陵建都的六個朝代：東吳、東晉、宋、齊、梁、陳。❹檣櫓　原指船上的桅杆與船槳，此代指戰艦。❺離宮　皇帝行宮。南唐時將石頭山改名為清涼山，作為避暑地。❻輦路　帝王乘車經行之路。❼秦淮　秦淮河。長江支流，流經金陵。

【語　譯】立於石頭城上舉目四望，吳楚天低，空曠無際。指點六朝都城形勝之地，而今只有青山依舊壁立。回顧往昔，戰旗遮蔽了日光，戰船如雲橫千里，白骨紛紛如雪。大江南北，有多少英雄豪傑消磨了畢生精力。

昔日帝王的避暑離宮已經荒寂，曾被東風吹拂的帝王車行道上，年年惟有芳草蓬勃。夕陽西下，悄無人聲，松徑淒冷；夜晚鬼火，高低閃爍。曾盛極一時的人物，在歌舞酒宴中，在如鏡花水月的繁華裡，消耗了自己的美好年華。傷感於千年歷史的變遷，看那亙古不變的，惟有映照秦淮的一片明月。

【研析】薩都剌在元文宗至順三年（一三三二）調任江南諸道行御史臺掾史（監察機關的僚屬），移居金陵，在此寫過一些著名的懷古詩詞，本書前面收錄之〈滿江紅（金陵懷古）〉及此首「石頭城懷古」，均為其中名篇。在「石頭城」這首詞中，作者抓住該城兩方面的特點作形象的描繪，並以高遠的歷史的眼光加以評點。首先是從石頭城的重要戰略位置著眼。該城在南京清涼山西麓，其地石崖高聳，依山建城，城堞雄峙。三國吳建城時，長江尚在清涼山下流過，故在戰略上具有重要地位，為古來兵家必爭之地。詞人就此生發出一番蒼涼感慨。一開始寫自己立於石頭城上，環顧四周，吳楚之地空闊無邊，連天都顯得低低的了。這裡寫的不僅僅是具體的空間高度，而是暗含了一種歷史的高度，其開闊的視野，實也寓含了一種審視歷史的眼光，因而詞之發端即給人以高瞻遠矚、氣勢恢宏之感。所謂「眼空無物」既是形容所見之遼闊，也是敘說歷史遺跡的虛無。「指點六朝形勝地，惟有青山如壁」，乃就「無物」加以發揮，正所謂「青山依舊在」，繁盛已成塵。此二句指點江山與人事，屬於概寫，以下則具體指點歷史與人物。回想當年為爭奪霸主地位，此地曾發生過無數次戰爭，「蔽日旌旗」所寫為陸戰，「連雲檣櫓」所寫為水戰。六朝近四百年中的連年征戰，戰死的人無以數計，白骨累累，直如白雪掩蓋著廣袤大地。所謂「一將功成萬骨枯」，歷朝如此。詞人不禁感慨：「大江南北，消磨多少豪傑！」多少豪傑之士為爭奪霸權耗費了自己的寶貴生命，可是到頭來依舊是「灰飛煙滅」。這兩句與蘇軾〈念奴嬌〉「大江東去，浪淘盡、千古風流人物」的感慨頗為相似，既對他們的才能含有一定程度的讚美，更對其為此浪擲生命、禍及士兵與百姓深感痛惜，故清陳廷焯認為這兩句「語意淒惻」（《詞則》）。

以上從戰爭的角度抒發對歷史的喟嘆，下面則從石頭城的繁華、帝王的奢靡著眼，謂此一切不過是過眼雲煙、鏡花水月。「寂寞避暑離宮」五句，截取當年南唐闢石頭山為清涼山作為避暑地之史實，作為代表，發昔盛今衰之感。「寂寞避暑離宮，東風輦路，芳草年年發」，想像當日離宮別館，應是衣香鬢影，笙歌鼎沸，一派歡樂；帝妃車馬所過之處，一路東風，快如之何！而今遍地芳草，黍離麥秀，一片荒寂。其景象正如唐元稹〈行宮〉詩所描寫的那樣：「寥落古行宮，宮花寂寞紅。」下面「落日無人松徑冷，鬼火高低明滅」，更推進一層，不僅白天寂寞，且隨著日落西山，罕無人跡的松間路上顯得益發淒冷，到夜間燐燐鬼火陰森可怖，令人毛骨悚然。至此，可謂把衰象寫到了極致，故以下轉入抒發歷史無情的悲感。「歌舞樽前，繁華鏡裡，暗換青青髮」，正所謂樂極哀來，繁華轉瞬。中間下「鏡裡」二字極妙，一方面暗示繁華有如鏡中之花，實乃一場虛幻，另方面又寫出人之對鏡生悲，嘆息年華暗換，人生短促。在無窮的宇宙面前，在不變的自然面前，歷史興廢的輪迴何其迅疾，人事變遷的軌跡又何其難測！全詞以「傷心千古，秦淮一片明月」的感嘆作為結束。詞中充滿歷史興替的滄桑之感，更貫穿了一種少有的反思歷史的批判精神。詞雖從兩方面著筆，但二者之間有著密切的聯繫。戰爭是為了爭奪霸權，爭奪霸權又和治人的欲望和對物欲的追求密不可分。前者為手段，後者為目的。

此詞用蘇軾〈念奴嬌〉「赤壁懷古」原韻，卻能運筆流暢，能將大場景攬於毫端，又能狀小景物如在目前，且善將眼前之景與歷史陳跡加以對照，寓議論於形象之中，發感慨於千載之下，具悲涼之美，亦帶沉雄之氣，能給讀者造成一種心靈的衝擊力。

〈念奴嬌〉詞調在《全宋詞》中出現頻率達四百八十二次，可見其為詞人所青睞。用仄韻格者，以押入聲韻為多，適宜於表現激昂慷慨悲壯之情，豪放詞人尤所喜用，佳作多多，其中以蘇軾「赤壁懷古」詞最為有名，茲附錄於後：

大江東去，浪淘盡、千古風流人物。故壘西邊，人道是、三國周郎赤壁。亂石穿空，驚濤裂岸，捲起千堆雪。江山如畫，一時多少豪傑。　遙想公瑾當年，小喬初嫁了，雄姿英發。羽扇綸巾，談笑間、檣櫓灰飛煙滅。故國神游，多情應笑我，早生華髮。人間如夢，一尊還酹江月。

蘇詞在清乾隆年間編訂《九宮大成譜》時，被譜曲，道光年間謝光淮所編《碎金詞譜》予以轉錄，傳唱至今。

79 東風第一枝

憶梅

元 張翥 仲舉

老樹渾苔，橫枝未葉，青春肯誤芳約。背陰未返冰魂❶，陽梢已含紅萼。佳人寒怯，誰驚起、曉來梳掠。是月斜、花外幺禽❷，霜冷竹間幽鶴。

雲淡淡、粉痕漸薄，風細細、凍香❸又落。叩門喜伴金樽，倚闌怕聽畫角❹。依稀夢裡，記半面❺、淺窺珠箔❻。恁時得、重寫鸞箋❼，去訪舊遊東閣❽。

【作者】張翥，見本書第七十五首〈陌上花〉詞作者介紹。

【詞律】〈東風第一枝〉，又名〈瓊林第一枝〉。見史達祖《梅溪詞》。雙調，一百字，上闋四仄韻，下闋五仄韻，各家詞句讀略有參差，《白香詞譜》所錄張翥詞，句式與史達祖詞同。中間有數處須用對仗，如上闋第一、二句為四言對（如史達祖詞「草腳愁蘇，花心夢醒」），四、五句為六言對（如史詞「舊歌空憶珠簾，彩筆倦題繡戶」），下闋第一、二句為七言同聲對（如史詞「今夜異於史詞者）為「又一體」。

覓、夢池秀句，明日動、探花芳緒」），三、四句為六言對（如無名氏詞「暗香空寫銀箋，素豔漫傳妙筆」）。張翥此詞亦一一依遵。《詞律》卷一六、《詞譜》卷二八均以史達祖詞（草腳愁蘇）為正體。《詞譜》另列吳文英詞（傾國傾城）上下闋均六仄韻者及無名氏詞二首（上下闋押韻多寡有異於史詞者）為「又一體」。

【注　釋】❶冰魂　喻梅之高潔品格。宋蘇軾〈松風亭下梅花盛開〉詩：「羅浮山下梅花村，玉雪為骨冰為魂。」陸游〈梅花〉詩：「廣寒宮裡長生藥，醫得冰魂雪魄回。」❷么禽　小鳥。❸凍香　冰雪中之梅花。❹畫角　古管樂器，形如竹筒，本細末大，外加彩繪，故名。❺半面　半邊面孔。《南史．徐妃傳》載，南朝梁元帝眇一目（獨眼），徐妃知帝將至，嘗飾半面妝以待。❻珠箔　即珠簾。❼鸞箋　即鳳紙，猶今之彩箋。此指書信。❽東閣　東閣在四川簡陽，一曰東亭。唐杜甫〈和裴迪登蜀州東亭送客逢早梅相憶見寄〉詩：「東閣官梅動詩興，還如何遜在揚州。」後以東閣指梅開之地。

【語　譯】老樹滿是蒼苔，橫斜之枝尚未長葉，正值美好青春，豈肯耽誤芬芳之約。背陰之處梅花還未開放，向陽梢頭已著紅色花萼。佳人畏寒，是誰驚起她，一早起來梳妝打扮？是斜月照射下花邊的啁啾小鳥，是冷霜籠罩竹間徘徊的白鶴。

白雲淡淡，花的粉痕逐漸轉薄；東風細細，經冬的香梅又正飄落。叩門而入，喜與金樽為伴喝上美酒；倚闌而立，怕聽樂器吹奏〈梅花落〉曲。恍惚的夢中，記得有半面的美人，透過珠簾悄悄窺視。什麼時候得以重寫書信寄予朋友，去訪問曾經遊覽過的梅花盛開之東閣？

【研　析】詞題曰「憶梅」，係詠物詞。發端先用一對句「老樹渾苔，橫枝未葉」寫梅之形態。此梅非一般之梅，而係長滿苔蘚的老梅，枝幹橫斜，尚未抽葉（因葉生長所須溫度高於花開所須溫度之故)。宋范成大〈梅譜後序〉曰：「梅以韻勝，以格高，故以橫斜疏瘦與老枝奇怪者為貴。」可知詞人所憶者乃名貴之梅。下接「青春肯誤芳約」，真乃神來之筆！用擬人手法引逗出梅開之意。梅花是百花開放的先行者，值此青春之期，怎可誤了與眾花的芳菲之約！故下面接寫梅開：「背陰未返冰魂，陽梢已含紅萼。」俗話說，「向陽花木早逢春」，梅亦不例外，北枝未發南枝開，梅花還只開到一半。由此可知這裡寫的非盛開之梅，由此亦可見作者觀察的細緻。以下「佳人寒怯」數句，寫梅花之幽潔，不從正面著筆，而從旁面、從佳人的驚起梳掠著筆。冬末春初，猶是寒風料峭，拂曉之時尤其是畏寒佳人貪衾戀被的時刻，可是而今卻出現了意外。是什麼原因引發出這種意外？「月斜花外么禽，霜冷竹間幽鶴」二句，作了回答。這裡的重點不在寫佳人如何如何，而是藉此渲染梅花所處的幽雅環境。前一句寫月下之梅，將花魂、月魄融會一處，是何等的冰清玉潔！在詩詞中梅與月的意象組合頗為常見，如林逋〈山園小梅〉：「疏影橫斜水清淺，暗香浮動月黃昏。」姜夔〈暗香〉：「舊時月色，算幾番照我，梅邊吹笛？」均能造成一種清逸空濛之境。此處所寫月為斜月，則又與「曉來」二字相應。么禽，典出《龍城錄》。該書載，隋開皇中趙師雄遷羅浮，日暮與素妝美人共飲，醉寐，東方既白，起視梅花樹上有翠鳥啁啾，所遇蓋梅花神。因此，么禽係詠梅詞中常用典故，如宋姜夔〈疏影〉詞詠梅即有「苔枝綴玉，有翠禽小小，枝上同宿」的描寫。這前一句把梅與月與禽加以組合，有聲有色。後一句寫梅花依傍霜竹，是以竹來映襯梅的高潔，松、竹、梅乃歲寒三友，唯有松竹可與梅相配，蘇軾〈和秦太虛梅花〉詩云：「江頭千樹春欲闇，竹外一枝斜更好。」陸游〈射的山觀梅〉詩：「照溪洗盡嬌春意，倚竹真成絕代人。」詞人筆下之梅豈止與霜竹相依傍，更有超塵脫俗的白鶴相伴。北宋處士林逋不就是以梅為妻、以鶴為子，因而有「梅妻鶴子」之說嗎？禽鳥中恐怕惟有鶴之品格可與梅花相匹配。雖然從表面上看，對於「誰驚起」、「佳人」而言，這兩句強調的是聲音，但從實質上看，作者要表現的恰恰是要為梅花營造一個獨特的環境，以月、竹、鶴烘托其高雅絕塵。

上闋寫了梅樹的珍貴、梅花的開放、梅的高潔品質，但梅花綻放是有季節性的，盛極必衰，故至下闋轉而抒發梅花將謝的哀傷。「雲淡淡、粉痕漸薄」，梅花多為紅色，漸衰而轉淡，與悠悠白雲高下映襯。周邦彥〈瑞龍吟〉詞曾有「褪粉梅梢，試花桃樹」的描寫，「粉痕漸薄」亦即「褪粉」之意。「風細細、凍香又落」，這句與上句之間體現出的是一個由褪粉到飄落的漸變過程。詞人在前面寫及梅之方方面面，而未及其「香」，故於此處以「凍香」加以補寫。又梅開在冬季，梅落已是春天，春風和煦，故以「細細」形容。此等處，均可見出作者之用心。以下「叩門喜伴金樽，倚闌怕聽畫角」兩句，雖是兩種不同心情的對照，但前一句實際是陪襯，後一句才是要表達的惜花情緒。寫罷愛梅、惜梅，再轉入夢梅：「依稀夢裡，記半面、淺窺珠箔。」梅花彷彿變成了羅浮山的女神，對自己似有一份特別的情愫，故前來探望。因為是「淺窺珠箔」，非用兩眼仔細察看，故用了一個徐妃著「半面」妝的典故，十分恰切而富有情趣。夢梅，似是梅對自己有意，實乃自己不能忘情於梅，故詞的結尾表達欲重至舊地訪梅之願：「恁時得、重寫鸞箋，去訪舊遊東閣。」至此，方點出前面所寫之梅非眼前之梅，而是回憶往昔「舊遊」所見之梅。因回憶舊遊之梅而意欲重訪，尤能見出作者對梅之一往情深。這一結尾，很容易使我們想起南朝梁詩人何遜的故事。何遜在揚州愛賞梅花，曾作〈早梅〉詩，後居洛陽，因思梅花，再請往揚州。至揚州，在花下彷徨終日，可謂是癡於梅者。讀此詞亦令人有梅癡之感。題中「憶」字，直到最後才點醒，構想甚為巧妙。

在這首詠物詞中，作者寫了「佳人」、「驚起」、「梳掠」的細節，運用了「半面」的典故，這是詠物詞中常有的點綴。正如沈義父《樂府指迷》「詠花卉及賦情」一節所云：「作詞與詩不同，縱是花卉之類，亦須略用情意，或要入閨房之意。」從而使詞作更搖曳生姿。當然，從詠梅這一題材看，它稱不上其中的上品。詠梅詞最著名者當推姜夔的〈暗香〉（舊時月色）、〈疏影〉（苔枝綴玉）與陸游的〈卜算子〉（驛外斷橋邊），它們多含比興而另有深意在焉，故尤為人所推崇與愛賞。

〈東風第一枝〉這一詞牌，多處可用為對仗。詞人發揮自己擅長運用詞語的優勢，對詞牌的這一特點充分地加以利用。詞中用了五組對仗：「老樹渾苔，橫枝未葉」、「背陰未返冰魂，陽梢已含紅萼」、「月斜花外幺禽，霜冷竹間幽鶴」、「雲淡淡、粉痕漸薄，風細細、凍香又落」、「叩門喜伴金樽，倚闌怕聽畫角」。就表意說，有正對，有反對；就平仄言，有格律對，有同聲對；就字數言，有四言、六言、七言。因其變化較多，我們讀來無絲毫板滯之感，反覺其具有一種整飭與流利的結合之美。又其中所用幺禽、幽鶴、半面、東閣等典，亦能出於自然。在藝術表現上實有其優長。

80 慶春澤 紀恨

清 朱彝尊 竹垞

橋影流虹❶，湖光映雪，翠簾不捲春深。一寸橫波❷，斷腸人在樓陰。遊絲❸不繫羊車❹住，倩何人、傳語青禽❺。最難禁❻，倚偏雕闌，夢偏羅衾。

重來已是朝雲散❼，悵明珠佩冷❽，紫玉煙沉❾。前度桃花，依然開滿江潯❿。鍾情怕到相思路，盼長堤、草盡紅心⓫。動愁吟，碧落黃泉⓬，兩處誰尋。

【作者】朱彝尊，見本書第三十一首〈柳梢青〉詞作者介紹。

【詞律】〈慶春澤〉，有雙調六十六字者，有雙調一百字者。《白香詞譜》所錄為後者，即〈高陽臺〉（清毛先舒《填詞名解》謂「取宋玉賦神女事。」即取神女所言「旦為朝雲，暮為行雨，朝朝暮暮，陽臺之下」意），又名〈慶春澤慢〉、〈慶春宮〉。上下闋均四平韻，朱彝尊此詞上下闋倒數第三句均押韻，與宋張炎詞（接葉巢鶯）屬同一體。此詞牌首二句對仗係定格。由於中間多有兩四言相連處，有的詞人用為格律對或並頭對、同聲對，如朱彝尊此詞上闋末二句「倚偏雕闌，夢偏羅衾」為並頭對，張炎詞「萬綠西泠，一抹荒煙」為同聲對，下闋第二、三句「（悵）明珠佩冷，紫玉煙沉」為格律對，張炎詞之末二句「怕見飛花，怕聽啼鵑」，為並頭對。亦有用為疊韻者如蔣捷詞「春也難留，人也難留」。此詞調音律諧婉，適於寫幽思、柔情，南宋婉雅詞人尤喜用之。《詞律》卷二〇錄張先詞（飛閣危橋相倚）六十六字者為正體，列劉鎮一百字之〈慶春澤慢〉為「又一體」。《詞譜》卷二八以劉鎮詞（燈火烘春）前後闋各四平韻者為正體，另列蔣捷上闋四平韻下闋五平韻者、張炎上下闋各五平韻者為「又一體」。

【注釋】❶流虹　橋名。即吳江東門外之垂虹橋。❷橫波　流動之眼波。❸遊絲　空中飄颺的蟲絲。此指情絲。❹羊車　羊拉的小車。《晉書・衛玠傳》載，衛玠風神秀異，少年時乘羊車入市，見者皆以為玉人。❺青禽　青鳥，傳說中西王母身邊的使者。後用作使者之稱。❻難禁　難經受得住。❼朝雲散　戰國楚宋玉〈高唐賦〉載，巫山神女「旦為朝雲，暮為行雨」。朝雲散，指女子亡故。❽明珠佩冷　《列仙傳》載，鄭交甫在漢皋遇兩女，佩珠大如雞卵。鄭以目挑，女解佩珠相贈。此句指女子亡故。❾紫玉煙沉　《搜神記》載：「吳王夫差，小女紫玉，悅童子韓重，欲嫁之，不得，氣結而死。（韓）重游學歸，知之，往弔於墓側。（紫）玉形見，贈（韓）重明珠，因延頸而作歌。（韓）重欲擁之，如煙而沒。」此句亦指女子亡故。❿前度桃花二句　用唐崔護〈題都城南莊〉詩意：「去年今日此門中，人面桃花相映紅。人面不知何處去，桃花依舊笑春風。」江潯，江水邊。⓫草盡紅心　草上全長出紅心。《異聞錄》載：「王生夢侍吳王，聞葬西施，生應敕為詩曰：『滿地紅心草，三層碧玉階。春風無處所，淒恨不勝懷。』」⓬碧落黃泉　碧落，謂天空。黃泉，指地下。唐白居易〈長恨歌〉：「上窮碧落下黃泉，兩處茫茫皆不見。」

【語　譯】水中倒映流虹橋影，湖光與雪浪相照，綠色窗簾未捲，恰值春深。流盼的眼波，投射於風儀俊美年少，為之腸斷的人躲在樓陰。遊絲繫不住他所乘坐的羊車，請誰作為使者幫我傳遞心聲？倚遍雕花闌干在盼望，在絲羅繡被中做過無數的夢去追尋，這種單相思最教人難禁。

重來時人已如朝雲般消散，悵惘所贈明珠玉佩已冷、人如紫玉那樣化作一縷輕煙。前度所見桃花，依舊開滿江濱。因為鍾情而害怕踏上相思路，盼望長堤上草長紅心。觸發愁苦的吟詠，感嘆天上地下，兩處難尋。

【研　析】此詞前有小序道其本事：「吳江葉元禮，少日過流虹橋，有女在樓上，見而慕之，竟至病死。氣方絕，適元禮復過其門，女之母以女臨終之言告葉，葉入哭，女目始瞑。有人為作傳，余記以詞。」由序可知，這首詞記錄的是一個十分哀豔的故事，只是可惜女主人公沒有《牡丹亭》中杜麗娘死而復活的「幸運」，因而是一個真正的愛情悲劇。詞之上闋從女方著筆。此女居吳江流虹橋附近，吳江在江蘇東南部，西濱太湖，故詞一開始即從其所處優美環境著筆：「橋影流虹，湖光映雪」。景物空明靈秀，是對女主人公水靈秀麗的一種襯托。「翠簾不捲春深」一句，寫景的視線由湖光水影轉入樓臺，並點明時值暮春季節，為下面的人物出場作勢。那時的閨秀看自己喜愛之人，不能如今日之「直面」，還是很有顧忌的，因此看人是躲在簾幕之後，「翠簾不捲」就成了一道有利的屏障。「一寸橫波，斷腸人在樓陰」，寫女孩子橫波流盼，幕後偷窺，她希望看到對方，又害怕被對方發現，既緊張，又神祕。可這畢竟是得不到對方感應的苦戀，因而又感到無限傷心，以致為之腸斷。「遊絲不繫羊車住」數句，細寫其焦灼而又痛苦的內心活動：縱然我有情絲萬縷也繫不住你的車，逮不住你的心，因為我無法向你直接表達，可又找不到為之傳遞情愫的使者。日思（倚偏雕闌）夜想（夢偏羅衾），始終無法再見己之所愛，更無法得到他的回應，因而令人痛不欲生。真箇是迴腸九曲，焉得不鬱鬱而終。為情而死，真癡情女子也！

下闋轉從男方著筆。這位風儀俊美之葉元禮亦係有情之人。重到吳江，聞說該女子為思戀自己而死，感慨唏噓。作者一連用了「朝雲散」、「明珠佩冷」、「紫玉煙沉」三個典故來寫他對亡者的沉痛悼念，「散」、「冷」、「沉」的逝去動態描寫，包含著無限的遺恨。以下再用「前度桃花」詩意，感嘆物是人非：桃花依舊在，人逝杳如煙。「鍾情怕到相思路，盼長堤、草盡紅心」，進一步寫其傷逝情懷，他害怕踏上她曾經走過的路，那是她曾為相思而徘徊之地，但他又希望看到長堤上長出紅心草，去體味她年輕的生命在世上的一點遺留。最後，詞以「碧落黃泉，兩處誰尋」的追索不得，作為結束，那愁苦悲吟、一腔怨恨，長久地回盪於悠悠天地間。

詞的上闋寫女性相思，語言流利，表情細膩；下闋寫男性傷逝，則頗典雅，表情深沉。一個癡情，一個鍾情，前後段各有其妙，展現了那一特定歷史時代的情感悲劇。據說，朱彝尊此詞問世之後，一時流傳甚廣。《續本事詩》注謂：葉元禮後來至會稽，每次入鬧市，必有人夾道圍觀，以一睹其丰采為快。在此任職之宋琬不禁感嘆說：「是將看殺衛玠！」（《世說新語・容止》載：「衛玠從豫章至下都，人久聞其名，觀者如堵牆。玠先有羸疾，體不堪勞，遂成病而死。」）遂招其入官署讀書以應考。（按：葉元禮，名舒崇，康熙丙辰（一六七六）進士，官中書舍人。）

《高陽臺》調，南宋後期之婉雅詞人，如吳文英、周密、王沂孫、張炎等均有所作，其中以張炎「西湖春感」寫亡國之痛的作品最為有名，茲錄於下以供參讀：

接葉巢鶯，平波捲絮，斷橋斜日歸船。能幾番游？看花又是明年。東風且伴薔薇住，到薔薇、春已堪憐。更淒然，萬綠西泠，一抹荒煙。　當年燕子知何處？但苔深韋曲，草暗斜川。見說新愁，如今也到鷗邊。無心再續笙歌夢，掩重門、淺醉閑眠。莫開簾，怕見飛花，怕聽啼鵑。

81 桂枝香

金陵懷古

宋　王安石　介甫

登臨縱目，正故國❶晚秋，天氣初肅❷。千里澄江似練❸，翠峰如簇。征帆❹去棹❺殘陽裡，背西風、酒旗斜矗。綵舟雲淡，星河鷺起❻，畫圖難足。

念往昔、豪華競逐。嘆門外樓頭❼，悲恨相續。千古憑高，對此謾嗟榮辱。六朝❽舊事隨流水，但寒煙、衰草凝綠。至今商女，時時猶唱，〈後庭〉遺曲❾。

【作　者】王安石，字介甫，撫州臨川（今屬江西）人。天禧五年（一〇二一）生。慶曆二年（一〇四二）進士。先後任簽書淮南判官、三司度支判官、翰林學士兼侍講等職。宋神宗熙寧二年（一〇六九），拜參知政事，主持變法。次年拜同中書門下平章事。七年出知江寧府。次年再相，復罷。元豐二年（一〇七九），拜尚書左僕射，封荊國公。晚年退居江寧（今江蘇南京）城外半山園，自號半山老人。元祐元年（一〇八六）卒，年六十六。工詩擅文，皆稱大家，文列唐宋八大家之一，有《臨川先生集》一百卷。亦能詞，唐圭璋輯《全宋詞》收錄二十九首。宋王灼《碧雞漫志》評曰：「王荊公長短句不多，合繩墨處，自雍容奇特。」清劉熙載《詞概》稱其詞「瘦削素雅，一洗五代舊習」。

【詞律】〈桂枝香〉，清毛先舒《填詞名解》以為其名出於唐裴思謙狀元及第後所賦詩「夜來新惹桂枝香」及唐懿宗咸通中袁皓登第後作詩「桂枝香惹蕊珠香」。因南宋張輯詞（梧桐雨細）有「疏簾淡月，照人無寐」句，又名〈疏簾淡月〉。雙調，一百零一字，上下闋各十句，五仄韻，以押入聲韻者為多，亦可上去聲通押。《詞律》萬氏注云：「此調舊譜分南北，如用入聲韻則名〈桂枝香〉，用去上聲韻始可名〈疏簾淡月〉。」此調句讀、格律除上下闋第一句有異外，餘均相同。填此調所宜注意者：㈠上下闋第四五句共十字，可作上六下四（如此詞上闋），亦可作上四下六（如此詞下闋）；㈡上闋之末三句四言前兩句有時可用為對仗，如此詞上闋之「綵舟雲淡，星河鷺起」，周密詞（岩飛逗綠）之「麝痕微沁，蜂黃淺約」，但非定格；㈢其中有幾處拗律如「天氣初肅」、「悲恨相續」之平仄平仄，宜加注意，但第二字仄聲有時可通融；上下闋末句仄平平仄的特殊格律（如「畫圖難足」、「〈後庭〉遺曲」）宜加遵循。㈣上下闋第二句五言為一、四節奏。此調押入聲韻，二十句中，句腳字仄聲占了十八句，加之句式時帶拗折，因而音律極顯拗怒。《詞律》卷一六、《詞譜》卷二九均以王安石詞為正體，《詞譜》另列陳亮、張炎、周密、黃裳詞字句略微相異者及張輯押上去聲韻者為「又一體」。

【注　釋】❶故國　指金陵（今江蘇南京）。❷肅　肅殺。指秋日樹木縮栗、空氣凝寒狀態。❸澄江似練　晉謝朓〈晚登三山還望京邑〉詩：「澄江靜如練。」練，白綢。❹征帆　行駛的船隻。❺棹　搖船的用具。此代指船。❻星河鷺起　長江中有白鷺洲。李白〈登金陵鳳凰臺〉詩：「三山半落青天外，二水中分白鷺洲。」洲在金陵西長江中。❼門外樓頭　唐杜牧〈臺城曲〉有「門外韓擒虎，樓頭張麗華」的詩句，為詞語所本。所寫史實為：隋將韓擒虎率軍攻陷臺城，於井中擒獲張貴妃（麗華）與陳後主，張被殺。事見《陳書・張貴妃傳》。門外，指韓擒虎攻金陵時由朱雀門外進入。樓頭，指陳後主、張麗華尋歡作樂於臨春閣、結綺閣。❽六朝　指在金陵建都的東吳、東晉、宋、齊、梁、陳六個朝代。❾至今商女三句　用杜牧〈夜泊秦淮〉詩意：「商女不知亡國恨，隔江猶唱後庭花。」商女，歌女。後庭花，指陳後主所作〈玉樹後庭花〉，後被人視為亡國之音。

【語　譯】登臨金陵縱目四望，正值故國晚秋時節，天氣開始轉為肅殺。千里長江澄清似練，翠峰聳立有如箭頭尖削。江中船隻在斜陽裡往來如織，岸上酒旗在西風緊處高高飄拂。水上彩舟映襯淡淡白雲，星河中的白鷺似在翩翩起舞，即使是畫圖也難繪其壯偉瑰麗。

感念昔日競相追逐豪華，喟嘆門外樓頭史跡不斷發生，悲恨每相接續。千載之下登高，對此徒然嗟嘆榮辱轉換迅疾。六朝舊事已隨流水而去，只見寒煙中的衰草凝成一片淒碧。至今歌女，還在時時唱著陳後主製作的〈後庭花〉曲。

【研　析】金陵形勝，虎踞龍蟠，有帝王氣象。可是在此建都的王朝沒有一個長久的，尤其是六朝相繼更迭，只有三百多年的歷史，教訓多多，因而引起了無數後人的沉思，也引發了許多騷人墨客的詠嘆。在詞中亦不乏為人所傳誦之佳作，本書所錄元代薩都剌〈滿江紅〉（六代豪華）、〈念奴嬌〉〈石頭城上〉，及未錄之宋代周邦彥〈西河〉〈佳麗地〉均是名篇，而其中尤以王安石此詞拔居上頭。王氏以其政治家的眼光，站在歷史的高度，來審視這段史跡，憂慮社會現實，自是不同凡響。這首詞的上闋重在寫金陵之形勝，也暗示出北宋社會表面的繁榮。一上來就是「登臨縱目」，顯示出一種高瞻遠矚的氣勢，接點登臨時節，乃「天氣初肅」之「晚秋」，故所見極為闊遠。「千里」二句寫江山之壯美。秋日江水明淨，故有「澄江似練」之形容，所謂「千里」者，寫其遙接天涯之感，亦即辛棄疾〈水龍吟〉詞「楚天千里清秋，水隨天去秋無際」之境界；「翠峰如簇」，則寫青山之高聳入雲，所謂「如簇」乃是青山與白雲相映的感覺。雖未寫雲天，然江山與雲天已渾然一體，展現的是一幅雄闊的江山萬里圖。這兩句寫的是遠景。「征帆去棹」二句為中景，前句寫江中運輸、行旅，一片繁忙，後句寫江邊酒肆林立，招徠顧客的酒旗飄揚，商業繁榮。「西風」與前面「晚秋」相呼應。「綵舟」二句為秦淮河一帶近景，用一對句來寫金陵夜生活的開始：彩繪的船隻相映著淡淡的碧雲，密集的燈光倒映於水面，景象恰似星河，詞人再將秦淮河出口處的白鷺洲一併攬入畫圖，以一「起」字化靜態為動態，如此通過現實描寫與美麗想像的結合，通過動與靜的相融，通過色彩的渲染，便把秦淮一帶的迷人風光和金陵都市的繁華呈現於讀者的眼前，而「星河」、「綵舟」也為結尾的「商女」「猶唱後庭遺曲」埋下伏筆。「畫圖難足」一句，是對金陵形勝的總括，承上啟下。

上闋從空間著筆，真箇是「視通萬里」，金陵的氣派、城市的繁華盡呈筆底。下闋從時間著筆，「思接千載」而又回歸現實。詞人對金陵的氣象固然充滿讚嘆，但最終的落腳點是對歷史與現實的沉思。「念往昔、豪華競逐」，即點出六朝相繼敗亡的原因，亦即孟子所言「生於憂患，死於安樂」之意，令人警醒！在六朝敗亡史跡中，詞人只拈出陳後主與張麗華的奢靡腐朽作為代表，所謂「門外樓頭」的結局，其實是六朝統治者所共同遭遇的命運，故詞中有「悲恨相續」的感嘆。這種感嘆與杜牧在〈阿房宮賦〉中所說「秦人不暇自哀，而後人哀之。後人哀之而不鑒之，亦使後人而復哀後人也」，一脈相承，而歷史的每一次輪迴，幾乎都是驚人地相似。對這種歷史教訓，腐敗的統治者不引為借鑒，因此由極尊榮轉而遭受凌辱，必不可免，我「千古憑高，對此」也只有「謾嗟」空嘆而已。「六朝舊事隨流水」，「流水」與前面「澄江」相呼應，種種往事已被江水無情淘洗湮滅，眼前還能看到的是什麼？是晚秋的「寒煙」，是寒煙下的「衰草」，是衰草的「凝綠」，一種令人傷心慘目的淒綠。此處的寫景一改上闋的清壯明麗，色彩轉為黯淡，既是為悲慨弔古，也是為下面的傷今情懷作鋪墊。雖然詞的上闋也暗示出金陵的表面繁榮，但詞人的敏銳，使他感受到了一種社會的危機。指出「至今商女，時時猶唱，〈後庭〉遺曲。」多數人並不居安思危，而是醉生夢死，商女固然不知亡國恨，而醉心於這種歌聲者豈不更是麻木不仁。作者提醒世人：不要重蹈六朝覆轍！用前人詩意作為結束，有餘不盡。

王安石此詞一出，轟動詞壇，據宋楊湜《古今詞話》載：「金陵懷古，諸公寄詞於〈桂枝香〉，凡三十餘首，獨介甫最為絕唱。東坡見之，不覺嘆息曰：『此老乃野狐精也。』」宋末張炎《詞源》亦讚其「清空中有意趣，無筆力者未易道。」所謂清空者，不膠著於物象，對外物的描寫遺其貌而取其神；所謂意趣者，指其思想高妙，餘味曲包，耐人尋味。張氏之評，堪稱的當。

82 翠樓吟

魂一作「美人魂」

清 黃之雋 石牧

月魄荒唐❶，花靈❷髣髴，相攜最無人處。闌干芳草外，忽驚轉❸、幾聲啼宇❹。飄零何許？似一縷游絲❺，因風吹去。渾無據。想應淒斷，路旁酸雨。日暮。渺渺愁予❻，覺黯然銷者，別情離緒❼。春陰樓外遠，入煙柳、和鶯私語。連江暝樹。欲打點❽幽香，隨郎黏住。能留否？只愁輕絕，化為飛絮。

【作者】黃之雋，字石牧，號唐堂，江蘇華亭（今上海松江）人。康熙七年（一六六八）生。康熙六十年（一七二一）進士。改庶吉士，授編修，充日講起居注。提督福建學政，遷中允。雍正三年（一七二五）被參落職。乾隆元年（一七三六），薦試博學鴻詞，以年老不能終卷而罷報。乾隆十四年（一七四九）卒，年八十二。著有《唐堂集》六十卷，其中含詞二卷，續一卷。喜集唐人句為詩，《四庫提要》云：之雋集唐人句為香奩詩，「一一如自己出，可謂前無古人，後無來者。」

【詞律】《翠樓吟》，宋姜夔自度曲，見《白石道人歌曲》。詞詠武昌安遠樓，有「層樓高峙。看檻曲縈紅，簷牙飛翠」句，故名。詞中僅姜夔與黃之雋填有此調，今據二詞對照，並據《白香詞譜》與《考正白香詞譜》所標平仄，個別處有所調整，平仄可通融。此詞牌雙調，一百零一字，上闋六仄韻，下闋七仄韻。上闋從第四句始、下闋從第五句始，句式、格律均同。首二句兩四言例為對仗。按姜夔詞例，上闋第七八句、下闋第八九句均為一字逗領起四言對句（「(看) 曲檻縈紅，簷牙飛翠」；「(仗) 酒祓清愁，花消英氣」），宜以姜詞為準。又，其中四言，多用仄平平仄格律（如「最無人處」、「想應淒斷」、「路旁酸雨」、「只愁輕絕」、「化為飛絮」等），此亦填該調所宜注意處。《詞律》卷一七、《詞譜》卷二九均以姜夔詞（月冷龍沙）為正體。

【注　釋】❶月魄荒唐　月魂茫茫無著。月魄，道家以日為陽，故稱日魂；以月為陰，故稱月魄。荒唐，漫無邊際、渺茫貌。❷花靈　花之精靈。❸轉　傳。❹啼宇　啼鳴的杜鵑。宇，杜宇；杜鵑鳥。其鳴聲似「不如歸去」。❺游絲　飄颺在空中的蟲絲。❻渺渺愁予　《楚辭・九歌・湘夫人》：「帝子降兮北渚，目渺渺兮愁予。」渺渺，極目遠望貌。愁予，使我愁悶。❼黯然二句　南朝梁江淹〈別賦〉：「黯然銷魂者，惟別而已矣。」銷，銷魂的簡省，指魂魄失散。❽打點　料理；安排。

【語　譯】如月魄茫茫無著，如花靈惝恍迷濛，帶著魂靈去到最無人處。忽驚聽闌干的芳草之外，傳來幾聲杜鵑的啼鳴。飄零情狀如何？像一縷游絲被風吹去。完全無所依傍，想來在路旁的悲雨中，應是淒然腸斷。

時至日暮。極目遠望不見所思，使我憂慮。令人心情淒黯魂銷魄失的，是別離情緒。在樓外很遠的春陰處，有的話只能在如煙柳樹中，向鶯偷偷傾訴。眼前盡是臨晚的成行江樹。想料理幽微的芳香，把郎黏住。但又不知可否留住？只擔心過於輕微，化為飄飛的柳絮。

【研析】此詞寫美人遊魂。中外古今，很多人、很多學派、教派都認為人死後靈魂是不滅的，今人甚至測量出靈魂是有重量的。因相信靈魂的存在，我國素有招魂之俗，如有的地方於三月上巳日於水濱招魂續魄，以祓不祥；戰國楚之屈原（一說宋玉）還寫過〈招魂〉之類的作品，其後還有《離魂記》、《倩女離魂》之類的小說、雜劇。此詞作者自然是認定人死後是有靈魂的。但靈魂是很玄虛縹緲、難以捉摸的東西，故詞之上闋寫其迷濛彷彿、飄忽不定：像月魄，如花魂，似游絲，沒有形體，沒有支撐，無可依傍。有時游移於靜無人處，陡然聽到杜鵑的啼叫，不免感到驚悚，帶有幾分鬼氣；有時又飄蕩路旁，在酸風苦雨中悲不自勝，含有無限淒涼。

詞的下闋，則主要從其情感著筆。日暮時分，是渴盼見到情侶的時刻。可是「渺渺愁予」，極目搜尋，望穿秋水，不見伊人的蹤影，因而惆悵無極。其中直接用《楚辭》中語，如將「日暮」二字相連，又暗用了江淹〈休上人別怨〉中「日暮碧雲合，佳人殊未來」的詩意。下面「覺黯然銷者，別情離緒」，用的雖是江淹〈別賦〉中語，但江氏筆下之別，乃人世間之別，而詞中所寫則為陰間與陽間之別，故慘淒過之。自己縱有千種柔情，萬分蜜意，由於幽明兩隔，竟是無可傾訴。只好從有「闌干」圍護的屋宇，飄至「樓外」、「春陰」寂靜之地，「和鶯」訴說。慘淒情懷又深進一層。此時，天色已晚，入於眼目的，惟有江樹而已，再申失望孤寂之情。美人魂靈瀕於絕望之時，又生出一種幻想：「欲打點幽香，隨郎黏住。」魂雖無形，幽香猶在，欲以香氣附著於郎身。此係一層轉折。下面「能留否？」再轉，對此種想法又不免生出疑惑。且還不止疑惑，更生出一層憂慮：「只愁輕絕，化為飛絮。」真是層層轉折，曲曲傳情。此魂乃有情之魂，由此可以推想當其未化為魂之前，應係一有情之人。

作者擅長詠物，其〈齊天樂〉詠蓮蓬、〈鬥百草〉詠雨中芍藥等詞，都寫得婀娜多姿，顧盼生輝。這首詠「魂」，也可算是一首詠物詞。但這個「物」卻是無形的，無法將它的色彩、形態等具象化，但作者抓住它輕、虛的特點加以描寫，卻又使人感到了它的存在。在寫其情感時，作者既把握住魂的特點，又融化進世人的戀情，寫得極為細膩、婉曲。全詞雖說沒有特殊的意義，但我們還是不得不佩服作者的藝術表現能力。

〈翠樓吟〉本為姜夔創調，為使讀者參讀並稽考其音律特色，茲將原詞附錄於後：

月冷龍沙，塵清虎落，今年漢酺初賜。新翻胡部曲，聽氈幕、元戎歌吹。層樓高峙。看檻曲縈紅，檐牙飛翠。人姝麗，粉香吹下，夜寒風細。　此地，宜有詞仙，擁素雲黃鶴，與君游戲。玉梯凝望久，嘆芳草萋萋千里。天涯情味。仗酒祓清愁，花銷英氣。西山外，晚來還捲，一簾秋霽。

83 瑞鶴仙　風懷

宋　史達祖　邦卿

杏煙嬌溼鬢❶。過杜若汀洲❷，楚衣❸香潤。回頭翠樓❹近。指鴛鴦沙上，暗藏春恨。歸鞭隱隱，便不念、芳痕未穩。自簫聲❺、吹落雲東，再數故園花信❻。

誰問？聽歌窗罅，倚月鉤闌❼，

舊家❽輕俊。芳心一寸，相思後，總灰盡❾。奈春風多事，吹花搖柳，也把幽情喚醒。對南溪、桃萼翻紅，又成瘦損。

【作者】史達祖，見本書第七十一首〈雙雙燕〉詞作者介紹。

【詞律】〈瑞鶴仙〉，又名〈一捻紅〉。唐蘇頲〈龍池樂章〉有「恩魚不似昆明釣，瑞鶴長如太液仙」句，調名或本此。始見宋周邦彥《清真集》。應以周詞為正體，但南宋人填詞多依史達祖詞體式，故實際創作中呈兩體並存局面。此詞調各家句讀不盡相同（即周邦彥本人詞作亦有相異處），至若平仄，更多參差。雙調，一百零二字，上闋七仄韻，下闋六仄韻。《詞譜》格律過寬，除韻腳外，幾乎字字可平可仄。此處所列圖譜係依陳栩、陳小蝶《考正白香詞譜》（個別處依《白香詞譜》標示調整），陳氏注意和諧之中兼帶拗峭，能體現史詞音律特點。此調下闋第二三句多用為對仗，如史詞之「聽歌窗罅，倚月鉤闌」、張樞詞之「苔痕湔雨，竹影留雲」，但非定格；又詞中七字句均為上三下四，有的五字句為上一下四，四字句多平平平仄、仄平平仄，此為填該詞調所宜留意者；另外此詞之結句「又成瘦損」，後面兩仄聲的去上搭配得宜，音響合度，應盡可能遵循。《詞律》卷一七以毛幵詞（柳風清晝溽）為正體，以周邦彥詞（悄郊原帶郭）、史達祖詞一百零二字者、周邦彥詞（暖煙籠細柳）一百零三字者為「又一體」。《詞譜》卷三一則以周邦彥詞（悄郊原帶郭）為正體，另列減字、增字數種及楚辭體、獨木橋體為「又一體」。

【注釋】❶杏煙句　即杏煙溼嬌鬢，杏花開時的煙雨打溼了嬌美鬢髮。唐李賀〈馮小憐〉詩：「裙垂竹葉帶，鬟溼杏花煙。」❷杜若汀洲　長滿香草的小洲。杜若，香草名。汀洲，水中小洲。《楚辭・九歌・湘夫人》：「搴汀洲兮杜若。」❸楚衣　楚國女子所著衣。楚女腰細，此形容其身段窈窕。唐李商隱〈效長吉〉詩：「長長漢殿眉，窄窄楚宮衣。」❹翠樓　翡翠樓之簡稱。李白〈別內赴征〉有「翡翠為樓金作梯」之句。用為對婦女華美妝樓之通稱，如王昌齡〈閨怨〉詩：「閨中少婦不知愁，春日凝妝上翠樓。」❺簫聲　《列仙傳》載，蕭史善吹簫，後娶秦穆公女弄玉，同飛仙而去。此處用以代指情郎。❻花信　自小寒至穀雨共八個節氣，一百二十日，每五日為一候，計二十四候，每候應一花信。如小寒，一候梅花，二候山茶，三候水仙。❼鉤闌　曲折之闌干。❽舊家　從前。李清照〈南歌子〉：「舊時天氣舊時衣，只有情懷不似舊家時。」❾芳心一寸三句　用李商隱〈無題〉：「春心莫共花爭發，一寸相思一寸灰。」詩意謂一寸芳心陷入相思，最終化為飛灰消散。

【語　譯】杏花煙雨打溼了嬌美髮鬟。行過長滿杜若的汀洲，身上窄窄楚衣芳香溼潤。回頭觀看，翠樓很近。手指沙上鴛鴦，心頭暗藏春恨。你此番歸家，揚鞭隱隱遠去，便不再念我的芳心亂了方寸。自你的簫聲，消失在雲東，我便掐指數著你故園的花信。

我這在窗口聽歌、憑欄觀月、原本秀美輕倩的女子，現在有誰來問訊？芳心一寸，陷入相思後，化成了飛灰飄盡。奈何春風多事，吹花搖柳，也把我深埋於心底的春情喚醒。面對南溪，看著紅色桃花綻放，可嘆我身腰瘦損！

【研　析】此詞寫一女子之念遠情懷。詞之發端「杏煙嬌溼鬢。過杜若汀洲，楚衣香潤」，以景物襯托，對其作動態描寫，展示出女主人公的嬌媚與風采。這是一個美麗的季節，正值「杏花春雨江南」，汀洲杜若生香。她走出樓臺，應該是出來散散心吧，紅色杏花中的濛濛煙雨打溼了她的髮鬟，她步向汀洲，杜若的芳香，熏染她那裹著苗條身材的衣裳。有香有色，雖只寫她的頭髮與衣裳，不寫她的面容與身段，但一個嬌美玲瓏的女子已出現在讀者的面前，這種側面描寫的手法，很是高明。「回頭翠樓近」，補敘一句，她是從「翠樓」中走出來的，顯示出她的居室也很華美。居室的華美也是對人物的一種襯托。「指鴛鴦沙上，暗藏春恨」二句承上啟下，「沙上」承「汀洲」，「鴛鴦」的成雙成對、長相廝守，則是一種反襯，故而引惹出了內心深處的「春恨」。以下就「春恨」加以抒發，全都是女主人公的內心獨白。她恨他踏上歸途以後，便不顧及她內心的痛苦。她表白自己自他遠去後（借用蕭史吹簫典故），就在扳著指頭數他的故園，已到了哪一番花信，也許他們之間曾經有過一個約定，在某個時候再度相見，而現在已是杏花信風來到的時節。

詞作者打破上下段的界限，下闋繼續寫這位女子的內心獨白：現在有誰再來關愛我？我是如此孤寂，無論是在窗口聽歌，還是倚闌看月，都是獨自一個。這裡實暗含了一種與昔時的對比，從前可是一同欣賞音樂、並肩看月的啊！大有一種不勝昔樂今愁之感。如今沒有人來憐惜「舊家輕俊」了，我因苦苦相思，已由往昔的輕靈俊美而變得有幾分憔悴了。這是從自己的外形而言。從內心來說：「芳心一寸，相思後，總灰盡」，縷縷情絲，已化為灰，心已經涼了。寫至此，情緒已跌入低谷，下面「奈春風多事」三句，復又振起。說芳心已低迷絕望，實際上那裡還埋伏著不滅的火星，故春風吹又生，重新燃燒起來。詞的結尾：「對南溪、桃萼翻紅，又成瘦損。」從時間推移與人的形貌變化兩方面來寫相思的痛苦。杏花風過，接著是李花、桃花，如今桃花又將開放了，而遠方的人卻沒有信息；昔時的「輕俊」，而今「又成瘦損」，真是「為伊消得人憔悴」！

此詞以「春恨」為主幹，以「花信」為時間線索，以內心獨白為主要表現方式，將多情與寡情相對照，細膩地表現出一種哀愁美、淒怨美，其風格屬於婉約一路。

84 水龍吟

白蓮

宋 張炎 叔夏

仙人掌上芙蓉，涓涓猶滴金盤露❶。輕妝照水，纖裳玉立，飄飄似舞。幾度消凝❷，滿湖煙月，一汀鷗鷺。記小舟夜悄，波明香遠，渾不見，花開處。

應是浣紗人❸妒，褪紅衣、被誰輕誤。閒情淡雅，冶姿清潤，憑嬌待語❹。隔浦相逢，偶然傾蓋❺，似傳心素。怕湘皋珮解❻，綠雲❼十里，卷西風去。

【作者】張炎，見本書第七十四首〈瑤臺聚八仙〉詞作者介紹。

【詞律】〈水龍吟〉，見蘇軾《東坡樂府》。因秦觀詞有「小樓連苑橫空」句，又名〈小樓連苑〉，另有〈水龍吟令〉、〈水龍吟慢〉、〈龍吟曲〉、〈鼓笛慢〉、〈海天闊處〉、〈豐年瑞〉、〈莊椿歲〉等名稱。雙調，押仄韻，體式甚多，字數不一，句讀有異，韻腳亦多寡不同。宋詞人多使用一百零二字蘇軾體，首句或六言、或七言，上下闋各四仄韻（下闋首句可用韻，亦可不用韻，如用，則為五仄韻），此譜所錄張炎詞即首句六言體（此譜平仄標號據蘇詞等，於原譜個別處有調整）。此體以四言句為主，句腳以仄收為多，雜用三言、六言、七言句。所宜注意者：㈠四言相連處詞人常用為對仗，有的為同聲對，如此詞上闋之七八句「滿湖煙月，一汀鷗鷺」、下闋之三四句「閒情淡雅，治姿清潤」；有的為格律對，如蘇軾詞（似花還似非花）上闋之六七句「縈損柔腸，困酣嬌眼」；偶有用為並頭對者，如蘇詞下闋之七八句「二分塵土，一分流水」；亦有六七八三句皆用為對仗者，如辛棄疾詞（渡江天馬南來）「綠野風煙，平泉草木，東山歌酒」。㈡上闋第九句之第一字一般為領字，且須用去聲字，領起以下二句，如張炎此詞「（記）小舟夜悄，波明香遠」，如蘇詞「（夢）隨風萬里，尋郎去處」；下闋末句例用一、二、一節奏、用仄平平仄格律，如蘇詞之「是離人淚」、辛棄疾詞（楚天千里清秋）之「搵英雄淚」，張炎此詞之「卷西風去」，皆是其例。《詞律》卷一六以趙長卿詞（淡煙輕霧濛濛）一百零一字者為正體，以辛棄疾詞（楚天千里清秋）及陸游詞（摩訶池上追游路）一百零二字者為「又一體」。《詞譜》卷三〇列正格二：首句七字、次句六字者為蘇軾詞（霜寒煙冷蒹葭老），首句六字、次句七字者為秦觀詞（小樓連苑橫空），復列添字、減字及句讀、押韻不同者二十餘種為「又一體」。

【注　釋】❶仙人掌上二句　《史記・孝武本紀》、《漢武故事》載，武帝作柏梁、銅柱、仙人掌之屬。仙掌擎盤，以承甘露，調和玉屑，飲之以求成仙。芙蓉，即蓮花。唐王建〈宮詞〉九十一：「金殿當頭紫閣重，仙人掌上玉芙蓉。」❷消凝　銷魂。❸浣紗人　指春秋越國美女西施。西施曾在家鄉苧蘿村若耶溪（在今浙江諸暨）浣紗。❹憑嬌待語　依憑嬌媚期待與人說話。唐李白〈淥水曲〉：「荷花嬌欲語，愁殺蕩舟人。」❺傾蓋　謂停車交蓋。兩蓋稍稍傾斜。用以形容朋友相遇親切交談貌。《孔子家語・致思》：「孔子之郯，遭程子於途，傾蓋而語終日，甚相親。」此處形容荷花。蓋，車蓋。形似傘。❻湘皋珮解　《列仙傳》載，鄭交甫至漢水濱，見二妃配兩珠，交甫與言，願得二子之珮，二女解贈之。走了十數步，玉珮忽不見，二女亦消失。湘皋，即漢皋。此處比喻白蓮花謝落。❼綠雲　指荷葉。

【語　譯】似仙人掌上的芙蓉，晶珠緩緩滴下承露金盤。輕淡的妝扮映照湖水，纖美的衣裳亭亭玉立，在風中似翩翩起舞。滿湖朦朧煙月、沙洲鷗鷺相伴，教人銷魂幾度。記得夜晚靜悄，乘坐扁舟，直覺波光澄明，幽香杳杳，全然不見，蓮花開處。

應是浣紗的美麗西施在嫉妒，因而褪下紅裳，被他人耽誤。悠閒的情致何其淡雅，冶豔的姿態何其清潤，憑侍嬌嬈，依依欲與人相語。雖隔著水邊相望，偶然傾蓋似欲親切交談，傳訴衷曲。擔心白色花瓣如湘皋解珮般紛紛落下，只剩下綠雲一片，被西風捲去。

【研　析】此係詠白蓮之作，作於宋亡之後的一二七九年。一二七八年十二月元朝「江南釋教總統」楊璉真伽盜發宋帝后陵墓，次年張炎與王沂孫、周密、唐珏等十四人分詠白蓮、龍涎香、蓴、蟬、蟹等，編為《樂府補題》，隱指六陵被盜發事。眾人用〈水龍吟〉調詠白蓮，係詠嘆后妃，有的流露傷悼情緒比較明顯，如「擎露盤深，憶君涼夜，暗傾鉛水。」（周密）「相思未盡，纖羅曳水，清鉛泣露。玉鏡臺空，銀瓶綆絕，斷魂何許。」（陳恕可）「奈香雲易散，綃衣半脫，露涼如水。」（唐珏）張炎此詞亦暗含懷念傷悼意。詠物詞講究形神兼備，不黏不脫（既要不脫離物象，又不能膠著於物象），這首白蓮詞總體來說符合這一要求。詞一開始起勢不凡：「仙人掌上芙蓉，涓涓猶滴金盤露」，總攝其精神，用漢武帝立金莖承露盤以求長生成仙的故事，寫出了蓮花之高出塵表、超然脫俗，帶有一股仙靈之氣，同時又給我們留下了芙蓉滴露的優美形象。「輕妝照水」三句用擬人手法具寫其形質、神態，「輕妝」重在寫花之色淡，「纖裳」重在寫枝之婀娜，「照水」、「玉立」，神態儼然，卻又帶幾分空靈澄澈，微風吹來，「飄飄似舞」。是花是人？已渾然一體。於是給花注入了人的靈氣，注入了奇異的生命力。以下「幾度消凝」三句係用倒裝句法，應是見「滿湖煙月，一汀鷗鷺」，使人「幾度消凝」，通過人的感受寫荷花的環境氛圍。與白蓮相伴的是自在的白鷺，是閒散的沙鷗，是一片氤氳的如煙如霧的濛濛月色，何等素淡，何等富有詩意！面對此景，能不心醉，能不銷魂！而令人銷魂者不是一次，而是「幾度」，可見是無數次地流連、沉迷於此如詩如畫、超然塵外的境界。下面「記小舟夜悄」三句，具體寫一次蓮湖泛夜的特殊感受：夜是那麼靜謐，目之所接是月光下的「波明」如鏡，鼻之所聞是遠處傳來的陣陣幽香，因為素月、明波、白蓮渾然一片，已分辨不出花開的所在了。這樣寫蓮花的潔白、純淨，化實為虛，極輕靈動盪。

詞的上闋對白蓮作多方鋪敘：從正面寫其形質、神態，從側面用煙月、鷗鷺作環境烘托；從白天著筆，從夜晚描繪；有眼前之蓮，有記憶中之蓮。從詞人這一主體而言，既曾有「幾度」的迷戀，又有過一次泛夜的特殊體驗。這些描寫多與白蓮的形、色、氣相關，亦涉及其神采，但尚未能充分展開。下闋的寫法則有變化，以層層推進手法，重在寫其神韻。首先就其色澤生發出一種遐想：「應是浣紗人妒，褪紅衣、被誰輕誤。」說白蓮本披著紅裳，只是因為被西施這樣的美人嫉妒，才褪紅著白的。說「應是」，帶有揣想的成分。這種想像既出人意表，又無比美妙。下面六句人花合寫，先說它卸去紅裝而著素裳，更別具一番氣質：「閒情淡雅，冶姿清潤，憑嬌待語。」這裡也用擬人手法，與上闋的擬人相比，此處更重在情韻。白蓮擁有的不僅僅是人的形貌，更是人的氣質的淡雅、清潤，而且似有一種與人交談的欲望，實際上傳達出了人花之間的精神相通與親近感。「隔浦相逢，偶然傾蓋，似傳心素」，是就「待語」加以發揮。「傾蓋」二字尤其形神逼肖，從形象來說，令人想起周邦彥〈蘇幕遮〉詞「水面清圓，一一風荷舉」的描寫，荷葉，又被人稱為翠蓋，說「傾蓋」，既是寫荷花荷葉的傾斜，又是寫人與人之間的親切交談狀，真是一語雙關！傾蓋交談，為的是要表露自己的幽微心事。如此寫來，人花之間似有一種難得的默契、一種互相難以割捨的依戀。故在詞之結拍詞人流露出一種憂慮：「怕湘皋珮解，綠雲十里，卷西風去」，便是極自然之事。由顧念眼前，轉而設想今後，對其未來的凋零命運，表現出異常的關切。詞寫至此，已是情完意足。

詞詠白蓮，真能以不粘不脫之法，達致形神兼備之妙。如果不知其創作的歷史背景，將其作一般的詠物詞來讀也可。但如果聯繫其創作緣起，就能感知其中包含有更為深刻的意蘊。詞中的白蓮，代表著純潔、雅淡、高貴，乃指宋之后妃；而人花之間的親密，實則體現了詞人對舊王朝的一種眷戀情懷。這種情感在元代的高壓統治下是無法明確表達的，故隱約其辭。由於境界的渾融，雖有寄託而不令人覺其有寄託。

〈水龍吟〉這一詞調，由於便於使用對偶與散行句的交錯，能造成工麗美與流動美的結合，故為宋代詞人所喜用。也許是由於蘇軾的楊花詞〈似花還似非花〉影響很大，故用其詠物者甚多，但用以詠離情、詠情志者亦復不少，因而風格各異。茲列舉流傳極廣最為膾炙人口者二首如下：

似花還似非花，也無人惜從教墜。拋家傍路，思量卻是，無情有思。縈損柔腸，困酣嬌眼，欲開還閉。夢隨風萬里，尋郎去處，又還被，鶯呼起。

不恨此花飛盡，恨西園、落紅難綴。曉來雨過，遺蹤何在，一池萍碎。春色三分，二分塵土，一分流水。細看來不是，

楊花點點，是離人淚。（蘇軾）

楚天千里清秋，水隨天去秋無際。遙岑遠目，獻愁供恨，玉簪螺髻。落日樓頭，斷鴻聲裡，江南游子。把吳鉤看了，闌干拍遍，無人會，登臨意。　休說鱸魚堪膾，儘西風、季鷹歸未？求田問舍，怕應羞見，劉郎才氣。可惜流年，憂愁風雨，樹猶如此！倩何人換取，紅巾翠袖，搵英雄淚。（辛棄疾）

前者次章質夫韻詠楊花，亦花亦人，迷離惝恍，真有「似花還似非花」之妙！宋張炎《詞源》認為與張詞相較「起句便合讓東坡出一頭地，後片愈出愈奇，真是壓倒今古！」後者感慨時事，自傷懷抱，磊落沉鬱，震撼人心。

85 齊天樂

蟋蟀

宋　姜夔　堯章

庾郎❶先自吟〈愁賦〉，淒淒更聞私語。露溼銅鋪❷，苔侵石井，都是曾聽伊處。哀音似訴。正思婦無眠，起尋機杼❸。曲曲屏山❹，夜深獨自甚情緒。

西窗又吹暗雨。為誰頻斷續，相和砧杵❺。候館❻迎秋，離宮❼弔月，別有傷心無數。豳詩❽漫與❾，笑籬落呼燈，世間兒女。寫入琴絲⑩，一聲聲更苦。

【作者】姜夔，字堯章，號白石道人，饒州鄱陽（今江西境內）人。紹興二十五年（一一五五）生。青年時期，南歷瀟湘，北遊淮楚，知遇著名詩人蕭德藻，並受南宋四大詩人中的楊萬里、范成大的稱賞。後流寓江浙，出入貴胄張鑒之門。曾免解，與試禮部，不第，遂以布衣終身。六十歲以後，旅食金陵、揚州等地，晚境困頓。約卒於嘉定十四年（一二二一）。著有《白石詩集》、《詩說》各一卷，《白石道人歌曲》六卷，別集一卷。精通音律，能自製曲，其《白石道人歌曲》有十七首詞綴有旁譜，係現存宋詞樂曲最為珍貴的資料。姜夔為南宋詞壇開宗立派的名家，與北宋周邦彥並稱為「周姜」。宋張炎《詞源》推崇其詞「如野雲孤飛，去留無迹」，「不惟清空，又且騷雅，讀之使人神觀飛越」，故後人即以「清空」、「騷雅」標舉白石詞風，南宋後期詞人多受其影響。清初之浙西詞派崇奉姜夔、張炎，出現了「家白石而戶玉田」的盛況。

【詞律】〈齊天樂〉，原為教坊樂曲名，後流演為詞調名。又名〈齊天樂慢〉、〈五福降中天〉、〈如此江山〉、〈臺城路〉。見宋周邦彥《清真集》。雙調，一百零二字，上下闋各五仄韻，有的首句入韻，則為六仄韻（如姜夔詞）。姜詞所填係依周邦彥詞原調，故頗嚴格。填此調所宜注意者：㈠上闋第三、四句，下闋第四、五句宜用對仗，如周邦彥詞（綠蕪凋盡）「暮雨生寒，鳴蛩勸織」、「渭水西風，長安落葉」，此詞之「露溼銅鋪，苔侵石井」、「候館迎秋，離宮弔月」均是。㈡上闋第七句、下闋第八句之五言，第一字為領字，例用去聲，如姜詞之「正」、「笑」，所領下面兩四言，亦可用為對仗，如周邦彥詞「（嘆）重拂羅裀，頓疏花簟」、「（正）玉液新篘，蟹螯初薦」。㈢上闋末句「夜深獨自甚情緒」後三字用仄平仄拗律，係定格，不可移易；有的地方兩仄聲相連處，講究去上聲搭配，如姜詞下闋之「暗雨」、「漫與」、「更苦」（同周邦彥詞下闋之「最久」、「望遠」、「照斂」）。又此調下闋之首句，各家運用平仄不盡相同，或用平平平仄仄仄（如周邦彥詞「荊江留滯最久」），宋人多用此格；或用平平仄平仄仄（如姜夔詞「西窗又吹暗雨」）。《詞律》卷一七以王沂孫詞（一襟餘恨宮魂斷）為正體，以陸游詞（角殘鐘晚關山路）一百零三字者為「又一體」。《詞譜》卷三一以周邦彥詞（綠蕪凋盡臺城路）為正體，復列姜夔詞及一百零三字、一百零四字者多首為「又一體」。

【注　釋】❶庾郎　庾信，本仕南朝梁，梁滅，留北周。詞賦家，曾著有〈愁賦〉，今本庾集不載。❷銅鋪　用來銜托門環的銅製品，像龜蛇等形。❸正思婦二句　蟋蟀，有促織之名。民諺有云：「促織鳴，懶婦驚。」思婦，念遠憂愁之婦。機杼，織布的梭子。❹屏山　屏風上山形彩繪。❺砧杵　擣衣器具。❻候館　客店。❼離宮　皇帝行宮。❽豳詩　指吟詠蟋蟀的詩作。《詩經・豳風・七月》：「七月在野，八月在宇，九月在戶，十月，蟋蟀入我床下。」❾漫與　即景賦詩。杜甫〈江上值水如海勢〉：「老去詩篇渾漫與」。漫，隨意。❿寫入琴絲　作者自注：「宣政間（北宋徽宗政和、宣和年間），有士大夫制〈蟋蟀吟〉。」

【語　譯】庾郎原本在夜吟〈愁賦〉，更何況又聽到蟋蟀淒淒私語。露水打溼銅鋪，苔蘚滿布石井，都是曾聽蟋蟀鳴處。哀音似在訴說淒苦。正值思婦無法入睡，鳴聲催促她起來尋找機杼。看著屏風上的曲折遠山，夜深獨自一人是甚情緒？

暗雨又吹過西窗。那悲鳴與遠處擣衣聲相唱和，是在為誰時斷時續？在客館迎候涼秋，在離宮對月哀弔，應是別有傷心無數。隨意創作如豳詩那樣的篇章，笑看世間兒女，呼燈於籬落邊將蟋蟀抓捕。那哀音被譜入琴絃，一聲聲更覺淒苦。

【研　析】此詞下有小序云：「丙辰歲（宋寧宗慶元二年〔一一九六〕）與張功甫（張鎡）會飲張達可之堂，聞屋壁間蟋蟀有聲，功甫約予同賦，以授歌者。功甫先成，辭甚美。予徘徊茉莉花間，仰見秋月，頓起幽思，尋亦得此。蟋蟀中都（汴京）呼為促織，善鬥，好事者或以三、二十萬錢致一枚，鏤象齒為樓觀以貯之。」張鎡與作者相約同賦蟋蟀，而張詞「先成，辭甚美」。在此情況下，如何別出機杼，實為不易。張詞（見後文）幽美清雋，寫景狀物，「心細如絲髮」（賀裳《皺水軒詞筌》），寫兒時抓捕蟋蟀的天真活潑情趣尤為工細、傳神，教人嘆為觀止，而詞末之寂寞淒苦的喟嘆，亦令人為之動容。姜夔則另闢蹊徑，從人的聽覺入手，從蟋蟀的聲音著筆，將其中哀怨感加以普遍化，又將自己的人生淒涼況味寄寓其中，故尤為獨特。詞以「庾郎先自吟〈愁賦〉」為發端，即為全詞定下了一個淒哀的基調。庾信歷梁朝之滅亡而流寓北周，雖官位甚高，而終不免心懷亡國之痛與羈旅之悲，故其詩賦含深哀沉痛，杜甫有「庾信平生最蕭瑟，暮年詩賦動江關」（〈詠懷古迹〉）的評語。下一句「淒淒更聞私語」帶出蟋蟀鳴聲。私語，用擬人法，且形容其聲細碎而帶幽咽之特色，因此有「淒淒」之感。「更聞」與「先自」相呼應，推進一層。這兩句主要依時間先後敘寫，但也順帶出蟋蟀之所在：靠近騷人書窗。「露溼銅鋪」三句，具寫蟋蟀啼鳴之處：門之角落，井臺草叢，從而轉入較為廣闊的空間，以便展開更廣泛的人事。作者用一對句，極為工致。前一句不僅點出地點，且以「露溼」暗示時間已至夜深。「哀音似訴」，總寫聽者之感受，令人情動。唐杜甫〈促織〉詩：「促織甚微細，哀音何動人。」唐張隨〈蟋蟀鳴西堂賦〉：「清韻畫動，哀音夜繁。」所感相同。此句承上啟下，由音聲過渡到人事。「正思婦無眠」四句，融入「促織」之意，寫思婦之情，貼切而細膩。閨中婦女正在思念遠人，無法入睡，聞蟋蟀之聲起來尋梭織布。她看著屏風上的連綿遠山，更念及千山萬水之外的夫君，涼秋已至，何以禦寒？織布縫衣，何由寄達？「夜深」（一作「夜涼」）獨處，自是思緒淒哀，詞人用一反詰語句，更增強了這種情感色彩。

詞之下闋再進一步以其他景物加以烘托，將哀怨之情推向更闊遠的空間。過片「西窗又吹暗雨」一句，在上下闋之間，是一轉折，但曲斷而意不斷。從空間言，由室內轉向室外，「又吹暗雨」與「夜深」相關聯，深夜更兼寒風涼雨，是一種層進的環境渲染。宋末張炎《詞源》論填詞云：「最是過片，不要斷了曲意，須要承上接下。」對這一句的評價是：「此則曲之意脈不斷矣。」下面「為誰頻斷續，相和砧杵」，更將蟋蟀哀音，與斷續寒砧加以組合，再夾雜著風聲、雨聲、機杼聲，構成了秋夜淒涼曲之大合奏，令聽之者情難自持。但這兩句由「為誰」的疑問領起，便又化實為虛，顯示出運筆的變化。「候館」三句，乃空間、人事的進一步拓展，作者於此處亦先用精工對句，分寫兩種不同身分的人：客於館舍的行人，閉鎖於離宮的后妃、宮女，他們都受蟋蟀哀音的感染，無論是秋日旅途的愁懷，還是對月感傷身心孤獨，都「別有傷心無數」，後面這一句是總寫。上面從多方面將世人的哀怨寫足，至「豳詩漫與」三句，轉寫自身。始說我隨意草成了這首詠蟋蟀的詞作，故意說得很輕巧，實則寫眾人之淒哀，即是抒己之淒哀。然後是「笑籬落呼燈，世間兒女」（笑世間兒女，籬落呼燈的倒裝句），乍一看，這似是詞中的一個不甚和諧的音符，但這個小插曲，實另有深意，正如清陳廷焯《白雨齋詞話》所評：「以無知兒女之樂，反襯出有心人之苦，最為入妙。」詞的結尾，由生活中的蟋蟀哀音轉入藝術化的音樂之聲，那感染力更為強烈：「一聲聲更苦」，從而在悲切的高潮中結束全詞。

在詠物詞的發展史上，通過吟詠某物寄託某種身世之感，甚或寄託家國之思，提升詠物詞的價值與品位，姜夔的詞是作出了重要貢獻的。這首詞之詠蟋蟀無疑融入了自己一生流落不偶的淒涼情緒，因而較之一般詠物詞之點綴一些閨房之意有更為深刻的內涵。姜詞在寫法上亦可謂能別開生面，選取了一個很獨特的角度，正如清賀裳所言：「蟋蟀無可言，而言聽蟋蟀者，正姚鉉所謂賦水不當僅言水，而言水之前後左右也。」（《皺水軒詞筌》）還要在此提及的是〈齊天樂〉這一詞牌可用對句者有四處，姜詞僅用兩處，因此係以散行句為主，又運用了「先」、「更」、「正」、「都」、「又」等一系列虛詞，顯示出一波未平，一波又起，層層遞進，極富流動之感。

以〈齊天樂〉詞牌詠物，最著名者還有宋末王沂孫寄寓亡國之恨的詠蟬詞（一襟餘恨宮魂斷）及詠螢詞（碧痕初化池塘草），以此調寫秋日飄零之感而又思致沉著、境界蒼涼者，則當數周邦彥之「綠蕪凋盡臺城路」一首。

附張鎡〈滿庭芳〉詠蟋蟀詞：

月洗高梧，露溥幽草，寶釵樓外秋深。土花沿翠，螢火墜牆陰。靜聽寒聲斷續，微韻轉、淒咽悲沉。爭求侶，殷勤勸織，促破曉機心。　兒時曾記得，呼燈灌穴，斂步隨音。任滿身花影，猶自追尋。攜向華堂戲鬥，亭臺小、籠巧妝金。今休說，從渠床下，涼夜伴孤吟。

86 雨霖鈴 秋別

宋 柳永 耆卿

寒蟬❶淒切，對長亭❷晚，驟雨初歇。都門❸帳飲❹無緒，方留戀處，蘭舟❺催發。執手相看淚眼，竟無語凝噎❻。念去去、千里煙波，暮靄❼沉沉楚天闊。

多情自古傷離別，更那堪、冷落清秋節。今宵酒醒何處，楊柳岸、曉風殘月。此去經年❽，應是良辰好景虛設。便縱有、千種風情❾，更與何人說。

【作者】柳永，見本書第七十二首〈晝夜樂〉詞作者介紹。

【詞律】〈雨霖鈴〉，唐教坊曲名，用作詞調。《明皇雜錄》載：「帝幸蜀，初入斜谷，霖雨彌日。棧道中聞鈴聲，採其聲為〈雨霖鈴〉曲。」宋詞借舊曲名另倚新聲，又名〈雨霖鈴慢〉。見柳永《樂章集》。雙調，一百零三字，上下闋各五仄韻。詞中用拗律多處，如「帳飲無緒」、「好景虛設」（仄仄平仄），三字豆的「念去去」、「便縱有」（仄仄仄），上闋末句「暮靄沉沉楚天闊」後三字的仄平仄等均是，宋人填此調多予依遵。其他句中平仄，有的一、三字可略加變通。至若句式，上闋二、三句「對長亭晚，驟雨初歇」兩四言亦有並作八言者，如王庭珪詞（瓊樓玉宇）「滿人寰、似海邊洲渚」。又上闋第八句五言（竟無語凝噎）為一、四節奏，當予遵循。《詞律》卷一八以黃裳詞（天南游客）為正體。《詞譜》卷三一以柳永詞為正體，以王廷珪、黃裳詞為「又一體」。當以《詞譜》為是。

【注　釋】❶寒蟬　秋蟬。《禮記・月令》：「孟秋之月，寒蟬鳴。」❷長亭　古道途十里一長亭，五里一短亭，為行人休憩之所，亦為送別之處。❸都門　即京門。❹帳飲　設帳幕宴飲餞別。❺蘭舟　木蘭舟。《述異記》載，魯班曾刻木蘭舟。此處為對船之美稱。❻凝噎　因傷心而氣塞說不出話來。❼暮靄　傍晚時的煙霧。❽經年　年復一年。❾風情　指男女間的相愛情懷。

【語　譯】聽著寒蟬的淒切之聲，面對的是傍晚時分的長亭，一陣驟雨剛剛停歇。在京門帳幕中餞別，無情無緒。正當留戀之時，蘭舟又催人出發。牽手互相看著淚眼，竟然哽咽著無話可說。思慮你此去一程又一程，經歷千里煙波，在沉沉暮靄中駛向那遼闊的江南地域。

自古以來多情的人感傷離別，更何況正值冷落清秋時節。今宵酒醒在何處？應是明晨有曉風吹拂的楊柳岸，天空斜掛一鉤殘月。此番離別將是一年又一年，良辰好景應是空設。便縱然有無限風情，再向何人訴說？

【研　析】此係一首宦遊離別之詞，是柳永最著名的詞作之一，也是宋金時代流行的十大名曲之一。它之所以流傳廣遠，與其情感的世俗化、語言的通俗化、層次的明晰化、表情的形象藝術化有密切的關係。柳永的詞不像後來的周邦彥那樣講究思力安排，意思的推進轉折一般都用相關詞語明白提示，故脈絡極其清晰。這首詞依時間次序鋪展，可將其分為三層。第一層，為詞的上闋，係寫眼前。詞一開始即渲染離別的環境氛圍：「寒蟬淒切，對長亭晚，驟雨初歇」，點出季節、地點、時間，從聽覺、視覺描繪所處境地，所謂「淒切」實乃人物主觀之感受，「驟雨」句不僅渲染環境的淒清，也是為以下的「蘭舟催發」作勢，在急雨瀟瀟時不便啟航，而「初歇」之際即不能不出發。這三句係以景寫情。「都門帳飲」三句，先說在淒涼秋色中面臨離別，即使筵席再豐盛，也提不起任何興致，接著敘寫在難捨難分之際，船夫又發出了啟航的信號，這樣便把主觀的留戀之情和不得不發的客觀之勢的矛盾，把一種百般無奈的心情展示出來。真是「去也如何去，住也如何住！」此係敘事以寫情。「執手相看」二句，極旖旎溫柔，細膩生動，含有兩個特寫鏡頭，一個是手牽手，將鏡頭上移，則是兩人的面部表情，四眼相對，淚水漣漣，唯有斷斷續續的抽噎，竟然無語。縱有千言萬語，從何說起，互相了然於心，也不必說，真乃「此時無聲勝有聲」！此係以動作細節表情。「念去去」二句，係送行者的內心活動，設想行者將獨自經歷萬水千山去到遙遠的江南，那兒暮靄沉沉，楚天遼闊，江波浩淼。以「念」字領起，雖是虛寫，但虛中有實。空間闊大，色彩暗淡，以闊大之景反襯人的渺小、孤獨，以暗淡之色映襯行人情緒的低沉。此係以想像之境寫情，且點明行者之去向。眼前之一切，經多方鋪敘，可謂「備足無餘」矣。

下闋的開頭，「多情自古傷離別」，先從眼前推開一層說，即將個別上升到一般，由眼前拓展至古往今來，如同蘇軾〈水調歌頭〉中「人有悲歡離合，月有陰晴圓缺，此事古難全」一樣，帶有人生哲理的意趣，這叫形象化的議論。從詞的結撰來說，叫做「宕開一筆」。下面一句「更那堪、冷落清秋節」是推進一層的寫法，謂此別更異於平常，復又回到眼前，且節氣與前面之「寒蟬」

相呼應，此謂之「闔」。故此種寫法頗能盡開闔之妙。以下進入詞之第二層，即「今宵酒醒」二句，乃設想今宵情景。「今宵」與前面的「晚」相呼應，「酒醒」與前面「帳飲」相呼應。雖然帳飲無緒，可是為了在沉醉中忘卻離愁，還是喝了很多的酒，酒醒時已是次晨，恰是「楊柳岸、曉風殘月」。舟傍蕭疏柳岸，曉風習習，殘月一鉤，斜掛遙天，描繪的是一幅十分淒清的圖畫，人的孤寂冷落情懷全從畫境中流露出來。在柳永詞中「楊柳岸、曉風殘月」是最受人稱道的名句之一，甚至成了柔婉詞境的代表。如宋俞文豹《吹劍錄》載，東坡在玉堂（翰林院）日，有幕士善歌，因問：「我詞何如柳七？」對曰：「柳郎中詞只合十七八女郎，執紅牙板，歌『楊柳岸、曉風殘月。』學士詞須關西大漢，（執）銅琵琶、鐵綽板，唱『大江東去』。」可見，它在當時被視為詞境之正宗，因為詞在那時是要由十七八女郎演唱的。第三層，設想「經年」的離別，那將是「良辰美景」「虛設」，那將是獨自品嘗寂寞，滿腹柔情無可訴說。放筆直抒，一片神行，令人迴腸盪氣。

這首詞不僅層層鋪敘，脈絡分明，且又虛實相生，情景交煉，語淺情深。從表面看，它寫的是京都與戀人的一次別離，但聯繫作者的宦遊經歷看，實寄寓了一種身世飄零之感。清周濟〈宋四家詞選目錄序論〉謂秦觀詞「將身世之感打併入豔情」，柳永詞又何嘗不是如此！柳永係精通音律、能製作新曲之專門詞家，其詞以音律和諧著稱，〈雨霖鈴〉詞尤能體現這一特色。此詞押入聲韻。入聲韻短促，它既適於表現豪宕感激之情（如蘇軾〈念奴嬌〉〈赤壁懷古〉等），也宜於表現幽咽愁苦之情（如李清照〈聲聲慢〉等）。柳詞屬於後者，其入聲韻腳所帶來的短促停頓，再加上較多地運用了合口呼與撮口呼的字（如：雨、初、都、無緒、處、無語、去去、暮、楚等），能造成一種抽泣低訴的時斷時續表情效果。又該詞運用了不少雙聲字（如：淒切、留戀、冷落、清秋）

和發聲部位相同的字（如：今宵、酒醒），在兩仄聲的搭配上，多用去上或上去（如：驟雨、帳飲、淚眼、暮靄、自古、柳岸、此去、縱有、更與），使歌者唱來感到抑揚有致，諧於唇吻。此等處，對於今之歌詞創作者，仍有借鑒作用。

87 喜遷鶯

閏元宵　一作「元宵閏詠」

宋　吳禮之　子和

銀蟾❶光彩，喜稔歲❷閏正❸，元宵還再。樂事難并，佳時罕遇，依舊試燈❹何礙。花市又移星漢，蓮炬重芳人海。儘勾引，偏嬉游寶馬，香車喧隘。

晴快。天意教、人月更圓，償足風流債。媚柳煙濃，夭桃❺紅小，景物迥然堪愛。巷陌笑聲不斷，襟袖餘香仍在。待歸也，便相期明日，踏青❻挑菜❼。

【作　者】吳禮之，字子和，號順受老人，錢塘（今浙江杭州）人。生卒年及生平事跡均不詳。有詞五卷，今不傳。趙萬里《校輯宋金元人詞》輯有《順受老人詞》一卷，存詞十九首。

【詞　律】〈喜遷鶯〉，又名〈鶴沖天〉、〈萬年枝〉等。有令詞、長調兩種，此譜所錄為長調。雙調，一百零三字，上下闋各五仄韻。填此調宜注意者：㈠上下闋之第四、五句兩四言例作對句，如吳文英詞（凡塵流水）「暖日明霞，天香盤錦」、「小扇翻歌，密圍留客」，此詞之「媚柳煙濃，夭桃紅小」均是；七、八句兩六言亦偶有用為對仗者，如此詞之「花市又移星漢，蓮炬重芳人海」、「巷陌笑聲不斷，襟袖餘香仍在」，但非定例。㈡其使用平仄，上下闋大多相同（下闋「不斷」之「不」以入代平），但前三句有異。㈢有幾處五言句，第一字為領字，如上闋第二句之「喜」、第十句之「徧」、下闋第十句之「便」，均是，並領起下面兩四言句。宋詞人以用此體格者為多，各家句式略有參差，用韻多寡不盡一致。《詞律》卷八以蔣捷詞（游絲纖弱）為長調正體，列句法稍異之趙長卿詞（商飆輕透）與體調迥異之張元幹詞（雁塔題名）為「又一體」。《詞譜》卷六以康與之詞（秋寒初勁）、蔣捷詞為正體，另列句式有異及一百零二字、一百零五字者九種為「又一體」。

【注　釋】❶銀蟾　明月。古代傳說月中有蟾蜍，故以蟾代指月。❷稔歲　豐收年。❸閏正　閏正月。❹試燈　張燈。❺夭桃　濃麗之桃花。《詩經・周南・桃夭》：「桃之夭夭，灼灼其華。」❻踏青　春日郊遊，日期各地因氣候而異。❼挑菜　挑野菜。挑菜節在二月初二。在詞中挑菜、踏青二事常常並提。

【語　譯】明月銀光照耀，喜豐收年間又閏正月，再過元宵。賞心樂事難得相並，如此佳時罕能遇到，何妨依舊張燈把燭燃燒。華美街市恰似閃爍星河，蓮花香燈將人海映照。儘引得到處馳驟香車寶馬，路顯狹窄，無比喧鬧。

正遇快意晴時，天意讓人月更圓，償足男女相思債。妖媚的楊柳如煙似霧般濃密，豔麗的桃花已綻出紅色小苞，景物十分可愛。街巷笑聲不斷，觀燈仕女衣裳的餘香仍在空中飄散。待到即將歸去時，便又相約明朝，一道踏青挑菜。

【研析】此詞詠閏元宵。宋人重元宵節，這是一個帶全民性的狂歡節，每年可遇一度，而閏元宵則難得一遇，須三十年左右才有一次。一年過兩次元宵，也是一件令人感到無比快意之事，故依然張燈放夜，熱鬧非常。李清照在其〈永遇樂〉詞中曾描寫北宋閏元宵的歡樂情景：「中州勝日，閨門多暇，記得偏重（平聲）三五。鋪翠冠兒，撚金雪柳，簇帶爭濟楚。」「偏重三五」即偏偏有個閏元宵，故記得特別清楚。這一天婦女們都爭相盛裝出遊，其他人歡度佳節的高漲興致亦可推知。吳禮之所寫為南宋時歡度閏元宵盛況，其歡樂情景不亞於北宋。詞的開始一上來即點「閏元宵」之題。從大環境來說，時值豐年，從小環境來說，又值天晴，銀蟾光滿，故可「喜」也。喜氣洋洋，籠罩全篇。「樂事難并」三句，說閏元宵之難得，故而特別寶貴，雖然剛剛過了一個元宵，熱鬧非凡，再一次燒燈妝點一個光明夜市也是很樂意的。以下寫元宵燈節場景：街市燦若星河，燭香飄溢人海，富貴人家的香車寶馬絡繹，在喧闐中使道路也顯得窄小。上闋的描寫重在一個「閏」字，用「再」、「依舊」、「又」、「重」等虛詞，全與「閏」相關，同時也再現了上一個元宵節的盛況，從情緒而言則突出一個「喜」字。

下闋直抒歡悅之情，除了前面所敘花市萬千蓮燈映照、人山人海的歡樂喧鬧外，令人愜心的還有：天上的團圞明月，它是人事團圓的一種美好象徵，有情人可以在「月上柳梢頭」時，「人約黃昏後」，償卻相思債；更有煙柳紅桃的絢麗美景，令人賞心悅目，它們所蘊藏的生機使人感受到一種生命的活力。下面「巷陌笑聲不斷」的情景，承上「人海」，既通過笑聲表現人們內心的歡樂，又以「不斷」來表現持續時間之長。「襟袖餘香仍在」則寫人散之後，香溢街衢，乃狂歡之餘韻。詞的結尾，還相互約定明朝去踏青挑菜，表明燈會已散，而遊樂之情未已，留下嫋嫋餘音。

這首閏元宵在鋪敘燈節的熱鬧場面、抒發歡快情緒方面，取得了一定成功，從中可見出當時社會之風習。但總體來說，略顯淺俗，而少餘味。同是用慢詞形式詠元宵，周邦彥〈解語花〉（風銷絳蠟）能於繁華之中蘊含「斯人獨憔悴」的身世之嘆，李清照〈永遇樂〉（落日鎔金）能於今昔對比中寄寓身世、家國之感，兩相比較，當有高下之分。然從風格多樣化來說，自是可備一格。

88 綺羅香　紅葉

宋　張炎　叔夏

萬里飛霜，千山落木，寒豔不招春妒。楓冷吳江❶，獨客又吟愁句。正船艤❷、流水孤村❸，似花繞、斜陽歸路❹。甚荒溝、一片淒涼，載情不去載愁去❺。

長安❻誰問倦旅？羞見衰顏借酒❼，飄零如許。漫倚新妝❽，不入洛陽花譜❾。為回風❿、起舞樽前，盡化作、斷霞千縷。記陰陰、綠遍江南，夜窗聽暗雨。

【作　者】張炎，見本書第七十四首〈瑤臺聚八仙〉詞作者介紹。

【詞　律】〈綺羅香〉，調始見史達祖《梅溪詞》。唐秦韜玉〈貧女〉詩有「蓬門未識綺羅香，擬托良媒亦自傷」句，或為調名所本。雙調，一百零四字，上下闋各四仄韻（此譜所錄張詞因下闋首句入韻，為五仄韻）。填此調宜注意者：㈠首二句四言例作對仗，上下闋六、七兩句，可作上三下四之七言對（上闋用對者，如此詞：「正船艤、流水孤村，似花繞、斜陽歸路」，下闋用對者如元張翥詞：「曾信有、客裡關河，又怎禁、夜深風雨」）。㈡詞之結句五言仄平平仄仄（如此詞「夜窗聽暗雨」、史達祖詞「剪燈深夜雨」）為定格，不可移易。《詞律》卷一八列張翥詞（燕子梁深一體。《詞譜》卷三三以史達祖詞（做冷欺花）為正體，列張炎詞換頭押韻者及減一字者為「又一體」。

【注　釋】❶楓冷吳江　唐崔信明有「楓落吳江冷」斷句。吳江，即吳淞江，流經江蘇南部至上海合黃浦江入海。❷船艤　船隻靠岸。❸流水孤村　隋煬帝詩：「寒鴉千萬點，流水繞孤村。」❹歸路　《白香詞譜》作「芳樹」，今據《全宋詞》改。❺甚荒溝二句　唐有紅葉題詩故事。皇宮中之宮娥不得寵幸，常書詩於落葉隨御溝水而流。盧渥應舉時，曾得葉上絕句，置於巾箱。後娶外放宮女，即書詩者。詩曰：「流水何太急，深宮盡日閑。殷勤謝紅葉，好去到人間。」後以此典表現宮人或女子相思怨情。❻長安　借指南宋都城臨安（今浙江杭州）。❼衰顏借酒　宋陳師道〈除夜對酒贈少章〉詩：「髮短愁催白，顏衰借酒紅。」❽倚新妝　倚仗新的妝扮。唐李白〈清平調〉詠牡丹：「借問漢宮誰得似，可憐飛燕倚新妝。」❾洛陽花譜　宋歐陽修著有《洛陽牡丹記》。❿回風　回旋的風。

【語　譯】萬里千山，清霜飛降，樹葉飄零，秋寒中的豔麗，不會招致春花嫉妒。楓葉飄落，吳江清冷，孤獨旅客又在吟詠傷心詩句。船正停泊在流水旁的孤村，斜陽映照，紅葉似花圍繞歸路。為何荒溝一片淒涼，不載情去只載愁去？

有誰問訊京都倦旅之人？鮮豔楓葉，羞於見我這借酒改變衰顏的飄泊者。然你縱有趙飛燕倚仗新妝的麗質，終究不能列入牡丹花譜。因為回風而於樽前起舞，無數丹楓化作斷霞千縷。還記得過去濃翠陰陰，綠遍江南，在窗前聆聽瀟瀟夜雨的時節。

【研　析】這首詠物詞當作於宋亡之後。南宋滅亡，作為貴公子的張炎，家產籍沒，以遺民的身份四處飄流，此詞即藉吟詠紅葉寄寓了深沉的家國之感與身世飄零之嘆。首二句用對仗，互文見義。萬里、千山，地域遼闊；飛霜、落木，景象蕭條。此中含有寄興，透露出詞人對大片國土易代後的淒涼心理感受，但卻不露痕跡，因為聯繫下句來看，它也是為紅葉的出現營造一種大的環境。「寒豔」一句，便帶出楓葉，點出其「霜葉紅於二月花」的特色。在作者心目中，寒豔，是一種獨特的美，是一種在惡劣環境中生存下來的美，正因其特立於寒霜之中，故春花無法與其抗爭。「楓冷吳江」二句轉入人事，借唐詩人崔信明的詩句寫自己飄零中的愁情，用典緊貼詞題，將人的主觀感情與客觀景物加以融合。其中的「獨客」，寫自己的流落際遇，「又吟愁句」，則表明藉吟詠抒發愁情已非一次，愁情揮之不去，已可推想。「正船艤、流水孤村，似花繞、斜陽歸路。」復用一對句轉寫眼前，其流落途中的環境，很容易使人想起元代馬致遠〈天淨沙〉中描寫的「小橋流水人家」、「夕陽西下，斷腸人在天涯」的景象，在如此境遇中，有如花之紅葉繚繞相伴，而且與「歸路」相通，也是客中的一種安慰。以上數層的描寫敘述，從空間來說，是由大而小，從時間來說，是由遠而近，至「甚荒溝」兩句則活用紅葉題詩的典故，直抒內心的愁苦。「荒溝一片淒涼」，與詞的發端所營造的環境氛圍相呼應，是詞人對客觀環境的主觀感受。紅葉題詩本來是載情的，現在卻是「載情不去載愁去」。「載情不去」，乃「不載情去」的倒裝。「載愁」之「愁」與前面「又吟愁句」之「愁」是一回事，詞人不避重複，一唱三嘆，實乃愁深難遣之故。又此二句用一「甚」字領起，以反詰語氣出之，這種愁情便更顯得強烈。此處雖未出現「紅葉」字面，但實際上卻包含了一片流動紅葉的特寫鏡頭。

換頭又用一反詰語提起：「長安誰問倦旅？」此句是「誰問長安倦旅」的倒裝。作者久居臨安，因之視自己為臨安人。臨安為南宋都城，故以長安指代。「倦旅」與前面「獨客」呼應。但用一「倦」字，不僅顯出情緒的萎靡，還會使人聯想到詞人形象的疲憊、憔悴。「誰問」，即無人問，更突出了一種孤獨感。這句單獨寫人。「羞見衰顏借酒，飄零如許」，則人楓合寫。紅葉的豔麗，與自己飽受飄泊之苦，需要借酒來掩飾的衰顏形成鮮明對照。「羞見」，主語係紅葉。紅葉在這裡被賦予了人的情感。「衰顏」是對「倦旅」的形象補充。紅葉雖然「似花」，但畢竟「非花」，故下面說「漫倚新妝，不入洛陽花譜」。「飛燕倚新妝」，本是李白用來形容牡丹之美的，此處藉以形容紅葉之美，它雖可豔比牡丹，但不會被載入記錄牡丹花的花譜。然而這並不影響它的美質，當回風吹來時，它會「起舞樽前」，「化作斷霞千縷」，為飲酒驅愁的人獻上曼妙的舞蹈，上下翻飛，化為千萬縷絢麗的霞彩。紅葉是淒涼世界中的亮色，它們應該是代表著南宋遺民的碧血丹心吧！但紅葉對於楓樹來說，畢竟只是歲晚奉獻給世人的最後美麗，這不禁令人想起它曾經有過多麼蓬勃輝煌的青春時期：「記陰陰、綠遍江南，夜窗聽暗雨。」這裡所呈現的江南夜雨中的濃陰繁翠，既是寫楓，更是寄託了對往昔繁華的眷戀，對故國的深切緬懷。用一「記」字領起，又表明昔日繁華已成過眼雲煙，不免充滿了無限的遺憾。這一結尾與王沂孫〈齊天樂〉詠蟬詞頗為相類，王詞寫眼前病翼枯形之蟬，於結拍處轉折至往昔蟬的黃金時代：「謾想熏風，柳絲千萬縷。」於中寄託自己對昔日繁華的追戀，對而今繁華消歇的傷痛，二者可謂機杼相同。如果說上闋的描寫是由遠鏡頭到中鏡頭再到一片紅葉的特寫鏡頭的話，則下闋的寫法是一層一轉，一轉一深，在折進中委曲傳情。

此詞時而紅葉，時而自己，時而人花合寫，義兼比興，託寓遙深，頗具若即若離、不黏不脫之妙。大約同時，以〈綺羅香〉調詠紅葉者有王沂孫詞兩首，其中一首（玉杵餘丹）與張炎詞同用詞韻中第四部上去仄韻（上聲六語、七麌，去聲六御、七遇），中有「重認取、流水荒溝，怕猶有、寄情芳語。但淒涼、秋苑斜陽，冷枝留醉舞」等語，荒涼淒冷中，亦含某種寄託，疑為一時唱和之作，可互相參閱。又張炎此詞在音律方面頗講究去聲的運用，全詞共十八句，句首字有九處為去聲（萬、正、似、甚、載、漫、盡、記、夜），占了一半；首句起字應為仄聲字者，十二處，去聲占四分之三。由於去聲字音節響亮，往往能造成重起輕煞的音樂效果，在情感的表達上能起到一種強調的作用。

〈綺羅香〉為史達祖創調，其首唱為詠春雨，體物入微，窮形盡相，點綴閨情，亦能渾融有致。茲附錄於下：

做冷欺花，將煙困柳，千里偷催春暮。盡日冥迷，愁裡欲飛還住。驚粉重、蝶宿西園，喜泥潤、燕歸南浦。最妨他、佳約風流，鈿車不到杜陵路。

沉沉江上望極，還被春潮晚

急，難尋官渡。隱約遙峰，和淚謝娘眉嫵。臨斷岸、新綠生時，是落紅、帶愁流處。記當日，門掩梨花，剪燈深夜語。

89

永遇樂 綠陰

宋 蔣捷 勝欲

清逼池亭，潤侵山閣，雲氣凝聚。未有蟬前，已無蝶後，花事隨流水。西園❶支徑，今朝重到，半礙醉筇❷吟袂❸。除非是、鶯身瘦小，暗中引雛穿去。

梅簷滴溜，風來吹斷，放得斜陽一縷。玉子❹敲枰❺，香綃落剪，聲度深幾許。層層離恨，淒迷如此，點破漫煩輕絮。應難認、爭春舊館，倚紅杏處❻。

【作者】蔣捷，見本書第四十五首〈一剪梅〉詞作者介紹。

【詞律】〈永遇樂〉，有平韻格、仄韻格兩式，平韻格又名〈消息〉。仄韻格始見柳永《樂章集》。此譜所選為通用之仄韻格。雙調，一百零四字，上下闋各四仄韻。此調以四言為主，全詞二十二句中，四言占了十四句，因此多處可用為對偶。第一、二句例用對仗，上闋第四、五句用為對仗者如本詞「未有蟬前，已無蝶後」，第七、八句用為對仗者如柳永詞（熏風解慍）「璇樞繞電，華渚流虹」，下闋首二句用為對仗者如蘇軾詞（明月如霜）「天涯倦客，山中歸路」，第四、五句用為對仗者如本詞「玉子敲枰，香綃落翦」，七、八句用為對仗者如柳永詞（天閣英游）「棠郊成政，槐府登賢」。因此調可用對仗處多，善駢偶者可騁其才力，極工麗之美，但如處處對偶，又易呈板滯之病，在乎作者依表情需要合理運用，以整飭與流利之美結合為佳。又此調結句，仄平仄仄所用仄聲頗有講究，此詞「倚紅杏處」為「上平去去」，後面兩去聲相連，搭配欠佳，萬樹《詞律・發凡》指出：〈永遇樂〉結句後面兩字須像辛棄疾詞（千古江山）「尚能飯否」的去上聲搭配，聲響才合度。李清照詞（落日熔金）結句「聽人笑語」，「笑語」二字亦合乎此一要求。《詞律》卷一八以趙師俠詞（日麗風暄）為仄韻格正體，列陳允平詞（玉腕籠寒）平韻格為「又一體」。《詞譜》卷三二以蘇軾詞（明月如霜）仄韻格為正體（宋人多用此體）。另列句式稍異者數種及陳允平平韻格為「又一體」。《白香詞譜》所錄蔣捷詞係用蘇詞仄韻格，所標平仄係依蘇詞。此調格律，有的地方須加變通者可參考《詞譜》所標。

【注　釋】❶西園　泛指園林。❷筇　竹名，產四川筇山，可作手杖。❸袂　衣袖。❹玉子　棋子之美稱。❺枰　棋盤。❻應難認二句　《揚州事蹟》載：「揚州太守圃中有杏花數十畷，每至爛開，張大宴，一株令一倡倚其傍，立館曰『爭春』。」

【語　譯】綠陰的清涼、潤溼，侵逼著池中亭臺、倚山樓閣，上有氤氳雲氣。此時已無蝶舞，蟬鳴還未喧鬧，落花已隨流水而逝。今朝扶醉重到，漫步西園小徑吟詩，枝葉妨礙手杖，拂掛衣袖。除非是鶯身瘦小，暗中帶著雛鶯方可穿隙而去。

雲霧凝聚成溜，沿著梅邊屋簷下滴，被風吹斷，縫隙中射進斜陽一縷。棋子敲盤，剪刀裁取芳香薄綢，聲音阻隔，隱約微細。層層離恨，如濃蔭般淒迷，只有煩請飛絮隨心點破綠意。應是已難辨認昔日爭春舊館，少女依倚紅杏之處。

【研 析】此係詠綠陰之詞。綠陰是由樹葉的濃密遮擋日光造成的，它本身很虛，無法直接描寫，因此必須借助其他的物事加以表現，從旁面加以烘托。首先從雲霧的氤氳寫起。葉翠陰濃，不僅在視覺上有一種如煙如霧的美感，且覺有一股逼人清氣，連肌膚都會有潤溼的感覺。所謂「清逼池亭，潤侵山閣，雲氣凝聚」寫的即是這種感受。前二句對仗工整，互文見義，「逼」與「侵」，下字準確，且帶出池亭山閣，表明此處所寫係一有山有水、有亭臺樓閣之園林。「未有蟬前」三句，承上啟下，點明時節。繞花蝴蝶沒有了，表明花季已過，蟬鳴未響，說明還沒到盛夏季節，應是春末夏初，這是樹木最為蔥蘢的時候。以下從不同角度，不同方面層層展開鋪敘。一是「今朝重到，半礙醉筇吟袂」，從行人角度敘寫。樹的枝葉一直延伸到了路上，幾乎阻礙了人的行進，其枝繁葉茂可想而知。而人帶著醉意在吟詠，便為下面的抒情埋下伏筆。二是「除非是」三句，從飛鳥的角度描寫。上面三句是從正面寫，這三句係假設語，假如是瘦的或小的黃鶯，尚可穿林而過，也就是說一般的鳥兒是無法穿越層層密葉的，其稠密度亦可想而知。

詞人打破前後段的界限，續從其他角度寫濃陰，但空間有所變化。「梅簷滴溜，風來吹斷，放得斜陽一縷」，係從光線的角度寫。由庭院的梅樹，由靠近梅樹的屋簷，可以看出作者的視線已由園中轉到了「山閣」。「滴溜」與前面「潤侵山閣」相呼應，因潤溼，而漸積為水珠，因水珠而漸聚成瓦溝水溜，下滴時，似成小小水柱，但被風一吹即斷成零珠碎玉，又因為有風吹，濃枝密葉才露出一點點縫隙，故灑下一縷斜陽。「玉子敲枰，香綃落剪，聲度深幾許」，係從聲音角度寫。事情發生的地點在室內，但聽者的位置卻是在室外，這聲音隔著密葉，只是隱隱可聞。此處所用對仗，極為精美，使人想像室中之人何其高雅，何其秀美，人各自得其樂，充滿寧靜溫馨。但這裡所寫的應是一種想像或回憶，非眼前發生之事。以下折入情感的層面：「層層離恨，淒迷如此，點破漫煩輕絮」，既是以離恨的迷離比喻煙霧般的濃綠，也是以煙霧般的濃綠比擬離恨的迷離，輕絮點破，既是對綠陰的一種色彩點綴，也關合離情的免於一片迷濛。是物？是情？難分難解。此處的「離恨」又與上闋的「重到」相呼應，這「離恨」究竟是山閣中「玉子敲枰」者與「香綃落剪」者之間的離恨，還是離開這綠陰後發生的種種恨事？令人難究其底，感到也是「淒迷如此」。詞的結拍「應難認、爭春舊館，倚紅杏處」，仍是在強調綠樹的濃陰，以致將舊日倚紅杏的爭春館都給遮蔽了。但這裡運用人倚紅杏爭春的典故，應該是蘊藏了一段舊時愜意的歡樂。歡樂不再，是否是「離恨」的內涵？

總之，此詞層層鋪敘，處處寫的是綠陰，但又讓我們隱隱約約感到詞中含有某種失落之感。真是煙水迷離，妙在可解不可解之間！因此，作一般詠物詞讀，可；作有情思寄託之詞看，亦可。

以〈永遇樂〉詞調填詞，宋詞中最著者，清麗超曠當推蘇軾「彭城夜宿燕子樓」（明月如霜）一首，將情、景、理熔為一爐，格高韻勝；婉約沉鬱當推李清照元宵詞（落日鎔金），樂景寫哀，以昔襯今，工麗美與流動美結合，精雅美與通俗美結合，幾臻極致；氣格沉雄當推辛棄疾「京口北固亭懷古」（千古江山），縱論古今，豪宕感激，能振聾發聵，警懦起頑。今將蘇軾創調及李詞附錄於後，以供參讀。

明月如霜，好風如水，清景無限。曲港跳魚，圓荷瀉露，寂寞無人見。紞如三鼓，鏗然一葉，黯黯夢雲驚斷。夜茫茫、重尋無處，覺來小園行遍。　天涯倦客，山中歸路，望斷故園心眼。燕子樓空，佳人何在，空鎖樓中燕。古今如夢，何曾夢覺，但有舊歡新怨。異時對、黃樓夜景，為余浩嘆。

落日鎔金，暮雲合璧，人在何處？染柳煙濃，吹梅笛怨，春意知幾許？元宵佳節，融和天氣，次第豈無風雨！來相召、香車寶馬，謝他酒朋詩侶。　中州盛日，閨門多暇，記得偏重三五。鋪翠冠兒，撚金雪柳，簇帶爭濟楚。如今憔悴，風鬟霜鬢，怕見夜間出去。不如向、簾兒底下，聽人笑語。

90 南浦　春暮

宋　程垓　正伯

金鴨[1]懶薰香，向晚來、春酲[2]一枕無緒。濃綠漲瑤窗[3]，東風外、吹盡亂紅飛絮。無言竚立，斷腸惟有流鶯語。碧雲欲暮[4]，空惆悵韶華，一時虛度。追思舊日心情，記題葉❺西樓，吹花❻南浦❼。老去覺歡疏，傷春恨、都付斷雲殘雨❽。黃昏院落，問誰猶在憑闌處。可堪杜宇，空只解聲聲，催他春去。

【作　者】程垓，字正伯，眉山（今屬四川）人。蘇軾中表程之才之孫。生卒年不詳。南宋淳熙十三年（一一八六）嘗遊臨安。紹熙三年（一一九二），已五十許，楊萬里薦以應賢良方正科，未果。有《書舟詞》（一名《書舟雅詞》）。清馮煦《蒿庵論詞》謂其詞「淒婉綿麗」，陳廷焯《白雨齋詞話》認為「淺薄者多，高者筆意尚閑雅。」

【詞　律】〈南浦〉，《教坊記》有〈南浦子〉之曲名，宋人借舊曲名另倚新聲成此調。取《楚辭・九歌・河伯》「送美人兮南浦」句意，在教坊曲中表旅情，宋詞亦常沿之。此調有平韻格、仄韻格二式，此譜所選為仄韻格，為宋人所常用。雙調，一百零五字，上下闋均五仄韻（亦有上下闋第八句「碧雲欲暮」、「可堪杜宇」不入韻者，則為四仄韻），句式、平仄除起首三句與換頭有異外，餘均相同。其中用拗律處，如四言句的仄仄平仄（「一枕無緒」）、六言後四字的仄平平仄（「亂紅飛絮」、「斷雲殘雨」），當注意依遵。可靈活運用者：㈠句式的組合，上下闋第二、三句九字可作三、六言，亦可作五、四言，上下闋八、九、十句之四、五、四言，亦可作六、七或七、六言；㈡下闋二、三句為五、四言時可用一字領起四言對句（如本詞之「（記）題葉西樓，吹花南浦」），亦可不用對仗。《詞律》卷一七以魯逸仲詞（風悲畫角）一百零二字之平韻格為正體，列程垓詞（金鴨懶薰香）一百零五字之仄韻格為「又一體」。《詞譜》卷三三以程垓詞仄韻格為正體，列仄韻格周邦彥詞（淺帶一帆風）、史達祖詞（玉樹曉飛香）及平韻格魯逸仲詞為「又一體」。

【注釋】❶金鴨　鴨形銅香爐。❷酲　酒醉醒後困憊如病態狀。❸瑤窗　窗之華美者。❹碧雲欲暮　南朝梁江淹〈休上人別怨〉詩：「日暮碧雲合，佳人殊未來。」沿為懷人送別之詞。❺題葉　於葉上題詩。唐杜牧〈題桐葉〉詩：「江樓今日送歸燕，正是去年題葉時。」❻吹花　風拂花枝花朵。❼南浦　因《楚辭》有「送美人兮南浦」之語，江淹〈別賦〉有「送君南浦，傷如之何」之句，後用以指送別之地。但在此詞中當係泛指水濱。❽斷雲殘雨　用戰國楚宋玉〈高唐賦〉中「旦為朝雲，暮為行雨」語意，此指相戀男女遙相乖隔。

【語譯】懶於在金鴨爐內燃香，到傍晚，春日病酒，醒來困倦無緒。濃綠漸遮瑤窗，東風吹拂處，飄舞亂紅飛絮。默默無言久立，只聽到那令人腸斷的流鶯啼語。碧雲聚合，漸至日暮，我徒然悵惘美好年光，轉瞬竟成虛度。

追想往昔情懷，難忘西樓題詩樂事，也記得南浦吹花的歡快。老來覺得歡情愈來愈少，傷春愁恨，都付與殘缺的男歡女愛。黃昏時的院落，憑闌處還有誰在？杜鵑只徒然懂得一聲聲，將春催去，令人難耐！

【研析】程垓雖生平不詳，但可斷定是流落不偶，因此不免流連坊陌，與歌兒舞女們有較多的感情瓜葛，故其《書舟詞》中對這類感情描寫甚多，如：「舊時心事，說著兩眉羞。長記得、凭肩遊。緗裙羅襪桃花岸，薄衫輕扇杏花樓。幾番行，幾番醉，幾番遊。」（〈最高樓〉）「愁緒多於花絮亂，柔腸過似丁香結。問甚時、重理錦囊書，從頭說。」（〈滿江紅（憶別）〉）「傷心處，卻憶當年輕別。」「又誰料而今，好夢分胡越。不堪重說。但記得當初，重門鎖處，猶有夜深月。」（〈摸魚兒〉）此首〈南浦〉詞乃寫別後情懷。一上來即寫自己懨懨無緒，白天在居室中香也懶得薰，只好借酒澆愁，傍晚時酒醒疲困，更提不起精神。但詞人還是想到外面走走，或許能排遣一下百無聊賴情緒。下面「濃綠漲瑤窗」兩句由室內轉向室外，暮春時節，樹更茂密，撲入眼簾的是東風中零亂飛舞的花瓣與柳絮，春景一片狼藉，心情同與繚亂而已。此係從視覺寫，以景寫情。「無言竚立」二句，寫庭院中獨立良久，在默默中思念、等待，但只有流鶯的啼囀打破眼前寂靜，失落之感、失望之情，齊聚心頭，能不腸斷乎！此係從聽覺寫，以動寫靜，襯托其落寞情懷。接著用「日暮碧雲合，佳人殊未來」的典故正面補充「斷腸」的原因。自己的韶光就在這樣的等待、失望、孤寂中度過，能不令人感嘆年華虛度！「空惆悵韶華」兩句由寫景轉為內心獨白。

換頭轉入回憶。回憶中充滿歡欣。西樓題詩，紅袖添香，那是何等的賞心樂事！攜手水濱，看那花枝在東風中搖盪，意興何等高漲！「西樓」、「南浦」，二者在詩詞中有時對舉，如唐白居易〈江樓偶宴贈同坐〉詩：「南浦閑行罷，西樓小宴時。」此處之「題葉西樓，吹花南浦」亦係對舉，對仗甚為精工，不僅字面整飭，亦能引發人的聯想。以下復由回憶轉入現實。「老去覺歡疏，傷春恨、都付斷雲殘雨」二句，處處與前面相呼應，「老去」與「韶華一時虛度」呼應，「歡疏」與「舊日心情」相對照，「傷春」與前面暮春景物相呼應，「斷雲殘雨」與「碧雲欲暮」相呼應。其中的關鍵是「斷雲殘雨」，本是兩情相悅，卻如胡、越遙隔，不能共度花朝月夕，這是「傷春恨」綿綿不絕的原因。「黃昏院落」兩句又將眼前與回憶綰合一處，過去伊人在黃昏時刻曾倚闌等待歸人，現在還有誰憑依闌干？「黃昏」與前面「欲暮」相應。詞的結尾「可堪杜宇，空只解聲聲，催他春去。」以「可堪」二字領起，將實景虛寫，以伊人不見，唯有杜鵑（聲似「不如歸去」）催促春歸，再申韶華虛度之意。復以「空只解」將杜鵑擬人，視無情物為有情物，從而將人的惆悵之情在反襯中更推進一層。

全詞從大的時間範圍說，以今——昔——今為線索，從一天來說，以白天——傍晚——黃昏為線索，融惆悵之情於暮春之景，將遲暮之感、相思之愁綰合在一起。在作者所處的那個時代，失意的文人很多時候會從紅顏身上去尋找感情的寄託，當這種寄託也無法維持時，在心理上更有一種無法排解的失落感。也許這是這首詞透露的消息吧？

以〈南浦〉詞調填詞被人所稱許者為張炎的詠「春水」詞。該詞係他在宋亡前的成名之作，為此他還得到了一個「張春水」的佳名。茲附錄於下：

波暖綠粼粼，燕飛來，好是蘇堤才曉。魚沒浪痕圓，流紅去、翻笑東風難掃。荒橋段浦，柳陰撐出扁舟小。回首池塘青欲遍，絕似夢中芳草。　和雲流出空山，甚年年、淨洗花香不了？新綠乍生時，孤村路，猶憶那回曾到。餘情渺渺，茂林觴詠如今悄。前度劉郎歸去後，溪上碧桃多少。

91 望海潮

凱旋舟次

金 折元禮 安上

地雄河岳❶，疆分韓晉❷，潼關❸高壓秦頭❹。山倚斷霞，江吞絕壁，野煙縈帶滄洲❺。虎旆❻擁貔貅❼。看陣雲截岸，霜氣橫秋。千雉❽嚴城❾，五更殘角月如鉤。

西風曉入貂裘。恨儒冠誤我❿，卻羨兜牟⓫。六郡少年⓬，三關⓭老將，賀蘭⓮烽火新收。天外嶽蓮樓⓯。掛幾行雁字，指引歸舟。正好黃金換酒，羯鼓⓰醉〈涼州〉⓱。

【作　者】折元禮，字安上，父折定遠，僑居忻州（今山西忻縣），遂為忻州人。生年不詳。金章宗明昌五年（一一九四）兩科擢第。學問該洽，為文有法度。官至延安治中。宣宗興定五年（一二二一）蒙古軍陷葭州（今陝西佳縣），死於難。詞僅存〈望海潮〉一首，見《中州樂府》。

【詞　律】〈望海潮〉，始見柳永《樂章集》。因詞詠錢塘勝景，而錢塘又以觀秋潮為有名，調名當取其意。雙調，一百零七字，上闋五平韻，下闋六平韻。多用對偶與散行交錯。可用為對仗者多達七處，如本詞上闋之首二句「地雄河岳，疆分韓晉」，四、五句「山倚斷霞，江吞絕壁」，八、九句「(看)陣雲截岸，霜氣橫秋」，第十句與第十一句前四字「千雉嚴城，五更殘角」，均是；下闋用為對仗者如柳永詞（東南形勝）之二、三句「三秋桂子，十里荷花」，四、五句「羌管弄晴，菱歌泛夜」，甚或第八、九句亦有用為對仗者，如鄧千江詞（雲雷天塹）「(且)宴陪朱履，歌按雲鬟」。因之，此調易具整飭工麗之美，創作時須注意與流動美相結合。又此調上下闋之第八句「看陣雲截岸」、「掛幾行雁字」的上一下四句式，亦可作上二下三，如柳永詞「怒濤卷霜雪」、「乘醉聽簫鼓」（第三字作仄聲）。《詞律》卷一九以秦觀詞（梅英疏淡）為正體，以其另一首（秦峰蒼翠）為「又一體」。《詞譜》卷三四以柳永詞（東南形勝）為正體，列秦觀、鄧千江詞為「又一體」。

【注釋】❶河岳　本指黃河和五岳，但此處之「岳」，當指西岳華山。❷韓晉　戰國時，韓氏與趙、魏分晉，韓擁有今山西東南及河南中部地區。❸潼關　在今陝西東部，為古來兵家必爭之戰略要地。❹秦頭　指秦川（陝、甘秦嶺以北平原地帶）東部。❺滄洲　濱水之地。❻虎旆　畫有虎形的旗幟。❼貔貅　猛獸名，用稱勇猛的軍隊。❽千雉　雉為古代計算城牆面積的單位，長三丈、高一丈為一雉。千雉，形容城市之大。❾嚴城　守備嚴密之城。❿儒冠誤我　讀書延誤了我。儒冠，文人學者所戴之帽，此代指讀書。唐杜甫〈奉贈韋左丞丈〉詩：「儒冠多誤身。」⓫兜牟　又作兜鍪。即頭盔。⓬六郡少年　六郡，指隴西、天水、安定、北地、上郡、西河。六郡良家子弟善騎射。南朝梁劉孝威〈結客少年場行〉：「少年本六郡，結客遍五都。」⓭三關　指上黨關、壺口關、石陘關，在今山西境內。《後漢書・虞詡傳》有「關西出將，關東出相」之說。⓮賀蘭　賀蘭山。在今寧夏中部。⓯嶽蓮樓　在華山附近。⓰羯鼓　樂器名。來自西域，形如漆桶，下承以牙床，用兩杖擊之。⓱涼州　樂曲名。唐開元中為西涼都督郭知運所進。

【語譯】地勢雄踞河岳之形勝，疆域係從晉分出之韓地，潼關險固威壓秦頭。山嶺依倚斷霞，江水吞噬絕壁，野煙縈帶水濱、汀洲。虎旗下簇擁勇猛軍隊，看戰雲攔截於遠岸，霜氣彌漫於高秋。森嚴的宏大城市，五更時刻，傳來畫角餘音，天上鐮月如鉤。

拂曉的西風侵入貂裘。懊悔被讀書人身份耽誤，很羨慕軍人頭上的兜鍪。因有三關老將的英明指揮，六郡少年的英勇作戰，終使賀蘭山的戰火新收。遙望天外嶽蓮樓，掛幾行南飛雁字，指引歸舟。正好用黃金換取美酒，在羯鼓演奏的〈涼州〉曲中，沉醉於江流。

【研　析】此詞《詞綜》題曰「從軍舟中作」，但所寫內容卻更符合原題「凱旋舟次」。從詞中的「賀蘭烽火」看，這次可能是金國和西夏之間進行的一場戰鬥。西夏為党項族所建立的政權，都慶興府（今寧夏銀川東南）與金國時有戰爭。這次戰爭金國獲勝，戰船乘黃河順流而下，班師回朝。作者截取其中最具代表性的地段——潼關，寫軍隊凱旋的威武雄壯和昂揚喜悅的情緒。潼關南峙華山，北倚黃河，西望秦川，東接桃林（今河南靈寶以西、陝西潼關以東地帶），係形勝之地，是軍事重鎮，故詞一開始即從大處落墨：「地雄河岳，疆分韓晉，潼關高壓秦頭」，高屋建瓴，氣勢磅礴，具有一股強大的威懾力。緊接著具寫江山之險峻、地域之遼闊。「山倚斷霞」，承「岳」，極狀其高峻瑰麗，「江吞絕壁」承「河」，狀水勢之洶湧澎湃，用「倚」，用「吞」，各盡其妙。在這一工整的對句之後再用「野煙縈帶滄洲」，補寫黃河一瀉千里浩蕩蒸騰之水氣。如此便從仰視、俯視、遠視不同角度將「地雄河岳」加以具象化。這種將大空間、大景物、大氣象攬於筆端的寫法，有如繪畫中的大斧劈皴、書法中的擘窠體，與庭院風光、小橋流水大異其趣。在此大環境中的軍隊又是何等面貌呢？「虎旆擁貔貅。看陣雲截岸，霜氣橫秋。」三句實均由「看」字領起，是眼中所見：虎旗正漫捲西風，披堅執銳的士兵威嚴勇猛，在滿布肅殺的秋氣中，戰雲被遠截於河岸之外，表明這場戰爭的勝利取得的時間是在秋季，而「霜氣」的凜冽對凱旋軍隊的威猛恰是一種襯托。歇拍再轉入對潼關城的描寫，先以「千雉嚴城」，表現其規模宏大而又壁壘森嚴，敵人無可進犯，然後以畫角吹殘、弦月在天的拂曉淒清之景渲染出發時的環境氣氛，雖是凱旋，仍然是緊張而有序的，體現出這支戰鬥隊伍的不平凡素質。上闋的寫法從空間來說，是層層縮小，從時間來說，由白天而至次日清晨，可說是層次井然而富於變化。

詞的下闋抒情。過片「西風曉入貂裘」緊承「五更殘角月如鉤」，表明出發時還有些寒氣逼人，但這並沒有影響內心情緒的激盪。「恨儒冠誤我，卻羡兜牟」，將士在戰爭勝利後的那種威風、那種榮耀，真是文官無法比擬的了，自己作為文官，反倒羡慕起武將來了。這裡是以文襯武，突出其值得驕人之處。「六郡少年，三關老將，賀蘭烽火新收」，詞寫至此，方正面點出他們的戰績，可知前面所寫都是一種宏闊氣勢的環境烘托，而用「六郡」、「三關」之典，亦恰到好處，對仗雖顯直白，卻用筆老成。以下至結拍則放筆直寫軍隊啟程後順流而下的歡悅心情，此時曉寒漸退，已變得秋高氣爽，高聳入雲的華山旁的嶽蓮樓、樓邊的南飛雁字，都映入眼簾，作者更將大雁擬人化，說它們在「指引歸舟」，正是主觀感情對外物的投射。此處「掛幾行雁字」的「掛」字用得很妙，一般寫外物往往化靜為動，而在這裡卻是化動為靜，是由一種遙遠的視覺距離造成的感覺，此等處可見出作者運筆的細緻。「正好黃金換酒，羯鼓醉《涼州》」，更將一股豪放之氣、歡騰之情推向高潮，如同一齣雄壯的史劇最後在高潮中「落下帷幕」，落幕後仍留有一股振奮人心的力量。

詞作一般以悲為美，連宋代辛棄疾這樣的豪放詞人，其作品亦往往充滿悲劇的色彩，雖然有時也有英雄業績的描寫，但常是作為悲情的對照物出現的。折元禮這首詞卻是通篇寫凱旋的歡悅，且寫得大氣磅礴，在詞史上實為少見，這是一首真正的豪放詞。在金初，另有鄧千江的〈望海潮〉「獻張六太尉」詞（雲雷天塹），在詞風的英氣豪邁方面可與相比而或過之，該詞被明楊慎許為「金人樂府，稱鄧千江〈望海潮〉為第一。」（《詞品》）均體現出金詞剛方的特色。

〈望海潮〉詞牌，為北宋柳永創調，其詞（東南形勝）寫錢塘城市的繁華即膾炙人口，以致有這樣的傳說：金人讀詞，因而垂涎，竟至引起欲投鞭斷江、南侵占領之意。此外，宋秦觀詞（梅英疏淡）抒寫身世之感，亦是被人稱道的辭情相稱的著名佳作。以上各詞（含金人作品）題材不一，各擅勝場，說明這一詞牌對不同內容所具有的包容性。茲將二詞附錄於後，以供參閱。

東南形勝，三吳都會，錢塘自古繁華。煙柳畫橋，風簾翠幕，參差十萬人家。雲樹繞堤沙。怒濤卷霜雪，天塹無涯。市列珠璣，戶盈羅綺競豪奢。

重湖疊巘清嘉。有三秋桂子，十里荷花。羌管弄晴，菱歌泛夜，嬉嬉釣叟蓮娃。千騎擁高牙。乘醉聽簫鼓，吟賞煙霞。異日圖將好景，歸去鳳池誇。

梅英疏淡，冰澌溶洩，東風暗換年華。金谷俊游，銅駝巷陌，新晴細履平沙。長記誤隨車，正絮翻蝶舞，芳思交加。柳下桃蹊，亂分春色到人家。

西園夜飲鳴笳。有華燈礙月，飛蓋妨花。蘭苑未空，行人漸老，重來是事堪嗟。煙暝酒旗斜。但倚樓極目，時見棲鴉。無奈歸心，暗隨流水到天涯。

92 奪錦標 七夕

元 張埜 埜夫

涼月橫舟，銀潢❶浸練，萬里秋容❷如拭。冉冉鸞驂❸鶴馭❹，橋倚高寒，鵲飛空碧❺。問歡情幾許，早收拾、新愁重織。恨人間、會少離多，萬古千秋今夕。誰念文園病客❻？夜色沉沉，獨抱一天岑寂。忍記穿針❼亭榭❽，金鴨❾香殘，玉徽❿塵積。任新涼半枕，又依稀、行雲⓫消息。聽窗前、淚雨浪浪⓬，夢裡簷聲猶滴。

【作者】張埜，字埜夫，號古山，邯鄲（今屬河北）人。生卒年不詳。其活動期在元成宗、武宗、仁宗朝（一二九五——一三二〇），歷官翰林修撰。工詞，有《古山樂府》。詞風在蘇、辛之間。李長翁〈古山樂府序〉讚其詞「湛然如秋空之不雲，燁然如春花之照谷，淒然如猿啼玉澗，昂然如鶴唳青霄，砉然如庖丁鼓刀，翩然如公孫舞劍，千變萬態，意高語妙，真可與蘇、辛二公齊驅並駕」。

【詞　律】〈奪錦標〉，又名〈錦標歸〉、〈清溪怨〉。首見元張埜《古山樂府》。五代王定保《唐摭言》載，盧肇狀元看競渡，於席上賦詩曰：「向道是龍剛不信，果然奪得錦標歸。」調名本此。雙調，一百零八字，上闋四仄韻，下闋五仄韻（亦有首句不用韻，為四仄韻者），例押入聲。上下闋從第三句起至末句，句式、平仄相同。填此調所宜注意者：㈠上闋第一二句「涼月橫舟，銀潢浸練」、第四五句「橋倚高寒，鵲飛空碧」，下闋第五六句「金鴨香殘，玉徽塵積」為對仗，須依遵此式；㈡上下闋第七句五言「問歡情幾許」、「凭新涼半枕」，句式為上一下四；㈢句中格律多有平平平仄處，如：「秋容如拭」、「新愁重織」、「千秋今夕」、「一（以入代平）天岑寂」、「行雲消息」、「簷聲猶滴」等，作者有意造成一種緩急（平聲悠長，入聲短促）相濟的音聲效果，當盡可能依遵，其他個別地方平仄可依《詞譜》略加變通；㈣張埜此調二十句中，句首字用仄聲多達十五處，仄聲又以去聲為多，達十處。去聲調高，其聲清遠，置於起首，能振起聲響，雖不要求一一依遵，但須顧及此一特點。《詞律》卷一九、《詞譜》卷三五均以張埜詞為正體，《詞譜》列白樸詞下闋首句不入韻者、滕應賓減字者為「又一體」。

【注　釋】❶銀潢　銀河。❷秋容　秋天景物呈現的狀貌。❸鸞驂　謂神仙車駕。唐王勃〈八仙逕〉詩：「代北鸞驂至，遼西鶴騎從。」❹鶴馭　謂仙人駕鶴飛升。唐白居易〈寄李相公崔侍郎錢舍人〉詩：「曾陪鶴馭兩三仙」。❺橋倚高寒二句　神話傳說，七月七日牛郎、織女相會，喜鵲架橋使渡銀河。❻文園病客　西漢辭賦家司馬相如曾任漢文帝陵園令，患有消渴症（糖尿病），故稱。❼穿針　《荊楚歲時記》：「七夕，婦人結彩樓，穿七孔針，陳瓜果於庭中以乞巧。」月下穿針能過者，得巧。❽榭　建在高臺或水濱的敞屋。❾金鴨　銅製鴨形香爐。❿玉徽　以玉軫調節古琴上繫絃之繩，以定音之高低。此處指代琴。⓫行雲　用戰國楚宋玉〈高唐賦〉

妾「旦為朝雲，暮為行雨」意。指代所思女子。⑫浪浪　形容淚水橫流。

【語　譯】涼夜月牙恰似橫舟，銀河明亮如水浸練，萬里秋光明淨如拭。橋倚高寒銀漢，喜鵲飛聚青天，牛女乘鸞駕鶴緩緩而至。問歡情多少？早已收拾新的愁恨，重又將它編織。千秋萬載的今夕，短暫歡會之後，更恨人間離多而少聚。

有誰懷念文園病客？夜色沉沉，獨自懷抱一天岑寂。怎忍回憶亭榭穿針舊事？而今金鴨爐中熏香已殘，精美琴瑟灰塵堆積。涼意初透的夜晚半靠枕頭，又彷彿感受到伊人形跡。聽窗前淚雨流瀉，在夢裡還聽到簷溜點點滴滴。

【研　析】此詞詠七夕，而涉及天上、人間、自己幾個方面，或者說是藉七夕起興，以抒己之離別相思之情。詞之上闋可分兩層：第一層為牛女相會。前面三句寫秋空，先用一對句描繪銀河與新月。寫涼月重在其形，七夕之月為上弦月，謂其彎曲如舟，這一想像已頗新奇，而又以「橫舟」與銀河相聯繫，設想更為奇妙；寫銀河則重在其色，星光閃爍，如水之浸染白練。如此將星月意象加以組合，化靜為動，妙極！美極！相對於「纖雲弄巧，飛星傳恨」（秦觀〈鵲橋仙〉）的情景相融，別是一番境界。再以「萬里秋容如拭」總寫秋空之明淨，更顯示出七夕佳期風光的無限美好，為牛女的歡會設置了一個空靈剔透的環境，似也在暗示著那份情感的無比高潔。「冉冉」三句正面寫牛女相會，乘鸞駕鶴，仙袂飄飄，冉冉而至，這一年一度的相聚本應該是充滿喜悅的，但作者並沒有去描寫他們如何「柔情似水」，卻用「橋倚高寒，鵲飛空碧」渲染環境氣氛，使這種相會帶上了一種淒涼的色彩。何以會如此？那是因為他們還來不及充分享受歡愉，就又要感受別離的痛苦：「問歡情幾許，早收拾、新愁重織。」「新愁」萬縷千絲，縱橫交織，難分難解；「重織」則謂已非一次。舊愁加新愁，真乃「砌成此恨無重數」。第二層，由天仙遭遇而推及人間，豈止牛郎織女離多會少，人間情侶不也是被長期阻隔，只在七夕這個情人節日偶爾相逢嗎？正是：天上人間，同此憾恨。這一層也可以說是一種過渡。

詞人寫七夕牛女相會，不在歌唱他們的歡欣，而在揭示他們內心的遺憾，因為這也恰好是詞人自己的深刻人生體驗。故詞之下闋轉寫自己心緒，是為第三層。開始用一詰問提起，「誰念文園病客」，以司馬相如自況，感慨深沉。所謂「病客」之「病」，不僅指身，亦係指心，故下面接著傾訴孤寂情懷：「夜色沉沉，獨抱一天岑寂。」如此抒情，不惟空靈，且又曠遠，非一般婉約詞之纖巧可比。作者詞有蘇、辛風，此等處即透露出蘇詞清遠詞風之影響。從時間、景物言，又與上闋之夜空描寫緊相呼應。在岑寂中不免湧起昔樂今愁之感：「忍記穿針亭榭，金鴨香殘，玉徽塵積。」從前七夕，在亭榭中，帶著笑意欣賞伊人纖手穿針乞巧，那是何等歡愉的場景！在金鴨燃香的閨房中聽著玉人彈奏琴曲，又是何等旖旎溫馨！第一句前面冠以「忍記」字樣，便將「穿針亭榭」之事化實為虛，其所以不忍回憶，是因為那只會更反襯出今日之淒涼；後面兩句是實寫眼前暗淡之事，卻含有與過去歡欣對比之意。三句之中前句是以昔襯今，後兩句是以今追昔，由此可見出作者煉句之用心。「凭新涼半枕」兩句寫欹枕時情思，昔時兩人在枕衾之間當有多少繾綣，故依稀覺其形影在旁。然而這只是幻覺，待回過神來，傷心至極，雨淚淋漓。「聽窗前、淚雨浪浪，夢裡簷聲猶滴」，係以雨比淚，不僅未入夢時淚落如雨，入夢後仍在垂淚，如此便將刻骨相思之情寫得力透紙背。這一結尾的寫法很有點特殊，用的是一種暗喻，人們乍看「聽窗前」、「簷聲」，似真有雨，聯繫前面的「涼月」、「銀潢」、「秋容如拭」，方知此夕並非真有雨也。真是詞人伎倆，有時難測！

詞中詠七夕之作不少，大多是就牛郎織女神話傳說本事加以描寫、抒發感嘆，或對人間乞巧風習加以描述，而少情致，富有情致與理趣者惟秦觀〈鵲橋仙〉七夕詞（纖雲弄巧）最為有名。故在眾多詠七夕的詞中，張埜之詞可謂最富情致，可與之相提並論的，恐惟南宋李彌遜（一作張元幹）之〈花心動〉，其中「舊恨未平，幽歡難駐，灑落半天風露。綺羅人散金猊冷，醉魂到、華胥深處。洞戶悄，南樓畫角自語。」與張詞表達之情頗為相類。又，昔人詠七夕多用〈鵲橋仙〉之類的小令，極少用長調，張埜詞運用長調，時間、空間，能極盡開闔之妙，且寫景抒情頗能空靈雅煉，是以別具一格。

93 薄倖　春情

宋　賀鑄　方回

淡妝多態，更滴滴❶、頻迴盼睞。便認得、琴心❷先許，欲綰合歡雙帶❸。記畫堂、風月❹逢迎，輕顰❺淺笑嬌無奈❻。向睡鴨爐❼邊，翔鸞屏❽裡，羞把香羅偷解。自過了、燒燈❾後，都不見、踏青⑩挑菜⑪。（韻）幾回憑雙燕，（句）丁寧深意，（句）往來卻恨重簾礙。（韻）約何時再？（韻）正春濃酒困，人閒晝永無聊賴。（韻）懨懨睡起，（句）猶有花梢日在。（韻）

【作　者】賀鑄，見本書第五十首〈青玉案〉詞作者介紹。

【詞　律】〈薄倖〉，見宋賀鑄《東山樂府》。唐杜牧〈遣懷〉詩：「十年一覺揚州夢，贏得青樓薄倖名。」調名或由此而來。雙調，一百零八字，上下闋均五仄韻。句式散行為主，惟上闋第七八句須用對仗，如「（向）睡鴨爐邊，翔鸞屏裡」，此為定例。語句音節充分體現出慢詞特點，七言以上三下四為多，上下闋第七句五言為上一下四，下闋第三四句或作上五下四，或作上三下六。由於三字一頓者較多，宜於表達一種比較急切的或激盪的情緒。因受調名影響，歷來詞作題材仍以男女情思為多。《詞律》卷一九以呂渭老詞（青樓春晚）為正體。《詞譜》卷三五以賀鑄詞為正體，另列沈端節詞（桂輪香滿）下闋六仄韻者、韓元吉詞（送君南浦）減一字者為「又一體」。

【注　釋】❶滴滴　眼睛滴溜轉動。❷琴心　以琴音達意。《史記・司馬相如列傳》載，卓王孫之女卓文君新寡，好音，相如「以琴心挑之」。後以指戀情的表達。❸合歡雙帶　古以帶結表男女同心。❹風月　指男女之情，此處兼帶寫夜景。❺輕顰　微皺眉頭，女子貌美之表情。❻無奈　可愛。❼睡鴨爐　鴨形香爐。❽翔鸞屏　畫有飛鸞之屏風。❾燒燈　指元宵節。❿踏青　春日郊遊。時間一般在三月三日或清明節。⓫挑菜　至野外拾菜。二月二日為挑菜節。

【語　譯】薄施粉黛，容態姣媚，更眼波流轉，頻頻顧盼投以青睞。便領悟到琴心已然相許，想要紐結合歡羅帶。記得畫堂風清月夜，柔情萬種逢迎，微皺雙眉、面帶淺笑，真箇可愛。向睡鴨爐邊、翔鸞屏裡，含羞將芳香紗衫暗解。

自從過了元宵節後，一直未見踏青挑菜。有幾回憑藉雙燕，囑託轉達深意，又恨被簾幕重重阻礙。相約何時再度良宵？而今正值春意深濃、醉酒慵困，人閒晝長百無聊賴。睡起時懶洋洋地無情無緒，太陽還照著花梢搖曳窗外。

【研析】此係一首豔情詞。詞之上闋回憶了一次難忘的歡會，寫得很大膽、直白，頗帶「柳七（永）風味」。詞中的女性貌美、率真。因為天生麗質，即使是淡妝，也顯得風情萬種；她對異性有好感，毫不掩飾，眼波流盼傳情，故被人一眼看穿她的內心活動。她不僅貌美、率真，而且追求情愛在行動上表現很勇敢，絲毫沒有閨閣小姐的矯情與扭捏。可以想見，這位女性該是受封建禮教束縛較少的平民女子。這些在男主人公眼中，都是她的極其可愛之處。因而這次的幽會令他長久難忘，她的音容笑貌、活潑嬌媚深刻於自己的腦海中，他因此時刻思念著這位女子，更渴望重溫舊情。詞的下闋寫分手之後的等待，每天都在時刻翹首企盼，然而：「自過了、燒燈後，都不見、踏青挑菜。」對於情人而言，「一日不見，如隔三秋」，如今是一兩個月的時間不見，更顯得何等的漫長，幾如百年千載。等待的煎熬令人難耐，遂又囑託雙燕傳遞信息，但卻遇到障礙重重。這首詞可以說基本上是在直敘，即用的是賦的手法，但此處的「幾回憑雙燕，丁寧深意，往來卻恨重簾礙」，卻含有比興。「雙燕」的雙宿雙飛對兩相阻隔之人，即帶有反襯之意，「重簾礙」，喻示兩人之間的結合遇到了不小的阻力。雖遇到阻力，仍存有一線渺茫的希望，故下面說「約何時再」。以上所寫都是男主人公的內心活動。直至「正春濃酒困，人閒晝永無聊賴」才轉到眼前，點出此時恰是春濃時節，春意濃而情受阻，自然與人事之間是多麼不協調！因為心中充滿失望、愁恨，故覺時間過得太慢，白天顯得特別地長，不知如何打發，感到百無聊賴，因此只好借酒解悶。待到酒困「懨懨睡起」，「猶有花梢日在」太陽依然照在花梢上，還沒有落山，這和後來李清照〈聲聲慢〉詞中所寫「守著窗兒，獨自怎生得黑」的時間感受如出一轍。

這首詞寫的可能是作者本人的一次豔遇。除了這首〈薄倖〉外，另據宋吳曾《能改齋漫錄》載，賀鑄戀一姝，別久，互有詩詞酬唱，作「柳色黃」詞（按：調名〈石州引〉）云：「……畫樓芳酒，紅淚清歌，頓成輕別。已是經年，杳杳音塵多絕。欲知方寸，共有幾許清愁，芭蕉不展丁香結。枉望斷天涯，兩厭厭風月。」由此可見，他與結髮妻子雖然伉儷情深，寫過像「重過閶門萬事非，同來何事不同歸。梧桐半死清霜後，頭白鴛鴦失伴飛。　原上草，露初晞，舊棲新壟兩依依。空床臥聽南窗雨，誰復挑燈夜補衣」（〈鷓鴣天〉）的悼亡詞，但也不免和當時的許多文士一樣，有過不止一次的婚外情，且這種婚外情常令他刻骨銘心。也許這正體現了宋代文人婚戀的特色吧。

94 疏影　梅影

宋　張炎　叔夏

黃昏片月（韻），似碎陰滿地❶（句），還更清絕（韻）。枝北枝南（句），疑有疑無（句），幾度背燈難折韻。依稀倩女離魂❷處句，緩步出豆、前村❸時節韻。看夜深豆、竹外橫斜❹句，應妒過雲明滅韻。窺鏡蛾眉淡掃句，為容不在貌❺句，獨抱孤潔韻。莫是花光❻句，描取春痕句，不怕麗譙❼吹徹❽韻。還驚海上燃犀❾去句，照水底豆、珊瑚疑活韻。做弄得豆、酒醒天寒句，空對一庭香雪❿韻。

【作者】張炎，見本書第七十四首〈瑤臺聚八仙〉詞作者介紹。

【詞律】〈疏影〉，又名〈綠意〉、〈解珮環〉、〈綠影〉。宋姜夔自度曲，見《白石道人歌曲》。此調與〈暗香〉同為詠梅之作，得名於宋林逋〈山園小梅〉詩：「疏影橫斜水清淺，暗香浮動月黃昏。」雙調，一百一十字，上闋五仄韻，下闋四仄韻，多押入聲，亦有少數詞人押上去聲者。上下闋從第三句開始，句式、平仄相同（個別處可變通）。填此調：㈠須把握句式節奏，上闋第二、三句可為五、四言（以此為多，如本詞「似碎陰滿地，還更清絕」），亦可作九言，句式為上三下六（如張炎另一首〈疏影〉：「放嫩晴、消盡斷橋殘雪」），第二句作五言時為上一下四（如姜夔詞「有/翠禽小小」），其中七言多為上三下四；㈡七言句之前三字有的宜用仄仄仄，如此詞之「緩步出」、「照水底」，姜夔詞「但暗憶（江南江北）」、「又卻怨（玉龍哀曲）」，有的可用仄仄平，如此詞之「看夜深」、「做弄得（以入代平）」，姜詞之「想佩環（月夜歸來）」、「等恁時（重覓幽香）」，此等處宜講究，但也可放寬。《詞律》卷一九、《詞譜》卷三五均以姜夔詞（苔枝綴玉）為正體。《詞譜》列句式略異之張炎詞、張翥詞及首句不入韻之陳允平詞為「又一體」。

【注　釋】❶碎陰滿地　《白香詞譜》原為「滿地碎陰」，今依唐圭璋輯《全宋詞》所據《彊村叢書・山中白雲詞》本改定。❷倩女離魂　唐陳玄祐小說《離魂記》故事。唐張鎰有女名倩娘，與鎰甥王宙相愛。後女另許人，抑鬱而病。王宙赴京舟中，夜半倩娘忽至，同遁居蜀，五年始歸。歸來時，在床臥病之倩娘出，二者遂合為一。❸前村　唐齊己〈早梅〉詩：「前村深雪裡，昨夜一枝開。」❹竹外橫斜　蘇軾〈和秦太虛梅花〉詩：「竹外一枝斜更好。」❺為容句　唐杜荀鶴〈春宮怨〉詩：「承恩不在貌，教妾若為容。」❻花光　僧仲仁，宋衡州花光山長老，善畫梅。與蘇軾、黃庭堅同時。見宋釋惠洪《冷齋夜話》。❼麗譙　華美之城樓。譙，古代城上建有望樓，稱譙樓。❽吹徹　指〈落梅花〉吹到最後一曲。唐李白〈與史郎中欽聽黃鶴樓上吹笛〉詩：「黃鶴樓中吹玉笛，江城五月落梅花。」❾燃犀　《晉書・溫嶠傳》載，溫嶠至牛渚磯（即采石磯），水深不可測，人謂其下多怪物，嶠燃犀角而照之，見水族奇形怪狀。❿香雪　形容花色白而味香。溫庭筠〈春江花月夜〉詩：「千里涵空澄水魂，萬枝破鼻飄香雪。」

【語　譯】黃昏時刻弦月懸空。梅影似碎陰鋪地，更比碎陰清超至極。幾度離開燈光，圍繞枝北枝南，似有疑無，難以攀折。又彷彿倩女離魂，緩緩走向前村時的輕盈飄忽。再看夜深竹外橫斜，應遭飛過的明滅雲煙嫉妒。

透窗窺鏡淡掃蛾眉，容態資質之美不在外貌，因而獨抱孤潔。莫不是花光畫師，已描繪下春的痕跡，不怕在華美城樓上吹徹〈落梅花〉的音樂。還驚詫海上點燃犀角，照見水底珊瑚，疑似生命鮮活。在天寒酒醒之際，方覺種種幻影，做弄得使人空對一庭香雪。

【研析】宋人愛梅，喜詠梅，就詠梅詞而言，據有人統計，即多達五百餘首。但這些作品多寫梅之姿態、色、香，讚美梅之高潔品格，雖亦涉及梅之影，但「影」非專門描寫對象。宋末元初，張炎等詞人以梅影為題，顯得甚為新穎。與張炎以〈疏影〉詞調詠梅影的同時，王沂孫、周密亦有所作，當係一次帶有「應社」（詞人就詞社所出題進行創作）性的活動。三首梅影詞以張炎所作最為精彩。影，由光而生，無具體形質，有點虛無，有點縹緲，有點惝恍，有點迷離，如何寫出這種特點並能具有清新意蘊，確非易事。張炎不愧為詞中高手，且看他如何描寫？樹影、花影總是由陽光或月光造成，自林逋〈山園小梅〉詩「疏影橫斜水清淺，暗香浮動月黃昏」一出，梅與月的組合形成的朦朧幽雅，成了宋代詞人最崇尚的審美境界之一，如周邦彥〈品令〉：「夜闌人靜。月痕寄、梅梢疏影。」曹組〈驀山溪〉：「月邊疏影，夢到銷魂處。」姜夔〈暗香〉：「舊時月色，算幾番照我，梅邊吹笛。」均能說明這一點。故張炎詞即以「黃昏片月」為發端。「黃昏」二字有兩重意：一是表明時間，二是描繪出一種朦朧境界。「片月」係上弦月，只有上弦月才會在黃昏時刻出現，而弦月不及圓月明亮，更顯現出一種迷濛的意境。這一發端為梅影的出現作了準備，以下便從不同角度對梅影特色作多層鋪敘。第一層：「似碎陰滿地，還更清絕」，強調其既似碎陰，又比一般碎陰更清超拔俗。「陰」係日照下的陰影，故前面著一「似」字，而「清絕」是對梅影的一種審美評價。清，包含有清逸、清高、清超、清奇等意，清而至於「絕」，臻於極致，實是作者心中的梅品對梅影的投射。第二層，「枝北枝南」三句，寫詞人離開燈光幾度繞枝而行，欲摘取梅枝，而其影「疑有疑無」，難以捉摸，強調梅影在疑似之間。「幾度」繞枝，已暗示出人與梅影的關係，表明下面的「看夜深」、「還驚海上」、「空對一庭香雪」均此繞枝之人。第三層為「依稀倩女離魂處，緩步出、前村時節」二句，用倩女離魂與齊己〈早梅〉詩意寫梅影之縹緲輕盈，並含有風拂枝梢搖曳的飄忽感。第四層「看夜深、竹外橫斜，應妒過雲明滅」兩句，寫深夜竹外之梅影，以竹襯托，並以雲煙作為旁襯。自蘇軾「竹外一枝斜更好」詩語出，梅、竹意象的組合，在人們心目中成了一種清逸絕塵的景觀，北宋晁沖之〈漢宮春〉詞有「瀟灑江梅，向竹梢稀處，橫兩三枝」的描寫，南宋吳潛〈疏影〉詞有「寂寞幽窗，篩影橫斜，宜松更自宜竹」的評說。張炎此詞更謂竹外橫斜之影，連過往的明滅雲煙也會嫉妒，突出其特有的清逸之美。「應妒過雲明滅」係「明滅過雲應妒」的倒裝，這當是出於格律與押韻的需要，詞所押為入聲韻，而「妒」字為去聲，故置之於前。又，這裡用了一「應」字，帶有揣想之意。第五層「窺鏡蛾眉淡掃，為容不在貌，獨抱孤潔」，眉月西移，梅影入窗窺鏡，此寫鏡中影，但其重點卻是在強調它操守的「孤潔」。作者在這裡巧妙地化用了「承恩不在貌，教妾若為容」（承恩既然不在貌美，教我如何去打扮）的詩意，「蛾眉淡掃」是「為容」，意謂並不刻意打扮，也就是說，不在「貌」上和他花爭美，而是與眾不同地保持自己的孤高芳潔。這一層和第一層的強調「清絕」互相呼應。但第一層帶有詞人客觀評價的性質，這一層用擬人手法，卻是梅影自身抱定的節操。第六層「莫是花光，描取春痕，不怕麗譙吹徹」，這一層比擬為有似花光長老筆下的畫中之影，任城樓之玉笛如何吹徹〈梅花落〉曲，也不改其本真之性，突出其堅貞精神。第七層「還驚海上燃犀去，照水底、珊瑚疑活」乃寫水中之影。梅和水常有一種不解之緣，詩詞中多有描寫，如唐殷堯藩〈山中梅花〉詩：「臨水一枝春占早，照人千樹雪同清」、宋歐陽修〈次韻王適梅花〉詩「江梅似欲競新年，照水窺林態愈妍」、宋吳文英〈暗香疏影〉詞「記五湖、清夜推篷，臨水一痕月」、陳允平〈品令〉詞「蟾光透、一簾疏影。偏愛水月樓臺近」等，均是。因此寫梅花水中影，乃題中應有之意。詞人於此處巧妙地運用了溫嶠燃犀照水的典故，將梅影比擬為橫枝旁出的珊瑚，隨著水光晃漾，水底的珊瑚（一般視其為凝固狀態）似乎也活了，從而寫出了一種水晶般的玲瓏剔透之美。以上從多方面描繪出月下梅影的朦朧美、輕盈美、清逸美、孤潔美、堅貞美、玲瓏美，直至詞之結拍「做弄得、酒醒天寒，空對一庭香雪」，才揭示出以上種種是酒醉時的感受，待得酒醒時，徒然面對的只是滿庭淡雅的散發幽香的梅花而已。詞人正是通過醉眼觀梅影，創造了一個似真似幻、若有若無的迷離惝恍的境界。

詞人通過詠梅影，不僅創造了一種少有的縹緲朦朧美，且寄寓了自己對梅花品格的評價與愛賞之情，對梅影清超孤潔操守的讚美，實也是自己心志的表露。作者運用了不少典故，有的與梅相關，有的與梅無關，都能恰到好處，給人以豐富的聯想，並使詞境顯得格外空靈。

自姜夔創〈疏影〉詞調以來，清雅一派詞人多喜用之，題材以詠梅為主。其中仍以姜夔原創最為有名。茲抄附於下：

苔枝綴玉，有翠禽小小，枝上同宿。客裡相逢，籬角黃昏，無言自倚修竹。昭君不慣胡沙遠，但暗憶江南江北。想佩環、月夜歸來，化作此花幽獨。　猶憶深宮舊事，那人正睡裡，飛近蛾綠。莫似春風，不管盈盈，早與安排金屋。還教一片隨波去，又卻怨、玉龍哀曲。等恁時、重覓幽香，已入小窗橫幅。

姜夔此詞係自度曲，曲譜存《白石道人歌曲集》中，此係留存至今的用文字記載的宋人曲調之一，今人仍在傳唱。

95 過秦樓

秋夜

宋 周邦彥 美成

水浴清蟾❶（句），葉喧涼吹（句），巷陌馬聲初斷（韻）。閒依露井❷（句），笑撲流螢（句），惹破畫羅輕扇❸（韻）。人靜夜久憑闌（句），愁不歸眠（句），立殘更箭❹（韻）。嘆年華一瞬（句），人今千里（句），夢沉書遠（韻）。空見說（豆）、鬢怯❺瓊梳❻（句），容銷金鏡❼（句），漸懶趁時勻染（韻）。梅風❽地溽（句），虹雨❾苔滋（句），一架舞紅都變（韻）。誰信無聊為伊（句），才減江淹❿（句），情傷荀倩⓫（韻）。但明河⓬影下（句），還看疏星數點（韻）。

【作者】周邦彥，見本書第六十八首〈燭影搖紅〉詞作者介紹。

【詞律】〈過秦樓〉，見《樂府雅詞》載宋李甲詞，因詞中有「曾過秦樓」語，取以為名。李詞押平聲韻，一百零九字。周邦彥詞押仄聲韻，一百一十字，故被稱之為仄韻體。〈過秦樓〉，又名〈選冠子〉、〈蘇武慢〉、〈惜餘春慢〉。上下闋各四仄韻，以四、六言為主，可用為對仗處甚多。上闋第一二句（水浴清蟾，葉喧涼吹）、四五句（閒依露井，笑撲流螢）、下闋第一二句（鬢怯瓊梳，容銷金鏡）、四五句（梅風地溽，虹雨苔滋）例用對仗，下闋之七八句、八九句亦有用為對仗者（前者如蔡伸詞「兩地離愁，一尊芳酒」，後者如周詞「才減江淹，情傷荀倩」），故此調極具整飭工麗之美。其音韻組合在律句中雜以拗律平平仄平（「無聊為伊」）及特殊格律仄平平仄（「畫羅輕扇」、「夢沉書遠」），具和諧與拗峭相結合之美。《詞律》卷一九以李甲詞（賣酒爐邊）為正體，而以周邦彥詞為「又一體」。《詞譜》卷三五亦以李甲詞為正體，而以周邦彥此詞作為〈選冠子〉之正體，另列句式有異和增字者若干首為「又一體」。

【注　釋】❶清蟾　古代神話傳說謂月中有蟾蜍，故以清蟾稱月。❷露井　無覆蓋之井。❸笑撲流螢二句　唐杜牧〈秋夕〉詩：「輕羅小扇撲流螢。」❹更箭　即更漏。古計時器有漏壺，上設箭頭以指時。❺怯　心驚。❻瓊梳　梳之美稱。❼金鏡　銅鏡。❽梅風　《風俗通》載，五月有落梅風。❾虹雨　指夏天的陣雨，虹與雨同時出現的景象。❿才減江淹　南朝梁江淹以文章著，後夢一丈人索取懷中五色筆，自此才思銳減，人謂之江郎才盡。⓫情傷荀倩　三國魏荀奉倩與妻感情深篤，妻亡，痛悼不已，歲餘亦亡，年近二十九，時人謂之神傷。⓬明河　銀河。

【語　譯】清明月亮在溪水中沐浴，樹葉在涼風吹拂中喧響，巷陌的馬聲剛剛停息。隨意在露井旁邊，帶著歡笑撲捉流螢，以致弄破畫羅輕扇。夜深人靜憑倚闌干，愁情困擾毫無睡意，佇立至更箭將殘。感嘆年華瞬間即逝，而今伊人遙隔千里，好夢難覓，書信難傳。

徒然聽說，怕用瓊梳梳理稀疏鬢髮，鏡裡容顏日見消瘦，漸漸懶於追趁時尚將鉛粉勻染。落梅風起，地氣潮溼，虹雨過後，莓苔滋生，一架紅花都已飄盡。有誰相信為伊百無聊賴？我恰如才減的江淹、傷情的荀倩。如今只有在明河影下，看疏星數點。

【研　析】此詞為懷人相思之作。詞從回憶入手，回憶的是一個風光美好、充滿賞心樂事的秋夜。作者先用「水浴清蟾」三句營造一個優美的環境。「水浴清蟾」是「清蟾浴水」的倒裝，將月與水的意象組合成一個空明澄澈的境界，重在光色；「葉喧涼吹」是「涼（風）吹葉喧」的倒裝，重在聲響，順帶點出秋時季節。「浴」和「喧」都帶擬人特色，設想頗妙，由此可見作者煉字鍛句的功夫。下面緊接「巷陌馬聲初斷」，寫人聲初靜，從時間言，與月出相應，從環境言，和「葉喧」相關，因人馬靜寂方能聽到樹葉的沙沙聲。此等描寫真個是非常細密！以下「閒依露井」三句轉寫秋夕人事。伊人笑著手持「輕羅小扇撲流螢」，在追逐中因為忘情以致把羅扇也弄破了。這是一個多麼歡樂且令人難以忘懷的生活片斷！這個生活片斷是兩情相悅幸福洋溢的代表。這是憶昔，虛事實寫，歷歷如在目前，但詞人不用「記」「憶」之類的字眼領起，這正是周詞的特點。「人靜夜久憑闌」三句才轉入眼前。夜深久久憑闌，直至更殘漏盡。這幾句係全詞的中心，從結構言，前面所憶乃是夜深憑闌時情事，由此可知詞人使用的是倒敘的逆入法；從表情言，「愁不歸眠」之「愁」乃是全詞情緒的聚焦點。故以下就「愁」加以抒發。「嘆年華一瞬，人今千里，夢沉書遠。」詞人感慨人生有限，而人事多乖。當時「笑撲流螢」之「人」，遠在千里之外，夢魂難到，音書難達，從而揭示出「愁」之因。

至下闋，先以「空見說」領起，轉寫對方。因為「夢沉書遠」，只聽到傳聞，伊人為思念我變得容顏憔悴，頭髮也漸顯稀疏，連趁時尚打扮的心情也沒有了。自己和對方都為情所苦，正如李清照〈一剪梅〉詞所云：「一種相思，兩處閑愁。」作者用「鬢怯瓊梳，容銷金鏡」來形容對方，她的梳妝用品如此精美，使人感到即使是容銷鬢怯，那也依然未改其美人的形象。寫罷對方，轉入夏天景物的描寫：「梅風地溽，虹雨苔滋，一架舞紅都變。」先用一組精工的對仗描寫氣候，這兩句應該是互文，梅風、虹雨使地面變得潮溼，使苔蘚滋生，這正是夏日——特別是江南夏日的季候特徵。讀這兩句詞，使我們想起了作者在〈滿庭芳〉詞中寫到的江南溧水夏日情景：「風老鶯雛，雨肥梅子，午陰嘉樹清圓。地卑山近，衣潤費爐煙。」二者頗有相似處。再由下面「舞紅都變」可知，這裡寫的是從春到夏的過程，這也是詞人無時無刻不在思念的過程。這種思念的愁苦帶來怎樣的身心變化呢？才情如江淹般衰退，精神如荀奉倩那樣傷情恍惚，真是「衣帶漸寬終不悔，為伊消得人憔悴」！因音信阻隔，伊人可知這一切都是為了她？這裡所用江淹、荀倩之典，既切合作者身份，又符合其心情，可謂恰到好處。最後以景結情：「但明河影下，還看疏星數點。」這是「人靜夜久憑闌」所見之景，夜是那麼靜謐，空間是那麼廣闊，人的孤獨、心的寂寥，從景物中透露出來，是景語，也是情語。

周邦彥詞突破柳永詞多用線性結構的特點，騰挪跳盪，富於變化，由此詞亦可見出端倪。今與昔，人與我，互相交錯，在時空的轉換中完成情感的傳遞。整首詞語言精美得令人驚嘆，情愛深摯得令人感動，故清陳世焜《雲韶集》評曰：「婉約芊綿，淒豔絕世。滿紙是淚，而筆墨極盡飛舞之致。」

96 沁園春 有感

宋 陸游 務觀

孤鶴歸來句，再過遼天句，換盡舊人❶韻。念纍纍枯塚句，茫茫夢境句，王侯螻蟻❷句，畢竟成塵韻。載酒園林句，尋花巷陌句，當日何曾輕負春韻。流年改句，嘆圍腰帶剩❸句，點鬢霜新韻。交親散落如雲韻。又豈料而今餘此身韻。幸眼明身健句，茶甘飯軟句，非惟我老句，更有人貧韻。躲盡危機句，消殘壯志句，短艇湖中閒采蓴❹韻。吾何恨句，有漁翁共醉句，溪友為鄰韻。

【作　者】陸游，字務觀，號放翁，山陰（今浙江紹興）人。宣和七年（一一二五）生。三十歲試禮部，以語觸秦檜，被黜。紹興二十八年（一一五八）始仕福州寧德主簿。孝宗即位，賜進士出身。任鎮江通判、隆興府通判，旋免歸卜居鏡湖三山。乾道五年（一一六九）通判夔州，後為成都府安撫司參議官。四川制置使范成大入蜀，被延為幕僚。淳熙五年（一一七八）出蜀東歸。曾知嚴州。後罷歸山陰，閒居十餘年。嘉泰二年（一二〇二），詔修孝宗、光宗實錄，次年奉祠歸。

嘉定二年除夕（一二一〇年一月）卒。陸游為南宋中興四大詩人之一，著有《劍南詩稿》。有詞二卷，載於《渭南文集》。南宋劉克莊《後村詩話續編》評其詞，謂「激昂慷慨者，稼軒不能過，飄逸高妙者，與陳簡齋（與義）、朱希真（敦儒）相頡頏。流利綿密者，欲出晏叔原（幾道）、賀方回（鑄）之上。」明毛晉〈放翁詞跋〉云：「楊用修（慎）云『纖麗處似淮海，雄快處似東坡。』予謂超爽處更似稼軒耳。」

【詞　律】〈沁園春〉，又名〈洞庭春色〉、〈念離群〉、〈東仙〉、〈壽星明〉，見宋蘇軾《東坡樂府》。東漢時，明帝女沁水公主有園田，為竇憲所奪，唐人詠其事。李義府〈長寧公主東莊〉詩云：「平陽館外有仙家，沁水園中好物華。」或為調名所本。此調體格繁多，《白香詞譜》所錄陸游詞實為蘇軾一體。一百一十四字，上闋四平韻，下闋一般為五平韻，亦有六平韻者。句式、格律除上闋前三句與下闋前兩句有異外，其餘相同。填此調所當注意者：㈠上闋之四五六七句，下闋之三四五六句，須用一字領起四個四言句，領字用仄聲，以用去聲振起為佳。四個四言句一般宜用對仗，可用當句對，如陸詞之「眼明身健，茶甘飯軟；非惟我老，更有人貧」可用隔句對，如蘇軾詞：「月華收練，晨霜耿耿，雲山摛錦，朝露漙漙。」㈡上下闋之倒數第二句五言（如蘇軾詞「憑（去聲）征鞍無語」、「但優游卒歲」），句式為上一下四，第一字須用仄聲；陸游此詞係用一字領起一對句：「嘆圍腰帶剩，點鬢霜新」、「有漁翁共醉，溪友為鄰」，此非定格。此詞調用韻較疏，便於作者放筆直書，故顯局勢開張，適於豪邁曠遠情懷的抒發，豪放派詞人尤喜用之。《詞律》卷一九以陸游詞為正體，以秦觀一百一十五字者為「又一體」。《詞譜》卷三六以蘇軾詞（孤館燈青）為正體，另列增字、減字者若干首為「又一體」。當以《詞譜》為是。

【注　釋】❶孤鶴歸來三句　《搜神記》載，遼東城門有華表柱，忽有一白鶴止於上，言曰：「有鳥有鳥丁令威，去家千歲今來歸。城郭如故人民非，何不學仙塚累累。」後以遼天鶴指仙人，此處係作者自比。❷王侯螻蟻　杜甫〈謁文公上方〉詩：「王侯與螻蟻，同盡隨丘墟。」螻蟻，螻蛄與螞蟻。代表地位卑賤之人。❸圍腰帶剩　因人變瘦而腰圍變小，腰帶顯出剩餘部分。《南史・沈約傳》「(約)言已老病，百日數旬，革帶常應移孔」。❹蓴　水生植物名。又名水葵，可食用。陸游〈寒夜移疾〉詩有「短艇湘湖自采蓴」句，自注：「湘湖在蕭山縣，產蓴絕美。」

【語　譯】如同孤鶴歸來，重過遼天，看舊人都歸丘墟。感慨座座孤寂墓塚，主人生前的輝煌只如茫茫夢境，王侯與螻蟻，最終都成塵土。昔日我載酒園林，遊賞尋常巷陌，何曾輕負春光。而今年光流逝，腰圍瘦損帶長，兩鬢新添白髮如霜。

親戚朋友紛紛散落，哪曾料到，如今惟我尚存。幸喜眼明身健，茶甘飯軟，不只是我老，更有人困窮。躲避開富貴場中的危機，壯志消磨殆盡，駕著小艇在湖中清閒地採集美蓴。我有何愁恨？喜有漁翁與我共醉，有溪邊好友與我為鄰。

【研　析】此詞當作於由蜀東歸之後、返回山陰之時。作者志在恢復，渴望「北定中原」。在蜀近十年間，曾有機會至南鄭（今陝西漢中）前線考察，這段生活給他留下了最難忘的回憶，詩詞中多有記敘，如：「中歲遠游逾劍閣，青衫誤入征西幕。南沮水邊親射虎，大散關頭夜吹角。」（〈三山杜門作歌〉）「羽箭雕弓，憶呼鷹古壘，截虎平川。吹笳暮歸野帳，雪壓青氈。」（〈漢宮春〉）其所以難忘，是因為這段經歷為他提供了實現恢復之志的機會。但擁有這種機會的時間在蜀中即很短暫，如今年過半百，返回江東，希望更加渺茫。這首詞抒發的即是這種失志的人生感慨。詞人在蜀中度過九年之後，重返故里，如遼東仙鶴歸來，人事變化很大，許多故舊多已作古，不禁有一種城郭猶是昔人非之嘆。與其同時所作〈好事近〉「華表又千年，誰記駕雲孤鶴。回首舊曾游處，但山川城郭」意相同。由此，又引發出一種人生無常、人生如夢之感，即使是王侯貴胄，最終也與微小的螻蟻一樣化為塵土。正如田橫門人挽歌所唱：「蒿里誰家地，聚斂魂魄無賢愚」，如鮑照〈代蒿里行〉所言：「同盡無貴賤」，誰也難逃歸葬丘墟的命運。但詞人並不一味感嘆人生如夢，人生雖然短暫，仍當有所享受，有所作為。故寫至「載酒園林，尋花巷陌」，情緒有所揚起，謂青壯年時也曾有過遊春的歡樂。然而享受畢竟非人生追求的主要目標，那更高的追求是「定遠封侯」，而今年漸老邁，白髮新添，腰圍帶減，能不令人嘆息「流年改」嗎！此詞上闋的前半部分，是一種推進的關係，後半部分則包含先揚後抑兩層轉折。至下闋再轉，由嘆息漸老多病，轉而為曠達，你看比起散落的交親，自己不又算是倖存嗎？且「眼明身健，茶甘飯軟」，比那些窮困之人，應該感到滿足，聊以自慰了。詞人在詩中也不只一次地以此安慰自己：「眼明身健殘年足，飯軟茶甘萬事忘。」（〈新辟小園〉）「眼明身健何妨老，飯白茶甘不覺貧。」（〈書喜〉）這是物質生活的值得安慰處，更令人安適的是精神上也解脫了羈絆，湖中盪舟採蓴的清閒，遠離了宦海浮沉危機的威脅。從表面上看，詞人真的好像很超然於世外了，但「消殘壯志」一語，卻透露了內心深處的失落與悲涼。「時易失，志難成，鬢絲生」（〈訴衷情〉）是這一句最好的注腳。詞的結拍「吾何恨，有漁翁共醉，溪友為鄰」，從表面上看，更好像是要把隱居進行到底，究其實是一種不滿現實的牢騷語。「隱」，有隱士之隱，有志士之隱，詞人的隱，屬於後者，是為客觀形勢所迫的無可奈何的悲哀之舉。這類詞所反映的已不是陸游個人的悲劇，而是時代的悲劇。

這首詞有數層抑揚互轉，表露的是一種內心的痛苦掙扎。詞中雖也運用典故，但以直抒胸臆為主，風格屬於豪曠一類。從藝術表現來說，有的地方略顯直白，它並不能代表陸游詞的最高成就。

〈沁園春〉詞調為蘇軾首唱，一開始即將對宇宙的思考、人生的感慨這樣的「大題材」納入詞中，慷慨磊落而又顯超然曠達，陸游的詞明顯受到蘇詞影響。其後還有南宋詞人的清健、詼諧之作值得一提，風氣大體仍是一脈相承的，如辛棄疾「疊嶂西馳」一首，寫山寫水，寫朝來爽氣，多神來之筆，真個「雄深雅健」！劉過的「斗酒彘肩」，綴文詼詭，妙趣橫生，充滿豪情逸氣。為便讀者參閱，將辛、劉二詞錄之於後。

疊嶂西馳，萬馬回旋，眾山欲東。正驚湍直下，跳珠倒濺；小橋橫截，缺月初弓。老合投閑，天教多事，檢校長身十萬松。吾廬小，在龍蛇影外，風雨聲中。　爭先見面重重，看爽氣朝來三數峰。似謝家子弟，衣冠磊落；相如庭戶，車騎雍容。我覺其間，雄深雅健，如對文章太史公。新堤路，問偃湖何日，煙水濛濛？

斗酒彘肩，風雨渡江，豈不快哉！被香山居士（白居易），約林和靖（林逋），與坡仙老（蘇軾），駕勒吾回。坡謂西湖，正如西子，濃抹淡妝臨鏡臺。二公者，皆掉頭不顧，只管銜杯。　白雲天竺去來，圖畫裡、崢嶸樓觀開。愛東西雙澗，縱橫水繞；兩峰南北，高下雲堆。逋曰不然，暗香浮動，爭似孤山先探梅。須晴去，訪稼軒未晚，且此徘徊。

97 摸魚兒

送春

元 張翥 仲舉

漲西湖、半篙新雨，麴塵❶波外風軟。蘭舟❷同上鴛鴦浦，天
氣嫩寒❸輕煖。簾半卷，度一縷歌雲、不礙桃花扇❹。鶯嬌燕婉。
任狂客無腸❺，王孫有恨❻，莫放酒杯淺。
垂楊岸，何處紅亭翠
館❼。如今遊興全懶。山容水態依然好，惟有綺羅雲散。君不見，
歌舞地、青蕪滿目成秋苑❽。斜陽又晚。正落絮飛花，將春欲去，
目斷水天遠。

【作者】張翥，見本書第七十五首〈陌上花〉詞作者介紹。

【詞律】〈摸魚兒〉，又名〈摸魚子〉（唐教坊曲名）、〈買陂塘〉、〈邁陂塘〉、〈陂塘柳〉、〈山鬼謠〉、〈安慶摸〉、〈雙蕖怨〉。首見宋晁補之《晁氏琴趣外編》。雙調，一百一十六字。上闋十句六仄韻，下闋十一句七仄韻。句式以散行為主，上下闋除前二句有異外，其餘相同。倒數第二三句，亦有

用一字領起一四言對句者，如此詞上闋之「(任)狂客無腸，王孫有恨。」李演詞（又西風）下闋之「(更)短笛銜風，長雲弄晚」，但非定例。如不領起對句，前面之五言句可為上一下四（如本詞結拍「正落絮飛花」），此為常用句式，亦可為上二下三（如辛棄疾詞「休去倚危欄」）。另有兩處拗律，如上下闋之第三句「波外風軟」、「遊興全懶」須作平仄平仄，末句後三字「酒杯淺」、「水天遠」為仄平仄，當宜遵循。此調韻腳極密，且句腳字除上下闋倒數第三句為平聲外，其餘均為仄聲，音律以拗怒為主，適於寫慷慨、沉鬱之情。《詞律》卷一九以張翥詞為正體，以歐陽修詞（卷繡簾）增一字者為「又一體」。《詞譜》卷三十六以晁補之詞（買陂塘）、辛棄疾詞（更能消）、張炎詞（愛吾廬）為正體，另列增韻、增字者數種為「又一體」。當以《詞譜》為是。

【注　釋】❶麴塵　淡黃色。麴係釀酒用之發酵物，所生菌淡黃如塵。❷蘭舟　木蘭舟。船之美稱。❸嫩寒　輕寒。❹歌雲句　宋晏幾道〈鷓鴣天〉：「舞低楊柳樓心月，歌盡桃花扇底風。」歌雲，歌聲響遏行雲。桃花扇，繪有桃花圖案的團扇，歌女或用以遮羞或用以寫上歌名。❺狂客無腸　古稱蟹為無腸公子。蟹係橫行，故以之稱狂客。❻王孫有恨　漢淮南王劉安〈招隱士〉：「王孫遊兮不歸，春草生兮萋萋。」以其未歸，故有恨。❼紅亭翠館　華美之園亭館閣。❽秋苑　蕭條之園囿。

【語　譯】半篙新雨，西湖上漲，麴塵波外，和風柔軟。乘坐蘭舟，攜友同上鴛鴦浦，天氣宜人，微寒輕暖。珠簾半捲，歌雲一縷傳來，遙見桃花扇。鶯燕嬌美，啼鳴婉轉。任你是無腸的狂客，還是離家的公子，都會美酒盈樽，痛飲盡歡。

垂楊岸邊，紅樓翠館在何處？如今遊興索然。山容水態依舊美好，只是著綺羅的歌女已風流雲散。君不見，昔日歌舞地，青草滿眼，已成荒蕪秋苑。夕陽西下，天色漸晚。正落絮飛花，欲將春帶走，我悵然望斷遙天水遠。

【研析】此詞又題作「春日西湖泛舟」。詞人早歲居杭，常泛舟西湖，有多首詞作涉及，此為其中名篇之一。詞的上闋回憶了一次無比愜意的遊覽。詞之發端從湖水寫起：那時剛下過一場春雨，湖水上漲半篙，水色泛黃有如麴塵，風也顯得特別柔和，湖面輕泛漣漪。水漲、風柔，確是遊湖的好時光。如此便為下面的泛舟之舉作了鋪墊。詞人遂邀約二三好友，登上蘭舟，柔櫓咿呀，漂過湖面，來到了鴛鴦浦的所在，這時氣溫「嫩寒輕煖」，恰到好處，對於出遊來說，有如錦上添花。還有更令人快意的賞心樂事，遠處樓臺響遏行雲的歌聲，嫋嫋傳來，不絕如縷，循聲望去，在半捲的簾下，隱約可見與歌者人面相映的桃花扇。下面「鶯嬌燕婉」，應是一語雙關，既是寫眼前景物：金鶯滴溜，紫燕呢喃，穿楊度柳，競誇輕俊，又是以鶯燕之嬌美、啼鳴之婉轉形容歌者與歌聲。無論自然、人事，其聲音之美妙，都令人心醉神迷，其色彩之繽紛，尤令人目不暇接。對此良辰美景，其樂也融融！故下面說：「任狂客無腸，王孫有恨，莫放酒杯淺。」即使是沒有心思遊覽的狂客，外出未歸滿懷離恨的公子，在這種迷人風物的熏染中，也會心花怒放，忘卻愁苦，浮幾大白，開懷暢飲。景，美極；人，樂極。但這是昔遊所見之美、是昔遊所得之樂。詞人的極力渲染，是為了反襯今日之哀傷。

詞之下闋情緒急轉直下。從「如今遊興全懶」，方知以上種種描寫乃往昔之事，詞人使用的是逆入方法。又可知昔遊之樂是賓，「如今遊興全懶」才是一篇之主。此番重來，其所以遊興索然，是因為人事與風物都有很大的變化。垂楊岸邊華美的紅亭翠館面目全非，無從尋覓舊時蹤跡。此處的「紅亭翠館」是虛寫一筆，它是對前面「簾半卷」建築物的補充描寫，那時不僅歌美、人美、樓閣也美。眼前景象大異於前，山水雖然依舊，而美好的歌聲已然消歇，身著綺羅以畫扇遮面的歌者已杳如黃鶴，不免大有物是人非之感。故於下面發出「君不見，歌舞地、青蕪滿目成秋苑」的慨嘆。詞人對西湖的感受，在很大程度上是著眼於歌舞地，因為歌舞乃是一種繁華的標誌。唐杜甫〈秋興〉八首之六：「回首可憐歌舞地，秦中自古帝王州。」吳融〈風雨吟〉：「姑蘇碧瓦十萬戶，中有樓臺與歌舞。」無論是帝王州抑或是一座城市的繁華，都與歌舞有關。一個風景很美的地方，沒有了歌舞，就少了一分人氣，就顯得荒涼寂寥。這正是詞人再遊西湖時的一個心結。雖然「遊興全懶」，但詞人逗留的時間似乎並不短，他是在遊覽中不斷回憶，不斷對比，以至於到了一天中「斜陽又晚」的時刻。至詞的結尾方點出重遊乃是「落絮飛花」的暮春時節，並以「目斷水天遠」從眼前宕開一筆，以景結情，思緒飛到水天之外，意味綿邈。

詞用對比手法，以昔遊之樂襯今遊之哀。在章法上講究「逆入平出」的變化，從時間言，用倒敘，從敘事言，為順寫。倒敘不用「憶」、「念」等詞語，直至後段方一語道破，造成一種出人意表的效果。在詞的語言運用和風物描寫上，我們也能體察到南宋姜夔、張炎的遺風。《四庫提要》謂其詞「婉麗風流，有南宋舊格」，是很有道理的。

談到以〈摸魚兒〉為詞調的作品，我們會想起首唱的晁補之的「買陂塘」一闋，該詞豪邁超曠，清劉熙載《藝概》評云：「人知辛棄疾〈摸魚兒〉『更能消、幾番風雨』一闋，為後來名家所競效。其實辛詞所本，即無咎（補之字）〈摸魚兒〉『買陂塘、旋栽楊柳』之波瀾也。」足見其影響之大。至若辛棄疾之「更能消、幾番風雨」一闋，幾乎人所共知，「肝腸似火，色貌如花」（夏承壽評語），寓剛於柔，別開新面，千載之下，讀來仍令人迴腸盪氣。其後金國詞人元好問調寄〈邁陂塘〉之「雁丘詞」，亦被廣為傳誦，其中「問世間、情為何物？直教生死相許」的名句，簡直就成了情侶們表達愛情的最高誓言。

茲將晁補之首唱之作錄附於下，以供參照：

買陂塘、旋栽楊柳，依稀淮岸江浦。東皋嘉雨新痕漲，沙嘴鷺來鷗聚。堪愛處。最好是、一川夜月光流渚。無人獨舞。任翠幄張天，柔茵藉地，酒盡未能去。　青綾被，休憶金閨故步。儒冠曾把身誤。弓刀千騎成何事？荒了邵平瓜圃。君試覷。滿青鏡、星星鬢影今如許。功名浪語。便似得班超，封侯萬里，歸計恐遲暮。

98 賀新郎

春閨　一作「春暮」

宋　李玉

篆縷❶銷金鼎❷，醉沉沉、庭陰轉午，畫堂人靜。芳草王孫❸知何處，惟有楊花糝❹徑。漸玉枕、騰騰春醒❺。簾外殘紅春已透，鎮❻無聊、殢酒❼懨懨❽病。雲鬢亂，未忺整。

江南舊事休重省。遍天涯、尋消問息，斷鴻❾難倩❿。月滿西樓憑闌久，依舊歸期未定。又只恐、瓶沉金井⓫。嘶騎不來銀燭⓬暗，枉教人、立盡梧桐影⓭。誰伴我，對鸞鏡⓮。

【作　者】黃昇《唐宋諸賢絕妙詞選》卷八作李玉，《陽春白雪》卷一作潘汾。李玉，生平不詳。黃昇云：「李君之詞，雖不多見，然風流蘊藉，盡此篇矣。」潘汾，字元質，金華人。

【詞　律】〈賀新郎〉，又名〈賀新涼〉、〈乳燕飛〉、〈風敲竹〉、〈金縷歌〉、〈金縷曲〉、〈金縷詞〉、〈金縷衣〉、〈貂裘換酒〉、〈風瀑竹〉，清人又有名〈雪月江山夜〉者。首見蘇軾《東坡樂府》。雙調，體式甚多，此譜所錄為通用調式，一百一十六字，上下闋各十句，六仄韻（可上去聲通押，亦可單押入聲），除首句不同外，其餘句式、格律均同。上下闋之第三句用特殊格律仄平平仄（「畫堂人靜」、「斷鴻難倩」），當予依遵。此等處，豪放詞人亦不忽略，如張元幹詞（夢繞神州路）「故宮離黍」、「斷雲微度」，辛棄疾詞（綠樹聽鵜鴃）「杜鵑聲切」、「故人長絕」等，均是例證。此調全為單句，宜一氣貫注。又係用仄聲韻，句腳字全為仄聲，故聲情清壯頓挫。用入聲韻，顯激盪雄壯，用上去聲韻，顯淒斷沉咽，故豪放詞人尤喜用之。清代陳維崧用此調填詞多至一百三十餘首。《詞律》卷二十以毛幵詞（風雨連朝夕）為正體，列平仄有異之高觀國詞（月冷霜袍擁）為「又一體」。《詞譜》卷三六因蘇軾詞後段少一字，「且格調未穩」，故列葉夢得詞（睡起流鶯語）為正體，另列減字、增字或句式有異者數種為「又一體」。

【注　釋】❶篆縷　香煙升裊作篆字形。❷金鼎　銅製鼎形香爐。❸芳草王孫　漢淮南王劉安〈招隱士〉：「王孫遊兮不歸，春草生兮萋萋。」❹糝　細碎。❺騰騰春醒　他本作「瞢騰初醒」。瞢騰，朦朧迷糊醉酒之狀。❻鎮　長久。❼殢酒　困溺於酒。❽懨懨　精神不振。❾斷鴻　孤雁。❿倩　請人幫自己做事。⓫瓶沉金井　唐白居易〈井底引銀瓶〉詩：「井底引銀瓶，銀瓶欲上絲繩絕。」喻情愛斷絕。又喻毫無音信。南朝齊釋寶月〈估客樂〉：「莫作瓶落井，一去無消息。」金井，井欄之有雕飾者。⓬銀燭　銀飾燭臺中的燃燭。⓭枉教人句　傳說五代呂岩〈梧桐影〉詞：「今夜故人來不來，教人立盡梧桐影。」宋柳永〈傾杯〉詞：「空贏得、悄悄無言，愁緒終難整。又是立盡，梧桐碎影。」⓮鸞鏡　有鸞鳥圖案之妝鏡。

【語譯】銅鼎爐內香煙如篆字裊裊上升。在醉意沉沉中，樹蔭轉到正午，畫堂悄無人聲。已是芳草萋萋，王孫現在何處，惟有細碎楊花鋪灑芳徑。漸從玉枕上醒來，人尚迷濛懵懂。簾外花已飄零，春將歸去，長久無聊，困溺於酒懨懨似病。如雲鬢髮散亂，也沒心思梳整。

　江南舊事不想重新記省。難請求孤鴻遍於天涯，打探他的行蹤。月滿西樓，久久憑闌等候，他依舊歸期未定。又只怕消息全無，如瓶沉金井。蕭蕭鳴馬不來，銀燭漸暗，空使人佇立，月光下轉盡梧桐樹影。誰來相伴，看我對鏡梳妝，打扮勻淨？

【研析】詞寫閨中女子相思之情。上闋從白天、室內寫起。發端「篆縷銷金鼎」，與李清照〈醉花陰〉「瑞腦銷金獸」意思相同，顯示閨中的孤寂，所見者、相伴者惟篆煙而已。「何以解憂，唯有杜康。」她獨自飲酒以至於「醉沉沉」，直到太陽轉到正午，庭樹影子越來越小，再以「畫堂人靜」寫己之感受，與「篆縷」一句相呼應。憂愁究竟從何而來？至「芳草王孫知何處，惟有楊花糝徑」才加揭示。兩句既是情語，也是景語。前面一句明用「王孫遊兮不歸，春草生兮萋萋」之典，後一句則暗用蘇軾〈少年游〉「楊花似雪，猶不見還家」詞意。女主人公從沉醉中瞢騰醒來，看到簾外花的零落，草的深濃，不免生出「春已透」之嘆。她是在嘆春，更是在嘆己：韶華易逝，紅顏將老，能不感到鎮日「無聊」嗎！因之困於醇酒，打不起精神，幾至成病。因為心緒惡劣，起來以後，頭髮懶於梳理，人也懶得打扮，就如同李清照在〈鳳凰臺上憶吹簫〉所寫：「起來慵自梳頭。任寶奩塵滿，日上簾鉤。」況且，如今收拾妝扮給誰看啊？可以說，上闋是以飲酒作為軸線：醉酒——酒醒——殢酒，將客觀環境、季候、景物與主觀情思綰合於一處，令讀者有如見其人、如睹其境之感。

下闋主要從心事著筆，空間由室內轉向室外，時間由白天轉入夜晚。起首「江南舊事休重省」一句，陡頓提起往事，有破空而來之感。看來女主人公在江南與心愛之人曾有過一段浪漫的情史，旖旎溫馨，難以忘懷。正因為難以忘懷，才強迫自己不要再去回憶它，以免引起昔樂今愁之憾恨。「遍天涯」以下，層層轉折，細寫心曲。首先是想「尋消問息」，可是蹤影在哪裡？天涯海角都難覓。雖然如此，並沒有放棄等待，仍在「月滿西樓」時倚闌翹首企盼。明月高樓，在詩詞中形成了一個相對固定的含義，那就是懷人之時地，張若虛〈春江花月夜〉有「誰家今夜扁舟子？何處相思明月樓？可憐樓上月徘徊，應照離人妝鏡臺」的描寫，白居易〈長相思〉有「月明人倚樓」之句，范仲淹〈蘇幕遮〉有「明月樓高休獨倚」之語，都是例證。此詞亦然。其所以倚闌盼望，是因為當初有個約定，說大約什麼時候歸來。然而久盼無果，猜想是「依舊歸期未定」。旋即又對自己的猜想產生了懷疑，只恐怕是「瓶沉金井」，音信斷絕。雖然帶點絕望，但仍然在癡癡地等候「郎騎白馬來」，直至銀燭暗淡，直至明月西斜，直至梧桐影消失。最後才不禁發出一聲長嘆：「誰伴我，對鸞鏡。」昔日對鏡梳妝，情人環繞左右，甚至一同對鏡顧盼，兩情何等繾綣！如今獨對鸞鏡，何等悽惶！此結拍與上闋之歇拍：「雲鬟亂，未梳整」，遙相呼應。

全詞以一天的時間為線索，從上午到正午，到午後，再到明月東升，到夜深，到夜盡，把一個女子的相思痛苦寫得極細膩、極深至。時空的互轉，極富電影鏡頭不斷轉換的流動感，使其中人物形象歷歷在目。其寫作方法與李清照〈聲聲慢〉（尋尋覓覓）頗有相類處。

以〈賀新郎〉調所填之詞，名作甚多。首唱者蘇軾的「乳燕飛華屋」一闋，宋胡仔《苕溪漁隱叢話》稱其「冠絕今古，托意高遠」。至南宋用此調寫忠憤悲慨之情者，以張元幹「贈胡邦衡待制」（夢繞神州路）、「寄李伯紀丞相」（曳杖危樓去）及辛棄疾與陳亮唱和之（把酒長亭說）、（老大那堪說）等作為有名。寫別恨者，辛棄疾之「別茂嘉十二弟」（綠樹聽鵜鴂）備受稱賞，清陳廷焯以為「沉鬱蒼涼，跳躍動盪，古今無此筆力。」（《白雨齋詞話》卷一）。以詞代書用白描手法寫友情者，清代顧貞觀「寄吳漢槎寧古塔」（季子平安否）一闋，為人所激賞，讀之催人淚下。今將蘇軾創調附錄於後，供讀者參閱。

乳燕飛華屋。悄無人、桐陰轉午，晚涼新浴。手弄生綃白團扇，扇手一時似玉。漸困倚、孤眠清熟。簾外誰來推繡戶？枉教人、夢斷瑤臺曲。又卻是，風敲竹。

石榴半吐紅巾蹙。待浮花浪蕊都盡，伴君幽獨。穠豔一枝細看取，芳意千重似束。又恐被、秋風驚綠。若待得君來向此，花前對酒不忍觸。共粉淚，兩簌簌。

99 春風嫋娜 游絲

清 朱彝尊 竹垞

倩❶東君❷著力，繫住韶華❸。穿小徑，漾晴沙。正陰雲籠日，難尋野馬❹；輕颺染草❺，細綰秋蛇❻。燕蹴還低，鶯銜忽溜，惹卻黃鬚❼無數花。縱許悠揚度朱戶，終愁人影隔窗紗。

惆悵謝娘池閣❽，湘簾❾乍捲，凝斜盻、近拂簷牙❿。疏籬罥，短垣遮。微風別院，好景⓫誰家。紅袖招⓬時，偏隨羅扇；玉鞭⓭裊處，又逐香車⓮。休憎輕薄，笑多情似我，春心不定，飛夢天涯。

【作者】朱彝尊，見本書第三十一首〈柳梢青〉詞作者介紹。

【詞律】〈春風嫋娜〉，調見南宋馮偉壽（字艾子）《雲月詞》，自度曲。雙調，一百二十五字。上下闋各五平韻。填此調可注意者：㈠上闋之第三、四句「穿小徑，漾晴沙」、下闋之四、五句「疏籬罥，短垣遮」，例作三言對，上闋九、十句「燕蹴還低，鶯銜忽溜」例作四言對，下闋八、九、

十、十一句「紅袖招時，偏隨羅扇；玉鞭裊處，又逐香車」例作四言隔句對。朱彝尊詞上闋七、八句「輕颸染草，細綰秋蛇」、下闋之六、七句「微風別院，好景誰家」均作四言對，亦可不用對仗。㈡上闋第五、六句之五、四言「正陰雲籠日，難尋野馬」，亦可作上三下六句式，如馮偉壽詞：「倚紅闌、故與蝶圍蜂繞」。㈢上闋首句與下闋結拍第二句之五言（「倩東君著力」、「笑多情似我」）句式均為上一下四，第一字例用去聲，上闋第十一句七言後面三字「無數花」例用平仄平，十二句七言後面三字「度朱戶」例用仄平仄。《詞律》卷二〇、《詞譜》卷三六均以馮偉壽詞（被梁間雙燕）為正體。（按：宋詞中僅馮詞一首，此處所錄朱詞可平可仄處，有的係依馮詞改定。）

【注　釋】❶倩　請求幫助。❷東君　司春之神。❸韶華　春光。周邦彥〈蝶戀花〉詞：「午睡漸多濃似酒，韶華已入東君手。」❹野馬　指空間之浮氣。謂其遊蕩如不羈之奔馬。《莊子・逍遙遊》：「野馬也，塵埃也，生物之以息相吹也。」❺染草　可作染料之草。❻綰秋蛇　狀屈曲如蛇形。《晉書・王羲之傳》：「（子雲書）無丈夫之氣，行行如縈春蚓，字字如綰秋蛇。」❼黃鬚　黃色花蕊。❽惆悵句　語本溫庭筠〈更漏子〉：「香霧薄，透簾幕。惆悵謝家池閣。」謝家，即謝娘家，指女子所居。❾湘簾　謂以湘妃竹編織之簾。❿簷牙　屋簷上翹似月牙的建築裝飾。⓫好景　《白香詞譜》原作「明月」，今據《曝書亭詞》改。⓬紅袖招　五代韋莊〈菩薩蠻〉詞：「騎馬倚斜橋，滿樓紅袖招。」紅袖，婦女之衣袖，此指妙齡女子。⓭玉鞭　以玉為飾之鞭。指鞭之美者。⓮香車　女子所乘車。

【語　譯】游絲請春神助力，把美好春光留繫。它穿度於小路草木間，蕩漾於陽光照耀的沙地。恰值烏雲遮住陽光，難尋空中浮游之氣；輕輕地飄颺於染草之上，細細地彎曲有如秋蛇。燕子踏著還低垂下去，黃鶯想叼住忽又溜掉，卻牽惹無數黃蕊鮮花。縱然允許悠揚度過朱紅門戶，但發愁達不到人影身邊，因為隔著窗紗。

在池閣居住的女子十分惆悵，乍將湘簾捲起，斜斜地凝睛一望，見游絲垂拂簷牙。它時而掛住疏籬，時而遮住短牆。隨微風飄拂到別處庭院、景美的人家。紅袖佳人招手時，偏愛隨輕羅小扇晃動，駕車的人揚起玉鞭，又緊緊追逐香車。不要嫌它輕薄，可笑像我這樣多情的人，也春心搖盪不定，隨夢飛到天涯。

【研　析】此係詠游絲之詞。游絲，蜘蛛或其他昆蟲所吐之絲，蕩漾空中，故名。游絲本身無多可寫，遂寫其前後左右，寫其與自然、人事相關之部分。沿此思路，當可尋繹詞人當日之構想。詞一開始要寫的是游絲存在的季節，即暮春時節，詞人卻能別出心裁，說游絲欲「倩東君著力，繫住韶華」，即顯得頗為空靈。第一，想像甚奇，賦予游絲以人的生命，謂其求借春神的幫助，可以形成一股繫住春光的強力，它的形象又似乎化成了一根粗粗的繩索；第二，韶華本屬無形，而可用某種力量繫住，則化無形為有形。因為空靈，故內涵比較豐富，既表明季節，有隱約的游絲形象，又流露出一種戀惜春光的心情。以下便從幾個不同的方面鋪寫游絲：一是空間：「穿小徑，漾晴沙。」游絲的存在必須有所依傍，或建築物，或草木，此處所寫偏重於後者。小徑、晴沙，顯得無處不在，「穿」與「漾」不僅描繪出一種動態，且下字極為準確，互相不可移易，晴沙闊遠，必然是在堤樹上蕩漾，小徑狹窄，故可穿越草木之間。二是與氣候的關係：「正陰雲籠日」四句。陰雲籠日，難尋野馬，寫出春日一時晴、一時陰的氣候特點。伴隨這變化的還有春風的吹拂，故游絲有時搖曳於染草之間，有時彎曲如秋蛇之狀。三是與花鳥的關係：「燕蹴還低，鶯銜忽溜」，突出其柔軟、飄颺不定的特點，寫的是一種被動的狀態，而「惹卻黃鬚無數花」則帶主動的意向。將游絲與花鳥相組合，展現的恰是一幅生命活躍、色彩明麗的春光畫圖。四是與人的關係。用擬人法寫游絲意欲窺視窗內之人，卻被窗紗所阻隔，使它生出了某種遺憾。這裡既為下闋人物的出現作了準備，也暗示出游絲與建築物的關係。

上闋著重在環境、氣候、自然景物中突出游絲細微、柔軟、線形等特色，並用了繫、穿、漾、颺、綰、低（形容詞作動詞）、溜、惹、度一系列動詞，造成了強烈的動感，充分顯示出春天自然的活力。下闋則寫人的眼中與心中之游絲。池閣窗戶內的女子，正滿懷惆悵，她把珠簾捲起，抬眼就瞧見了簷牙上飄拂的游絲，又見它們或懸掛於庭院的疏籬上，遮護在短牆上，心想它們當會隨著微風，飄蕩到別人家那景物美好的庭院去吧？她還想像：在臨街的樓臺，當青樓女子向騎馬的王孫公子招手時，游絲隨她們羅扇的揮動而飄漾；駕車人揮舞精美的玉鞭時，游絲又會追隨那載著仕女馳驟的香車。這游絲真是沒有定準的啊！恐怕會有人覺得它太輕薄了吧？因為有這樣的猜想，所以她要來個反駁，故詞的結拍首先說：「休憎輕薄」！為什麼呢？豈止是游絲搖盪不定，像我這樣多情的人，「春心」也是「不定」的呀！那美麗的春夢也在飛向天涯呀！這一結尾把游絲和春心兩種毫不相干的東西聯繫起來，在它們之間找到了共同點，可說是神來之筆，真箇是曲終奏雅！宋秦觀〈浣溪沙〉詞曾有「自在飛花輕似夢，無邊絲雨細如愁」的比擬，同樣是在兩種不相干的東西（飛花與夢、絲雨與愁）中，捕捉到了它們的共同處。朱彝尊此詞與其有異曲同工之妙，所謂「詞人之心」正體現在此等處。

此詞構想頗為巧妙，語言整煉精工，詠游絲臻於形神兼備，尤能得其神理。詞人並不追求有什麼深衷遠志，只是點綴些閒人之思，可說是一篇體物入微的純美之文，與蘇軾〈水龍吟〉詞（似花還似非花）詠楊花一樣，能給人以一種特殊的美感。

100 多麗

西湖

元 張翥 仲舉

晚山青韻，一川❶雲樹❷冥冥❸韻。正參差豆、煙凝紫翠句，斜陽畫出南屏❹韻。館娃❺歸豆、吳臺❻游鹿句，銅仙去❼豆、漢苑飛螢韻。懷古情多句，憑高望極句，且將樽酒慰飄零韻。自湖上豆、愛梅仙遠句，鶴夢幾時醒❽韻？空留得豆、六橋❾疏柳句，孤嶼❿危亭韻。待蘇堤⓫豆、歌聲散盡句，更須攜妓西泠⓬韻。藕花深豆、雨涼翡翠句，菰蒲⓭軟豆、風弄蜻蜓韻。澄碧生秋句，鬧紅駐景句，採菱新唱最堪聽韻。見一片豆、水天無際句，漁火兩三星韻。多情月句，為人留照句，未過前汀韻。

【作者】張翥，見本書第七十五首〈陌上花〉詞作者介紹。

【詞律】〈多麗〉，又名〈綠頭鴨〉、〈鴨綠頭〉、〈隴頭泉〉、〈跨金鑾〉。唐教坊曲有〈綠頭鴨〉，或為調名所本。分平仄韻兩種體格，宋詞中首見晁補之《晁氏琴趣外編》及曹勛《松隱樂府》。此譜所錄為宋元詞人所常用之平韻格，一百三十九字，上闋六平韻（如首句用韻，則為七平韻），下闋五平韻。此調除上闋比下闋多起首二句外，其餘句式、格律均同。上闋五、六句（館娃歸、吳臺游鹿，銅仙去、漢苑飛螢）及下闋三、四句（藕花深、雨涼翡翠，菰蒲軟、風弄蜻蜓）兩七言，例作上三下四句法，並宜對仗；上闋七、八句（懷古情多，憑高望極）及下闋五、六句（澄碧生秋，鬧紅駐景）兩四言，一般宜用對仗。此調音律和婉，描寫景物、抒發柔情、沉思人事，皆其所宜。《詞律》卷二〇以張翥詞為正體，另列晁補之詞（新秋近）句式有異者及聶冠卿詞（想人生）之仄韻格為「又一體」。《詞譜》卷三七以晁端禮平韻格詞（晚雲收）為正體（張翥詞即此體，惟首句押韻異），另列句式有異者及仄韻格數種為「又一體」。

【注釋】❶一川　一片。楊萬里〈郡圃上巳〉詩：「映出一川桃李好，只消外面矮青山。」❷雲樹　與雲天相接之樹木。❸冥冥　暗貌。《楚辭・九章・涉江》：「深林杳以冥冥兮」。❹南屏　山名。在杭州南，峰巒聳秀，環列如屏，故名。❺館娃　館娃宮。吳王夫差為西施築。吳地謂美女曰「娃」，故名館娃。遺址在今江蘇吳縣西南靈岩山上。❻吳臺　即姑蘇臺。吳王夫差所築，在今江蘇吳縣西南。❼銅仙去　漢武帝在長安申明臺上造金銅仙人承露盤，接甘露和玉屑飲之以求長生。三國魏明帝時，下詔遷至洛陽。❽愛梅仙遠二句　宋初林逋居杭州孤山，不入城市二十年，植梅養鶴，人稱其「梅妻鶴子」。鶴夢，超凡之夢，與塵夢相對而言。唐曹唐〈仙子洞中〉詩：「不將清瑟理霓裳，塵夢哪知鶴夢長。」❾六橋　西湖蘇堤有六橋：映波、鎖瀾、望山、壓堤、東浦、跨虹。❿孤嶼　孤山在西湖裡外湖之間，西泠橋之東。亦曰孤嶼。⓫蘇堤　蘇軾知杭州，自南至北修長堤，劃西湖為前後湖，夾種花柳，中為六橋，世稱蘇堤。⓬西泠　橋名。在杭州孤山。⓭菰蒲　水生植物，俗稱茭白。

【語　譯】傍晚時候山色青青，一片雲樹呈現深暗。正煙雲蓊鬱參差高下，斜陽照射，勾畫出南屏山巒。西施杳然歸去，姑蘇臺時有野鹿遊走，銅仙遷徙洛陽，漢朝苑囿惟見螢火飛閃。憑高遠眺，懷古情多，姑且把酒聊慰飄零之感。自從長住西湖之梅仙遠逝，超塵之鶴夢幾時可以醒轉？而今只徒然留得六橋的疏柳，孤山上的高亭。

等到蘇堤歌聲散盡，更當與妓女攜手漫步西泠。荷花深紅，陣雨使翠葉感到清涼，菰蒲柔軟，輕風搖弄蜻蜓。澄淨的碧水生出秋意，繁盛如鬧的紅荷留住美景，採菱的新歌入耳，最為動聽。見一片水天相接無邊無際，遠處漁火閃爍如兩三星。此時多情月色，為人照影，船隻尚未駛過前汀。

【研　析】此詞前有小序：「西湖泛舟夕歸，施成大席上，以『晚山青』為起句，各賦一詞。」既規定以「晚山青」為起句，寫作勢必由此入手。「一川」寫出山的連綿，「雲樹」與「青」相應，「冥冥」與「晚」相關，故「一川雲樹冥冥」是「晚山青」的具體化。在眾山之中詞人再突出南屏。此時煙靄浮空，斜陽光射，勾畫出了它那如屏障的輪廓，與眾山的「雲樹冥冥」，形成了明暗的對比，很有點「陰晴眾壑殊」的感覺，於是這「晚山青」就像一幅蒼茫壯麗的圖畫展現在我們眼前。以下插入一段懷古幽情。因為寫山，所以設想憑高遠眺，由目力所及推想到未及之處，戰國時吳國曾盛極一時，但如今姑蘇臺卻是野獸出沒之所，漢帝國曾威名遠播，如今園林已是一片荒蕪。古來世事如此無常，眼前的西湖也不例外。這裡曾經住過的以梅為妻、以鶴為子的隱逸詩人林逋也一去不返，只剩下「六橋疏柳，孤嶼危亭」，令人感慨不已。詞人藉懷古，一方面引出與西湖有關的史實，豐富西湖的人文內涵。林逋與西湖關係密切，自是懷想對象。館娃宮雖不在西湖附近，但西施卻與西湖有關，蘇軾不是有「若把西湖比西子，淡妝濃抹總相宜」的詩句嗎，想來這正是引發歷史聯想的一個誘因，至於涉及到「漢苑」，那當是一種陪襯。另一方面，詞人從世事的變遷中領悟到了人生之無常，所謂「且將樽酒慰飄零」，飄零，自然是包含了某種身世之感，但同時也可理解為對生命意識的一種感悟：人在茫茫宇宙中，只不過是一個短暫的飄遊者。正如李白在〈春夜宴從弟桃花園序〉中所說：「天地者，萬物之逆旅也；光陰者，百代之過客也。而浮生若夢，為歡幾何？古人秉燭夜游，良有以也。」故此引出了下闋對夜遊西湖的描寫。

西湖之遊，有晝遊，有夕遊，也許各有各的樂趣。但在詞人看來，夕遊更帶詩意。故下闋一開頭即說「待蘇堤、歌聲散盡，更須攜妓西泠。」要等白天的喧囂過去，再攜妓作風雅的遊賞。故於傍晚時分，在西泠橋一帶乘上遊船，輕搖櫓槳，劃破琉璃。以下便放筆敘寫泛舟所歷、所見、所感。西湖周邊的大景物群山、南屏，前面已大筆淋漓地作了描畫，故此處側重寫湖面所見所聞。西湖的美，不僅在於與她相映的青山和堤上的小橋、花柳，還在於夏秋間那「接天蓮葉無窮碧」、映日別樣紅的荷花，故荷花在詞中是被濃墨重彩描繪的對象。「藕花深」兩句寫荷花、荷葉，菰蒲、蜻蜓，寫風寫雨，色彩穠麗，極富畫意，並寫出了氣候的變化、時間的推移，因斜陽收斂，故藕花顏色轉為深紅，因有陣雨掠過，故帶來了涼意。「雨涼翡翠」之「涼」係形容詞作使動詞用，但這個「涼」本是人的感覺，此處係將人的主觀感受移於客觀之物；又，以翡翠指代荷葉，除了色澤的相似，更使人有一種溫潤感，加上涼雨，又增加了一種晶瑩感。「雨涼翡翠」與「風弄蜻蜓」，一寫植物，一寫動物，一重在色彩，一重在動態，一為近鏡頭，一為特寫鏡頭，具有一種很強的「可視性」。當此泛舟湖上之時，有涼雨忽至，故覺浩浩清波頓生秋意，表明時值清秋，因而聯想到自然之物正進入一個衰歇的階段，然而可喜的是荷花依舊繁茂，把美景留駐西湖（「鬧紅」一詞出自姜夔〈念奴嬌〉詞「鬧紅一舸」，姜詞應是從宋祁〈玉樓春〉「紅杏指頭春意鬧」變化而來，用以形容荷花之盛），更令人可喜的是少女們一邊採菱、採蓮，一邊愉快地唱著「菱歌」，目之所接、耳之所聞，無不令人愜心。這幾句寫的是近景，至「見一片、水天無際」兩句，則轉寫遠景，這時雨過之後，月尚未破雲而出，只見遠處兩三漁火閃爍，猶如天杪之星星。此係以點襯面，以微細之景襯托出湖面的浩淼、闊大，水天合一。繼而雲破月來，多情照我，湖光花色，幾多詩情，幾多畫意，把遊興引向一個新的高潮。

此詞寫秋夕西湖，既有大筆揮灑，又有細部刻畫，善能將蒼茫闊大之景與細微之景相結合，體現出西湖既具旖旎之美，又具有一種大氣象。而作為遊覽，作者又善於通過移步換形，展示出時間、空間的變化，具有一種電影鏡頭不斷轉換的特點。在中間插入的一段懷古之情，給詞增添了某種人生與歷史的感慨，但在表述的有機結合上似略有欠缺。

附錄

晚翠軒詞韻

關於《晚翠軒詞韻》的說明

《晚翠軒詞韻》，作者不詳，清陳祖耀校正。有嘉慶十三年（一八〇八）小酉山房刻本，一九一八年春草軒石印本（與《考正白香詞譜》合刊）。本書附錄為上海古籍書店一九八一年據振始堂一九一八年版之複印本（與《考正白香詞譜》合刊），名《增訂晚翠軒詞韻》。

此詞韻分十九部（平、上、去聲列十四部，入聲列五部），每部又用「□」標出通用詩韻之韻部名稱（如同一詩韻部之字分屬兩部詞韻時，均分別於相關部分某行頂格在「□」內標出該詩韻名稱），每韻部之字又依聲母劃分，每聲母之間用「〇」符號相隔。其中個別地方標示有誤，本書已加以修改。

增訂晚翠軒詞韻

陳祖耀校正

第一部

平聲　一東二冬通用

東　蝀○同峒銅桐筒侗童僮瞳罿艟潼衕○中忠衷終○蟲沖种𦬕

忡○嵩菘○融雄熊○穹窮藭○馮芃○風楓豐渢○充○空○公

攻功工弓躬宮○隆窿籠聾瓏礱朧矓○蒙濛幪曾○紅鴻虹訌○

崇戎叢潨○翁○悤蔥聰驄○通恫○朦檬○葼豵○蓬篷○烘

冬　䨴○琮淙鬃○宗棕○農儂噥憹膿○淞鬆松忪○鍾鐘○舂

○衝○容溶鎔榕蓉庸墉鏞傭慵○封葑○胸兇洶凶○邕饔雍○

龍蘢○醲濃穠襛○重○從蹤○逢縫○禺喁○丰蜂鋒烽○茸蹤

○蛩邛蛬筇○恭供龔共○樅鏦○縱蹤

仄聲　上聲　一董二腫　去聲　一送二宋通用

上聲

【董】董蝀懂○侗桶恫○動㖦峒○攏籠○琫俸唪菶○矇懵○總憁揔○孔空○汞○翁滃蓊

【腫】種踵○冗氄○竦悚慫聳○捧○冢○寵○隴壟○甬埇勇踊俑湧蛹○洶訩○恐○拱珙鞏○擁壅

去聲

【送】淞○糉偬㚇○凍湅棟蝀○痛○洞峒詷恫慟○弄哢○哄鬨○控鞚空○貢贛贑○夢瞢○諷鳳○眾○湏○中○仲

【宋】○綜○統○用○俸縫○葑○縱○頌誦訟○從○種踵○重緟○恐○供拱○共○雍灉壅

第二部

二

平聲　三江七陽通用

江　扛釭。腔跫。降缸。邦梆。龐。尨哤。雙艭。窗。淙漴。
樁。幢攏。瀧

陽　揚暘颺羊洋佯餳楊煬瘍。芳妨。詳祥翔庠。梁粱糧涼良量
。香鄉薌。商傷觴殤湯。房防魴　章彰鄣樟漳璋麞麞。昌倡
菖閶猖鯧。羌蜣。薑僵韁姜韁。強鱷。長腸揚萇。張漲。襄
緗驤相廂箱瀼湘緗鑲。方枋肪坊祊。將漿螿創。亡忘望鋩。
娘。牀。莊裝妝奘。裳嘗償常鱨。當襠璫鐺簹。霜驦鷞孀。
牆檣嬙戕。鏘將槍蹌嗆鶬斨。筐匡眶。王徨。央怏秧殃鞅鴦
泱。狂。唐塘溏堂餹螳碭螗鰖。郎廊哴踉浪硠琅鋃筤稂狼榔
。倉滄蒼。岡綱剛鋼。桑喪。康穅糠慷。荒肓。黃簧潢璜皇
篁遑凰煌艎隍蝗徨惶鷬鱑堭。光胱桄。湯。汪。卬。臧贓。

傍旁。滂雱磅。昂航杭行桁吭頏。彭幫㨍

仄聲　上聲　三講二十二養　去聲　三絳二十七漾通用

上聲

【講】港。項。棒玤蚌

【養】癢。兩裲魎。響嚮享饗。仰。槳蔣奬。爽。丈杖仗。賞。仿紡。長。廣昉倣。上。蕩盪簜。朗閬。慷。象像橡。襁強鏹。鯗想。怏盎。敞氅廠。昶。鞅。攘穰壤。罔網惘輞。枉往。怳謊。搶愴。磉嗓顙。榜牓。莽漭蟒。沆吭。曩。曭黨讜。髒。恍慌。幌晃榥。蒼。坱泱盎

去聲

【絳】降。巷。贛。幢撞

【漾】羕樣恙養煬颺。量諒亮兩緉。狀。向餉鄉。悵暢鬯韔。訪

○放舫○相○忘○望妄○嶂障瘴○謗搒○臟藏○浪埌○況誑
○脹悵漲○匠○創愴○尚上○讓○醬將○王旺迋○宕碭○吭
行桁○葬○伉抗亢炕閌○曠壙纊○唱○當擋○壯裝○仗長杖
○釀○鄉○儻盪蕩○喪○償○桄

第三部

平聲　四支五微八齊十灰半通用

【支】巵肢枝氏只○移匜簃扅迻趍蛇○逶委萎○危○爲潙○麾撝
○垂○吹炊○窺○隨隋蛇○奇琦騎○攲崎碕○漪猗椅○歧祇
岐○宜儀涯崖○疲皮郫○離籬鸝蠡褵螭醨璃驪糲○兒而洏○
卑裨俾庳○澌斯廝○⿸疒妻○差嵯○知蜘○馳池篪褫○脂祇砥○
施弛師詩思司緦撕罳絲尸篩獅螄○飢○姿咨資粢○遲墀○私
○綏雖睢濉○追○維惟唯○楣眉湄嵋麋郿○之芝○遺○悲○

五

帷○誰○貽疑嶷○時塒蒔鰣○嗤媸蚩○雎　慈孜孶仔滋耔茲
○期綦旗琪璂萁蘄淇祺麒騏其○祠詞辭○緇淄輜錙　梨犂黧
蜊釐氂貍○嘻嬉禧戲熙○噫醫○癡笞○媯○隹騅騅錐椎○醾
縻○麋○罷陂○蠵○墮○鐫○腄箠○羸○羲犧曦○虧○匙○
姬基○飴頤宧台貽怡詒○持○衰榱○綏郲○椎鎚槌搥○規摫
○耆鰭祁○葵馗逵夔騤○丕邳○毘比琵枇魮貔芘○蕤○垂陲
倪○貲訾○疵○胝○纍㯮縲○尼怩呢○伊咿○龜

【微】薇○霏菲妃騑○非誹婓扉飛○肥淝○機饑幾譏○歸○希稀
欷晞○揮暉煇徽禕翬○衣依○威葳○沂○巍○祈頎旂畿○韋
違幃闈圍

【齊】臍蠐○西棲嘶犀○妻萋淒棲悽○氐低磾羝○梯緹○題嗁提
媞褆綈蹄醍隄稊鶗○泥麑○黎瓈藜○雞乩稽笄　谿鸂　醯○

六

兮奚蹊傒鼷嵇○倪䙷鯢輗猊霓麑○圭閨鮭袿○奎刲○攜觿畦
○箆狴○批砒○鼙○迷○齎躋擠
灰 虺○恢詼魁盔○隈椳㟪煨偎○傀瑰○回迴茴○槐佪○桅嵬
○追堆搥鎚○推○藬頹○雷儡罍○挼○崔催嗺摧○栝○脴坏
醅抔○裴徘培陪○枚梅莓媒玫煤
灰聲　上聲　四紙五尾八薺十賄半　去聲　四寘五未八
霽九泰半十一隊半通用
上聲
紙 砥只咫枳○是諟氏○弛豕○侈哆恀○舐○爾邇○屣縰蓰釃
○揣○捶箠錘○蘂蕋○徙璽○靡蘼○彼○被埤○此佌泚○紫
訾呰○髓瀡○觜○壘累㠥樏漯誄耒○技妓○綺觭碕○倚旖輢
○蟻艤○褫○豸廌阤杝○邐[illegible]褫○酏迤○企跂○姽硊○委萎

○蔿䲘○毀燬○詭桅○跪○俾髀鞞箄○庀仳○婢庳○弭敉羋

瞇○旨恉指厎○矢○視○水○死○秭姊○兕○菙○雉滍○履

○唯○癸揆○几机○跽○洧鮪○巋○軌簋匭晷宄○鄙○嚭秠

○否痞圮○美眛○匕比妣秕○止趾址畤芷祉○蕊蕋○始○市

恃○耳駬珥○滓　史使駛○士仕柹戺○俟涘○枲葸○子仔耔

梓○似巳祀姒耜汜圯苢○徵○恥○峙痔塒○里理娌悝裏鯉李

○以已苡○矣唉○喜蟢嬉○起屺杞芑○己紀巹○擬儗○你

八

尾

娓亹○斐悱朏菲誹○匪篚棐榧　豨唏○豈○幾蟣○扆○螘

顗○韙偉暐韡葦煒緯瑋○虺卉○鬼

薺

鱭○洗○濟擠○米瀰○醴禮澧蠡○禰嬭泥昵○陛○氐邸底

詆柢牴砥○體涕醍緹○啓棨綮○弟娣悌遞○睨

賄

悔○傀塊○猥椳瘣○磊礧蕾儡○罪○腿○浼每痗○餧矮○

琲○匯瘣

去聲

寘 忮觶○翅啻○惴○吹○瑞睡○諉○詈離○屣韃○賜○刺莿

庛○漬積呰柴眥○智○縋槌錘硾○累嫘○易貤施施○企跂○

縊○恚○觖○戲○寄倚 臂㜸○義議誼○為○餧委○譬○至

摯贄鷙織○位○媢魅○遂燧隧璲襚穗○萃粹顇悴瘁○醉檇○

類淚○邃誶睟祟○翠○祕秘閟泌邲○費轡○濞渒○備贔糒○

饋簣匱媿○嗜視示謚○利莉痢○溢○致輊質躓緻○穉稚治雉

雉○膩○墜懟○棄 冀驥洎暨覬穊季悸○屭咥○器○二貳○

帥率○次○恣○懿饐○四泗駟肆○志誌識痣幟○試○熾○侍

蒔時○餌珥○胾○駛使○廁○事笥伺寺嗣飼字○置○吏○異

食○憙○亟○記○忌認○意薏○避比○帔詖陂跛○被髲○地

○肄廙○喟○愧餽○畀庇鼻庳○寐○劓

未 味費髴芾○沸屝○翡費蜚○胃謂緭紆渭鰃彙蝟○畏尉慰蔚

瑋○魏○旣溉○衣○毅○餼墍愾霼○氣嘅○諱卉浒○貴

霽 濟擠○細壻些○切砌妻○薺劑○嫓睥○閉○薜○謎○帝諦

嚏蔕螮締○替剃涕裼屜薙○弟第悌娣髢睇遞禘棣○麗隸儷戾

沴荔唳棙○泥誽○系繫係禊○䃚○契鍥○計繼髻薊祭際穄○

医翳繄殪瞖○詣羿睨霓○慧惠蕙穗蟪彗○嘒暳噦○桂罣○歲

繐○脆○彗轊○世貰勢○掣○制製晣淛○誓噬筮逝　說稅帨

祱○毳橇○贅○汭芮○瘞○憩揭○猘罽○偈○衛讆○鱖橛蹶

○滯彘墆○例厲勵礪犡蠣糲○綴餟○曳拽裔詍栧泄洩○睿銳

○藝囈○蔽潎幣弊斃獙○袂

泰 酹○娧蛻駾○貝魳梖狽○兌○霈沛旆○眛沫韎○最○會繪

10

檜○識噦○會儈膾澮薈懀○外

隊 遂璲○對碓敦○退○類擂耒○內○背輩○配妃○佩琲背悖

焙○妹瑁痗黴秣○碎誶○倅啐晬綷焠○潰嬇繢○誨悔晦靧○

塊○憒○廢祓○肺○吠茷○乂刈○穢饖濊○喙

第四部

平聲　六魚七虞通用

魚 漁○初○書舒紓○居据裾琚車椐○余予歟礜妤輿旟餘畬璵

○歔噓墟虛○踈疏梳蔬○閭廬櫚驢[illegible]○諸○除儲躇滁篨蒢○

如茹洳袽鴽○渠磲蕖蘧籧璩醵○胥湑糈[illegible]○疽趄蛆雎狙沮岨

○苴且罝○徐○鋤耡鉏○攄摴樗璷○於箊淤○袪胠祛○蜍○

豬瀦

虞

禺愚娛嵎隅喁。無毋蕪巫誣膴。餔蒲蒱匍。胡乎壺瓠葫瑚餬糊醐弧湖狐猢。孤辜姑酤沽觚菰呱鴣蛄。徒途塗荼鍍圖屠瘏酴菟。奴孥帑駑笯。吾吳齬梧蜈鼯。呼。盧鑪爐壚顱櫨纑瓐瀘臚蘆鱸。蘇酥。徂。烏嗚鄔洿杇 逋晡餔。枯刳。麤。都闍。鋪舖。于迂盂竽雩汙。吁盱朐姁。紆。區嶇驅軀。拘俱駒岣。劬癯衢氍鸜枸。數麩桴孚俘郛。膚趺夫鈇。扶符苻芙夫鳧蚨。須鬚需繻嬃。趨。諏。輸。毹愉萸。樞。芻。朱邾珠侏硃。殊銖洙茱。雛。儒濡襦嚅擩。株誅蛛姝。踰。廚櫥。俞逾渝覦愉窬瑜揄臾腴瘐揄諛褕。模摹謨膜嫫。婁蔞鏤 三

仄聲　上聲　六語七麌　去聲　六御七遇通用

上聲

語 齬圄圉御禦籞。呂侶旅膂。紵拧宁伫杼。與予。渚煑。暑鼠
黍。汝籹茹。杵處。貯著衼。醑湑諝糈。女。許滸。巨拒距
鉅詎炬苣。所。楚礎。阻俎詛。咀沮。齟。舉莒筥。敍漵序
緒嶼。墅抒。楮褚

麌 羽禹偊雨宇鄅瑀。甫府俯腑脯黼簠。父斧釜輔莆腐。武舞
侮嫵憮膴廡碔鵡。杜肚。詡昫煦姁栩訏。豎樹。庾愈瘐窳。
主炷麈。拄柱。乳醹。窶。數籔。矩枸。齲踽。取。縷褸僂
嘍簍蔞。姥牡。土吐。虜鹵櫓艣。覩賭堵。古詁鼓瞽股賈盬
蠱罟牯羖估酤。苦。五伍仵迕午。簿部。祖組。虎琥滸。弩
努怒。戶怙祜祻扈岵雇。隖鄔。普溥浦。補譜圃。咻。缶否
。母某畝

去聲

【御】馭語。慮鑢濾。據倨踞鋸鐻据。覷狙。去。署曙薯。恕庶
。著。箸除宁。翥 疏。飫棜瘀淤。遽醵。絮。茹洳。豫預
譽礜澦蕷。女。處。助。詛俎

【遇】寓偶。嫗。樹澍裋。附坿袝跗駙鮒賻。付傅賦。注註炷蛀
鑄帑。屢。屨絇句瞿。煦昫姁呴。裕諭籲。赴訃仆。務婺霧
鶩鶩。足。懼具聚颶。芋雨。娶趣。暮慕募墓。數。孺。度
渡鍍。路潞輅賂璐露鷺。笯怒。妒秅斁蠹。兔吐。顧雇詁故
固錮酤痼。誤捂晤悟寤迕忤。護濩婟瓠互沍涸。庫袴胯。素
訴愬溯愫。措厝錯醋。祚阼胙。作。布佈。怖鋪。汙惡杇。
媍負。阜。副富

第五部

平聲　九佳半十灰半通用

佳 街○鮭鞵○厓崖涯睚捱○牌○崽○釵差○柴○皆階偕稭楷
喈○揩○挨○諧骸○乖○懷淮○齋○豺儕○排俳○埋霾

灰 咍胎台邰鮐○槐○開○哀埃唉○臺儓駘苔擡炱○該賅垓陔
荄○咳孩頦○才材財裁纔○來萊徠崍騋○栽哉烖○猜偲○顋
鰓䰄○皚敳○災菑灾

仄聲 上聲 九蟹十賄半 去聲 九泰半十卦半十一隊
半通用

上聲

蟹 解獬○解○買○廌豸○嬭○矮○拐罫○擺○罷○駴駭○楷
○挨○騃○撮

賄 海醢○愷凱塏闓鎧嘅○改○亥閡○欸鍐○采採綵彩○宰載
在○茝○待迨殆駘䨄怠紿㣍○乃鼐

去聲

【泰】太汰○藹靄○帶○柰奈○害○賴賚癩瀨籟○蓋丐○蔡○艾○外

【卦】懈廨○邂解○賣○隘嗌○粺稗○債○曬○怪○派○玠戒誡介价界衸疥屆芥○械薤瀣○蕢蒯喟塊簣○拜○湃○憊韛糒○殺鎩煞○邁○夬獪澮○快駃噲○敗○唄○砦眦○蠆○餲

【隊】代岱黛袋逮埭玳靆○貸態○戴○徠睞賚○耐鼐○塞賽○再載○菜○在○慨愾嘅欬鎧○溉概槩○愛僾靉曖○礙閡

第六部

平聲　十一真十二文十三元半通用

【真】眕裖甄振袗稹縝○申身娠伸呻紳○瞋嗔○因姻禋氤裀茵堙闉湮○辛新薪莘○辰晨宸神人仁○親○津○塵陳臣○秦螓○

珉岷閩緡泯○頻顰嚬嬪蘋○春椿○倫綸輪掄淪艙侖○醇焞淳

鶉純蒓蓴○鄰嶙磷潾璘轔麟驎鱗燐粼○賓濱○珍○黃寅○紉

○囷菌箘○麕○銀珢狺垠誾○巾○勻畇洵○鈞均　筠筠○貧

○民○彬邠豳份○荀恂詢洵郇○瞤○脣○諄惇肫○鄞○繽○

逡皴○遵○旬巡循馴○臻榛蓁○姺侁詵甡

文

紋玟汶蚊雯聞○雲云芸紜耘員篔溳鄖○熅氳緼轀○汾枌棼

賁蕡濆焚墳頒氛○分饙○羣裠○熏薰纁曛獯醺勳葷焄煇○君

軍○芬紛雰棻○欣炘昕○殷慇○斤筋○勤懃墐○芹○齗听

元

魂餛渾煇○昆褌崐琨鯤錕○溫轀緼瘟溫○門捫○孫蓀猻飧

○村○尊罇○存蹲○敦墩○暾燉○屯沌飩豚臀囤○盆湓○奔

賁○噴○論崙○坤髡○昏婚惛涽閽○根跟○痕○恩○吞

仄聲　上聲　十一軫十二吻十三阮半　去聲　十二震十

三問十四願半通用

上聲

〔軫〕診疹鬒賑輾袗紾縝眕稹。矧哂。緊。忍訒。盡藎。儘。引
蚓縯。閔憫敏愍。牝。準。腎蜃。菌箘窘。隕殞溳霣。泯黽
。尹允。隼。蠢惷。盾楯吮。筍簨

〔吻〕脗抆刎。忿。粉。憤弅。惲蘊褞轀醞搵。隱。謹菫巹槿瑾
。齓。近。听

〔阮〕混渾緷焜棍。本畚笨。衮滾緄輥鯀。閫壼綑悃梱捆。懣。
損。忖。撙。鱒。囷盾沌遯腯。很詪。懇墾齦。穩

去聲

〔震〕賑振侲娠裖鬒。信訊卂迅汛。刃仞訒認軔牣。儐擯鬢。燼
贐藎。陣診。僅覲瑾廑瘽饉殣。進璡晉搢。趁。峻浚濬。吝

燐藺躪○亂○釁○鎮○印○諄○舜蕣瞬○順閏潤○俊畯駿儁
○殉徇○刹○憖○櫬襯
問 聞紊抆汶○忿○糞奮僨○分○運暈緷韗鄆韻○訓熏○捃皸
○郡窘○醞愠熅緼蘊○靳○近○隱
願 圂溷○敦頓○嫩○論○褪○遜巽○寸焌○悶○鈍遁腯○艮
○恨硍○困○搵○諢○奔○噴○坌○穩

第七部

平聲　十三元半十四寒十五刪一先通用

元 原源沅嫄黿○袁爰援媛園垣轅湲猿○暄喧諼諠萱壎○鴛鵷
蜿寃怨眢○言○軒掀○鞬○翻旛幡繙番反○藩樊蕃○煩蘩緐
璠蹯膰燔笲蠜○圈
寒 韓邗汗漢翰○頇鼾○看刊○干乾肝竿杆玕幹○安鞍○豻○

跚珊姍。餐。殘。單殫丹箪癉鄲。灘攤嘆。壇檀彈癉鱣。闌　二〇
讕蘭欄襴瀾。難。桓完丸紈莞萑皖。歡讙驩。寬。官倌棺觀
冠。剜。刓。潘拌。般。槃盤般蹣胖瘢磐磻蟠。瞞漫謾顢蹣
墁曼饅霫漫鰻。酸痠。鑽攢。耑端。湍。團剸摶糰鱄。鸞欒鑾
欒孿圝。

【刪】潸。關。彎灣。還環鐶鍰寰闤轘澴鬟圜。姦菅。顏。班斑
頒般。攀。蠻鬘。山疝訕。潺孱僝。閑憪嫺癇鷴。慳。間艱
。黫。殷。鰥綸。頒

【先】跣。千芊阡。箋戔濺韉。前。邊籩萹編楄鯿。蹁褊胼軿駢
。眠。顛巔癲滇。天。田佃畋填闐鈿。年。蓮憐零。肩堅。
牽岍。賢弦絃舷。烟燕咽湮。妍研趼。涓蠲鵑睊狷。懸。淵
。仙鮮躚鮮褼。遷韆。煎湔鬋媊。涎。錢。羶扇煽。饘旃栴

氈鸇○禪嬋蟬○然○邅鱣○梴○纏躔廛○連漣鏈鰱聯○甄○嫣○延筵綖鋋蜒○焉蔫鄢○愆褰騫攓搴○乾虔鍵犍○鞭○篇偏翩扁○便平○緜棉緡○宣揎○詮銓拴佺荃痊悛○鐫○旋還鏇璿璇漩○全牷泉○穿川○專顓甎剸○遄○船○椽傳○攣○沿鉛捐鳶緣○翾儇檈○娟○員圓○卷棬○權拳惓顴踡婘蜷鬈

仄聲　上聲　十三阮半十四旱十五潸十六銑　去聲　十四願半十五翰十六諫十七霰通用

上聲

阮　沅○宛婉踠琬畹蜿苑○遠諠烜○綣圈卷○幰揵楗○倦○匽偃隁堰褗鰋蝘鶠鼴郾○反返○飯笲○晚挽娩

旱　睅○罕厂○侃衎○笴稈○散繖傘饊○亶○坦○但袒誕蜑○嬾讕○瓚○緩綄莞梡澣○盌○窾款○管琯逭盥○滿懣○伴拌

三

○篹纂纘鄼○短斷○疃○緞○卵暖餪○趲

潸○撰饌○赧戁○皖○綰捾○版板○阪○產剗鏟簅○醆琖○

棧○限○簡柬揀○眼

銑洗跣姺○扁匾萹緶○辮○眄○典○腆覥○殄餮沴蜒○顯蜆

繭○峴○犬○畎狷○泫鉉○獮鮮燹癬蘚○淺○翦戩錢鬋謭

○踐餞○選○雋吮○闡○顫饘○善膳鱓鱔○舛喘○剸膞○軟

○譔○褊○緬沔○辨辯○免娩勉冕○展輾○蕆○邅○輦璉○

轉○篆瑑○臠孌○遣繾○衍演縯蝘○兗○蹇謇寋○鍵件○巘

○卷捲

去聲

願愿○遠媛瑗○楦○券綣勸○圈○怨○獻憲○建○健鍵○堰

販畈○飯萬万○曼輓蔓

三

翰豻悍汗瀚扞閈〇漢〇看侃衎〇旰榦幹澣〇按案〇岸頇喭犴
〇散繖〇粲璨燦〇贊讚趲瓚酇〇旦疸〇炭歎〇憚但彈〇爛瓓
讕〇難〇換逭〇喚奐煥渙〇貫冠觀祼館矔爟灌鑵鸛盥〇惋腕
婉〇玩翫〇半姅絆〇判泮沜〇畔叛伴〇縵慢漫墁〇攢〇筭蒜
〇竄攛爨〇鑽〇鍛斷〇彖〇段緞斷〇亂

諫莧〇晏鷃〇雁贗〇丱慣〇患宦豢轘繯擐〇慢嫚謾〇訕汕疝
〇鏟〇棧〇綰〇彎〇篡〇襉澗瞯間〇幻〇扮〇盼〇辦辦〇袒
〇羼

霰先〇倩蒨蒨茜〇薦荐洊臶〇殿唸〇電殿奠甸畋佃鈿澱靛闐
填〇練鍊揀楝〇見現〇俔蜆〇見〇宴讌醼咽燕〇硯研〇縣眩
炫泫衒〇絢眴〇罥睊〇徧〇片〇麪麵〇綻〇線〇箭鬋濺餞煎
〇賤〇選〇旋漩鏇縼嫙〇扇謆煽〇戰顫〇繕禪膳擅嬗單〇剸

○釧穿○撰○饌譔撰僎○纏邅○碾輾○轉囀○傳瑑○戀○衍
延莚涎○譴○掾緣蝝○絹狷○彥唁諺讞○瑗援媛鍰院○眷睠
○倦○便○面偭○變○串○卞汴弁抃忭

第八部

平聲　二蕭三肴四豪通用

【蕭】簫瀟蟰飀箾○挑祧朓條○貂雕鵰刁彫凋船鯛○跳佻○迢髫
調條苕岧蜩齠○澆驍梟○要腰邀徼䙅喓○聊瞭嘹寮寥遼撩嫽
憀料廖鐐繚橑簝漻潦鷯○堯嶢僥垚○宵消霄颵逍綃銷硝魈翛
○超○朝○朝潮鼂○嘵○蹺○焦蕉燋椒噍蟭鷦○樵譙憔○猋
飆剽標摽杓幖熛彯○漂嫖僄飄○瓢薸○鑣○苗描貓○燒○昭
招釗○韶軺○饒橈蕘○遙媱傜繇颻銚姚搖謠陶鷂褕洮瑤猺筄
○翹○鴞○妖夭○囂枵○歊○驕嬌撟矯簥○喬嶠橋趫轎蟜蕎

肴 爻佼殽淆○交咬教郊膠轇茭蛟鮫鵁○巢轈○鐃譊撓呶○梢艄捎髾鞘筲蛸蛸○茅蝥○哮○包胞苞○脬泡拋○庖炮跑匏○敲磽○墝○鈔訬謅○啁嘲○猇○拗凹窅○聱謷磝

豪 毫號嗥濠壕○蒿薅○尻栲○勞嘮澇牢醪撈癆○高皐槔羔膏餻篙○毛旄髦芼○弢饕叨慆縧韜韜滔○刀魛舠忉○騷搔臊繅溞艘颾○陶淘掏醄謟逃鼗咷萄桃燾濤檮翿○糟遭○曹嘈槽艚漕螬○鏖○袍○敖遨翶熬嗷鏊鼇鷔獒○褒○操○猱

仄聲 上聲 十七篠十八巧十九皓 去聲 十八嘯十九效二十號通用

上聲

篠 謏○鳥蔦○朓○窕挑掉○了繚瞭蓼撩嫽○皎皦璬繳僥○曉小○杳晶窅窈○嫋嬲嬈裊○紹○沼○少○剿勦○悄○擾繞遶

○肇晁兆旐鮡趙○㫾○夭殀○矯撟蹻○縹○摽膘鰾○眇渺淼
藐秒杪○表○殍
【巧】○絞狡鉸佼咬攪○拗○𪘨○飽○鮑○卯泖茆昴○稍○炒訬
○爪抓○獠
【皓】昊顥皓浩灝鎬鄗○好○考○藁拷栲○杲縞藁槀槁○媼燠
襖○寶葆鴇堡保褓○抱○嫂燥埽○草○早蚤澡繰藻璪繅○皁
梍造○倒擣禱○討○道稻纛○老栳橑藔潦澇○腦瑙惱

去聲

【嘯】熽○弔釣○糶眺頫○調掉蓧銚跳○叫噭徼○笑肖鞘○峭悄
哨俏○醮嚼爝勦○噍誚○少燒○照詔○鷂燿曜耀○要䙅○嶠
轎○召○邵劭○剽漂勡○嫽瞭嘹鐐廖料○尿○竅○繞饒○燎
療獠鷯○妙○婊○廟

效 傚校斆○教校較絞窖覺○孝○罩○豹趵爆○貌○炮礮○皰
靤鉋泡○櫂○鬧淖橈○磽○樂○貌○稍○鈔○抓笊○踔

號 号○耗好○犒靠○告誥郜膏○奧隩燠懊○傲奡驁○報○暴
○帽冒瑁耄眊媢芼○噪燥譟○操造慥糙○竈躁○漕○到倒○
韜套○導翿纛燾盜悼蹈○勞嫪潦

第九部

平聲　五歌獨用

歌 哥柯牁○珂軻○訶呵○阿痾○何河荷苛○醝嵯蒫䰈䞶蹉瑳
搓磋○鹺瘥嵳艖○多○娑婆些○莎蓑梭唆趖魦○駝佗駞鮀鼉
沱陀酡紽跎○莪娥蛾哦俄峨鵝○羅蘿籮囉鑼邏○那哪挪儺難
○戈過鍋○婆鄱皤○摩磨魔麼○吪訛囮○螺騾稞蠃○鞾○波
坡陂頗○禾和○科窠蝌髁○倭渦窩○他拖○挼○瘸伽茄迦○

矬痤。堁祼。詑

仄聲　上聲　二十哿　去聲　二十一箇通用

上聲

哿 舸哿。瑳。鞾哆癉。柁拕舵奓。我。娜那褭。可軻坷。左

。裹果蜾。朶堁祼埵。鎖瑣。妥。蠃祼卵。跛播皻。火。頗

叵。麼。禍夥。砢邏。惰墮。脞矬。坐。顆堁。荷

去聲

箇 个個。賀。左佐作。馱大。餓。呵呼。坷。些。磋蹉。那

。邏。過裹。貨。課髁堁。和。涴。臥。播皻譒。破頗。磨

摩。剉銼。挫侳。座坐。剁。唾。蜕。惰。挼。懦糯。縛

第十部

平聲　九佳半六麻通用

佳 ○涯○娃哇洼○媧騧蝸緺○蛙
麻 蟆○車○奢賒○邪斜○些○爺○遮○嗟罝○譁花華○華划
驊○瓜抓○誇夸姱胯○嘉加家珈袈跏痂枷迦笳葭茄豭○霞蝦
遐鍜瑕邇○葩巴芭鈀疤○爬杷琶跁○些○了鴉椏啞○叉杈釵
差艖○紗沙裟鯊○牙枒衙耶琊揶椰○煆岈呀閜○茶○闍佘蛇
○樝渣瀘○查楂○摣○拏詉○窊窪汙呱○靴
仄聲 上聲 二十一馬 去聲 十五卦半二十二禡通用
上聲
馬 瑪○者赭○野也冶○雅○假椵賈斝瘕○廈夏下○寫瀉○且
○社○捨舍○姐○把笆○寡剮冎○瓦○惹若喏○灑○踝鮭○
髁跨○打○耍○那○搾○鮓○槎○姹○撦○啞婭
去聲

卦 挂詿罣。畫絓

禡 罵禡。駕架價假嫁稼。亞婭啞𣢾。罅嚇。迓訝呀。詫侘咤

奼。詐笮。乍蜡。謝榭。暇夏下。射麝貰。嗄。藉。卸瀉。

柘蔗炙鷓。舍赦厙。帕怕。霸壩灞靶弝。杷罷。化。華樺話

。借唶。夜。偌。汊杈衩。罷

第十一部

平聲 八庚九青十蒸通用

庚 賡更秔羹鶊。坑。亨。行衡珩桁蘅。橫黌。觥。祊浜。烹

澎。彭棚膨蟛。盲蝱。撐。瞠。棖掁。兵。平評坪枰苹。明

盟鳴名。聲生甥笙牲狌鼪。鎗槍鐺。傖。京荊驚。卿。擎勍

黥檠鯨。迎。英瑛霙。榮嶸瑩。兄。耕。鏗硜。罌罃嚶鸚鶯

櫻嬰纓攖瓔甖。莖。宏閎紘鋐翃。泓。訇渹轟。琤錚。爭箏

狰崢。丁。橙瞪。儜獰。繃。怦姘伻砰。甍萌氓。清。精晶
菁蜻睛旌鶄。錫情晴。騂。并。征正鉦鯖。成郕城誠盛晟。
禎貞楨。赬檉蟶。呈程酲裎。令。盈楹嬴𡣍贏。輕。營塋。
傾。瓊煢惸。縈榮

青 綪。星惺醒腥猩。竮娉俜。瓶輧屏萍帡。冥幎溟螟蓂銘。
丁釘玎仃疔叮虰。廳聽汀町綎。庭廷亭停渟婷霆蜓。靈零泠
伶竛聆鈴玲醽齡囹瓴櫺舲苓羚鴒翎。蛉㖫。經涇。馨。形刑
硎型鉶陘郅邢。熒螢。扃坰駉

蒸 烝。承丞。繩乘澠塍。升昇陞勝。陾𠊺。仍礽。冰。淜。
凭憑馮。繒鄫橧嶒甑。徵癥。澄懲。陵淩綾菱。蠅。膺應
鷹譍。凝。興。磳。兢矜。登燈。騰滕謄縢䲢。棱楞。能
。崩。朋。鵬。瞢。僧。增曾憎罾矰。層曾。恒峘。薨。肱

○鞃

仄聲　上聲　二十三梗二十四迥　去聲　二十四敬二十
五徑通用

上聲

梗　哽骾鯁綆埂○丙昺邴秉○境景儆警○影璟○省眚○永○省
惺○杏荇○礦○猛艋蜢○冷○耿○幸倖悻○靜靖猙靚阱○井
○炳浜○皿○憬冏○黽○請○整惺裎○逞騁○領嶺衿○頸○
癭○郢○潁穎○頃○餅併屏

迥　泂炯絅○詗○熲○脛○謦○剄○竝○茗酩溟冥○醒○頂鼎
酊○頲町鋌挺艇梃○濙○拯○等○肯○姺洗

去聲

敬　璥竟鏡○競儆檠○慶○更○命○孟蜢○横○柄怲炳○詠泳

三

○行絎○迎○諍○迸○硬○勁○政正証○倩凊○鄭○聖○性
姓○令○聘娉○摒併○淨穽靚請○盛○瓔○佷憕幀○輕○覓
詗○偵
【徑】經逕陘剄○甯佞溋○脛○定飣矴釘訂○罄磬謦○聽庭○定
錠奠○暝瞑○瑩瀅○證烝○孕媵○乘賸甸○甑○應○興○勝
○稱○凭○凝○磴嶝隥鐙凳○鄧蹬○堋○懜儚○蹭○贈○亘
絙

第十二部

平聲　十一尤獨用

【尤】疣郵○休庥咻髹貅○邱蚯○惆○鳩𨊻○求裘俅仇逑銶捄釚
球賕○牛○優憂怮呦○由卣遊繇猶猷悠油櫾輶鮋蝣儵○輈啁
鵃○抽妯瘳○儔籌躊幬禂紬疇裯檮○留劉瘤鏐旒琉硫榴流瀏

颾騮。脩羞　秋鞦篍湫鰍愀。啾揫。囚泅。酋遒蝤。收。犨
。周賙州洲舟喌。讎酬詶。柔揉蹂　搜廋蒐叟颼溲。搊篘謅
鄒鄹陬騶媰娵。愁。不。浮涪桴芣罘蜉。謀眸侔牟矛鍪蝥。
侯猴喉餱篌。謳嘔歐漚區甌鷗。彄摳。齁。鉤句枸軥篝溝韝
搆篝。抔瓿棓踣掊裒。諏。鯫。兜。偷。頭投骰。婁樓廔塿
髏褸鞻摟簍蔞䅹螻。幽。髟彪。朻糾鬮。虯璆繆

仄聲　二十五有　去聲　二十六宥通用

上聲

有右友。朽。糗。九久玖韭。臼舅咎。酉牖羑誘卣槱琇莠。
缶否。負婦阜。酒湫。首手守。帚。醜。受授綬壽。蹂揉。
溲。鯫。肘。丑。紂。柳罶綹瀏。紐忸鈕扭狃。厚后後。吼
犼。口叩扣釦。詬垢茍狗。歐嘔。偶耦藕。掊。剖。部培瓿

三四

鋊。母拇踇畝某牡莽姆。叜嗾廋數。趣。走。斗抖阧蚪。塿嶁嘍簍。穀。黝怮岰泑。糾赳枓鬮。蟉

去聲

宥 囿侑佑祐又。救究疚灸廄。冑宙酎籀。獸狩守首。晝。臭齅糗。袖岫。呪。舊柩。瘦。漱嗽嗾。皺媰甃縐遚。鼬褎柚槱。副覆仆。富。復。秀琇鏽繡宿。僦。就鷲。授綬壽售。肉蹂。遒。驟僽。畜。溜瘤。糅狃。候堠逅鱟后厚。詬吼蔻。寇扣釦。冓構遘覯媾購姤勾彀雊韝搆。漚。戊茂懋袤瞀姆貿。湊輳鏃腠蔟。奏走鬥。透。豆餖脰逗竇窬荳讀。漏陋鏤嶁。耨。幼柚。𨊠。謬繆

第十三部

平聲 十二侵獨用

侵 駸浸○心○尋潯鄩燖鱏○深○斟鍼箴堿○諶忱湛○壬任妊紝○森參蓡滲摻○簪○岑涔蹐○砧椹○琛賝○沈魫○林臨霖痳淋○淫蟫○愔窨○音陰瘖喑○吟○歆廞○今金衿襟禁○琴擒黔芩檎禽

仄聲 上聲 二十六寑 去聲 二十七沁通用

上聲

寑 浸○蕈○審諗沈腍嬸○枕○甚訦○飪稔恁衽荏○稟○品○朕朕黮○廩懍凜○錦○噤唫○飲○悠

去聲

沁 ○浸○枕○甚○妊任衽紝恁○滲○讖○譖○鴆○臨○賃○禁○噤妗○蔭廕窨喑飲○深○吟○蕈○森

第十四部

平聲　十三覃十四鹽十五咸通用

覃 譚潭蟫鐔醰曇壜。貪探。耽酖湛眈。婪嵐。南男楠。毵。

參驂。簪。蠶。唅。龕堪戡。弇渰。含凾顉涵。諳馣媕盦庵

菴。唵。談郯痰錟。聃。擔儋甔。藍籃襤。三。慙蹔。蚶憨

。坩。甘泔柑疳苷。酣邯

鹽 櫩閻。厭饜。銛纖孅暹孅瀸。籤簽憸僉。尖漸熸蔪。潛燖

。苫痁。襜幨。詹瞻噡蟾占沾。髯柟。霑覘。廉帘匳鐮簾。

黏鮎。炎。淹閹崦。噞嶮。箝拑靲鉗鈐鍼黔。砭。添。甜餂

恬。鬑。拈。謙。兼縑鶼蒹鰜。嫌。嚴。忺。腌醃

咸 鹹凾鰔瑊椷。緘黬。嵒碞。讒纔饞巉嶄。詀。喃。銜。監

。嵌。巖。衫髟杉芟。凡帆颿

仄聲　上聲　二十七感二十八儉二十九豏　去聲　二十

八勘二十九豔三十陷通用

上聲

感 灨○坎壈○頷撼菡○晻黤唵闇黭○糝○歜○眈紞衴○禫[illegible]醰黮霮䨢○壈○敢橄○喊○槧鏨嵌○膽○毯○啖澹淡憺○覽攬欖

儉 芡○琰剡棪○黶壓靨魘厭○塹憸○漸蔪○閃睒陝○颭○冉袡染柟○諂○歛瀲蘞○險嶮玁獫○檢撿臉○奄弇掩揜罨閹崦○貶○忝餂銛○點玷○簟扂○嗛○歉慊○儼○埯

豏 㺌○減鹻○黯○斬○巉○湛○檻艦○闞○范笵範犯

去聲

勘 轗○憾○紺淦贛○暗喑闇○參○馾鴆○探○醰○闞瞰嵌○憨○三○暫鏨○擔甔○憺啗淡澹○濫纜

豔 焰焱鹽灩○厭饜○俺○槧○漸○閃○襜 占○瞻○髯○覘
○譫忝○店鉆點痁墊唸○搛○念○僭○驗釅○窆砭○歛殮瀲
○脅○欠○劍
陷 臽○醎○站○賺○鑑監○懺○鑱○梵帆○泛汎氾濫

第十五部

入聲　一屋二沃通用

屋 剭○櫝犢瀆黷讀讟匵獨○轂穀谷縠○縠斛觳嚳○卜濮樸轐
○撲扑醭朴○僕暴瀑匐○木沐霂○速餗竦蔌簌○蔟簇○鏃嗾
族○秃○祿彔漉盝碌麓麓角轆鹿○福腹複輹幅輻復蝠楅覆○
蝮複○伏服復絥箙鵩馥鰒○目睦繆牧苜穆○肅夙宿蓿驌鷫○
蹙蹴蹵○叔菽俶○儵倏儵○祝粥粥○孰塾淑○肉○縮謖○蓫
○竹竺筑築○蓄畜○逐妯柚軸○六陸蓼戮勠○育毓昱煜鬻○

畜○匊掬踘鞠菊鵴○彧郁燠噢鵺○國
〔沃〕鋈○鵠嚳○熇嗃○酷礐○酷牿梏郜○雹鞄○篤督○毒纛○
非○燭屬嚼矚○束○髑歜○蜀屬鐲贖○辱蓐褥縟溽○粟○促
趣數○足○續俗○瘃劚豕○躅○錄籙逯綠淥醁騄菉○欲慾浴
鵒○旭勗頊○曲笁○臼掲輂○局跼侷○玉獄

第十六部

仄聲　三覺十藥通用

〔覺〕角桷榷○慤確礐○學鷽硧○渥偓喔齷握幄○嶽○剝駁爆○
璞樸○雹鰒暴○邈貌眊藐○朔數槊搠○娖齪○捉○浞汋○斲
琢椓卓啄涿○濁躍濯擢戳鐲○搦○犖礐
〔藥〕躍瀹龠籥鑰濼○縛○削○碏皵鵲○爵雀○皭嚼爝○鑠爍○
灼酌妁彴趵勺焯斫○綽婥○杓汋○弱嫋若箬○芍○著○躇○

睪掠○謶○郤○腳屩○噱醵○約葯○虐瘧○矍攫玃○鐸踱○
託橐拓托籜蘀○洛酪落絡珞樂烙駱雒洛○諾○博搏爆膊○粕
○泊薄簿箔亳○莫幕漠膜摸瘼寞○索○錯○作柞○昨酢鑿怍
○鶴貉涸○鄗郝壑嗃熇矐○恪○各閣格○惡堊○咢噩齶諤鄂
蒦鶚鱷○穫鑊擭○霍藿癨○廓擴○郭槨彍○蠖○陌

第十七部

入聲　四質十一陌十二錫十三職十四緝

質 桎郅隲蛭躓○失室○叱○實日馹○率帥蟀○悉膝蟋𧝑○七
㯃榛○唧蝍○疾嫉蒺○必筆畢觱韠蹕覕蓽○匹○邲珌佖飶○
蜜宓謐○弼佛○密沕蔤○窒庢○咥抶○秩紩帙姪○栗慄溧篥
颲○暱昵慝尼○逸佚佾軼溢鎰○詰劼○吉拮洁○壹○肸○姞
佶鮚○乙鳦○汨○耋垤○獝○術述○出○卹恤賉戌○卒啐○

捽誶○窒茁○黜詘怵○朮○律嵂壘率○聿矞燏鷸蟠○橘蓄○

櫛○瑟璱

陌

貊驀○拍魄珀○百伯廹柏霸伯○白帛舶○磔○坼拆○宅澤

擇○搦○赫嚇○客喀○格骼挌假○啞○額○虢𤄷○嚄○碧○

索○蚱舴唶○虩○隙郤綌○戟○劇屐○逆○麥脈○薜檗擘○

繴○愬○策筴冊栅○責嘖幘簀○摵擳○摘謫○覈翮核○隔膈

革鬲槅嗝○厄阸搤扼嗌○畫劃嫿獲○馘幗摑蟈○𠜾碅○昔惜

腊舄潟○刺蹐磧○積耤瘠○釋適奭螫○尺赤斥○隻摭蹠跖炙

○石碩射○擲躑○益○睪繹掖腋亦奕懌斁射譯驛埸圛液易○

役疫○辟躄襞璧○僻癖澼○擗辟闢

錫

裼晰皙晰析淅蜥○戚慼○績勣○寂○壁○霹礔○甓○覓冪

幎汨○的弔適嫡鏑滴菂啇○逖趯踢倜惕剔○狄敵踧迪覿糴滌

笛荻翟䌷○歷歷癧嚦礫櫪瀝○惄溺○檄覡○鬩赦○喫○激擊

獥噭○鷁覓艗○闃○狊○

〔職〕織則側仄昃○識飾式軾拭[illegible]栻○色嗇穡濇○寔湜殖埴植○

食蝕○測惻畟○萴○息熄鄎○即稷○陟稙○敕飭○直犆值○

力劦○匿慝○弋代翼翊翌廙瀷○亟㥛殛棘蕀僰○億憶臆抑○

極○嶷○域淢棫蜮閾魊○洫侐○堛畐副愊○逼楅幅湢○愎○

德得○忒慝○特○勒肋泐○北○菔匐踣○墨默○塞○賊鰂蟘

○劾○黑○克剋刻勀○或惑○國○冒

〔緝〕葺咠緝○靸卅鈒○湒䅦檝○習褶集鳛襲隰○濕○執汁○十

什拾入廿○戢濈○蟄蟄○立粒笠○揖挹○熠○煜○吸歙翕闟

噏○泣湆○急伋給級汲芨○及笈○邑浥悒裛㥔唈○岌圾

第十八部

入聲　五物六月七曷八黠九屑十六葉通用

物 佛怫咈○勿沕○拂髴怫祓艴○弗不韍黻紱綍怫沸○屈詘⿰虫屈

○⿰糸屈屈厥劂⿰屈刂○倔掘⿰木屈崛○鬱蔚尉黦○迄肸○乞契○訖疙仡

仡屹

月 刖軏○越鉞粵樾曰○狘⿰山戉○闕○厥瘚劂蹶蕨蟨鱖○撅趹⿰衤厥

○噦○紇○歇蠍○訐○揭羯○竭碣楬○謁暍○髮發○伐罰垡

閥筏○韈○沒歿○孛悖勃誖悖渤餑脖鵓○窣○猝○卒倅○捽

崒○咄柮○突腯葖○訥吶○齕扢○鶻○忽惚笏○窟堀○骨汩

⿰魚骨○兀杌矹屼軏阢卼

曷 褐鶡蝎○喝○渴磕○葛割轕○遏閼堨○嶭櫱○薩攃○怛妲

⿰黑旦笪靼狚○闥撻達獺○達○刺瘌○捺○末袜韎沫抹秣○活○

豁○闊○括聒銛佸鴰○斡捾○撥鉢○潑○跋犮魃茇○撮○掇

剟襊○脫○奪○捋脟
【黠】○劼䯣○戛嘎楔鴶○軋揠鳦○滑猾䱻○八捌○叭○拔○殺
鎩○察○札紮蚻扎○茁○轄舝○瞎○刮○刹○哳
【屑】糏○切窃○節癤𥻈蠞鯽○截○鐵餮○耋絰凸跌咥迭蛭垤○
【捩】○涅揑苶○纈擷頁絜頡○契挈鍥○結桔拮潔○噎咽搤○闑
臬隉蜺○穴鴥○血泬○闋○玦觖決訣潏駃鴂○抉○撇𢾪瞥○
蹩○蔑覕蠛鱴[illegible]○薛紲絏褻媟契洩楔○雪○絶○設○掣痸○
浙晣折○舌○折○熱○說○歠啜○拙炪○爇○刷○哲○徹撤
轍澈○列烈咧洌冽○叕輟罬餟惙○劣鋝埒浖○拽○孑釨○悅
說閱蛻○鈌○蠲愒偈○傑杰桀○櫱孼讞○蠥○鼈鷩○滅○別莂䇷
○別
【葉】楪偞○魘黶厭○擫饜○极笈衱○裛○妾淁○接椄楫睫婕○

疌㨗[illegible]。攝葉。㰉霎箑。唼謵。讋慴摺。涉拾。囁。輒。牒
鬛獵躐邋[illegible]。聶[illegible]躡鑷。帖怗貼揲。喋跕。牒諜堞蝶鰈蹀疊
氎[illegible]。捻惗埝。協叶勰挾裌。頰筴鋏莢蛺。篋愜[illegible]慊。燮躞
[illegible]。浹

第十九部　十五合十七洽通用

合
盒。閤合鴿蛤。唈。跛靸鈒馺颯卅。帀噆。雜雥。答搭褡
嗒。錔鞜。沓誻踏涾遝。拉。納衲軜。盍磕闔蓋嗑。榼溘。
闒。搨[illegible][illegible]。榻塌遢蹋塔闟。臘蠟爉邋。業鄴[illegible]。脅胠。怯
抾。刼刦抾衱袷。腌浥裛

洽
祫峽狹。恰掐。夾裌筴鵊。㰉鍤插臿。眨。鰈濈箑。劄。
狎匣柙。甲胛押鴨壓。呷。翣啑箑霎。霅喋。乏。法

四六

新譯容齋隨筆選　朱永嘉等注譯
新譯明散文選　周明初注譯
新譯明清小品文選　鄭　婷注譯
新譯人間詞話　馬自毅注譯
新譯白香詞譜　劉慶雲注譯
新譯幽夢影　馮保善注譯
新譯菜根譚　吳家駒注譯
新譯小窗幽記　馬美信注譯
新譯圍爐夜話　馬美信注譯
新譯郁離子　吳家駒注譯
新譯歷代寓言選　黃瑞雲注譯
新譯賈長沙集　林家驪注譯
新譯揚子雲集　葉幼明注譯
新譯曹子建集　曹海東注譯
新譯建安七子詩文集　韓格平注譯
新譯阮籍詩文集　林家驪注譯
新譯嵇中散集　崔富章注譯
新譯陸機詩文集　王德華注譯
新譯陶淵明集　溫洪隆注譯
新譯江淹集　羅立乾等注譯
新譯庾信詩文選　歸　青注譯
新譯初唐四傑詩集　李福標注譯
新譯駱賓王文集　黃清泉注譯
新譯王維詩文集　陳鐵民注譯
新譯孟浩然詩集　楊　軍注譯
新譯李白詩全集　郁賢皓注譯
新譯李白文集　郁賢皓注譯
新譯杜甫詩選　張忠綱等注譯

新譯杜詩菁華　林繼中注譯
新譯高適岑參詩選　孫欽善等注譯
新譯昌黎先生文集　周啟成等注譯
新譯劉禹錫詩文選　閻　琦注譯
新譯柳宗元文選　卞孝萱等注譯
新譯白居易詩文選　陶　敏等注譯
新譯元稹詩文選　郭自虎注譯
新譯李賀詩集　彭國忠注譯
新譯杜牧詩文集　張松輝注譯
新譯李商隱詩選　朱恒夫等注譯
新譯范文正公選集　王興華等注譯
新譯蘇洵文選　羅立剛注譯
新譯蘇軾文選　滕志賢注譯
新譯蘇軾詞選　鄧子勉注譯
新譯蘇轍文選　朱　剛注譯
新譯曾鞏文選　高克勤注譯
新譯王安石文選　沈松勤注譯
新譯唐宋八大家文選　鄧子勉注譯
新譯柳永詞集　侯孝瓊注譯
新譯李清照集　姜漢椿等注譯
新譯陸游詩文選　韓立平注譯
新譯辛棄疾詞選　聶安福注譯
新譯歸有光文選　鄔國平注譯
新譯唐順之詩文選　馬美信注譯
新譯徐渭詩文選　周　群等注譯
新譯薑齋文集　平慧善注譯
新譯顧亭林文集　劉九洲注譯
新譯納蘭性德詞　馮　乾注譯

新譯方苞文選　鄔國平等注譯
新譯鄭板橋集　朱崇才注譯
新譯袁枚詩文選　王英志注譯
新譯李慈銘詩文選　潘靜如注譯
新譯聊齋誌異選　任篤行等注譯
新譯閱微草堂筆記　嚴文儒注譯
新譯浮生六記　馬美信注譯
新譯弘一大師詩詞全編　徐正綸編著

【歷史類】

新譯史記　韓兆琦注譯
新譯漢書　吳榮曾等注譯
新譯後漢書　魏連科等注譯
新譯三國志　吳樹平等注譯
新譯資治通鑑　張大可等注譯
新譯史記—名篇精選　韓兆琦注譯
新譯尚書讀本　吳　璵注譯
新譯尚書讀本　郭建勳注譯
新譯周禮讀本　賀友齡注譯
新譯逸周書　牛鴻恩注譯
新譯左傳讀本　郁賢皓等注譯
新譯公羊傳　雪　克注譯
新譯穀梁傳　顧寶田注譯
新譯春秋穀梁傳　周　何注譯
新譯戰國策　溫洪隆注譯
新譯國語讀本　易中天注譯
新譯說苑讀本　左松超注譯
新譯說苑讀本　羅少卿注譯

新譯新序讀本　葉幼明注譯
新譯吳越春秋　黃仁生注譯
新譯西京雜記　曹海東注譯
新譯列女傳　黃清泉注譯
新譯越絕書　劉建國注譯
新譯燕丹子　曹海東注譯
新譯東萊博議　李振興等注譯
新譯唐六典　朱永嘉等注譯
新譯唐摭言　姜漢椿注譯

【宗教類】

新譯金剛經　徐興無注譯
新譯高僧傳　朱恒夫等注譯
新譯碧巖集　吳　平注譯
新譯百喻經　顧寶田注譯
新譯楞嚴經　賴永海等注譯
新譯梵網經　王建光注譯
新譯圓覺經　商海鋒注譯
新譯法句經　劉學軍注譯
新譯六祖壇經　李中華注譯
新譯禪林寶訓　李中華注譯
新譯維摩詰經　陳引馳等注譯
新譯經律異相　顏洽茂注譯
新譯阿彌陀經　蘇樹華注譯
新譯無量壽經　邱高興注譯
新譯無量壽經　蘇樹華注譯
新譯妙法蓮華經　張松輝注譯
新譯景德傳燈錄　顧宏義注譯
新譯大乘起信論　韓廷傑注譯
新譯釋禪波羅蜜　蘇樹華注譯
新譯八識規矩頌　倪梁康注譯
新譯永嘉大師證道歌　蔣九愚注譯
新譯華嚴經入法界品　楊維中注譯
新譯地藏菩薩本願經　李承貴注譯
新譯悟真篇　劉國樑等注譯
新譯无能子　張松輝注譯
新譯坐忘論　張松輝注譯
新譯列仙傳　張金嶺注譯
新譯抱朴子　李中華注譯
新譯神仙傳　周啟成注譯
新譯性命圭旨　傅鳳英注譯
新譯老子想爾注　顧寶田等注譯
新譯周易參同契　劉國樑注譯
新譯道門觀心經　王　卡注譯
新譯養性延命錄　曾召南注譯
新譯樂育堂語錄　戈國龍注譯
新譯冲虛至德真經　張松輝注譯
新譯長春真人西遊記　顧寶田等注譯
新譯黃庭經・陰符經　劉連朋等注譯

【軍事類】

新譯司馬法　王雲路注譯
新譯尉繚子　張金泉注譯
新譯三略讀本　傅　傑注譯
新譯六韜讀本　鄔錫非注譯
新譯吳子讀本　王雲路注譯
新譯孫子讀本　吳仁傑注譯
新譯李衛公問對　鄔錫非注譯

【教育類】

新譯爾雅讀本　陳建初等注譯
新譯顏氏家訓　李振興等注譯
新譯聰訓齋語　馮保善注譯
新譯曾文正公家書　湯孝純注譯
新譯三字經　黃沛榮注譯
新譯百家姓　馬自毅等注譯
新譯幼學瓊林　馬自毅注譯
新譯增廣賢文・千字文　馬自毅注譯
新譯格言聯璧　馬自毅注譯

【政事類】

新譯商君書　貝遠辰注譯
新譯鹽鐵論　盧烈紅注譯
新譯貞觀政要　許道勳注譯

【地志類】

新譯山海經　楊錫彭注譯
新譯水經注　陳橋驛等注譯
新譯佛國記　楊維中注譯
新譯大唐西域記　陳　飛等注譯
新譯洛陽伽藍記　劉九洲注譯
新譯徐霞客遊記　黃　珅注譯
新譯東京夢華錄　嚴文儒注譯

◎新譯南唐詞

劉慶雲／注譯

南唐詞在詞的發展史上具有承先啟後的重要作用。宋詞的繁榮雖在數十年之後，南唐詞卻是導夫先路，開一代風氣。本書主要收錄南唐詞人馮延巳、李璟、李煜詞作一百五十餘首，除了對作品的情感內涵及藝術表現手法做出研析，尤注意其在創新方面的貢獻，如題材的開闊、意境的昇華、哲思的鎔鑄等，進而揭示出詞人的整體創作在詞發展史上的意義。既有助於讀者對作品的理解，又有助於對詞發展線索的把握。